QUELLO CHE UNA DONNA VUOLE

JUDI FENNELL

MERJINN PRESS

PHILADELPHIA, PENNSYLVANIA

Cosa succede quando tre fratelli irresistibilmente sexy perdono una scommessa a poker con la loro intraprendente sorella? Vengono assunti per la sua impresa di pulizie. Ora, le Manley Maids sono al vostro servizio. Soddisfazione garantita. È ciò che una donna vuole...

La villa è sua; lui è lì solo per pulirla.

Il sogno dell'imprenditore Sean Manley di farsi un nome nel settore dei resort di lusso è finito nella polvere... tra batuffoli, pavoni e lama.

La tenuta che progettava di comprare a un prezzo stracciato è ora piena di un serraglio gestito dalla sua eccentrica ereditiera. A causa di una scommessa persa a poker, tocca a lui pulire il loro sporco.

Livvy Carolla non vede l'ora di liberarsi della villa e del fardello familiare che ne consegue. Deve solo superare la stupida caccia al tesoro richiesta dal testamento di sua nonna. L'offerta di aiuto del domestico sexy la rende meno un obbligo, ma Livvy non si rende conto che Sean sta facendo un gioco diverso.

Se in amore, in guerra e a poker tutto è lecito, come possono vincere entrambi quando le carte sono contro di loro?

Serata tra ragazzi... più una

Sean Patrick Manley fissò la scala colore, al nove, che aveva in mano. Odiò davvero l'idea che stava per vincere quella partita. Oh, non gli importava di spennare i fratelli, ma portare via i soldi alla sorella, che sgobbava tanto, non era cosa da menarne vanto. Però... lei *aveva* insistito...

«All in.» Mantenne il volto da poker e spinse il resto delle sue fiches al centro del tavolo.

Bryan e Liam alzarono le sopracciglia, ma Sean non disse una parola. Mary-Alice Catherine aveva voluto giocare «come uno dei ragazzi» e loro giocavano così: senza pietà. Niente sconti perché fosse una principiante a poker—o la loro sorellina.

Bryan diede un'occhiata alle carte, sfarfallandone i bordi come al solito. Un'andatura distrattiva, ed era ovvio che Bryan l'avesse coltivata apposta. «Ci sto.» Accatastò le sue fiches rimaste accanto alla pila di Sean.

Sean trattenne un sorriso. Prendere i soldi a Bryan non gli pesava.

Liam si appoggiò allo schienale della sedia e tamburellò con l'indice sul dorso delle carte, imperscrutabile come sempre. «Mary-Alice, sei sicura—»

«Non farlo, Liam,» disse Mac, irritandosi come al solito per l'uso del suo nome di battesimo. «Gioca la mano come faresti normalmente.»

Liam tamburellò sulle carte. «Bene.» La sua pila si unì al mucchio.

Sean la scrutò, poi guardò il fratello. Con Liam non ci azzeccava mai.

Mac si morse il labbro inferiore e si agitò sulla sedia. Sean quasi provò pena per lei. Quasi. Ma li aveva tormentati abbastanza per entrare nella loro partita. Avevano cercato di dirle che non poteva permettersi quelle puntate, ma lei non aveva voluto ascoltare. Così, per farla tacere una volta per tutte, l'avevano fatta entrare, pensando che, una volta persa la camicia in senso figurato, avrebbe smesso di dar loro noia. C'erano cose di cui le sorelle non dovevano far parte.

«Okay, e come faccio a rilanciare se non ho abbastanza fiches?»

«Mac, metti dentro il resto delle tue. Non alzare la posta. Non puoi permetterti di perdere altro.» Sean le sorrise.

Rimase sorpreso quando lei gli lanciò uno sguardo di pura rabbia. Chi sapeva che ce l'avesse dentro? Da bambina li aveva sempre blanditi per ottenere ciò che voleva. Il fatto che l'avessero trattata come una principessa per tutta la vita, loro cavalieri senza macchia e senza paura, probabilmente c'entrava qualcosa, perciò quel comportamento stonava con lei.

«Rispondi e basta. Che regole avete per questo?»

Bryan arruffò di nuovo le carte. «Mettiamo sul piatto qualcosa di grosso. Tipo la casa di Sean per una settimana o la mia Maserati o il rifugio sull'isola di Liam. Visto che tu non hai niente di paragonabile, limita a vedere.»

Mac riguardò la sua mano, mordicchiandosi ora l'angolo opposto della bocca. Si scostò una ciocca da dietro l'orecchio. «Vi rilancio tutti.»

Sean stava per protestare, ma Bryan alzò una mano. «Qual è la posta, Mac?»

Mac posò le carte a faccia in giù sul panno verde davanti a sé. «Se perdo, il vincitore avrà quattro settimane di pulizie gratis.»

«E se vinci?» chiese Liam.

Mac intrecciò le mani sopra le carte. «Se vinco, ognuno di voi mi deve quattro settimane di lavoro, gratis, per la Manley Maids.»

«Cosa? Sei fuori? Io non farò la donna delle pulizie di nessuno per quattro *ore*, figurati per quattro settimane.» Bryan balzò all'indietro con la sedia come se qualcuno avesse dato la scossa al tavolo da poker.

«Oh, beh, se non pensi di riuscire a battermi...» Guardò Liam.

Liam la studiò con gli occhi socchiusi. «Quattro settimane, eh?» Tamburellò sulle carte. «Vedo. E ci metto la casa di Kiawah per lo stesso periodo.»

Sean studiò Liam. Un bluff? Macché. L'affitto della casa vacanze non avrebbe mandato in rovina il fratello, ma Liam non avrebbe rischiato la servitù. Doveva avere una mano vincente. Se fosse stata migliore della sua scala colore, Sean ci avrebbe rimesso solo i contanti e il soggiorno in hotel, senza rischiare il grembiule. «Anch'io. Una settimana al resort quando sarà aperto e funzionante.» *Se* fosse partito davvero, ma non aveva intenzione di perdere. Non con quella mano. E neppure il resort.

Bryan li guardò come se fossero impazziti. «Quindi, uno di noi finirà con due vacanze, servizio di pulizia e l'uso di una Maserati per quattro settimane?»

«A meno che non vinca io,» disse Mac, tamburellando le unghie sul panno. Tipica reazione da novellina. Era troppo ansiosa.

«Vedi?» Sean diede una gomitata a Bryan.

«Eccome.» Bryan lanciò un full sul tavolo. «Vieni da papà.» Allungò la mano verso il mucchio di fiches.

«Aspetta, Bry.» Liam schioccò la mano sul tavolo. Quattro tre li fissarono. «Mi dispiace, Mac.» Liam si alzò.

A Sean non sorprese non ricevere scuse da Liam. I fratelli si erano alternati a vincere. I soldi erano irrilevanti; si divertivano a superarsi a vicenda e a rivedersi una volta al mese. Ma Mac...

Comunque, doveva rimettere in riga Liam. «Bella mano, Lee, ma non abbastanza.» Sean sfoderò la scala colore.

«Merda.» Liam si risiedette.

«Figlio di puttana.» Bryan pretendeva sempre di avere l'ultima parola.

Solo Mac non reagì. Ma almeno non ci sarebbe stato più il problema di farla giocare con loro.

Sean iniziò ad ammucchiare le fiches, già programmando quando avrebbe potuto staccare abbastanza a lungo per la vacanza che aveva appena vinto dal fratello. Prima che poi, dato che non c'era molto che potesse fare sul progetto Martinson finché tutta la faccenda dell'eredità non si fosse sistemata.

Un silenzio calò sul tavolo mentre impilava le fiches. Oltre 3.000. Niente male.

I fratelli cercavano di non guardare Mac. Anche Sean, ma colse il tremito delle sue labbra. Probabilmente stava cercando di non piangere. Sì, un migliaio era una bella cifra per Mac, soprattutto ora che riversava tutto quello che aveva nella sua impresa di pulizie. Magari glieli avrebbe fatti avere di nascosto, quando Liam e Bry non guardavano.

«Spiacente, Mac, ma è così che si gioca.»

«Già, Mac. Ti avevamo avvertita,» aggiunse Bryan.

«Lo so.» Si schiarì la voce. «È solo...»

«Che c'è, Mac?» Liam appoggiò un gomito al tavolo.

«È solo che... un fante non batte un nove?»

«Fante?» La faccia di Liam diventò verdognola.

Lo stomaco di Sean si gelò. «Fante?»

La bocca di Bryan si aprì, ma, per una volta, rimase senza parole.

«Sì. Fante.» Mac spiegò le carte sul tavolo. Cinque cuori, in ordine crescente.

Fante alto.

«Credo, cari fratelli, che abbiate tutti bisogno di farvi prendere le misure per le uniformi della Manley Maids.»

Capitolo Uno

Le porte dell'Inferno—alias la dimora di famiglia—si spalancarono, ampie e accoglienti.

Be', c'è sempre una prima volta per tutto.

Livvy Carolla tirò fuori la borsa a tracolla dal retro della Baja e se la buttò sulla spalla, facendo svolazzare l'orlo della gonna gitana intorno a sé, il che mise in fuga il pavone che se ne andava a zonzo per il prato perfettamente curato della tenuta di sua nonna.

Chi diavolo teneva dei pavoni a spasso sul prato nella periferia di Philadelphia come se fossero dei maharajah o giù di lì?

I suoi parenti paterni dal sangue blu, ecco chi.

Casa dolce, fottuta casa. Non avrebbe «caro Papino» fatto una scenata se avesse saputo che lei era lì?

C'era una certa soddisfazione nell'entrare nella tana del vecchio. Soprattutto ora che era sua.

Chi l'avrebbe mai detto? Che sua nonna paterna, tutta dedita alla reputazione e alla società, avrebbe sopravvissuto al suo figlio reietto e lasciato tutto—*tutto*—alla nipote che a malapena aveva riconosciuto.

Il signor Scanlon, l'avvocato della tenuta, le aveva assicurato che tutto ciò che doveva fare era rispettare le clausole del testamento nelle due settimane successive, e la casa e i fondi annessi sarebbero stati a sua completa disposizione.

Ah, l'ironia. Sua nonna, stando a quel che sua madre le aveva raccontato in un raro momento lucido—anzi, *sobrio*—prima che Livvy venisse portata via, aveva minacciato di disconoscere il proprio figlio ventenne che aveva osato mettere incinta una quasi-diplomata delle superiori del lato sbagliato della città, senza un soldo e con meno di zero prospettive se non quella di incastrare il ricco del posto nel modo più antico del mondo.

Così Merriweather Martinson era piombata in scena e aveva raggirato le cose (traduzione: aveva comprato la mamma) per ottenere l'affidamento di Livvy che, alla tenera età di cinque anni, non desiderava altro che una famiglia affettuosa con cibo in tavola, visto che la mamma non era capace della seconda cosa e il papà era, be', definirlo *assente* era gentile. Poi ci fu l'incidente d'auto che lo tolse dalla sua vita per sempre.

Così Livvy si ritrovò spedita in collegio senza neanche un riconoscimento dei legami di sangue o una parola gentile dalla sua nuova tutrice. Diamine, la donna non aveva mai nemmeno abbozzato un sorriso, e le lettere di Livvy in cui supplicava per una qualche forma di legame, una visita, un ritorno a casa, *qualcosa*, rimasero senza risposta.

A parte quella volta quando aveva sette anni. Fine. La vecchia le aveva concesso una visita, e poi Livvy non aveva più voluto tornare.

Eppure eccola lì. Tutto per merito di quella stessa nonna che non aveva voluto avere nulla a che fare con lei. Peccato che la mamma non fosse viva per vederlo, ma del resto, la ventiquattrenne madre single non aveva fatto granché per mantenere i contatti dopo aver venduto sua figlia, ehm, aver firmato la cessione dell'affidamento, quindi forse *mamma* non avrebbe poi tenuto così tanto al fatto che Livvy fosse tornata sulla scena del delitto.

Ah, ma era acqua passata. Lei era sopravvissuta, era riuscita a mantenersi e aveva vissuto alle proprie condizioni. Se non fosse stato per una clausola nel testamento di Merriweather, non sarebbe neppure stata lì.

Ma lì c'era, quindi tanto valeva darsi una mossa.

Addentò per l'ultima volta la mela e alzò lo sguardo verso la mostruosità. Così aveva sempre considerato quel posto. I Martinson, la famiglia di suo padre, erano antichi nobili inglesi immigrati nell'Ottocento, e a quanto pare si erano portati dietro metà della loro manor, completa di finestre Tudor a riquadri e porte di quercia intagliata grandi quanto elefanti. Leoni di pietra sorvegliavano il vialetto, e i gargoyle sul bordo del tetto si confondevano con lo sfondo delle nuvole che si addensavano. Infausto. Minaccioso. Durante quell'unica visita lei era stata sopraffatta su così tanti livelli, e le sue sensazioni non erano cambiate. Quel posto era pacchiano. Eccessivo. Osceno.

E ora era suo.

Livvy gettò il torsolo della mela nell'aiuola—un buon compost—e prese la gabbia da viaggio di Orwell dal sedile posteriore, facendo attenzione che la coperta non lasciasse intravedere il panorama. Il cenerino africano impazziva quando veniva ingabbiato all'aperto, quindi ciò che la chiacchierona non sapeva non avrebbe ferito le sue orecchie.

Salì i gradini di marmo bianco fino alla porta d'ingresso, i suoi stivali lasciando segni neri. E vabbè. Qualcosa da far fare al maggiordomo.

«C'è nessuno?» Spinse la porta su un corridoio vuoto. Strano, vent'anni prima il maggiordomo—Rupert? Jeeves?—aveva presidiato la porta come un'orsa. Chiaramente, le cose erano peggiorate dalla morte di sua nonna.

Nonna. La parola suonò strana. Livvy chiuse le porte, rendendosi conto che non aveva mai davvero pensato alla vecchia come a sua nonna. Ma, tecnicamente, come la madre del verme che aveva messo incinta sua madre per poi sparire alla prima avvisaglia di gravidanza, quella era Merriweather Knightsbridge Martinson.

«C'è qualcuno in casa?» Livvy scrutò l'androne enorme, ricordando vividamente le pareti a strisce bordeaux e crema ricolme di quadri ammuffiti in cornici dorate, con antenati panciuti imbozzimati come uova di Pasqua. Probabilmente erano secoli che lì non cambiava nulla. Queste persone erano talmente fissate con il loro lignaggio che lei sentì il pesante mantello dell'ascendenza dei Martinson stringerle la gola come un cappio.

Non che lei ne volesse sapere. Non l'avevano voluta da bambina; lei di certo non voleva loro da adulta.

«Ehi? Rupert? Jeeves?» Come si chiamava? Fece qualche passo oltre nell'ingresso silenzioso.

«Nessun Rupert o Jeeves qui.»

Sussultò quando un tizio uscì dalla porta a sinistra. Alto, moro e da leccarsi i baffi, con il corpo di un atleta olimpico e il viso di uno dei loro dei, aveva capelli neri ondulati che gli sfioravano il colletto e mettevano in risalto un paio di occhi così azzurri da sembrare finti—tranne che di finto in quel tipo non c'era proprio nulla. Dalla struttura delle spalle, che parevano create apposta per avvolgere forte una donna, agli addominali a tartaruga che le fecero venire l'acquolina, alle gambe con muscoli che tiravano le cuciture dei pantaloni, quel tipo era tutto uomo.

«Che cosa posso fare per te?»

Probabilmente c'erano un sacco di cose che poteva fare per lei. E a lei, e con lei...

«Tu chi sei?» Si tirò il davanti della camicetta a coprire la canotta, ma farlo con una mano sola non era semplice.

«E tu chi *sei*?» ribatté lui, sollevando un... *aspirapolvere*? ... tra le mani.

«L'ho chiesto io per prima.» Che ci faceva lui con un aspirapolvere?

«Tu... *cosa*?»

«Uh, cioè...» Scosse i ricci e alzò il mento, tentando di sembrare più alta. Non che si vergognasse della sua altezza—o mancanza della stessa—ma aiutava quando si sentiva fuori posto. E lo era di sicuro, perché stare lì, con un tipo bollente che stringeva un aspirapolvere, era talmente alieno che non si sarebbe sorpresa di essere caduta nella tana del Bianconiglio di Alice. «Io, ehm, ti ho fatto una domanda.»

«E?» Posò il bidone, poi si appoggiò al tubo.

«E vorrei una risposta.»

«E io vorrei stare spaparanzato su una spiaggia tropicale, ma non sempre otteniamo quel che vogliamo, o no?»

«Sai, sei piuttosto insolente per il ragazzo della piscina.»

«Nel caso ti fosse sfuggito, *questo*,» scosse il tubo, «non è un retino. È un aspirapolvere.»

«Quindi tu saresti, che? La cameriera?»

Lui distolse lo sguardo. Punto per lei.

«Senti, tu chi sei e che cosa vuoi? Non ho tempo di startene qui tutto il giorno.» La sua mascella stava ticchettando furiosa.

«Perché? Hai degli scaffali da spolverare?»

Un rossore gli salì dal collo dove la polo verde menta si apriva a V, rivelando dei bei riccioli neri sul petto proprio a sinistra della mostrina...

Manley Maids.

Oh, cielo. *Era* davvero l'addetto alle pulizie. Perfetto!

«Senta, signorina. Le serve qualcosa?»

Uh... sì. Si morse il labbro per trattenere un sorriso. A quanto pare, sua nonna aveva avuto un gran senso dell'umorismo. Forse non era stata poi una cattiva idea non aver conosciuto quell'arpia. «Okay. Scusa. È che sono Livvy Carolla e stavo cercando il tizio che manda avanti questo mausoleo.»

«*Tu* sei Livvy Carolla? *Olivia* Carolla?»

Quel nome lo detestava. Olive, Oliver Twist, Olivia Fig Newton-John... I soprannomi non erano stati divertenti. Le "amiche" del collegio erano semplicemente bullette di cortile meglio vestite.

«Preferisco Livvy. E sì, sono io. Perché?»

Il Ragazzo della Piscina—*Uomo delle Pulizie*—gemette.

«Ehi, davvero, non è motivo per un crollo nervoso. Mi chiamo Livvy e devo vedere Jeeves. Rupert. Chiunque sia.»

«Ci mancava,» borbottò il Ragazzo della Piscina, anzi, l'Uomo delle Pulizie.

Avrebbe voluto che *fosse* il ragazzo della piscina—divisa molto migliore. «Vorrei sistemarmi, quindi se potessi indicarmi dove trovarlo, te ne sarei grata.»

Posò la gabbia di Orwell a terra per riassestare la tracolla della borsa. Qualche piuma e bucce di seme sbuffarono da sotto la copertura e si sparpagliarono sul pavimento.

«Ehi, l'ho appena pulito,» disse il Ragazzo della Piscina.

«Stai scherzando.»

«No, affatto.» Un sopracciglio salì. «Ed è stata una faticaccia, quindi se non ti dispiace darci una pulita, te ne sarei grato.»

Era così indignato. «Okay, *Mr. Belvedere*, facciamo un patto. Io pulisco il disastro se tu avvisi Rupert che sono qui.»

«Spiacente, signorina, al momento qui ci sono solo io e, be', io.»

«Tu.»

«Io.»

Inarcò le sopracciglia. Stava lavorando per alzarne una sola, ma quel trucchetto le sfuggiva ancora. «Quindi, sei tu che gestisci il posto?»

«Principessa, mandare avanti questo posto non è niente rispetto a ciò che faccio nella vita reale.»

«Ah sì? Quindi questa sarebbe una fantasia che stai mettendo in scena? Non proprio l'*outfit* da camerierina che di solito va a braccetto con quel genere di cose, ma ognuno ha i suoi gusti. Solo, non chiamarmi *Principessa*.»

«Scusa.» Il Ragazzo della Piscina si grattò il mento. «Okay, ecco la situazione. Il testamento ha liquidato ogni singolo dipendente. Fino al ragazzino di dieci anni che consegna i giornali. Non c'è nessuno qui tranne me. E ora te. E per quel che ho capito, tu ora sei in possesso di questo... come l'hai chiamato? Mausoleo?»

Lei annuì, il divertimento smorzato. Erano tutti andati via? Era una prova che quella vecchia megera le stava lanciando dall'oltretomba? Qualcosa per far sì che Livvy dimostrasse di essere degna del nome Martinson?

O per dimostrare che non lo *era*?

Be', lei non avrebbe ballato al suono di quella donna, tanto meno da morta. In effetti, Livvy era contenta che fossero tutti spariti. Così non avrebbe dovuto licenziarli quando avrebbe venduto il posto, cosa che avrebbe fatto appena avesse scoperto quali stupide clausole sua nonna aveva escogitato per costringerla a vivere lì per due settimane.

Okay, forse stava ancora ballando un pochino al suono di quella donna. Ma non per molto. Presto sarebbe stata libera con milioni da usare come voleva. E con quei soldi voleva fare un sacco di bene. Al contrario della sua *illustre* cosiddetta famiglia.

«Allora.» Livvy si rimise la borsa in spalla e si chinò a raccogliere le piume nel palmo. «Questo cambia le cose. Speravo che il maggiordomo mi facesse vedere come funzionano le cose, ma immagino che non accadrà.» Si riposizionò la borsa mentre si raddrizzava.

«Le uniche corde che ho visto legano alcune tende in salotto, anche se credo ci sia una vera corda di campana nella torre della cappella,» disse il Tipo Bollente con l'Aspirapolvere.

«Già. Suona a un'ora indecentemente presto, pure.» Oh, come ricordava quel risveglio una domenica mattina. Ancora non riusciva a credere che ci fosse una vera cappella dall'altra parte della proprietà. Sembrava più che un tantino esagerato perfino per la *sua* famiglia.

Il Ragazzo della Piscina sorrise. «In realtà, da quando sono arrivato è stata zitta. Non c'è nessuno a suonarla.»

Lei ricambiò il sorriso. «Un punto a favore della situazione. Molto bene. Allora, perché non porto su la mia roba»—sollevò la borsa e la gabbia—«poi torno giù e facciamo due chiacchiere.»

«Certo. Va bene. Sarò nel...» Fece un cenno con la mano verso l'angolo in fondo. «Qualunque stanza sia, a finire.»

«Okay. A dopo.»

«Bene.» Si voltò.

«Uh, ehi?»

«Sì?» Guardò indietro sopra la spalla. Accidenti, come quei pantaloni gli abbracciavano il sedere...

«Il tuo nome? Non l'ho colto.»

«Perché non l'ho ancora detto.»

«Spiritoso. Quindi qual è?»

«Uh... Sean.»

«Be', Uh Sean, ci vediamo tra poco.»

Sean sentì i suoi occhi addosso per tutto il tragitto fino alla porta.

I suoi splendidi occhi color ambra. Su un corpicino di un metro e cinquanta di sfacciata carica erotica, con più curve di un autodromo, labbra mature per i baci, un viso che avrebbe fatto impallidire Elena di Troia, e tutta la grinta per sostenerlo.

Come diavolo avrebbe dovuto cacciarla da quel posto quando il suo primo istinto era stato trascinarla fino al mobile più vicino, strapparle di dosso quei vestiti zingareschi da quel corpo delizioso e divorarla per ore e ore? Afferrare quei ricci ramati che le scendevano lungo la schiena come un invito e attorcigliarseli intorno al pugno, inarcandole il collo così da poter—

Maledizione. Il detective privato che aveva ingaggiato per indagare sulle clausole del testamento non aveva menzionato che la nipote fosse una strafiga.

Non aveva neppure detto che si sarebbe trasferita, o che sarebbero stati gli unici abitanti di *Casa Martinson*. Gli era sembrata una buona idea vivere sul posto quando Mac gli aveva illustrato le specifiche del lavoro, ma ora...

Sean posò l'aspirapolvere e si diresse verso la vetrina. Con il modo in cui reagiva a lei, era meglio che scoprisse in fretta quali fossero quelle clausole. Fallire non era un'opzione. Questa proprietà avrebbe consacrato il suo nome nel settore dei resort e legittimato tutto ciò per cui aveva lavorato. Ci stava puntando sopra, per milioni di dollari di ricavi.

La sua Heritage Corporation comprava edifici storici, per lo più in rovina, e li riportava allo standard e alla bellezza di un tempo come bed & breakfast. Finora, era stata una situazione vantaggiosa per tutti. Le comunità amavano salvare i vecchi edifici, e a lui piaceva il risultato in fondo alla riga del totale.

Ma il suo sogno era sempre stato più grande. Voleva resort di lusso. Voleva essere *la* destinazione di questa parte dello stato, con l'idea di espandersi altrove. Essere tanto riuscito nel lavoro quanto lo erano i suoi fratelli nei loro.

La proprietà dei Martinson era la sua occasione per iniziare ad ampliare la società. Il gradino successivo del suo sogno. E finché ci fosse stata una possibilità di realizzarlo, non aveva alcuna intenzione di mollare.

Così, quando Merriweather aveva messo il bastone tra le ruote, mettendo a rischio il suo nome, il suo conto in banca e i soldi dei suoi fratelli, lui era con le spalle al muro. *Doveva* comprare quel posto al prezzo sotto mercato che lei aveva promesso oppure avrebbe perso tutto. Non aveva proprio bisogno del ripensamento di lei o della sua lussuria fuori luogo a mandare tutto a rotoli.

Mandare a rotoli non era la scelta di parole migliore.

Sean rimise le statue di porcellana nella vetrina, attento a non farle urtare tra loro. C'erano dei pezzi pregiati lì dentro. Cosa diamine aveva spinto quella donna a lasciare quel posto a una nipote che non aveva mai riconosciuto? Secondo il detective, la signora Martinson non aveva mandato neanche un biglietto d'auguri di compleanno alla sua unica discendente in vita. Nessun contatto neppure quando era morto suo figlio, il padre di Olivia. Parliamone di fredda. Non aveva avuto dubbi che il suo piano avrebbe funzionato come lei aveva promesso.

Eppure, ovviamente, è impossibile capire cosa passi nella testa di qualcuno alla fine della sua vita. E la vecchia era meticolosa, dannazione. Il suo avvocato aveva provato a trovare un modo per invalidare il lascito, ma niente da fare. Era a prova di bomba. Olivia Bombe Sexy Carolla aveva in mano tutte le carte.

Il riferimento al poker era ironicamente azzeccato.

Aveva creduto che il colpo di Mac fosse un fuoricampo quando aveva visto il nome Martinson nella lista clienti. Si era buttato a capofitto; se la Dea Bendata gli aveva dato il modo di assicurarsi il posto per sé, non era tipo da farle domande.

Fino ad ora.

Perché, con in gioco milioni, una bomba come capo e poco meno di tre settimane per cacciarla da casa sua, invece di essere il signore del maniero, lui era il dannato *uomo delle pulizie*.

Capitolo Due

Serpeggiando attraverso il labirinto interno di corridoi che costituiva il secondo piano, Livvy si fermò a sbirciare da una delle finestre ad arco. Sì, il labirinto esterno era ancora lì. Si era persa in quel mostro di siepi durante quella visita di tanti anni prima. La cosa continuava a metterle i brividi, proprio come il resto di questo posto. Non riusciva a credere di essere discendente da questa gente. Se non fosse stato per la scappatella di mamma con il ricco ragazzo del posto durante le vacanze estive, non lo sarebbe stata.

Quel labirinto doveva sparire. Insieme ai pavoni allo stato brado. I pavoni erano notoriamente antipatici e lei aveva i suoi bambini da considerare.

Ma il Pool Boy? Quello se lo sarebbe tenuto in giro per un po'. C'era sicuramente qualcosa da dire a favore di un belvedere.

Posò la borsa e la gabbia di Orwell nella prima stanza che trovò dopo aver salito la scala curva, la Stanza Blu, o qualche altro insipido nome sbagliato, ne era certa. Tende azzurre fino quasi al bianco contro pareti color crema, moquette color mirtillo rosso e mobili francesi stile Provenzale dorati così ornati che era una testimonianza dell'arte delle pulizie del Pool Boy il fatto che coniglietti di polvere non avessero colonizzato i riccioli.

Tolse il coprigabbia, preparandosi alla versione del pappagallo di «Just a Gigolo», la sua canzone preferita per il risveglio. Gli diede un po' d'acqua e a sé stessa una rapida rinfrescata nelle terme romane di un bagno per togliere l'*bleah* del viaggio dal viso, si allacciò la camicetta, poi uscì per dare un'occhiata all'Eredità.

In cima alle scale, scese un gradino e si fermò. Guardò la ringhiera, si guardò intorno e sorrise. Nessuno l'avrebbe saputo e, a tutti gli effetti, quella *era* casa sua, giusto?

Giusto.

Nei raggi morenti della luce del giorno che filtravano nell'atrio da una massiccia finestra ovale, Livvy si sollevò la gonna tra le cosce e lanciò una gamba oltre la ringhiera. Slacciò la camicetta per poter avere una buona presa, guardò dietro di sé, poi si diede lo slancio.

Il brivido le solleticò lo stomaco come i capelli le guance mentre scivolava all'indietro. Aveva desiderato farlo ogni giorno dei dieci in cui era rimasta lì durante quella visita di tanto tempo prima, ma con un maggiordomo la cui faccia avrebbe superato in rughe un'uvetta e una governante la cui indole faceva sembrare dolce un limone, c'era stata una sola occasione. E la Dragonlady l'aveva beccata.

Livvy raggiunse il fondo senza incidenti: il surf sulla ringhiera era una delle poche buone abilità che aveva appreso al collegio. *Dragonlady*. Buffo, si era dimenticata quel soprannome per la donna.

In fondo, atterrò su un piede e stava per far passare l'altro oltre la ringhiera, ma la gonna le si impigliò nello stivaletto da combattimento. Afferò il piolo più vicino, torcendolo mentre cercava di non cadere e, allo stesso tempo, tentava di sganciare la stoffa dal rivetto prima che uno o l'altro si strappasse.

A quanto pareva, le sue abilità di surf sulla ringhiera erano un po' arrugginite. Per fortuna, però, non c'era nessuno in giro a testimoniarle.

La porta della stanza *qualunque* si aprì e ne uscì Um Sean.

Ci mancava.

«Non sei davvero scivolata giù, vero?» La sua risata non toglieva nulla alla sua andatura da gran figo sul pavimento di marmo.

«Certo che sì. Che bambino non vorrebbe farlo? Finalmente ne ho avuto l'occasione.»

Si chinò per sganciare l'orlo della sua gonna mentre lei si agitava per assicurarsi che tutte le parti pertinenti fossero coperte.

Occhi color zaffiro incrociarono i suoi attraverso i pioli, il suo sguardo soffermandosi brevemente su quello girato. «Che cosa *direbbe* nonna?» Si raddrizzò con un *tsk-tsk* e rimise a posto il balaustro.

«Be', quello che la *nonna* non sa non la ferisce, no?» Con una scrollata, Livvy si tirò su la spallina della canottiera e incrociò i lembi della camicetta sullo stomaco.

«Allora, Um Sean.» Cercò una marcia dignitosa sull'ultimo gradino fino al pavimento di marmo bianco venato di nero, desiderando di indossare qualcosa di più glamour degli anfibi. «Quali sono esattamente i tuoi compiti qui? È da molto che dirigi questo posto per Merriweather?»

Sean infilò le mani nelle tasche laterali dei pantaloni da lavoro in cotone. «Da molto? No. Dirigere il posto, be', dipenderebbe dalla tua definizione di dirigerlo.» Fece un gesto verso il corridoio in fondo. «Vuoi qualcosa da mangiare? Stavo proprio per pranzare.»

«Per me va bene. Avanti, MacDuff.» Fece un gesto ampio perché la precedesse.

«Principessa, è irlandese, non scozzese.»

Capelli neri, occhi azzurri, sexy, irlandese da far vibrare la pelle.

Passarono accanto a un'antica armatura che la vecchia governante di sua nonna, la signora Tidwell, le aveva detto essere infestata. Qualcuno probabilmente aveva manovrato la cosa per muovere il braccio con una lenza o qualcosa del genere per spaventare la vecchia acida. Livvy ricordava di essersi spaventata a morte della governante da bambina. Merriweather, a quei tempi, aveva avuto davvero un sacco di vecchi compari attorno. Vecchi compari e niente bambini.

Quella singola visita era bastata. Buffo che adesso fosse l'unica beneficiaria. Non se l'era aspettato, anche se sarebbe stata la prima ad ammettere che Merriweather glielo doveva.

Oh, certo, la matriarca autoproclamata aveva pagato le rette del collegio, ma Livvy non parlava di quello che, per sua nonna, era stata una semplice bazzecola. No, la donna le doveva per la morte prematura di mamma, indotta dall'alcol, resa possibile dal tempo libero che il denaro del benservito le aveva concesso dopo che gli avvocati di Merriweather erano piombati a prendersi la tutela di Livvy.

Livvy ricacciò quell'incubo nell'armadio più remoto della sua mente. La parte peggiore era stata che lei sapeva cosa stava succedendo—persino alla tenera età di cinque anni quando l'avevano spedita via. Se solo Merriweather le avesse dato un'ombra d'amore. Diavolo, anche la pietà sarebbe stata qualcosa, ma l'indifferenza silenziosa l'aveva rosicchiata per tutti quegli anni. Perché non era abbastanza brava per essere chiamata Martinson? Quale peccato aveva commesso? Perché riversare su di lei, vittima innocente per tutte le parti in causa, la rabbia verso i suoi genitori?

Non c'erano state risposte, e dopo un po' Livvy aveva smesso di fare domande. Aveva smesso di scrivere lettere. Aveva smesso di sperare di appartenere a qualcuno. Invece, aveva trovato la determinazione nell'anima per costruirsi una vita diversa. E una volta messe tutte le *i* con il puntino e tagliate tutte le *t*, avrebbe avuto i soldi da investire in strutture e attrezzature adeguate per fare i suoi prodotti da forno biologici e per darsi la vita che aveva sempre voluto, al diavolo i Martinson.

L'arco che immetteva nella sala dei banchetti, alias la sala da pranzo, richiese più tempo a essere percorso dell'intero casale in cui viveva.

«Ricordi?» Una voce profonda alle sue spalle la strappò ai pensieri.

La punta di uno dei suoi stivaletti agganciò il tacco dell'altro. *Ricordi.* «Credo che li si possa chiamare così.»

La porta ad arco che conduceva alla cucina era socchiusa. *Tsk-tsk*, davvero. Jeeves/Rupert non aveva mai permesso che la porta restasse aperta. La cucina era il posto dove *la servitù* faceva tutto il lavoro sporco. Si era sempre assicurato di chiudere quella porta ogni volta che lei era sgattaiolata dentro per una leccornia.

O forse era stato sotto ordine di tenerla confinata. Chissà, ma con il desiderio della famiglia di evitare che la *piccola indiscrezione* dell'erede diventasse materiale da tabloid, era senz'altro plausibile.

Livvy spinse del tutto la porta.

Accidenti. La cucina era stata rinnovata.

Posò il piede sul pavimento di rovere lucidato che aveva un paio di secoli ed era ora coperto da quelle che dovevano essere una dozzina di mani di poliuretano. La cera non dava quella lucentezza. E non avrebbe protetto il pavimento dalle migliaia di chili di elettrodomestici in acciaio inox che ora cingevano le pareti. Sub-Zero, Wolf, Bosch, Viking... I prodotti di alta gamma le scintillavano davanti. Piani in granito, nero puntinato, con bordo a doppia gola. Un banco di lavoro per la pasticceria con una ruota di pentole di rame appesa sopra la testa. Mini frigo e fabbricatore di ghiaccio. Lavelli di tutte le dimensioni e due cucine professionali a sei fuochi.

Il camino originale, grande come una stanza, troneggiava ancora sulla parete in fondo e, attraverso il vetro della porta sul retro, vide che l'orto delle erbe aromatiche prosperava ancora.

Con tutta questa attrezzatura nuova e il meglio della vecchia cucina, avrebbe potuto avere il posto perfetto per preparare i suoi pani e le sue torte. Sarebbe stato paradisiaco avere così tanto spazio di lavoro, e con l'orto così ben avviato, avrebbe avuto i suoi ingredienti biologici per poter—

Livvy si fermò a metà passo. Doveva fermare quel treno in corsa prima che lasciasse la stazione. L'unica cosa che *avrebbe potuto* fare era vendere il posto. Punto. Non le serviva *niente* da sua nonna e dalla famiglia che l'aveva quasi disconosciuta dal momento stesso in cui era stata concepita, se non i soldi che la vendita del loro orgoglio e gioia avrebbe portato.

Sean cercò di non urtarla quando lei si fermò, ma l'inerzia lo portò avanti. La afferrò mentre barcollava. «Olivia? Che c'è che non va?»

Un bel niente, risposero i suoi ormoni. Sapeva di sapone alla lavanda e mele e qualcosa di fin troppo femminile per il suo stato mentale.

«Eh?» Si voltò di scatto a guardarlo, un ricciolo color vino che le si impigliò sulla punta del naso, e Sean si ritrovò attratto dai suoi occhi.

Confusi, vulnerabili, un po' smarriti... Poi c'era una curva sensuale a una bocca da baciare fin troppo vicina per il suo comfort—

Allontànati dal nemico, Manley.

Il cervello era d'accordo, ma il resto di lui stava organizzando un ammutinamento. Allontanarsi? Già.

«Sean?» La sua voce fu morbida mentre si inumidiva le labbra, la mano sottile che gli stringeva il braccio.

Se il suo nome fosse stato sussurrato così nel cuore della notte, non avrebbe avuto difese.

«Volevi qualcosa?» Lo fissò dal basso negli occhi.

Oh, volere voleva, eccome.

«Eh, il pranzo. Vuoi pranzare?» Maledetti questi pantaloni leggeri—la reazione del suo corpo non era facile da nascondere. Mac doveva davvero cambiare la divisa. I jeans sarebbero andati meglio.

O quell'armatura.

Si diresse verso il piano di lavoro, sperando che il granito lo raffreddasse. Ma poi la guardò di nuovo, i capelli che le si aprivano a ventaglio mentre si girava per seguirlo, i ricci che le cadevano su una spalla a drappeggiare sulla curva pronunciata del seno, e Sean si ritrovò a battersi col granito per il titolo di Cosa Più Dura in Cucina.

Raggiunse il frigo Sub-Zero, voltò le spalle a Olivia e sperò che una folata artica risolvesse il problema—ma, *ovviamente, il problema* lo seguì fin lì.

«Fare la spesa rientra tra i tuoi compiti?» Lei sbirciò oltre la sua spalla.

Il barattolo mezzo vuoto di ketchup, due uova e un hot dog lo canzonarono. «Avevo intenzione di mettermici,» sbottò. «Nessuno ha mandato l'elenco di ciò che ti piace e non ti piace, Olivia, quindi ho pensato di aspettare il tuo arrivo. Credo ci siano alcuni piatti pronti surgelati nel freezer.»

«Mi chiamo Livvy. A meno che tu non voglia tornare a essere il Pool Boy.» *Livvy* aprì il congelatore verticale accanto al frigo. «Una chicken pot pie?» Prese la confezione. Le sopracciglia perfettamente arcuate puntarono verso il cielo mentre lo guardava. «È con questo che ti stai mantenendo? Quaranta grammi di grassi, tripolifosfato di sodio, glutammato monosodico, oli di soia liquidi e parzialmente idrogenati, mono e digliceridi, benzoato di sodio... Vuoi che continui a leggerti come ti stai intasando le arterie?»

«Che sei, una specie di fanatica della salute?»

«Trovo quel termine estremamente offensivo, sai.» Incrociò le braccia, rendendo le sue curve ancora più evidenti. «Solo perché ho deciso di non riempire il mio corpo di sostanze chimiche non significa che sia matta. Le persone che mangiano additivi, conservanti e qualunque altro veleno le grandi aziende mettano nel loro cibo»—sottolineò l'ultima parola con le virgolette nell'aria—«sono loro, le matte.»

«E quindi cosa mangi? Lattuga e tofu?»

«No. Mangio normalmente. E così fanno i miei clienti. Tutti prodotti naturali senza ormoni, senza conservanti, senza pesticidi, solo cibo come natura comanda. Biologico.»

Clienti. Ah, già. La principessa Olivia Bombshell Carolla—*Livvy*—era una contadina in erba. Sean ci aveva riso su alla grande. Una fornaia-agricoltrice biologica che viveva in una cooperativa aveva ereditato il patrimonio dei Martinson; un patrimonio fatto e investito in un numero di aziende che la farebbero scappare a gambe levate quando leggerà il portafoglio.

Prese un cartone dallo scaffale. «Le uova sono a tua disposizione.»

«Polistirolo? Perché non buttarci anche del mercurio nel terreno, già che ci sei?» Si voltò di scatto, regalandogli un rapido scorcio di gamba sexy sotto la gonna. «Hai idea—oh! Sono qui!»

Sean scosse la testa al cambio di argomento. Era come cercare di seguire un colibrì mentre guizzava di fiore in fiore. «Chi è qui?»

«I miei bambini!» Saltellò verso la porta sul retro, spalancandola senza badare alla sbeccatura che la maniglia in ottone avrebbe lasciato nel piano di lavoro dietro.

Sean non si era mai mosso così in fretta in vita sua. La signora Martinson aveva speso una piccola fortuna—no, facciamo una *grande* fortuna—per rinnovare questa cucina. Era una stanza che non avrebbe dovuto toccare quando avrebbe preso in mano tutto. A patto di riuscire a impedire a Livvy di distruggerla prima di riuscire a cacciarla fuori di qui.

Ma... *bambini*? Lei aveva dei *figli*?

Sean scosse la testa. Quel detective aveva molto da farsi perdonare. Da nessuna parte quel tizio aveva accennato a dei bambini. Cristo. Come diavolo avrebbe dovuto cacciare una donna con figli fuori dalla loro casa ancestrale?

Milioni di dollari, Manley.

Ah già. Ecco come.

Capitolo Tre

Per poco non inciampò in un mattone che si era allentato nel viottolo serpeggiante, e Livvy raggiunse il camion proprio mentre l'autista scendeva dalla cabina.

«Dove li vuoi, signora?» Le porse una cartellina con il modulo.

Livvy scorse l'elenco, assicurandosi che il suo vicino Kerry non avesse dimenticato nessuno. Firmò la bolla di consegna e lanciò un'occhiata al cielo minacciosamente carico di nubi. «C'è una stalla proprio in fondo al vialetto. Vengo con te e scarichiamo lì.» La stalla era stata la prima cosa che le era venuta in mente quando il signor Scanlon l'aveva chiamata all'improvviso con la notizia della morte di sua nonna e dell'Eredità. Quanto ricordava bene di essere scappata dall'aria da *Cime tempestose* della casa, tutti quegli anni prima, per rifugiarsi nella stalla profumata, con tutti quei cavalli e gatti.

Balzò in cabina e si lisciò la gonna sulle gambe. L'autista aveva fatto in fretta. Non se l'aspettava prima di un'altra ora, altrimenti si sarebbe già cambiata in jeans.

Scrollò le spalle. Se i «ragazzi» le rovinavano la gonna, finalmente era in condizione di permettersene una nuova.

La stalla, con il cielo grigio alle spalle, era proprio come la ricordava, fino agli ibischi nelle aiuole accanto a entrambe le porte. *Chi fa il giardinaggio a una stalla?*

Le stesse persone che avevano pavoni allo stato brado.

Quei pavoni liberi sbucarono dal retro dell'edificio e attraversarono di corsa il prato.

Scandole di cedro coronavano l'edificio in pietra che, con le stesse finestre ad arco con montanti della casa e le imposte grigio colomba, poteva passare per un'accogliente villetta. I suoi piccoli avrebbero ricevuto un trattamento da star.

L'autista accostò il camion alle porte della stalla, poi andò allo sportello posteriore e tirò giù la rampa. Livvy lo seguì, ricordando l'ultima volta che era stata lì. I box, tutti e dieci, erano stati pieni di fieno, e le finestre lungo il retro lasciavano entrare molta aria fresca e sole. I Martinson si erano dilettati nell'allevamento di cavalli, anche se quelle attività erano state vendute prima che Merriweather si ammalasse. Peccato. A Livvy i cavalli non sarebbero dispiaciuti, ma dato che non aveva intenzione di tenere il posto, la questione era accademica.

«Hai guinzagli o qualcosa, signora?» chiese l'autista.

Scosse il capo, sorridendo. «Lasciali e basta. Mi ubbidiranno.»

L'avevano sentita. Le porte si spalancarono su un coro di grugniti, ragli e belati mentre la versione da mini-fattoria dell'arca di Noè si riversava nel cortile. Kerry avrebbe mandato i cani più tardi. Quando si eccitavano tendevano a mordicchiare i garretti delle pecore, e il viaggio fin lì li avrebbe senza dubbio esaltati.

Il montone e le sue pecore scesero brontolando dalla rampa, seguiti dai loro piccoli. La sua nuova generazione. Quanto amava i loro morbidi velli, che alla fine sarebbero diventati infeltriti e grigi come quelli dei genitori. Quella parte la odiava, ma la loro lana sporca li manteneva in fieno.

Prese in braccio Buttercup e strofinò la guancia dell'agnellina contro la propria. Tre giorni tra la visita dallo studio legale e il loro arrivo lì le erano sembrati un'eternità lontana dalla sua piccola famiglia. Buttercup belò e irrigidì le zampette. La mamma, Daisy, le diede una testata leggera alla coscia. «Okay, Dais, eccoti. Mi siete solo mancati.»

Le capre sgusciarono fuori dal camion per prime, seguite dagli alpaca. Rhett le sputò addosso, cosa prevedibile. Di solito le sputava addosso. Scarlett gli fu subito dietro. La *hembra* era diventata più remissiva da quando Livvy li aveva sorpresi «sul fatto». Con un po' di fortuna, l'anno prossimo ci sarebbero stati cuccioli di alpaca, anche se, con l'Eredità, il prezzo della loro lana non era più la grande questione di prima.

La schiera di oche e anatre uscì dietro, per formare il solito cerchio rituale attorno a lei in attesa del mangime. Dovette farsi strada a piccoli passi fino al camion per afferrare uno dei sacchi, ma ben presto tutti sgranocchiavano felici, gli starnazzi cedevano il posto a beccate soddisfatte. Be', d'accordo, forse Calypso aveva appena dato un morso all'ala di Calliope, ma non era una novità.

Quando gli uccelli si furono calmati, Livvy salì nel retro del camion. Eccolo, come previsto: Reggie seduto sulla sua coperta nella gabbia, il grugno nero che frugava nelle pieghe. Si chiese quanti biscotti per cani Kerry avesse nascosto lì per tenerlo tranquillo durante il viaggio.

«Forza, Reggie. Sistemiamo tutti.» Il maialino panciuto sbuffò al sentirsi chiamare, poi si rizzò sulle zampe, l'imbracatura che tintinnava con i campanellini che lei ci aveva appeso. Reggie si credeva un gatto. E aveva davvero imparato la furtività felina, ma, ahimè, gli mancava la grazia. I campanellini la mettevano in guardia prima che lui si lanciasse—su di lei, sui mobili, sulle foglie di ninfea nello stagno di casa...

Afferrò due gabbie per galline, sollevò le chiocce coccodanti fuori dal camion, e fece schioccare la lingua per radunare la carovana nella loro nuova casa prima che i temporali previsti per quel giorno—e a cui il cielo grigio dava ragione—colpissero.

L'autista, con un sacco di mangime più grande buttato su una spalla, aprì la porta della stalla, e lui e Livvy si bloccarono di colpo.

Qualcuno aveva riempito la stalla non di fieno, ma di scatoloni. Pile e pile di scatole di cartone. Dal pavimento al soffitto, nastrate ed etichettate come in un magazzino. Casse di legno contenenti volumi avvolti in coperte e nel cellophane, che parevano mobili, occupavano ogni box, e il corridoio davanti era ingombro di mobili da giardino. I topi avrebbero faticato a trovare un posto per il nido, figurarsi la carovana che si era portata dietro.

«Uh, signora? Ci sono recinti qui intorno per qualunque cosa stesse in quel fienile? Devo andare. Ho altre consegne da fare.»

Recinti. Ma certo. Sul retro c'erano recinti all'aperto. Avrebbe dovuto trovare dei teloni per costruire un riparo provvisorio—o afferrare il copriletto della Camera Azzurra—ma per il momento i recinti sarebbero andati.

Mentre l'autista scaricava gli altri sacchi di mangime su una pila di panche appena dentro la porta della stalla, lei spinse gli animali verso il retro. I recinti non sarebbero stati il Ritz, ma neppure all'altro posto avevano esattamente vissuto da re.

Se non fosse che non avrebbero vissuto *da nessuna parte*, perché di recinti non *ce n'erano*.

I suoi piccoli avrebbero dovuto tornare a casa. Livvy chiuse gli occhi e cercò di pensare a qualcuno a cui chiedere di occuparsi di loro mentre lei restava bloccata lì. Ma l'elenco era lo stesso di quello che aveva stilato prima di organizzare di portarli lì: nessuno. Kerry l'aiutava un po', ma lui e Sherwood avevano la loro fattoria da mandare avanti. Lo stesso per Sheila, Marci e Jenny. Richard si era accaparrato tutti i ragazzi del college per le vacanze prima che lei ne avesse avuto la possibilità. La vita era piena d'impegni per la loro comunità cooperativa e badare ai suoi animali sarebbe stato solo un peso per tutti gli altri.

Guardando l'autista e il suo camion tornare lungo il viale, Livvy si lasciò cadere sul prato all'inglese curatissimo, elastico grazie a quello che era certa fosse un capitale in prodotti chimici, così che quella maledetta distesa sembrava un campo da golf, incrociò le gambe sotto di sé e si posò il mento sul palmo.

Verde a perdita d'occhio. Gazebo dal tetto bianco disposti con arte. Uno stagno ornamentale con cascata gorgogliante. Pergolati coperti di glicini sopra set da caffè in ferro battuto. Topiari a forma di creature mitologiche. Tutta quella terra e non una cosa utile. Tutto scena.

Perché non ne era sorpresa?

Reggie le si avvicinò e le sussultò nell'orecchio, il suo saluto abituale quando erano sul divano a casa. Lei gli grattò sotto il mento. Reggie chiuse gli occhi, si accovacciò e allungò il collo, grugnendo di piacere.

Le pecore iniziarono a brucare l'erba, seguite dalle capre e dagli alpaca. Livvy saltò di nuovo in piedi, staccando il mento di Reggie dal ginocchio. Non voleva che gli animali ingerissero qualunque veleno fosse stato sparso sul prato. Li ricondusse verso il davanti della stalla, cercando di capire la sua prossima mossa.

Forse avrebbero potuto dormire nella cappella. In fondo, c'era un precedente. Un precedente di oltre duemila anni, quindi non era che Dio avesse qualcosa contro la condivisione di un giaciglio con un branco di animali da cortile.

Poi una nube nera scivolò sopra il tetto della stalla con un brontolio di tuono. Non avrebbero fatto in tempo ad arrivare alla cappella prima che il temporale scoppiasse.

Non aveva altra scelta. Restava un solo posto.

Sean scese dalla scala. Non avrebbe tolto quelle tende, neanche per sogno. Rimetterle su pareva più difficile che issare un intero bancale di travetti su un tetto a padiglione.

Raggiunse il fondo della scala, alta quattordici piedi, poi la adagió su un fianco, attento a non colpire il loveseat che aveva spostato prima di sistemarla. Le magnifiche dimensioni della stanza avrebbero permesso grandi opportunità di ricevimento una volta completati i lavori. Quello spazio, con le porte-finestre che davano accesso al patio in ardesia, sarebbe stato perfetto come sala per i ricevimenti di un matrimonio intimo. Il paesaggista a cui aveva fatto dare un'occhiata al posto aveva suggerito di spostare uno dei gazebo dal prato del croquet vicino al patio, così da poter celebrare le cerimonie in caso di pioggia.

Sean recuperò il carrello e ci inclinò sopra la scala. Anche con il suo pick-up proprio fuori, non voleva trascinarsi quella cosa scomoda per anche solo pochi piedi e rischiare di farla cadere o di danneggiare le boiserie. Ora che aveva finito con le stanze del piano terra di quel lato della casa, avrebbe riportato la scala al camion, poi si sarebbe spostato al piano di sopra, dove i soffitti erano un po' più bassi. Con un'altra metà di villa da pulire, gli sarebbe servito tutto il mese per finire quel posto.

Manovrò il carrello e la scala fino alle porte del patio, grato che la pioggia tardasse—e per la terrazza larga venti piedi. L'ardesia lì fuori necessitava di qualche ritocco, ma sapeva proprio a chi rivolgersi. Sempre che, ovviamente, finisse per aggiudicarsi quel posto.

Gesù. Come diavolo avrebbe fatto a mandarla via? La povera, ripudiata figlia illegittima con la puzza sotto il naso aveva appena varcato la soglia del bastione di famiglia, reclamandolo per sé. Non se ne sarebbe andata per un nonnulla. E lui doveva stare attento a non farsi licenziare prima che il resto del suo tempo lì fosse finito.

Doveva diventare la sua nuova migliore amica. Incantarla, farsele amico, diventare il suo compare. Giocare al Lavoratore contro l'Erede Tradita. Noi Contro La Famiglia. Renderli anime affini. Lusingarla finché non avesse creduto che avesse a cuore i suoi interessi. Nulla di tutto ciò sarebbe stato un problema. Il problema sarebbe sorto quando avesse scoperto quali diamine fossero quelle clausole e avesse dovuto batterla sul loro terreno.

Un'ora prima l'idea non gli era sembrata male. Non era tipo da perdere i soldi dei suoi fratelli, ma non l'aveva ancora incontrata. Ora era una donna in carne e ossa. Con figli.

Maledizione. Chi l'avrebbe mai detto che Merriweather Martinson avesse un cuore nascosto da qualche parte sotto strati di colletti inamidati e stole di pelliccia?

Sean sbloccò le porte-finestre e ci fece passare la scala su ruote. Forse, una volta che avesse allontanato Livvy e messo quel posto in sesto e in attivo, le avrebbe dato un assegno mensile. Avrebbe avuto i soldi per rimettere a posto quella fattoria cadente che chiamava casa, e lui si sarebbe sentito meno in colpa per aver mandato via lei e i suoi figli. Un vantaggio per tutti.

L'eruzione di suoni da aia avrebbe dovuto avvertirlo che non sarebbe stata così semplice.

Capitolo Quattro

Sean si voltò di scatto al trambusto, scioccato nel vedere una folla indisciplinata di uccelli e animali da fattoria dirigersi verso di lui. Con una zingara dagli stivali ai piedi che correva al loro fianco.

Rimase lì, incredulo—e, in fondo, compiaciuto—finché qualcosa non lo colpì allo stinco. Figlio di buona donna!

Sean distolse lo sguardo dalla carica giusto in tempo per vedere una testa dalle corna grigie fare marcia indietro per assestargli un altro colpo alla gamba. Una capra?

Sentendosi un torero imbranato, Sean scansò l'inasprimento, riuscendo a non inciampare nell'oca bianca e grossa alla sua destra, ma prendendosi una spallata da un lama.

Un lama.

Un lama che stava andando a—

«No!» Sean si riscosse, tornò nella stanza che aveva appena trascorso la parte migliore dell'ultimo giorno e mezzo a pulire, solo per trovare due capre sul divanetto bianco, un'altra che masticava il bordo del tappeto e il maledetto lama che si pavoneggiava letteralmente davanti alla vetrina.

E quello davanti alla credenza era ciò che pensava che fosse? Oh, Dio, sì. Per lo meno l'anatra aveva lasciato quel piccolo "regalo" sul marmo, non sulla moquette—non che alle capre importasse.

«Oh, no!» Il grido angosciato di Livvy fu più debole di quello che lui avrebbe voluto lanciare.

I mobili avrebbero dovuto essere rifoderati, e se quel lama si fosse grattato quell'assurdo collo su quella vetrina ancora una volta, l'avrebbe buttata giù. E delle capre meglio non parlare. Il tappeto era da buttare in quindici secondi netti.

Si voltò giusto in tempo per vedere il resto dell'arca di Noè sgambettare oltre le porte. Inclusa una maiale.

Un maiale. Ma chi diavolo aveva un maiale?

Beh, non c'era molto da pensarci. Ovviamente era la donna attorno alla quale si stavano radunando i segugi—okay, le *capre*—dell'Inferno.

«Rhett, smettila!» urlò Livvy, dando uno schiaffo al lama. *Rhett*. Ci mancava. «Dodger, scendi da quel sofà immediatamente!» La capra sollevò lo sguardo dal cuscino con frange che stava denudando con un battere di ciglia, poi tornò a sgranocchiare. «Calliope! No! Fuori! *Fuori*!»

Già, Calliope l'oca non stava dando retta. O non le importava.

Non che importasse più. Il tappeto era spacciato.

Livvy corse sul tappeto, scacciando e dando piccoli calci, la gonna che svolazzava dappertutto.

Gli animali la schivarono e trovarono qualcos'altro da rovinare.

Sean guardò dal caos alla scala sul patio, e escogitò in fretta un piano.

Corse fuori, schivando l'ariete che cercò di colpirlo tra le gambe, poi trascinò due panche in ferro battuto attraverso il portico e ne incastrò i fianchi contro la casa. Quindi spinse il carrello della scala contro di esse e infilò i cuscini nei buchi di fuga, creando un recinto improvvisato. Tutto ciò che doveva fare era far sì che il Pifferaio Magico li guidasse fuori.

«Livvy! Di qua,» gridò sopra al coro di squittii, starnazzi e ragli.

Livvy si scostò una ciocca di ricci dal viso quando sporse lo sguardo oltre il dorso del lama che stava spingendo e il sollievo le brillò nel sorriso. «Ottima idea.»

Uno per uno, lei scacciò, spronò o portò in braccio gli animali attraverso le porte-finestre. Sean poi le chiuse e si fece barricata con il corpo per impedire ai diavoletti di rientrare.

Ci vollero buoni dieci minuti, e più Aubusson di quanto si sarebbe mai potuto riparare, ma presto tutte le creature furono rintanate nel recinto improvvisato.

Livvy si appoggiò alla porta accanto a lui, le sue curve che ansimavano ben più di quanto a lui piacesse.

Be', no, non era proprio vero. Gli piacevano, eccome. Ma non *aveva* bisogno di farseli piacere.

«Grazie,» disse, cercando di riprendere fiato. «Non so cosa sia preso loro. Di solito in casa si comportano bene.»

«Tu li *fai entrare* in casa tua?»

«Be', non come regola generale. Ma quando il mio fienile perdeva durante un uragano, non ho davvero avuto scelta. A parte le necessarie, ehm, chiamate di natura, si sono comportati piuttosto bene.»

«Già, be', pare che oggi si siano dimenticati le buone maniere. E che cos'è tutta questa menageria?»

«Sono i miei animali domestici.»

«Sono animali da cortile, non animali domestici.»

«Perché gli animali da cortile non possono essere animali domestici?»

«Vuoi che ammetta che avere un maiale è come avere un cane?»

«In realtà, Reggie è più simile a un gatto che a un cane.»

Sean digrignò i denti. «Fa lo stesso.»

«Vedo che non ami i gatti.»

«Sono più un tipo da cani.»

«Bene. I cani arriveranno presto.»

Altra follia? «Fortunato io.»

«Senti, Bagnino.» Lo punzecchiò al fianco e fece male, accidenti. «Questa è casa mia e sono i miei animali. Fattene una ragione.»

«Hai visto cosa hanno fatto a quella stanza? È così che vuoi vivere? I tuoi antenati non hanno costruito un fienile là fuori per niente, sai.»

«Lascia stare i miei antenati. Non mi importa cosa abbiano fatto o cosa vogliano. Adesso è casa mia e se voglio che le capre abbiano un parco giochi nella sala di ricevimento, non sono affari tuoi.»

«Non puoi dirmi seriamente che permetterai a quegli animali di distruggere tutti quei mobili d'antiquariato.»

«Perché ti interessa?»

«Mi interessa perché...» Eh già, bella domanda. Quale sarebbe stata la sua risposta? «Perché è il mio lavoro prendermi cura di questo posto. Ho appena finito di pulire quella stanza, lo sai. Ora è un disastro.»

Lei chiuse gli occhi, scuotendo la testa. Quando li riaprì, Sean vide un lampo di risa brillare in quegli occhi ambrati. «Sean, Sean, Sean. Devi davvero prenderla più alla leggera. Sono solo *cose*. Sono stati stipati in un camion per ore. Se il fienile fosse stato vuoto, si sarebbero sfogati lì fuori, ma qualcuno ci ha ficcato un mucchio di scatole e mobili. Non avevo altro posto dove metterli senza che si mangiassero tutta l'erba.»

«E spiegami di nuovo perché i tappeti ereditari sono meglio per la loro digestione dell'erba? Pensavo che l'erba fosse biologica.»

«Lo sarebbe se non fosse imbevuta di abbastanza sostanze chimiche da renderlo degno di un campo da golf.»

Esatto. Quel prato era magnifico. Non ci sarebbe voluto molto per trasformarlo in un fairway ideale.

«Quindi che cosa ne farai adesso?»

Lei arcuò quelle belle labbra a cuore da un lato e Sean si chiese che cosa avrebbero sentito contro le sue. Che gusto avrebbero avuto—

Già, già, mente fuori dalla faccenda del carino e a forma di cuore. E poteva scordarsi di baciarla. Lei era il nemico.

Come lo era il maiale che cercava di infilarsi tra i due, i campanelli al collare che suonavano come un Babbo Natale ubriaco.

«Devo svuotare il fienile prima di poterli mettere lì. C'è qualche possibilità che la pulizia del fienile rientri nella tua descrizione del lavoro?» Lo urtò con la spalla e lo guardò da sotto le ciglia.

Non era giusto. Quello sguardo l'aveva probabilmente inventato Afrodite per far vacillare ginocchia e volontà degli uomini. E Livvy lo sapeva usare alla perfezione. Maledizione.

Pareva che avesse appena aggiunto altro lavoro alla sua giornata, perché non c'era verso che optasse per una fattoria al coperto nel suo futuro Hideaway Hills Resort.

Ma poi il cielo si aprì, scatenando cortine di pioggia degne di Noè e della *sua* menageria.

«Oh no!» Livvy balzò via dalla porta, radunò gli animali, poi lo fulminò con lo sguardo. «Allora?»

«Allora cosa?» Non si era mosso. Né intendeva farlo.

«Non mi aiuti?»

«Ad aiutarti a fare cosa?»

«A farli entrare.»

«Dentro? Pensavo avessimo appena deciso di svuotare il fienile.»

«Ma si stanno bagnando.»

«Sono animali. Sono abituati.»

«No che non lo sono. E non voglio che si ammalino. Andiamo.» Scostò il maiale e tirò la porta.

Sean l'afferrò prima che si aprisse più di cinque centimetri dal telaio. «Non li fai rientrare.»

Ciglia fuligginose e appuntite incorniciarono occhi dorati che sputavano fuoco. «Invece sì.»

«No che no. Sono animali. Animali da cortile.»

«Che non hanno un fienile. Ora smettila di discutere e spostati!»

Per essere una cosina minuta sapeva menare colpi. Il suo fianco lo colpì a metà coscia e lui dovette davvero fare un passo di lato per restare in piedi.

Quella fu la breccia che le serviva. In un attimo afferrò entrambe le maniglie e spalancò le porte. Gli animali si riversarono dentro.

Merda. Avresti detto che non avessero mai visto la pioggia.

Lo stesso non si poteva più dire dell'Aubusson. L'unica consolazione era che era già rovinato—come adesso lo erano i mobili. Oh, inferno.

Il tuono fece tremare i vetri delle porte-finestre.

«Meglio che le chiuda,» disse Livvy, la mamma chioccia, spingendosi via da una delle poltrone bergère.

«A che pro?» Sean si lisciò via dalla fronte i capelli fradici con una mano e con l'altra le afferrò il braccio. «Il pavimento è già zuppo. E poi, volevi un fienile. Adesso ce l'hai.» Con il décor di Versailles.

Aveva già un dito puntato verso di lui ma, a metà giro, le parole le si bloccarono in bocca. Lo guardò, poi guardò se stessa, poi tutti gli animali, e scoppiò a ridere.

E lui scoppiò a ridere con lei.

Ma con la gonna inzuppata appiccicata alle gambe e il tessuto bagnato, impalpabile, praticamente trasparente che faceva lo stesso col suo corpo, il riso morì nella gola di Sean.

Fu rimpiazzato da qualcosa di molto più pesante. Pregno d'attesa. Non riuscì a distogliere lo sguardo.

Era irresistibile. La pioggia correva lungo la clavicola, qualche goccia che si raccoglieva nella fossetta prima di scivolare giù per il petto sotto il tessuto sottile della sua canottiera. Sean seguì quella scia con gli occhi, il respiro che si faceva sempre più corto a ogni lentiggine che contava.

Il riso di Livvy svanì e Sean incontrò il suo sguardo.

La vulnerabilità che aveva visto prima era stata sostituita da qualcosa... di più.

Lui *volle* di più.

Non capiva perché; non era il suo tipo, di solito. Ma non importava. Quando Livvy lo guardava così, *apparendo* com'era, non importava. La voleva.

Fece un passo verso di lei. Un passo lieve, ma le sue ciglia tremarono e le labbra, lucide di pioggia, si disegnarono in una piccola O. Voleva leccarla via.

E lo fece.

In qualche modo lei era tra le sue braccia, i loro corpi a contatto, i respiri che si mescolavano, i suoi ricci che gli sfioravano il petto allo scollo della camicia, e la sua lingua scivolò a gustarle le labbra. Solo un soffio di tocco, ma da parte sua non ci fu esitazione. Il suo respiro si spezzò giusto quanto bastava a offrirgli la piccola apertura di cui aveva bisogno e lui approfondì il bacio.

Il tuono squassò la stanza—o forse era il sangue che gli ruggiva nelle vene mentre il suo corpo si faceva incendio. Le avvolse le braccia sopra le spalle, premendo contro di sé l'incredibilmente esile curva della sua vita, i suoi seni—i suoi seni bagnati, tesi—schiacciati contro il suo petto, e non poté trattenere un gemito quando i fianchi di lei si mossero contro di lui.

Dio, lo faceva impazzire e non gli importò se lei lo capisse. Perché davvero... come avrebbe potuto non farlo?

Le infilò una mano nell'intrico dei ricci che voleva vedere sparsi su tutti i cuscini del letto di sopra, e le tenne la testa all'angolazione giusta. La sua lingua scivolò dentro, incontrando la spinta di quella di lei, le sue labbra che lo mordicchiavano, i capezzoli che premevano contro il suo petto, inviando segnali tumultuosi a ogni terminazione nervosa del suo corpo.

Era piccola, quasi fragile, ma, Dio, sapeva baciare. Il graffio feroce delle unghie sulla sua schiena sotto la camicia, il modo in cui si appoggiava a lui, senza trattenere nulla...

Il gemito basso in fondo alla sua gola... Lo mandò in pezzi.

Gli scese la mano più in basso, le afferrò il sedere, la tirò in posizione. Avrebbe adorato farle avvolgere le gambe attorno a lui, ma questo avrebbe significato lasciare andare la sensuale cascata dei capelli umidi che gli carezzavano la pelle, e al momento non era un'opzione. Se li immaginò sparsi su di lui mentre lei lo cavalcava, i suoi seni, pesanti tra i suoi palmi, che oscillavano al loro ritmo.

Dio, quell'immagine... Approfondì il bacio, la lingua che faceva ciò che il suo cazzo desiderava. Era così duro che faceva male...

Le scivolò le labbra sulla guancia, assaporando il sentore del suo desiderio sotto la pioggia, le inclinò il capo all'indietro, sentì il suo respiro caldo e spezzato contro l'orecchio. Affondò nella fossetta sotto la mascella, il suo polso che pulsava contro le labbra mentre le risaliva al lobo, lo catturava tra i denti, tirava, e la sua testa ricadeva all'indietro. Pelle umida, cremosa, lì per essere presa, un tocco delle labbra, il vortice della lingua—

Accidenti, era nei guai fino al collo. Questo non faceva parte del suo piano. Avrebbe dovuto star architettando uno stratagemma per farla andare via di qui, non baciarla fino a farle perdere i sensi.

Eppure non riusciva a smettere. Baciarla forse non era stata la decisione più intelligente dal punto di vista *degli affari*, ma, Dio, gli pareva potesse essere la migliore decisione *della vita* che avesse mai preso.

E poi quel dannato maiale gli diede una testata nel sedere.

Capitolo Cinque

Sean scattò con la testa per guardare in quegli occhi in cui, pochi istanti prima, aveva voluto affogare—e in cui voleva sprofondare di nuovo.

Ma, santo cielo, quella era davvero una pessima idea.

«Se il tuo maiale pensa di essere un gatto, perché si comporta come un cane da guardia?» Doveva riportare un po' di buon senso nel momento e, se i maiali da guardia erano il massimo, allora era decisamente nei guai fino al collo.

Ma funzionò; gli occhi di Livvy danzarono di risate. «Reggie è un tantino, ehm, geloso di chiunque riceva più attenzioni di lui. Può essere Calliope, può essere Rhett. Non ce l'ha con te in particolare.»

Oh, sì che Reggie ce l'aveva. Il *grugno* del maiale ce l'aveva con lui. In un punto assai inopportuno. Un colpo di testa dell'animale e Sean avrebbe cantato da soprano per un bel po'. «Ti va di richiamarlo?»

Livvy rise di nuovo e fece un passo indietro. Sean avvertì immediatamente la mancanza. Ma sentì anche Reggie allentare la pressione. La bestia lo fissò in cagnesco mentre si ritraeva.

Sean annuì all'animale. «Efficace.»

Livvy alzò le spalle—e quel gesto fece fin troppe belle cose alla maglietta sottile ancora appiccicata al suo petto. Se Reggie non avesse grugnito un avvertimento, Sean avrebbe di nuovo accorciato la distanza tra loro.

Questo, però, non sarebbe stato saggio. Doveva stare ben, ben lontano da Livvy Carolla.

Ma poi lei scosse i ricci oltre la spalla, e la curva del collo gli ricordò che non aveva ancora avuto modo di assaggiarne quella parte.

«Perché l'hai fatto?»

Perché era stata un'idea migliore che portarla di sopra e toglierle di dosso quei vestiti. «Vuoi dire, baciarti?»

Lei si morsicò l'indice e Sean ebbe voglia di gemere. La punta della lingua, un accenno di rosa, quel sapore dolce e asprigno di mele...

«Eh, sì. Quello.»

«Un tipo ha bisogno di una ragione per voler baciare una donna sexy?»

Lei sbuffò. «Ma per favore. Sembro un barboncino affogato.» Si spolverò le mani davanti alla gonna e abbassò lo sguardo...

E vide ciò che vedeva lui.

Quegli occhi color ambra tornarono a cercare i suoi.

Cercò di nascondere il sorriso. «Non direi.»

«Già, be'...» Si portò i capelli in avanti e si incurvò, incrociando le braccia per maggiore protezione. *La sua* protezione, se solo lo avesse saputo. «Hai l'abitudine di baciare donne fradice di pioggia? Dev'essere che sei parecchio popolare. Mi stupisce che nessuno ti abbia ancora sistemato quella faccia da belloccio.»

«Non è che mi stessi proprio respingendo.»

«Non è che mi stessi proprio dando modo di farlo.»

«Bel tentativo, Principessa, ma il tuo sospiro e quella lingua che scivolava nella mia bocca erano un invito bello e buono. Non scaricare tutto su di me. Mi sarei fermato in qualsiasi momento tu avessi fatto storie.» E se ci avesse creduto, non avrebbe avuto alcun dubbio che avrebbe finito per ottenere quel posto.

«Potrei licenziarti, lo sai.»

«Sì. Potresti. Ma allora chi ti mostrerebbe il posto? Chi ti darebbe le chiavi? Chi ti pulirebbe il fienile?» Sean ostentò spavalderia per coprire la paura molto reale che lei lo *licenziasse* davvero. Cosa mai gli era saltato in mente? Farle rescindere il contratto con la Manley Maids era l'ultima cosa che voleva.

«Senti, mi dispiace.» Sbuffò e si passò le mani tra i capelli. «Non succederà più. Credo di aver frainteso l'interesse.» Già. Forse non era questo il motivo per cui i suoi capezzoli, all'inizio, gli avevano reso onore, ma lei era stata coinvolta in quel momento quanto lui.

Ma il progetto era ciò che contava: farla fallire. Avrebbe fatto qualunque cosa per restare lì.

Incluso tenersi alla larga da una bollente Livvy Carolla.

Aver frainteso l'interesse. Oh, non aveva frainteso proprio niente, ma Livvy non stava per ammetterlo. In cosa accidenti aveva pensato, a baciarlo in quel modo? L'uomo era uno sconosciuto.

«Sconosciuto perfetto» era l'espressione chiave.

Di certo non poteva dargli torto. Non aveva protestato perché baciarlo le era sembrata la cosa giusta da fare.

La cosa giusta da fare—per l'amor del cielo. Adesso stava pensando come sua madre.

Certo, se la mamma non avesse pensato che baciare *il verme* fosse la cosa giusta da fare, Livvy non sarebbe stata lì, a fissare il ragazzo più bello che avesse mai incontrato.

«Bene. Scuse accettate. Evitiamo solo il bis, ok?» Il tuono fece tremare i vetri di nuovo mentre la pioggia riprendeva. Un altro lampo fece sbuffare Rhett nell'angolo. Daisy iniziò a grugnire e le capre saltarono una sull'altra, cercando un punto più alto. Reggie fece ciò che faceva sempre durante un temporale—si infilò tra le sue gambe, tossendo come se avesse qualcosa incastrato nel grugno.

E poi sentì la stridula versione di *Yellow Submarine* echeggiare nell'ingresso: Orwell al suo massimo terrore.

«Tieni d'occhio questi qui,» disse a Sean mentre spingeva Reggie verso di lui per il collare con il campanello. «Torno subito.»

«Tenerli d'occhio?» Sean afferrò l'imbracatura per un secondo, poi la lasciò cadere come se scottasse. «Che vuol dire, *tenerli d'occhio*?»

«Lascia che Reggie stia vicino a te e non far sì che gli altri inizino a pizzicarsi tra loro. Soprattutto gli alpaca. Ho bisogno che il loro vello resti in buone condizioni.» Se Sean aveva provato attrazione per lei prima di quel momento, adesso doveva essere svanita; la guardava come se le mancasse qualche rotella.

Ma non c'era verso. Orwell avrebbe solo urlato più forte e si sarebbe agitato, e ci sarebbero voluti giorni per calmarlo. Un pappagallo psicopatico non era una buona compagnia.

Scattò attraverso la porta, sgranando gli occhi quando Orwell attaccò con il ritornello.

Prendendo i gradini a due a due, Livvy li salì in volo e raggiunse la sua camera, afferrò la gabbia del pappagallo e sgattaiolò di corsa nell'armadio. Nel momento in cui l'oscurità lo avvolse, Orwell si calmò. Viaggiare ed essere solo durante un temporale: i suoi due incubi peggiori.

Livvy frenò il respiro e cercò il gancio della gabbia. Sarebbe stato a posto appena fosse salito sulla sua spalla.

E infatti, saltò sulla sua mano, poi si arrampicò sul braccio, facendole desiderare di aver indossato le maniche lunghe. Si chinò e, con un sonoro smacco, le diede la versione senza morsi di un bacio da pappagallo.

«Bravo ragazzo, Orwell,» disse lui.

«Bravo ragazzo, Orwell.» Livvy gli accarezzò la testa, poi aprì la porta dell'armadio.

Per trovare Sean in piedi sulla soglia della sua stanza.

«Che ci fai qui?» chiese.

«Che cos'era quello?» domandò Sean proprio mentre un altro boato di tuono copriva le loro parole.

Orwell infilò la testa sotto i suoi capelli.

«Sean, che ci fai qui? Non mi hai sentita? Devi controllare gli alpaca.»

«Fare la guardia agli alpaca non rientra nella mia descrizione del lavoro. E il tuo dannato maiale quasi mi ha spaccato la rotula all'ultimo lampo.» Fece un passo nella stanza e guardò la sua spalla. «Un uccello? Sei corsa qui sopra per un uccello?»

Lei sbuffò e scosse la testa, poi gli passò rasente. «Sì, sono corsa qui sopra per un uccello. Non l'hai sentito strillare?» Si diresse verso le scale. Rhett poteva diventare molto umorale e Daisy poteva essere fin troppo protettiva con i suoi agnellini. Livvy non poteva permettersi che la loro lana si rovinasse.

Si fermò al secondo gradino dal fondo. In realtà, *poteva* permettersi che la loro lana si rovinasse. Pensa un po'.

Poi scosse la testa. Non importava ciò che poteva permettersi; non le servivano animali nevrotici. Aveva lavorato sodo per dar loro un senso di sicurezza dopo l'instabilità delle loro vite prima che li avesse salvati.

Fece gli ultimi due gradini mentre Sean la raggiungeva. La seguì di nuovo dentro la stanza per trovare—

Oh, gioia. Rhett e Scarlett avevano trovato un nuovo modo per ignorare il temporale.

Proprio nel mezzo del tappeto.

Capitolo Sei

Oh, cavolo. Gli animali lo *stavano facendo* in mezzo alla stanza. Sul tappeto mezzo mangiato.

Sean scoppiò a ridere. Follia. Una follia assurda. Eccolo lì, in una stanza arredata con pezzi d'antiquariato dal valore inestimabile, intento a progettare di trasformarla in una sala ricevimento per matrimoni senza badare a spese, e c'era un'accoppiata di alpaca in corso. E una delle donne più sexy che avesse visto da un bel po'—che lui aveva appena baciato a rischio del suo lavoro e del futuro della sua azienda—se ne stava lì con addosso vestiti bagnati quasi trasparenti e un pappagallo sulla spalla.

Un pappagallo canterino. La cui esecuzione stonata di «I'm In The Mood For Love» era comicamente azzeccata.

«Sst! Orwell! Monello! Monello!» Livvy cercò di serrargli il becco. «Ahi!» Già, non c'era riuscita.

Ma Rhett, vecchio mio, eccome se ci riuscì. Con un grugnito che gli fece vibrare la schiena, l'alpaca si staccò dalla sua signora, poi prese a pavoneggiarsi per la stanza come se avesse appena reso il più grande servizio del mondo.

Sean gettò un'occhiata a Livvy, i cui capezzoli erano *ancora* delineati sotto la camicia. Non aveva alcuna intenzione di negare a Rhett un solo secondo di trionfo. Dio sapeva che *lui* avrebbe fatto la stessa cosa se non lo avesse fatto licenziare—farle l'amore *e* vantarsene, ecco.

Sean scosse la testa. Mente di nuovo sul *lavoro*. Non *sulla donna*. Anche se lei *era* il lavoro.

E poi suonò il campanello.

«Vado io», disse, saltando oltre un caprettino, rischiando quasi le parti basse quando quello saltò nello stesso momento.

Lasciò Livvy nel manicomio e corse alla porta, aprendola proprio mentre un lampo metteva in risalto la sagoma dell'uomo lì in piedi come Lurch.

«Posso aiutarla?»

Occhi acuti lo trapassarono sotto una fronte sporgente, la pioggia colando dall'ombrello sulle scarpe di Sean. «Sono qui per vedere la signorina Olivia Carolla.»

«Al momento è un tantino impegnata. Suppongo che voglia aspettare?»

«Grazie. Sono Benjamin Scanlon, il suo avvocato. O, meglio, l'avvocato dell'eredità.»

Sean si sforzò di tenere il sorriso lontano dalle labbra e il calcolo fuori dallo sguardo. L'avvocato. Il tizio con cui aveva cercato di parlare fin dalla morte della signora Martinson. Quello che teneva le chiavi di questo regno. E che stava per consegnarle a Livvy—anche se Sean, potendo, lo avrebbe impedito.

«Nessun problema. Può aspettare qui.» Indicò al legale lo studio in stile vittoriano. «Vuole un caffè o qualcosa? Una birra?»

«Una birra la berrei volentieri, ma con questo caos»—l'avvocato annuì mentre un altro tuono rimbombava sopra di loro, completo di una sfilza di sbuffi e nitriti dalla stanza in fondo al corridoio—«farò meglio di no, dato che devo guidare. Andrà bene un caffè.»

Era proprio la scusa che serviva a Sean per assicurarsi che Livvy se la cavasse da sola con lo zoo. E per tenerla occupata abbastanza a lungo da strappar qualche informazione al suo avvocato.

Ignorando i rimorsi della coscienza, Sean socchiuse la porta dello studio, corse giù per il corridoio verso il salotto, sgattaiolò oltre quando Livvy gli diede le spalle, uscì dalle portefinestre in fondo al corridoio e scivolò fino a quelle del salotto che davano sul patio, pregando che un agnellino curioso trovasse l'apertura che lui aveva creato con la porta.

Livvy si voltò di scatto mentre Rhett cercava di beccare Orwell e Orwell cercava di rifilargli un morso di rimando. Quei due non andavano mai d'accordo e l'elettricità della tempesta li rendeva ancora più nervosi.

Un po' come faceva a lei l'elettricità che c'era con Sean.

Livvy sbuffò. Si era limonata la cameriera. Le compagne di scuola non si stupirebbero? E ancor di più una volta visto il suddetto «cameriere». Un bel pezzo d'uomo e sapeva baciare. Probabilmente aveva fatto tanta pratica nella seconda cosa grazie alla prima che non avrebbe dovuto stupirsi poi tanto.

Rhett tirò su e sputò un bel catarro rumoroso verso Orwell, ma l'uccello riuscì a schivarlo, rendendo la sua guancia il bersaglio perfetto, cancellando il ricordo del bacio di Sean più in fretta di qualunque altra cosa. Ugh.

«Smettila, Rhett.» Cercò di spingerlo di lato, ma lui si era incastrato accanto alla vetrinetta delle curiosità e non si mosse di un millimetro.

Una perfetta analogia della sua vita e della famiglia da cui proveniva.

Ma le cose sarebbero cambiate, una volta che quel posto fosse diventato suo. Avrebbe potuto farci ciò che voleva. Venderlo, donarlo, persino buttarlo giù, e nessuno avrebbe potuto dirle il contrario. Finalmente avrebbe potuto lasciarsi il passato alle spalle e ripagarli per l'inferno indifferente che le avevano fatto passare. Anche sua madre.

E a proposito di inferno... Le oche si erano sistemate sulla credenza e pizzicavano i capretti mentre cercavano di saltare su con loro. Randy, nome azzeccatissimo, quasi ce la fece, ma scivolò e atterrò sopra Buttercup, che partì con un bel belato e filò dritta verso l'apertura nelle portefinestre—

Come diavolo era *successo*? Avrebbe potuto giurare di averle chiuse.

E poi non importò più come fosse successo, perché Buttercup sgusciò fuori nella tempesta.

Livvy si fiondò dietro alla piccola agnellina spaventata. Anche Daisy ebbe la stessa idea. Si scontrarono con un tonfo l'una contro l'altra e contro lo stipite, con la gamba di Livvy che ebbe la peggio. O meglio, il suo didietro, dato che atterrò con un tonfo che le scosse la schiena, e il marmo bagnato e gelido non era proprio la superficie ideale su cui cadere.

Fuori andò Daisy.

Questo incoraggiò il resto delle tre gemelle della pecora a seguirla. E poi toccò ai capretti, il che, naturalmente, fece partire anche la loro madre, dando vita all'ennesima parata.

Livvy si rimise in piedi alla meglio, spinse via Digger e si lanciò attraverso la porta sulla groppa di Daisy proprio prima che la pecora potesse abbattersi contro il divano in ferro battuto e liberare tutti.

Maledicendo la pioggia, sua nonna, Daisy, Buttercup e soprattutto Randy per aver dato il via a tutto, Livvy riuscì a radunarli tutti dopo quindici minuti che le parvero quindici anni.

Dov'era, diamine, quel cameriere sexy che era venuto in dotazione con quel posto? Era stato tutto molto più semplice quando lui era lì ad aiutarla.

Finalmente, con i capelli così bagnati da non avere più nemmeno una molla di riccio, la camicia che faceva da spugna e la gonna più d'intralcio che d'aiuto, Livvy riuscì a ricondurre tutti gli animali dentro, dove tornarono a sgranocchiare felici il tappeto. Il che le ricordò che doveva andare a prendere il mangime nel fienile, dove l'autista lo aveva lasciato.

Per lo meno era asciutto. Peccato non potesse dire lo stesso del resto della stanza. Be', tranne Orwell. Che stava cantando a squarciagola un medley dei Beatles con quei suoi minuscoli polmoncini, a quattro metri e mezzo d'altezza sulla mensola che reggeva le tende.

E adesso come faceva a farlo scendere da lì?

«È sicuro che non sia ancora disponibile?» L'avvocato posò la piccolissima tazzina di porcellana—gli unici bicchieri che Sean era riuscito a trovare—sulla scrivania di mogano.

Per fortuna Sean aveva trovato un vecchio barattolo di caffè solubile in uno dei pensili e pregò di non ammazzare per sbaglio il tizio col marciume prima di ottenere le risposte che voleva.

«Arriverà tra un po'. Alcuni, ehm, problemi di zootecnia.»

«Coniugali? Lei è sposato?»

Non *poteva* essere così facile, vero?

«Oh, non ancora.» Tecnicamente, non era una bugia. Scanlon non aveva specificato *con chi* Sean fosse sposato e, lui *aveva* pensato all'equivalente dei diritti coniugali in quel salotto mezz'ora prima.

Sì, sì, sottigliezze, ma aveva bisogno di questa proprietà—quasi al punto di sacrificare i propri principi.

No. Non c'era alcun «quasi». I principi erano stati sacrificati nel momento stesso in cui aveva indossato quella divisa sapendo che avrebbe dovuto combattere a causa del testamento. Ma gli serviva quella proprietà. Gli *serviva*. Il resto della sua società, diavolo, il suo futuro, dipendeva da quell'affare, e i principi finivano così fuori gioco. Ma sarebbe stato infinitamente più semplice se lei non gli fosse piaciuta così tanto.

«Dunque, ehm...» Sean posò la sua tazzina, tirò su il davanti dei pantaloni e si sedette su una poltrona accanto all'ennesimo caminetto decorato. Quella casa ne aveva dieci, ognuno di stile diverso e ciascuno con le cornici originali in marmo o pietra. Aveva fatto i compiti e la descrizione di ciascuno era già parte della bozza della sua brochure. Sì, era già arrivato a quel punto nei piani. Lo era da un po' prima che Merriweather ci mettesse il bastone tra le ruote. «Di che cosa doveva parlare con Livvy?»

Scanlon incollò in volto un sorriso da non-sono-nato-ieri, figliolo. «Temo di poterlo discutere solo con lei. Capisce.»

Purtroppo, capì. Addio a quella tattica.

«Giusto. Quindi... da quanto tempo conosceva la signora Martinson?»

L'avvocato si appoggiò allo schienale e le labbra gli si distesero in l'ombra di un sorriso. «Il mio studio rappresenta gli interessi dei Martinson da generazioni.»

«Scommetto che voi sapete dove sono tutti gli scheletri nell'armadio, eh?»

Gli occhi di Scanlon si strinsero. «Non sono autorizzato a discutere le questioni della famiglia Martinson.»

«Certo. Intendevo solo dire che Livvy probabilmente è una di una lunga lista che i soldi dei Martinson hanno tenuto nascosta. Probabilmente le rodeva che la signora Martinson avesse come unica persona a cui lasciare tutto sua nipote.»

Sì, stava buttando l'amo, dato che sapeva già che Livvy non era stata l'unica opzione di Merriweather, ma cosa poteva saperne la *governante*, giusto? E, se lo leggeva bene, l'avvocato era stato o infatuato o in soggezione della *grande dame*. In entrambi i casi, lo avrebbe difeso. E si sperava che si lasciasse scappare qualcosa.

«La signora Martinson non era obbligata a lasciare tutto alla signorina Carolla. Poteva fare ciò che voleva con il patrimonio. Era suo. La famiglia è sempre stata importante alla signora Martinson, ed è per questo che ha scelto di fare ciò che ha fatto.»

Ma con delle clausole.

«Una bella scommessa, però, non trova? Voglio dire, lasciare tutto quel denaro e questo posto alla nipote con cui a malapena parlava? Come faceva a sapere che Livvy non l'avrebbe sperperato in feste o in cacciatori di dote?» Sean finse di sorseggiare il caffè. «Può darsi che la signora Martinson fosse, come dire.» Si toccò la tempia. «L'età, e tutto il resto.»

L'avvocato, che non era proprio un giovincello, se la prese come si deve. «Merriweather Martinson era nel pieno possesso delle sue facoltà mentali e fisiche quando scrisse il testamento. Posso, personalmente, attestarlo. Sapeva esattamente ciò che faceva. Voleva dare a sua nipote la possibilità di conoscere la propria storia. Ecco perché il testamento fu strutturato in—» Scanlon posò la tazzina. «Be'.» Si schiarì la gola. «È per questo che sono qui. Non posso aggiungere altro.»

La storia di famiglia era la chiave.

«E se Livvy non volesse accettare?»

La tazzina di Scanlon tintinnò nel piattino. «Non accettare? Ne dubito fortemente. Chi rifiuterebbe una disposizione così generosa?»

«Vero. Questo posto deve valere una fortuna.» Lo era. Sean sapeva esattamente quanto, fino all'ultimo centesimo.

L'avvocato squadrò l'abbigliamento di Sean. «Capisco che quello possa essere il suo primo pensiero, ma il denaro non è tutto.»

Detto da un tipo in un completo da mille dollari e gemelli d'oro. Vecchi soldi, se Sean ne aveva mai visti. Quel «gestiamo gli affari dei Martinson da generazioni» chiudeva il cerchio. Il tizio non sapeva cosa significasse essere *così vicino* a lasciare il segno. Non sapeva cosa volesse dire avere tutto appeso a un unico affare. Non come Sean. E quello era solo l'aspetto monetario. Senza contare che la sua autostima era legata a riuscire nell'impresa. Che sarebbe stato il meno brillante tra i fratelli Manley se non ci fosse riuscito.

Sean non ci si soffermò. Per tutta la vita aveva dovuto lavorare più dei fratelli. Ci era abituato. Ma questo... Questo era fuori dal suo controllo, a meno che non fosse riuscito a capire le clausole e battere Livvy sul loro terreno.

Non se lo spiegava. La signora Martinson era stata d'accordo con i suoi piani per gli ultimi tre anni, sempre pronta a dare un'occhiata ai progetti e a suggerire altri cambiamenti. Le piaceva l'idea di preservare la bellezza storica del luogo—così come il perdurare dell'eredità del nome di famiglia. Aveva persino firmato dei documenti in tal senso, ma il suo avvocato diceva che le manovre legali con il nuovo testamento potevano rendere la battaglia complicata. E costosa. Così costosa che non sarebbe mai riuscito a fare ciò che voleva con la proprietà *se* alla fine avesse vinto.

Era stato un rischio calcolato, ma il rischio calcolato faceva parte del suo mestiere.

Doveva solo convincere Livvy a rinunciare.

Capitolo Sette

Livvy parve un topo annegato quando aprì la porta dello studio. «Ehi, mi chiedevo se potevi prendere quella scala— Oh. Mi dispiace. Non mi ero resa conto che avessi compagnia.»

Si voltò per andarsene, lasciando cadere abbastanza acqua sulla moquette bordeaux che Sean avrebbe dovuto passare l'aspiraliquidi sotto l'imbottitura o rischiare che la muffa ci mettesse su una colonia fra le fibre. Se avesse dovuto sostituire ancora un tappeto in quella casa, i suoi margini di profitto sarebbero svaniti.

E poi Scanlon si alzò in piedi. «Ms. Carolla?»

Livvy si girò di scatto. «Mr. Scanlon?» Fece due passi nella stanza. Sul tappeto. Inzuppandolo.

Un lampo balenò fuori e Sean sospirò mentre si alzò. Oltre a preoccuparsi della possibilità di muffa, si era anche ritrovato—di nuovo—con un'immagine indelebile incisa in mente del corpo flessuoso sotto i vestiti appiccicati addosso.

Si spinse le mani nelle tasche davanti dei pantaloni per crearsi un po' di spazio così che la reazione immediata del suo corpo non fosse evidente a tutti. Gli serviva una doccia fredda.

Il tuono brontolò sopra la loro testa.

O poteva uscire fuori. Tanto valeva.

«Che cosa ci fa qui, Mr. Scanlon?» Livvy si passò una mano tra i capelli, risvegliando i ricci come minuscoli cavatappi.

Sean trattenne a stento un gemito. Le parole «avvitare» e «Livvy» non dovevano mai stare nella stessa frase, nel suo mondo. Mai.

«Buongiorno, Ms. Carolla.» Quel dannato avvocato trasudava più fascino di un collegio svizzero. «Stavo proprio dicendo al suo...» L'avvocato guardò sopra gli occhiali appoggiati sulla punta del naso e Sean si sentì come se stesse per essere rimproverato dal preside. «Al suo domestico, qui, che abbiamo alcuni documenti importanti di cui discutere.»

Livvy sbuffò al termine *domestico* e mise le mani dietro la schiena, improvvisando una specie di lento Texas two-step mentre si avvicinava a loro, con le labbra che le tremavano.

«Oh, sono sicura che il mio *domestico*», gli fece l'occhiolino, «stava proprio per venire a chiamarmi. Non è vero, Se—»

«Certo che sì.» Non aveva bisogno che lei dicesse all'avvocato il suo nome, non se Mrs. Martinson l'aveva menzionato. Il tizio avrebbe capito chi era e l'intero piano gli sarebbe esploso in faccia. «Allora, posso offrirti qualcosa, Livvy? Un caffè o—»

«Un piatto pronto surgelato?» Le labbra le tremarono di nuovo.

Anche a Sean accadde lo stesso. «Stavo per suggerire un hot dog.»

«Ah.» Annui e si sporse verso di lui. «Sono certa che il signor Scanlon apprezzi un vitto migliore di hot dog e cene surgelate. Non è vero, Mr. Scanlon?»

L'avvocato li guardava a turno come se stessero parlando una lingua straniera. Sean capì il perché. Nessuno avrebbe potuto seguire quella conversazione se non fosse stato lì dall'inizio del loro rapporto.

Ehi. Un attimo. Loro non *avevano* un rapporto. Non *potevano* avere un rapporto.

«*Ragazzo cattivo!*»

Sean avrebbe potuto attribuire quello strillo alla sua coscienza morale, se non fosse stato per l'uccello che volò nella stanza e si posò sulla spalla di Livvy.

«*Ragazzo cattivo, Orwell,*» disse di nuovo il pappagallo.

Livvy alzò la mano a carezzare le piume dell'uccello e a Sean parve che nella stanza calasse un silenzio carico d'attesa mentre Orwell articolava quello che Sean, almeno, immaginava che quel tocco facesse provare con un «*Ahhh*».

Scosse la testa. Non. Farti. Coinvolgere.

Già.

«*Ragazzo cattivo, Orwell,*» ripeté l'uccello con maggiore enfasi.

Mr. Scanlon fissò il volatile per un momento, poi si spinse gli occhiali più su sul naso e sollevò una ventiquattrore sulla scrivania. «Perché non ci accomodiamo, Ms. Carolla?»

«Um, certo. Solo un minuto.» Infilò il pugno sotto gli artigli del pappagallo e lo sollevò finché becco e naso furono alla stessa altezza. «Che cosa hai combinato, Orwell?»

«Combinato?» dissero Sean e Scanlon allo stesso tempo.

Lei li guardò, poi tornò a fissare l'uccello. «Perché sei stato un cattivo ragazzo, Orwell?»

Orwell fece uno schiocco in fondo alla gola e quel suono corse su per la spina dorsale di Sean.

«*Alberooooooooo giùùùùùùù!*» strillò il pappagallo, buttando indietro la testa mentre lo cantava al soffitto a cassettoni.

Sean incrociò lo sguardo di Livvy. «Albero?»

Lei chiuse gli occhi. «Non mi piace come suona.»

Neanche a Sean.

«Be', forse il suo *domestico*»—al vecchio piaceva proprio chiamarlo così—«potrebbe controllare mentre noi due andiamo al sodo, Ms. Carolla?»

Lei guardò Sean. «Se non ti dispiace, Se—?»

«No, affatto.» Sean la interruppe di nuovo e prese l'uccello. Dispiacergli? Sì, gli dispiaceva. Non era un dog-sitter di lusso.

Ma non aveva nemmeno una ragione legittima per restare. Così, con loro due che lo fissavano in modo molto eloquente, si prese quel dannato uccello e tornò al lavoro, cercando di trovare un modo per capire di cosa stessero parlando.

E poi un modo lo trovò. Pareva che i suoi princìpi stessero per essere compromessi di nuovo.

«Allora, Mr. Scanlon, che cosa ci fa qui?» Livvy si sedette di malavoglia sulla sedia di fronte all'avvocato, troppo ricordata dell'ultima volta che era stata lì e *Grandmama* le aveva tenuto il discorsetto «questo è ciò che ci aspettiamo da te» il primo giorno. Aveva stabilito *proprio* il tono per il resto della visita. «Pensavo di aver firmato tutti i documenti necessari nel suo studio.»

«Li ha firmati. Io sto solo agendo in conformità con i desideri di sua nonna.»

Ah ah. *Desideri.* Il termine obliquo per servitù legale aveva un bel suono. Peccato le restasse comunque di traverso. «Okay. E quali sarebbero? Devo non uscire dalla magica bolla dei Martinson oltre i cancelli d'ingresso per il resto della mia vita mortale o qualcosa del genere? Sacrificare il mio primogenito sull'altare dei Martinson per poi rendermi degna? Restare prostrata nella galleria dei ritratti degli antenati finché non avrò espiato il peccato d'essere nata bastarda? Che cosa ha pianificato adesso la cara *Nonna*?»

L'avvocato si appoggiò allo schienale, parendo un po' contrariato. Non che potesse biasimarlo, visto che lei l'aveva buttata sul pesante, ma insomma. Un'eredità era un'eredità. Che diritto aveva sua nonna di tirare i fili come un burattinaio dalla tomba?

E chi l'avrebbe saputo se lei *non* avesse seguito alla lettera la legge? Mr. Scanlon? L'avrebbe semplicemente pagato. I ricchi lo facevano continuamente. Con la cifra giusta ci si poteva permettere qualsiasi cosa. Le ragazze del suo dormitorio a scuola l'avevano dimostrato più e più volte.

«In effetti, Ms. Carolla, credo che ci sia un accenno alla galleria, ma la signora Martinson ha lasciato istruzioni precise.»

«Scommetto di sì,» mormorò Livvy.

«Prego?»

Livvy scosse la testa. Non era colpa del vecchio se sua nonna aveva avuto un complesso da Dio. Sperava solo che lo pagassero bene. «Va bene, d'accordo. Qualunque cosa. Mi dica pure tutto così posso mettermi all'opera.»

Mr. Scanlon arcuò le sopracciglia che, per il modo in cui gli salirono a metà dell'attaccatura rada dei capelli, lo fecero sembrare Mr. Potato Head dalle parti del viso intercambiabili.

Si tossì nel pugno per coprire la risatina. Somigliava davvero a Mr. Potato Head.

«Non posso semplicemente *consegnargliele*, Ms. Carolla. La signora Martinson ha lasciato istruzioni specifiche e la prima è che io registri l'ora esatta in cui le consegno il primo documento.»

«Primo documento?» Livvy si sporse in avanti, le mani intrecciate in grembo. «Ce ne sono altri?»

Esattamente per quanto tempo avrebbe dovuto ballare al ritmo di Merriweather? La casa perdeva fascino a ogni minuto.

E quando un tonfo risuonò nella stanza accanto, il fascino diminuì ancora.

Anche se risalì di una tacca quando sentì una imprecazione maschile soffocata che era piuttosto sicura fosse di Sean—si era impegnata molto per far sì che il vocabolario di Orwell fosse al massimo da Parental Guidance.

Mr. Scanlon aprì i ganci d'ottone della ventiquattrore con un *click* molto forte e autoritario. Apposta, ne era certa. Aveva frequentato Merriweather troppo a lungo.

Certo, il fatto che lei si fosse raddrizzata, avesse incrociato le caviglie e intrecciato le mani in grembo dimostrò quanto potesse fare il condizionamento. Il collegio era stato bravissimo—se così si poteva dire—a condizionare.

Tranne che, ehi, era a casa sua e non doveva fare quello che le diceva nessuno.

Livvy si abbandonò sulla poltrona, accavallò una gamba sull'altra e ci diede un piccolo dondolio, godendosi il fatto di non dover più rigare dritto per nessuno.

Mr. Scanlon le porse il primo documento. «Se vuole leggerlo, per favore.» Poi annotò qualcosa sul registro che tirò fuori anch'esso dalla ventiquattrore.

Livvy si morse l'interno della guancia e sollevò il foglio. Era la grafia di sua nonna. Livvy aveva visto quello scarabocchio imperioso abbastanza spesso sugli assegni che la direttrice si premurava di farle vedere. Tutto parte di quella faccenda della gratitudine che tutti pensavano dovesse provare.

Diede un colpetto al foglio e la prima parola le saltò agli occhi. *Olivia.*

Be', questo riassumeva tutto. Niente emozioni scomode come «Mia cara nipote» o «Adorata Olivia». Come se potesse mai succedere.

Livvy si schiarì la gola.

Olivia.

Il mio avvocato possiede tutti i documenti pertinenti che rendono ciò che sto per spiegare legale e vincolante, ma sono certa che tu non possa essere disturbata da tutto il legalese, quindi andrò al punto.

Il nome Martinson è stato venerato per secoli. Non chiunque dovrebbe rivendicarlo, e chi lo fa dovrebbe conoscerne la storia. Dato che studiare la storia non è stato uno dei tuoi punti forti all'Academy, ho creato una serie di indizi da seguire. Il primo ti condurrà al successivo, e così via, finché non giungerai all'ultimo.

Hai due settimane, minuto per minuto a partire da ora, per trovare gli indizi e presentare l'ultimo allo studio del mio avvocato, dopodiché potrai reclamare la tua eredità, o la tenuta verrà venduta secondo i termini che ho specificato al signor Scanlon.

Sono consapevole, Olivia, del tuo odio per questa famiglia. Del tuo desiderio di prendertene le distanze, perciò mi aspetto che il tuo primo istinto sia di buttare tutto. Ma considera cosa significhi voltare le spalle a questa casa e alla nostra immensa fortuna. Sei disposta a rinunciare a tutto? Disposta a negare tutto il bene che il tuo cuore sanguinante potrebbe farne? La scelta è tua.

Il tempo scorre.

Non deludermi, Olivia.

Non deludermi. Nessuna firma, perché non era necessaria. Solo la direttiva. Merriweather Knightsbridge Martinson aveva mai *chiesto* qualcosa in vita sua? Livvy ne dubitò.

Posò il foglio sulla scrivania. Tipico egoismo da arpia. Livvy non si era davvero aspettata altro.

Avrebbe tanto voluto dire alla vecchia di ficcarselo dove non batteva il sole, ma era esattamente ciò che Merriweather si aspettava. Quella donna non aveva mai avuto nulla di buono da dire a lei o su di lei. Era la Scappatella di Larry. L'Errore di Larry. L'Incidentaccio di Larry. Tutto con le maiuscole.

Be', adesso era l'Erede di Larry. O, più precisamente, l'Erede di Merriweather. Non era deliziosamente ironico?

Non aveva alcuna intenzione di mandare tutto a monte. Non quando Merriweather l'aveva colpita nel punto debole. Il denaro le avrebbe permesso di fare ciò che voleva: far crescere la sua attività e aiutare la cooperativa. Badare ai suoi animali e non doversi mai più preoccupare di pagare l'affitto. Avrebbe perfino potuto permettersi di donare a cause che riteneva meritevoli. Era il suo biglietto per fare della sua vita tutto ciò che desiderava. «Va bene, Mr. Scanlon. Come devo procedere?»

L'avvocato si tolse gli occhiali e li ripiegò con cura, poi li infilò nel taschino della giacca. «Quando le consegnerò questo foglio, il tempo inizierà a decorrere.»

Livvy si trattenne. Quanta scena. «Bene allora. Me lo dia. Che i giochi abbiano inizio.»

Sean detestava davvero il poker. Se non fosse stato per quel dannato gioco, non si sarebbe trovato in quel pasticcio.

Quel dannato uccello era peggio di capre, pecore, maiale e quell'alpaca rompiscatole messi insieme.

Sean rischiò di perdere un dito cercando di far tacere il pappagallo, e le piume che quella maledetta creatura stava perdendo ovunque erano solo la punta dell'iceberg.

Ai pappagalli servivano i pannolini. Eccome.

In realtà, si rese conto, mentre esaminava l'Aubusson rovinato quando riportò Orwell nella stanza, che *tutti* gli animali avevano bisogno dei pannolini. Meno male che il pavimento era di marmo; pulire quel casino sarebbe stato facile, ma a farlo sarebbe stato lui, a meno che non fosse riuscito a fare appello al senso di equità di Livvy.

Se era minimamente come sua nonna, Sean non ci contava granché.

Accidenti. Non gli ci voleva questo incubo. A quel punto, la stanza era da buttare comunque, e se non avesse scoperto che cosa stava succedendo nello studio, avrebbe potuto dare per persa anche la restante parte.

Accertatosi che le porte-finestre verso l'esterno fossero chiuse, Sean lanciò in aria Orwell, che planò su una delle bacchette delle tende—che senza dubbio presto sarebbero state coperte di guano—poi lasciò in pace il serraglio e chiuse le porte verso l'atrio.

Andò alla porta dello studio, ascoltando dallo spiraglio che aveva lasciato apposta.

«Allora, che c'è? Devo giurare di chiamare il mio primogenito come la vecchia bisbetica, cioè, mia nonna, o che altro?» Livvy scosse un foglio di carta, poi accese la lampada da scrivania.

««Questo è il primo indizio per il primo oggetto che devi trovare,»» lesse. «Fantastico. Una caccia al tesoro. Non era un po' troppo vecchia per i giochi?» Livvy avvicinò il foglio. ««Perdonerai a un'anziana un capriccio in rima. Pare che il gioco lo richieda e scopro, alla fine della mia vita, che mi piace assecondare i miei capricci.»» Livvy sbuffò. «*Adesso* le viene voglia di avere senso dell'umorismo. Tempismo da schifo.»

«Per favore, continui a leggere,» disse Scanlon tirando su il naso.

A Sean piaceva che lui e Livvy la pensassero allo stesso modo su Merriweather—la vecchia virago. Sì, capiva perché quell'epiteto le calzasse.

Vedeva anche il sedere di Livvy ondeggiare appena sulla sedia. Sean alzò gli occhi al cielo. *Testa sul problema, Manley.*

Uno degli anfibi di Livvy dondolava a scatti. Si scostò i capelli. «Va bene, allora. Indizio numero uno.»

La schiena di Livvy si raddrizzò un poco, il mento si abbassò e la voce le scese di un'ottava. Forse aggiunse persino una lieve inflessione britannica a parole che anche Sean colse. Merriweather Martinson sembrava davvero la gran dama dell'aristocrazia britannica. Un'immagine che, ne era certo, aveva coltivato di proposito.

«Le pagine son vecchie, di secoli interi,
a quando il benefattor seminò tanti timori,
fra chierici e nobili, e persino i villani,
benché ai fedeli donasse doni non vani:
come al primo Martinson, che non fuggì
quando la madre d'una regina il capo smarrì.»

Livvy posò entrambi i piedi a terra e appoggiò il foglio sulla scrivania di Scanlon—in realtà, la sua scrivania. Picchiettò la lettera. «Che cosa dovrebbe significare? Dov'è l'indizio qui dentro?»

Indovinelli. Sean imprecò tra sé. Non aveva mai avuto problemi con i numeri, ma le lettere erano sempre state una sfida. La dislessia lo aveva tormentato a scuola e, anche se si era inventato strategie per cavarsela, cose come omonimi e omofoni—e gli *indovinelli*—gli avevano reso la vita un inferno. Ci mancava solo che il suo futuro si giocasse sugli indovinelli.

«Quindi che cosa significa? Devo trovare dei documenti antichi?»

L'avvocato si schiarì la gola. «L'unica precisazione che posso fare è che, qualora decidesse di rinunciare a questa opportunità o non riuscisse a portarla a termine, avrà diritto a un piccolo assegno dall'eredità. Oltre questo, le istruzioni della signora Martinson erano chiare.»

«Sì, sì, lo so. Seguo la strada di mattoni gialli e finisco a Oz. Spaventapasseri incluso. La domanda è: la *Nonnina* si vede come Glinda o come la Strega Cattiva dell'Ovest?»

Sean sapeva bene quale avrebbe scelto in quel momento. Accidenti. Quella vecchia stava giocando con entrambi.

«Magari è un libro.» Livvy si alzò e diede un calcio alla sedia Luigi XIV con il tacco di quel ridicolo stivale.

Sean rabbrividì. Sperò con tutto il cuore che non avesse ammaccato quella sedia, o l'avrebbe appena deprezzata di diverse centinaia di dollari.

E poi si fermò proprio mentre un altro lampo attraversava la finestra sul davanti, filtrando attraverso la sua gonna e ricordandogli esattamente come gli erano sembrate quelle gambe, appoggiate alla ringhiera, tutta pelle liscia e color crema.

I suoi dannati pantaloni tornavano a stringerlo. Sean si morse la lingua per non imprecare. Quando era stata l'ultima volta che aveva fatto sesso? Doveva essere quella la spiegazione, perché le nanerottole coi capelli crespi, con un'attitudine—e una fortuna potenziale—più grande della sua, non erano il suo forte.

Tè. Oh, cavolo. Aveva lasciato il bollitore sul fuoco quando aveva fatto bollire l'acqua per il caffè.

Fantastico. Incendiare la casa non avrebbe fatto che peggiorare i suoi problemi.

«Non vedo l'ora di rivederLa tra due settimane, signorina Carolla.»

Anche prima, se fosse dipeso da Livvy.

«Guardi di guidare con prudenza, signor Scanlon.» Chiuse il massiccio portone d'ingresso. Due settimane e tutto sarebbe finito. Nel bene o nel male, avrebbe chiuso la faccenda.

Perché aveva la sgradevole sensazione che sarebbe finita nel male?

Sean sbucò da dietro una delle colonne gigantesche vicino al soggiorno. Non aveva ancora deciso in quale punto della scala dal bene al male collocarlo.

«L'incontro è andato bene?» chiese lui, con un sopracciglio più alto dell'altro. Ma certo. *Lui* sapeva fare il trucco del sopracciglio. C'era qualcosa in quel tipo che non fosse perfetto?

Con il modo in cui quei pantaloni gli fasciavano le cosce (e il sedere, si ricordò; da non dimenticare come gli fasciavano il sedere), e la camicia che increspava sui contorni di quegli addominali... Era nella colonna del Meglio.

No. Del Peggio.

No. Del Meglio.

Ah, al diavolo. Poteva pure essere l'Uomo più sexy del mondo secondo qualunque rivista stesse facendo il sondaggio quella settimana, ma non cambiava nulla. Era lì per guadagnarsi quell'eredità così da poterla vendere e intascare il resto, e lui non sarebbe stato affatto felice di vederle togliere il lavoro.

E se invece ti limitassi a togliere i vestiti a lui?

Ecco un'idea. Sapeva già che il tipo era un baciatore da campionato mondiale, avrebbe scommesso che fosse un amante di prim'—

«Ehi? Livvy?»

Una mano grande e abbronzata le sventolò davanti al viso, spezzando quell'immagine deliziosa. Il che, probabilmente, era anche meglio, perché sentiva salire il rossore e non voleva doverlo spiegare *quello*. «Oh. Cosa? Orwell sta bene?»

Sean fece una smorfia. «Beh, di sicuro ha un ottimo appetito. Come tutti i tuoi animali.»

Certo che ce l'avevano; era questo lo scopo del cibo biologico.

«È andato tutto bene?» Indicò con un cenno il foglio che lei aveva arraffato dalla scrivania della nonna come se fosse un prestito da saldare.

E sì, capiva quanto fosse appropriata quella analogia.

«Sai se c'è in giro un libro vecchissimo? Qualcosa di davvero antico su una regina che perde la testa? Maria Antonietta, forse.» Non è che conoscesse poi tante regine che avessero famosamente perso la testa.

«Rivoluzione francese?» Sean si strofinò la mascella. «C'è una biblioteca nell'ala ovest, se vuoi controllare.»

«Giusto. Mi ero scordata della biblioteca. Buona idea.» Avrebbe dovuto ricordarsene. Era una delle stanze vietate a una setteenne con le dita appiccicose. Negli anni trascorsi dalla sua unica esibizione ufficiale con Merriweather, non aveva mai capito se Rupert intendesse "appiccicose" nel senso del burro di arachidi che adorava all'epoca o, be', qualcos'altro. Meno male che, a sette anni, non conosceva quell'altro significato. «Mi tolgo solo questi vestiti»—stava quasi per chiedergli se voleva aiutarla—«e poi vado lì.»

«Vuoi che venga con te?» chiese lui mentre salivano verso lo scalone d'onore. «Potrei aiutarti a cercare.»

«Ti piacciono poco i miei animali, eh?»

«Non sono gli animali che mi danno fastidio. Sono le loro abitudini alimentari e igieniche.»

«Almeno sei onesto.»

«Eh, sì.» Distolse lo sguardo e si strofinò la nuca. «Scusa, ma non tutti sono tipi da animali.»

«Vero. Mia nonna, per esempio.» Livvy mise piede sul primo gradino. «Ha tenuto i cavalli nella scuderia per un po', ma sono sicura che la *cara Grandmama* avrebbe avuto un mancamento se avesse saputo che le capre saltano sul suo arredamento. Forse è per questo che a me non dà fastidio per niente.»

«Immagino che tua nonna non ti piacesse.»

Si fermò a metà gradino e guardò Sean. «Non *conoscevo* mia nonna. Non me ne diede la possibilità. Conoscevo però la sua *fama*. La sua reputazione era venerata nella mia scuola. Forse perché aveva donato un paio di ali dell'edificio, ma la donna in sé? Non so se qualcuno abbia mai *conosciuto* davvero mia nonna. Era una tosta.»

«Quando hai il tipo di responsabilità che aveva lei, devi esserlo.»

Livvy alzò le spalle. «Negli affari, sì. Ma con la tua unica nipote?» Alzò di nuovo le spalle. Quel dolore era così antico che era stato dimenticato, le ferite si erano cicatrizzate e coperte di carne nuova. Dura, callosa. «Senti, sono zuppa. Se vuoi davvero aiutare, ci vediamo in biblioteca, ok?»

Sean strizzò l'orlo della camicia. «Sì, anch'io avrei bisogno di cambiarmi. Ci vediamo tra poco.»

Livvy tirò le maniglie delle mastodontiche porte in quercia della biblioteca, che vent'anni prima non le era stato permesso di toccare. Farsi sorprendere con le mani al burro d'arachidi sulle maniglie di ottone era stato un evento memorabile—come lo era stata l'ora passata a lucidarle dopo, sotto lo sguardo severo della signora Tidwell.

«Allora, perché stiamo cercando un libro su una regina decapitata?» Sean le passò un braccio sopra la spalla e l'aiutò ad aprire la porta, i bicipiti in tensione. Livvy colse una zaffata di *uomo* mentre gli passava accanto. Buffo, aveva spesso associato gli uomini sudati a un fattore *bleah*, ma il lieve sentore di sudore che gli indugiava addosso sotto l'odore della pioggia non era affatto *bleah*.

E non avrebbe dovuto accorgersene. Aveva un *lavoro* da fare, non un *maggiordomo* da fare. «Con mio sommo stupore, pare che mia nonna abbia senso dell'umorismo. E che le piacciano le poesie. Vai a capire. Comunque, ha detto che devo trovare qualcosa di specifico in questo libro o non avrò il castello.»

«Pensavo che il castello, ehm, la casa, non ti interessasse.» Sean fece scorrere una scala a rotelle lungo l'asta che circondava la sala per quello scopo.

«È un modo di dirlo.» Controllò la data su quella davanti a lei: 1100. Era abbastanza sicura che Maria Antonietta fosse successiva. «No, non è la casa in sé. Voglio dire, questo posto è troppo grande per una persona sola.»

Sean fece scorrere la scala e la bloccò. «Non resterai single per sempre. È una casa fantastica per dei bambini. Quella armatura nell'ingresso potrebbe intrattenerli per ore.»

O farli morire di paura.

«I bambini sono lontani anni luce per me. Se mai.»

«Non vuoi figli?»

Era abituata all'incredulità; era la reazione di quasi tutti quando saltava fuori l'argomento, ma visto che non aveva avuto i migliori modelli parentali, perché perpetuare l'angoscia? Senza contare che probabilmente non sarebbe stata molto brava, dato che non aveva la minima idea di cosa costituisse la "normalità", grazie al modo in cui *non* era stata cresciuta. «Non tutte le donne sono programmate con il gene della procreazione, sai.» Afferrò il libro più vicino. Guglielmo d'Orange. *Bleah.* La storia non era mai stata il suo forte. Lo rimise a posto.

«Nessuna offesa.» Salì su un piolo, poi fece scorrere un libro a metà dallo scaffale. «Capisco perché vorresti liberarti di questo posto, in quel caso.»

«È il piano. Il miglior offerente si prende l'eredità dei Martinson e la *Grandmama* si rivolta nella tomba per l'eternità.»

Lui picchiettò il libro di nuovo al suo posto. «Azz. Dura.»

Ok, forse aveva un punto. In fin dei conti, era una donna adulta; il disinteresse della nonna non avrebbe più dovuto farle male. Aveva amici, una famiglia a quattro zampe tutta sua, un'attività. E adesso avrebbe avuto abbastanza soldi per mantenere quella famiglia e quell'attività come voleva. Tutto grazie alla donna alla quale non era mai importato se fosse vissuta o morta per tutti quegli anni. Non aveva alcun senso, per Livvy, che Merriweather le avesse lasciato qualcosa, e in particolare questa casa.

Sean salì altri tre pioli della scala, offrendole una gran bella visuale. Rise di se stessa. Ancora in astinenza dal domestico.

«Hai trovato qualcosa?»

«Non ancora.» Fece scorrere il dito lungo il dorso di un volume, le labbra che articolavano silenziose le parole. Era una maniera carina e del tutto inaspettata.

Ridiscese, spinse la scala a destra e risalì.

Avrebbe dovuto scoprire chi disegnava quei pantaloni perché facevano cose grandiose al sedere di un uomo—anche se poteva dipendere dal fatto che Sean avesse un gran bel sedere.

«Livvy?»

Scosse di dosso il bagno ormonale e guardò in su. Oltre il sedere.

«Ecco.» Le porse un libro. «Prova questo.»

«Non parla di Maria Antonietta.»

«Lo so. È una copia della Great Bible di Enrico VIII, la cui regina fu—»

«Decapitata,» rispose insieme a lui.

«Anna Bolena.»

«La madre della regina Elisabetta I.» Tornava. Aprì la copertina.

Lì, ripiegati con cura, c'erano due fogli. Il primo era un altro biglietto della cara vecchia *Grandmama*.

Ben fatto, Olivia. Stai tenendo in mano la bibbia di famiglia dei Martinson. Enrico VIII la donò al primo Martinson che si fosse fatto valere. Da lui facciamo risalire la nostra stirpe.

In realtà la loro stirpe poteva risalire al padre di *quel* Martinson, e al padre di lui prima ancora, eccetera, ma ovviamente, per Merriweather, se non c'era un titolo dopo il nome, non contava.

Il che lasciava Livvy dove?

«Che cos'è?» chiese Sean.

Livvy sollevò la lettera e ne dispiegò la parte inferiore. «Un'altra poesia.»

L'onore di famiglia difendere
Una reputazione da riprendere.
Questa eredità non consegnerò
Se il premio rimasto non individuerò.

. . .

Da riprendere? La sua reputazione andava benissimo, grazie tante. Per quanto pensasse Merriweather, la sua illegittimità non la definiva. Era un'imprenditrice onesta. Lavoratrice. Offriva un buon servizio e un prodotto delizioso. Rispettava gli standard che si era data. Di sicuro non aveva nulla di cui scusarsi e non aveva *affatto* una cattiva reputazione.

Il vecchio Larry il Verme, invece, aveva molto di cui pentirsi, ma dato che era morto, non è che potesse fare molto per la sua reputazione. Sua nonna non poteva sul serio aspettarsi che la restaurasse, quindi quell'indovinello fastidioso non aveva senso.

Dispiegò l'altro foglio. Fantastico. Latino. Un sacco di *-us* e *–um*, una marea di *V*... tutto quanto che non valeva un fico secco, visto che conosceva il latino tanto quanto la storia britannica.

Non erano esattamente state le sue materie preferite. Cucina e scienze animali, invece, oltre alle parti su riciclaggio e biologico delle lezioni di scienze, erano state il suo pane.

«Che cos'è?» Sean sbirciò oltre la sua spalla.

Livvy gli porse i fogli. «Chissà. Un'altra brutta poesia di Merriweather e un disegno di Enrico VIII con un sacco di latino. Una lettera d'amore, magari?»

Sean fischiò. «Una tua antenata ha ricevuto una lettera d'amore da Enrico VIII? E ne è uscita viva? È straordinario di per sé. Com'è il tuo latino?»

«Come il canto di Orwell.»

«Così bravo, eh?»

Alzò gli occhi al cielo. «Quindi adesso la *Grandmama* vuole che impari il latino.» Donna subdola, manovratrice, vendicativa.

«Oppure puoi scoprire che tipo di documento è e fartelo tradurre.»

«E tu conosci uno specialista di documenti del Cinquecento, vero?»

«No. Ma forse internet sì.»

Giusto. Internet. Come aveva fatto a dimenticarlo?

Principalmente perché non aveva un computer. Fondi discrezionali non disponibili per quell'acquisto, né per un cellulare con quelle funzioni.

Avrebbe dovuto parlare con il signor Scanlon per ottenere un anticipo sull'eredità. Anche se, nel modo in cui la Dragona stava impostando quella caccia al tesoro, non l'avrebbe sorpresa se avesse bocciato qualsiasi anticipo finché il posto non fosse stato suo, libero e chiaro. «Qui non c'è per caso un computer, vero?»

Sean scosse la testa. «Nessun computer che abbia trovato. A parte gli ammodernamenti in cucina, questo posto è fermo all'ultimo secolo. Niente telecomandi per le televisioni, niente computer, e scordati i vetri basso emissivi.»

Avrebbe scommesso che qui un computer c'era stato. Merriweather non poteva non averne avuto uno, fosse anche solo per seguire i mercati mondiali. La donna era anziana ma scaltra, e Livvy avrebbe scommesso che l'avesse fatto togliere dalla casa solo per rendere più difficile la sua ricerca. «E una biblioteca pubblica?»

Sean ci pensò un attimo, poi annuì. «A circa mezz'ora da qui.» Controllò l'orologio sulla mensola di un altro caminetto mostruoso. «Ma credo chiuda alle quattro. Non hai abbastanza tempo.»

Rimise il documento nella bibbia e posò il tutto sopra un altro tomo antico su un leggio in un angolo.

Non abbastanza tempo. Aveva la sensazione che sarebbe diventato il suo mantra man mano che il giochino della *Grandmama* andava avanti.

A Sean ci volle tutta la forza di volontà per non correre fuori da quella biblioteca fino alla sua stanza nei quartieri della servitù. La signora Martinson forse non aveva un computer in giro, ma lui sì. Ufficialmente, l'aveva portato per aiutare con la gestione della sua società, ma siccome aveva venduto quasi tutto, gestire la società consisteva nel far sì che questa faccenda andasse a suo vantaggio.

Ma non gli serviva un computer per capire che documento fosse. Aveva visto abbastanza lettere patenti quando aveva fatto ricerche su quel posto, carte della Corona che conferivano titolo e terre al possessore, in questo caso, il primo *Martinson*—il Martinson con la maiuscola e in corsivo—a detenere un titolo e l'avvio della dinastia.

Se fosse riuscito a capire come quel documento si collegasse all'indizio successivo, poteva essere lo *smantellamento* della dinastia, perché sarebbe stato un passo avanti a Livvy e avrebbe potuto arrivare all'ultimo indizio prima di lei. Se avesse continuato così, le avrebbe impedito di soddisfare le clausole del testamento.

Certo, non era il metodo più onesto, ma in affari ogni colpo è lecito. Soprattutto quando aveva puntato tutto ciò che possedeva su questa impresa.

Aveva fatto le ricerche, stipulato la pianificazione preliminare e progettato un fairway di dimensioni da torneo sulle proprietà circostanti. Inoltre, non aveva nessuna intenzione di deludere i fratelli. Questa proprietà avrebbe fatto la sua reputazione. La sua società. Il suo futuro.

O l'avrebbe distrutto.

Capitolo Dieci

«Hai ancora in programma trifosfati per cena?» Livvy entrò in cucina un'ora dopo, ben asciutta grazie alla doccia—sia dalla pioggia sia da quella nel suo bagno romano—con un cambio d'abito nuovo e Orwell appollaiato sulla spalla. Lui le aveva infilato la testa sotto i capelli e le russava piano sul collo. Lo stress lo sfiniva sempre.

«In realtà pensavo a uova strapazzate con hot dog. Ne vuoi?» Sean sollevò la padella di cibo che, a rigore, non avrebbe dovuto essere così invitante, ma quella mela di prima non era durata a lungo.

«C'è il ketchup?»

«Ti piacciono le uova insanguinate?» Sorrise e, quando lo fece, *oh, baby*. Gli occhi gli scintillarono come sole, profonde pieghe gli incorniciarono la bocca in una coppia di fossette sexy, e le labbra si curvarono nel sorriso più perfetto che lei avesse mai visto.

Poi c'erano le labbra più perfette che avesse mai visto—e baciato.

Be', tecnicamente era stato lui a baciarla, ma non avrebbe dato la colpa alla tecnica perché, *caspita*, non le sarebbe dispiaciuto tornare a entrare nei dettagli, da capo a piedi.

«Livvy?»

Scosse la testa. «Cosa?»

«Tutto a posto? Ti ho chiesto se ti piacciono le uova insanguinate e sei andata con la testa tra le nuvole.»

A lei non sarebbe dispiaciuto fare un sacco di cose su di lui, ma estraniarsi non era tra quelle. «Uh, scusa. Fame.» Accarezzò la testa di Orwell, assicurandosi che dormisse ancora. «Le uova insanguinate andrebbero benissimo,» sussurrò. Il pappagallo non capiva davvero ciò che diceva—almeno, così dicevano tutti gli esperti—ma non voleva rischiare che lui si offendesse per la sua cena. Cercava di non mangiare uova o carne davanti agli animali.

Sean le servì mezza porzione mentre lei prendeva il ketchup dal frigorifero —l'unica cosa sana lì dentro. E poi lesse l'etichetta. Okay, non proprio in cima alla scala del sano; troppo sciroppo di mais ad alto fruttosio. Per questo se lo preparava da sola. Comunque, un po' non avrebbe fatto male. Ma, diamine, non vedeva l'ora di andare al supermercato e prendere del cibo vero. Allora Sean avrebbe visto cosa si perdeva.

«Quindi domani punti alla biblioteca?» Sean posò sul tavolo una ciotola di pesche sciroppate e due bottigliette d'acqua usa e getta, poi tornò a prendere il suo piatto.

Livvy scosse soltanto la testa pensando alla plastica che sarebbe finita in una discarica e agli zuccheri lavorati che sarebbero finiti in lui. «Sì. Per prima cosa. Poi pensavo di passare al supermercato. Ci sono alimenti che dovrei evitare?»

Sean scavalcò la sedia a capotavola e sistemò il piatto in diagonale rispetto al suo. «No. Mangio più o meno di tutto.»

Purtroppo, lei lo vedeva bene. Prese il tovagliolo arrotolato che lui le porse ed estrasse la forchetta dall'interno. «Allora, vivi da queste parti?» Assaggiò. In realtà non era male. Anche se, probabilmente, le arterie avrebbero cominciato a protestare da un momento all'altro.

«Si può dire.» Sean tranguggiò come se non mangiasse da giorni.

A giudicare dal frigo vuoto, poteva essere una buona ipotesi.

«Che significa?» Rifiutò la ciotola di zucchero che avrebbe dovuto passare per frutta.

«Ho una stanza negli alloggi della servitù.»

E, proprio così, Livvy venne scaraventata di nuovo nel passato. *Gli alloggi della servitù* li aveva chiamati sua nonna. *Davanti* alla servitù. Livvy si era vergognata per loro, anche se Jeeves sembrava averla presa con filosofia. Il sopracciglio sinistro della signora Tildwell, però, aveva avuto un sussulto.

Livvy infilzò un pezzo di uova con tanta forza che, se non fossero già state «insanguinate» dal ketchup, lo sarebbero diventate per la sua ferocia. «Sean, secondo me dovresti trasferirti.»

La forchetta di Sean cadde nel piatto con un tintinnio. «Cosa?»

Livvy posò a sua volta la forchetta. «Penso che dovresti trasferirti.»

«Senti, Livvy, lo so che mi sono lamentato degli animali, ma hai ragione. Perché non dovresti tenerli in salotto? È, dopotutto, casa tua. Prometto di non dire più una parola su di loro.»

«Di cosa stai parlando? Cosa c'entrano i miei animali con il posto in cui dormi? L'unico posto in cui ho intenzione di spostarli dopo il salotto è la stalla. Di certo non ti butterò fuori solo perché hai la tua opinione.»

Un muscolo nella guancia di Sean ebbe un tic. «Allora perché lo fai?»

«Perché faccio cosa?»

«Mi butti fuori?»

«Cosa? Ma da dove ti viene questa idea? Non ti sto buttando fuori.»

«Ma hai detto che volevi che mi trasferissi.»

Nel suo cervello si accese una lampadina. «Ah... Hai pensato che intendessi fuori dalla tenuta. No. Intendevo che dovresti trasferirti dagli,» deglutì, «alloggi della servitù. Ci sono cento camere al piano di sopra. Una dev'essere migliore di dove stai adesso.»

Sean trattenne un enorme sospiro. Per un momento aveva pensato che lei lo avesse smascherato. Ma lei si era fatta la doccia quando lui era sgattaiolato di nuovo in biblioteca e aveva scattato qualche foto di quel foglio pieno di latino da decifrare più tardi.

«A me non dà fastidio dove dormo, Livvy. La stanza va bene.» E abbastanza lontana dalla sua perché lei non trovasse il suo laptop.

«Non mi interessa se la stanza va *bene*.» Lo evidenziò con le dita. «Devi trasferirti in questa parte della casa. Insisto.»

Sembrerebbe sospetto se avesse continuato a opporsi, ma Sean non poteva dire di esserne proprio entusiasta. Aveva pur sempre un'azienda da mandare avanti, per quanto più piccola. Aveva ancora telefonate da fare, piani da portare a termine. Essere a portata d'orecchio poteva inceppare i suoi piani.

Anche se... stando più vicino a lei, avrebbe potuto intercettare o origliare qualsiasi indizio le capitasse tra le mani.

«Okay. Mi trasferirò. Dopotutto è casa tua.»

«Non per molto.»

Lei gli tolse le parole di bocca.

«Ah, già. Ma perché non restare? Così tua nonna si rigirerà nella tomba per l'eternità.» Non che volesse incoraggiarla, ma gli serviva ogni briciolo di munizione, e se c'era una crepa nella sua armatura, Sean doveva conoscerla.

Livvy si portò alla bocca una forchettata di uova, il tempo che impiegò a masticare e deglutire facendo salire la sua tensione, anche se poteva avere qualcosa a che fare con il modo in cui la lingua le scivolò sul labbro inferiore, catturando il più piccolo residuo d'uovo lì.

Cosa aveva pensato quando l'aveva baciata, prima? A dirne una, una mossa da perfetto idiota—a talmente tanti livelli che il suo conto in banca sussultava.

La sua libido, invece, implorava il bis.

«Vero, ma questo posto è una mostruosità. E osceno. Dovrebbe essere un museo o un'università o qualcosa del genere. Così farebbe più bene alla gente che come residenza privata. Avrebbe dovuto essere fatto anni fa. A cosa pensava mia nonna a vivere qui, tutta sola, in questo divoratore di risorse?»

Pensava di avere un lascito da tramandare, ma Sean non aveva alcuna intenzione di condividerlo, visto che andava contro ai suoi piani. Però capiva la logica di Merriweather. A cosa serviva costruire qualcosa con la propria vita se non c'era nessuno a cui lasciarlo? Di certo lui non stava edificando un impero per vederlo smembrato dopo la sua morte. E Merriweather lo sapeva. Ecco perché gli aveva dato la precedenza. Aveva persino in programma di intitolare a lei il salotto formale. Il Salone Merriweather Martinson. Dopo averlo fatto disinfestare, ora, grazie agli animali. La vecchia signora di certo non avrebbe apprezzato lo sperma di alpaca come cera per il pavimento nella sua stanza simbolo.

«Quindi hai già qualche offerta?» Sean puntò alla nonchalance, coprendo l'urgenza nella sua voce con l'hot dog che si infilò in bocca.

Livvy scosse la testa. «Prima devo guadagnarmela, poi la metterò in vendita.»

«Guadagnartela?»

Il suo sospiro fu più espressivo di mille parole e, se Sean non avesse conosciuto la vera situazione, l'avrebbe potuta capire anche solo da quello.

Lei spiegò le clausole, e un po' di colpa gli arricciò la spina dorsale di fronte alla schietta sincerità di quella risposta inconsapevole.

«Quindi, visto che pare che esplorerò la casa, credo che mi tornerai utile,» disse Livvy, finendo il suo cibo.

A Sean quasi andò di traverso il suo. «Utile?»

«Certo. Probabilmente sei stato in ogni angolo e fessura di questo posto. Chi meglio di te per aiutarmi a trovare ciò che Merriweather ha nascosto? Mi *aiuterai*, vero? Mi assicurerò che il signor Scanlon ti paghi un extra.»

Sperava che lei attribuisse il sorrisetto strano sul suo volto ai conservanti nel cibo. Che altro poteva dire se non sì? Uno nella sua supposta posizione sarebbe stato tutto per il contante extra.

«Certo.» Si pulì la bocca con il tovagliolo dopo aver tossito fuori il pezzo di hot dog che gli ostruiva la gola.

«Ottimo.» Si appoggiò allo schienale e fece scorrere le dita tra i capelli, il ventaglio che le si aprì sulle spalle non aiutando affatto i fremiti nei pantaloni di lui. Quella donna l'avrebbe ammazzato. O di passione frustrata o di sogni frustrati. «Allora vuoi venire?»

... Meglio non rispondere a quello.

Sean si coprì di nuovo la bocca con il tovagliolo. «Io, ehm, pensavo di iniziare a lavorare alla stalla.»

«Oh. Giusto. Immagino che dovrebbe essere in cima alla tua lista.» Raccattò il piatto e le posate e li portò al lavandino. Il *clink* quando toccarono il granito svegliò il pappagallo, che decise di imitare David Lee Roth.

Sean inarcò un sopracciglio. «Just a Gigolo?»

Il rossore sulle guance di Livvy era troppo carino per essere descritto. Proprio come lei. Il che stava diventando un grosso problema.

«Orwell, come la maggior parte dei miei animali, è stato un recupero. Ha vissuto per anni in una casa della confraternita finché una delle matricole non si è resa conto che nachos e formaggio non erano esattamente la dieta migliore. La storia vuole che sia stato "rubato" durante la Hell Week. Povera creatura ha vissuto *anni all'inferno*

«*Orwell vuole una patatina,*» disse l'uccello nel mezzo della melodia con una voce del tutto diversa.

Livvy gli lisciò un dito sulla corona grigia. «Okay, Orwell, ti preparo la cena.»

«Patatine?» Lei si lamentava di ciò che *lui* metteva nel *suo* corpo? Gli sarebbe piaciuto sapere in quale giungla le patatine fossero cibo autoctono per uccelli.

Scosse la testa e alcuni dei suoi ricci le scesero sul seno—non che Sean ci stesse facendo caso, o altro. «La canzone è rimasta e anche il suo vocabolario della cena. Ho la dieta perfetta per lui di sopra nella gabbia. Direi che salgo. Non dimenticare di scegliere per te una nuova camera da letto.»

«Lo farò.» Giusto prima di mettersi al lavoro su quel documento.

Capitolo Undici

«Sicuro che non vuoi venire con me?» chiese Livvy mentre, la mattina seguente, tirava ad aprire il massiccio portone indossando un'altra gonna gitana che sfiorava le punte dei suoi anfibi.

Almeno quel giorno portava un maglione largo invece di una canottiera. Non avrebbe retto un altro giorno dei suoi abiti fascianti mantenendo la sanità mentale.

«Pensavo volessi i tuoi animali in stalla stanotte.» E lui, eccome se lo voleva. Il disastro che avevano lasciato in salotto quella mattina aveva relegato la ricerca dell'indizio successivo in fondo alla lista.

«Giusto.» Fece una piroetta, regalandogli un'altra occhiata involontaria a quelle gambe sinuose. «Ok, allora ci vediamo dopo la biblioteca e la spesa. Assicurati che gli animali non si scatenino troppo. Il vello, sai com'è.»

Il vello non era certo in cima ai suoi pensieri quella mattina.

Perché la stai spennando?

Si voltò per nascondere il senso di colpa. «In bocca al lupo con la ricerca.»

Aveva faticato da morire per capire che cosa diavolo dicesse quel documento, il che spiegava in parte il suo umore quella mattina. La sua dislessia era abbastanza grave da fargli capire che si era trovato un bel lavoro. Se solo non fosse stato dislessico, avrebbe potuto leggere gli indizi e partire in quarta, ben avanti a Livvy. Ma no. Era rimasto a arrancare tra vari programmi di traduzione online e la funzione di sintesi vocale del suo tablet che gli aveva salvato la sanità e l'azienda molte volte. Grazie al cielo la tecnologia aveva raggiunto il passo con il suo "problema".

Ottenne una rozza doppia traduzione da tutti i programmi, che mostrava che il documento aveva a che fare con un dono della regina Elisabetta I per i servigi resi dal suo «cavaliere più leale».

In quella casa c'era una cosa sola appartenuta a un cavaliere ed era una «ricompensa tuttora in piedi».

Venti secondi dopo che Livvy ebbe fatto scattare la porta d'ingresso alle sue spalle, Sean fissò l'armatura. Avrebbe dovuto fare qualche telefonata di lavoro, ma quella, in quel momento, era la questione più pressante dei suoi affari.

Dove avrebbe nascosto l'indizio Merriweather?

Infilò con cautela un dito sotto l'apertura del gomito. Niente.

Provò l'altro gomito.

Neanche lì.

Un rumore arrivò da fuori, e Sean fece un salto all'indietro. Non aveva bisogno che Livvy rientrasse e lo trovasse con le mani nei pantaloni del tizio, o come diavolo si chiamava quella parte dell'armatura.

Contò fino a venti, poi riprese a cercare. Non era tagliato per queste manovre di sotterfugio. Piani di cantiere e documenti finanziari, sì. Questo? Non c'era da stupirsi se Bond avesse bisogno di un martini.

E di una bella donna.

Sean scosse la testa, scacciando l'immagine delle gambe di Livvy. Doveva darsi una mossa. Doveva ancora spostare il resto della sua roba dalla vecchia stanza, contattare l'addetta ai permessi per confermare che tutto procedesse ancora da quel fronte, sentire l'architetto che era passato la settimana prima per prendere le misure, assicurarsi che nessuno degli animali di Livvy fosse andato a spasso e fare abbastanza lavoro nella stalla da non farle sospettare quello che stava per fare.

Sean spinse il senso di colpa dietro una porta d'acciaio nella sua mente e ci mise un lucchetto metaforico. Non poteva lasciarsi sopraffare. Gli affari erano affari.

Dove avrebbe messo il prossimo indizio Merriweather? Di certo non voleva che qualcuno smontasse l'armatura; la donna amava troppo i simboli del cognome di famiglia per distruggere qualcosa di così vitale.

Sean provò allo scollo dell'armatura.

Bingo. C'era un foglietto incastrato lì.

Ignorando i belati degli agnellini fuori dalle porte-finestre, nel recinto improvvisato sul patio, Sean sfilò il foglio e lo spiegò.

Altro latino campeggiava in cima alla lettera e Sean gemette. L'inglese era già abbastanza difficile. Se il latino non fosse già morto, avrebbe provato lui stesso a ucciderlo.

Per fortuna, c'era solo una riga di latino, in svolazzi di calligrafia nell'intestazione della pagina, poi la grafia precisa di Merriweather.

Mezz'ora dopo, ascoltò il tablet leggliela per la terza volta.

Brava, Olivia, per aver seguito gli indizi fino a questa, l'armatura indossata da Henry Martinson III, donatagli dalla regina Elisabetta I per i suoi servigi. Fu da quest'uomo che le proprietà dei Martinson diventarono una forza con cui fare i conti. Seppe giocare ai giochi politici dell'epoca, mantenne la testa sulle spalle e mise questa famiglia sulla strada della grandezza.

Ora, nel proseguire la tua ricerca, il prossimo indizio:

> *Suo padre fondò la fama di casata*
> *a Enrico III toccò salvarne l'onorata.*
> *Due mogli ci vollero per compiere l'impresa*
> *e dare alla luce la prole più attesa*
> *Quando infine nacque l'erede,*
> *il signore lo proclamò quel mattino, si vede,*
> *ché tanta gioia non si poteva celare*
> *e a chiunque guardasse volle raccontare.*
> *In ogni modo a lui possibile.*
> *Ho* conservato l'atto nel legno.

Sean fissò lo schermo, le lettere avevano lo stesso senso dell'indizio. Legno? Doveva trovare un pezzo di *legno*? Come se non ce ne fosse abbastanza in quel posto. Da dove diavolo avrebbe dovuto cominciare a cercare?

Lo schianto che arrivò dalla cella di contenimento degli animali poteva essere un buon punto di partenza.

«Spero di non disturbare, ma tu sei la nipote di Merriweather, vero?» La donna anziana in piedi davanti al tavolo di Livvy in biblioteca aveva un'aureola di riccioli argentei a incorniciarle il capo, e il sorriso sul volto le accendeva gli occhi azzurri scintillanti in modo da dare a Livvy ogni ragione per credere che la donna fosse un'amica della Draghesa, ma non il perché. Livvy avrebbe scommesso che Merriweather non fosse mai apparsa così spensierata e felice in vita sua.

«Eh, sì. Io sono Olivia—Livvy. La conoscevi?» Non riusciva davvero a chiamare Merriweather sua nonna, non quando quella donna somigliava esattamente a ciò che Livvy aveva sempre desiderato che sua nonna fosse. Dolce, sorridente e alla mano.

«Oh, Merri e io, andiamo indietro nel tempo.» Le mani venate d'azzurro della donna si posarono sullo schienale della sedia di fronte a Livvy. «Posso?»

Livvy sgombrò la pila di libri che stava consultando. «Prego.»

La donna si sedette. «Sono Dafna Fine. Tua nonna e io giocavamo a back-gammon un paio di volte al mese.» Intrecciò le dita e le posò sul piano del tavolo. «Be', ci piaceva dirlo, ma in realtà ci piaceva solo vederci per fare due chiacchiere.»

«Merri—mia nonna?» La donna giocava? E chiacchierava? Buffo, l'immagine che Livvy ne aveva sempre avuta oscillava tra labbra increspate in una smorfia e ordini abbaiati.

«Oh, sì, eccome. Tua nonna era anche un'ottima giocatrice di carte.»

Barra la bisca se Livvy avesse dovuto azzardare, ma non lo disse. In realtà, non aveva la minima idea di cosa dire. Non aveva conosciuto davvero Merriweather. Non questo suo lato. «Immagino che ti manchi.»

Il sorriso di Dafna vacillò. «Sì. Siamo rimaste in poche.»

«Noi?»

«Le ragazze. Di certo te ne avrà parlato?»

Era questo il momento in cui Livvy doveva bucare con uno spillo l'immagine gonfiata che Dafna aveva della generosità di Merriweather come nonna?

Non poteva. Non davanti a quegli occhi gentili e azzurri. «Non vedevo mia nonna poi così spesso.» Almeno quello era vero e di certo qualcosa che «le ragazze» avrebbero saputo.

«Sì, lo so. Un peccato, ma non era la persona più flessibile. Era rimasta ferita profondamente da tuo padre. Le dicevamo di non prendersela con te, ma Merri aveva la sua fierezza.»

Merri? Una contraddizione in termini, se mai Livvy ne avesse sentita una. E fu contenta che «Merri» avesse avuto la sua fierezza. Livvy non l'aveva avuta —né molto altro, ma purché Merri avesse avuto la sua...

«Chi sono le altre ragazze?» Livvy impilò i fogli. Aveva trovato ciò che le serviva e non aveva senso crogiolarsi nell'amarezza; quello avrebbe dato la vittoria a «Merri», e Livvy non era disposta a concederla in nessun aspetto della sua vita. Con le informazioni raccolte nelle ultime ore, era un passo più vicina a battere Merriweather a questo gioco.

«Siamo rimaste solo Hetta e io. Hetta Rothenberger. Abita a The Palisades, sai. Merri fece dipingere la suite su misura per abbinarla alla sua casa perché Hetta non voleva trasferirsi. Ma quando suo marito è passato a miglior vita, be', la casa era troppo per lei. Così Merri ne fece un gioco. Vedere quanto riuscivamo a far somigliare quel posto alle vecchie stanze di Hetta. Ancora oggi ci sorridiamo su, io e Hetta.»

Dafna batté le palpebre e distolse lo sguardo, asciugandosi l'angolo dell'occhio con il mignolo, mentre Livvy cercava di capire cosa dire. Cosa pensare.

Sua nonna avrebbe fatto una cosa del genere? *Merriweather Martinson?*

Livvy scosse la testa. Era come se avesse appena scoperto che la donna che aveva sempre conosciuto fosse una sua invenzione.

Ma quegli anni solitari in collegio non erano frutto della sua immaginazione, e nemmeno quel viaggio minaccioso alla tenuta da bambina. O l'assoluta mancanza di contatti, calore e riconoscimento.

«Guardami.» Dafna rise. «Che divento tutta malinconica. Sono sicura che è l'ultima cosa che vuoi.» Si alzò. «Volevo solo conoscerti. Merri parlava raramente di te, ma quando abbiamo saputo che ti aveva lasciato la tenuta, be', io e Hetta abbiamo capito che non le sarebbe dispiaciuto se ci fossimo fatte vive. Era una donna fiera, tua nonna. Ma era leale.»

A chi?

Livvy non chiese. Non sarebbe stato giusto verso quella donna gentile. *Merri* apparteneva al passato e non poteva far male accettare il ramoscello d'ulivo che Dafna le stava porgendo.

E magari sapeva qualcosa di uno degli indizi.

Livvy scacciò dalla testa quel pensiero egoista. Non era come sua nonna, a usare le persone per ciò che potevano fare per lei.

«Ti andrebbe—e a Hetta, naturalmente—ti andrebbe di venire a casa per pranzo un giorno? Che ne dici, mercoledì prossimo? Così vedete se c'è qualcosa di mia nonna che vi farebbe piacere avere.»

Gli occhi di Dafna scintillarono ancora di più, se possibile. «Oh, che dolcezza. Che pensiero gentile. Hetta non esce più come una volta.» Dafna si asciugò di nuovo l'angolo dell'occhio. «Ma grazie, Olivia. Verremo volentieri.» Spinse la sedia sotto il tavolo. «È stato un piacere. Anche tua nonna lo avrebbe pensato.»

Livvy non lo pensò, ma sorrise comunque e fece un cenno con la mano quando Dafna si voltò di nuovo al banco del prestito.

Livvy si appoggiò allo schienale. *Merri*? Backgammon? Carte? Decorare stanze per un... *amica*? Poesie e tuttofare aitanti? C'era un intero altro lato di quella donna che non aveva mai conosciuto.

Che non le era mai stato *permesso* conoscere.

Livvy lasciò cadere la matita sul tavolo. Già. Merriweather aveva chiarito fin troppo bene chi fosse importante per lei. Livvy non avrebbe negato a Hetta Rothenberger le sue stanze dipinte, ma rimaneva un altro motivo per trovare gli indizi e andarsene da quel posto e dai ricordi che avrebbe dovuto avere e non aveva.

Raccolse fogli e libri e li infilò nella tracolla. Basta rimuginare. Era ora di andare avanti. I suoi cani sarebbero arrivati presto.

Quella era la sua vita. I cani, gli animali e la sua pasticceria. Questa piccola parentesi nella dimora di famiglia era semplicemente un mezzo per un fine, e nessuna passeggiata lungo il Viale dei Ricordi l'avrebbe fatta deragliare dai suoi obiettivi.

Non gli obiettivi di Merriweather, non i consigli del signor Scanlon, nemmeno i suggerimenti benintenzionati di Dafna Fine.

E per quanto le dispiacesse ammetterlo, nemmeno l'aitante governante.

Capitolo Dodici

«Bentornata, Ms. Barnum. Il resto del tuo circo è arrivato.» Il sarcasmo di Sean fece sorridere Livvy.

Non poté farne a meno; da arrabbiato era incredibilmente sexy.

Del resto, lui era sexy sempre. Se riusciva a portare con disinvoltura la camicia verde menta e i pantaloni coordinati dei Manley Maids restando comunque seducente, poteva permettersi qualunque cosa.

Livvy inarcò le sopracciglia (insieme, accidenti) mentre giostrava tra le buste della spesa e la sua cartella cercando di chiudere la porta d'ingresso alle sue spalle. «Dove sono?»

Sean le tolse di mano le quattro buste, la forza delle sue braccia rendendo quasi ridicolo ogni suo sforzo—anche se delle sue braccia non c'era proprio nulla di ridicolo. Di nessuna sua parte, in realtà. Quell'uomo quella mattina apparve perfino più bello di quanto non fosse stato la sera prima, zuppo di pioggia. Anche se lei non si era certo lamentata dei vestiti appiccicati a quel fisico.

«Li ho messi nel bagno padronale della Rose Room. Ho pensato che non potessero rovinare le piastrelle.»

Questo la scosse dalla foschia indotta dai feromoni. «Hai messo i miei cani in un *bagno*?» Si sfilò la tracolla dalla spalla e lanciò la cartella sul tavolino dell'ingresso.

«Il salotto formale era occupato, se ben ricordi. Da un gregge di pecore. E da una coppia di alpaca focosi. Ma che cosa dai da mangiare a quei due, di grazia? Dovresti imbottigliarlo. Probabilmente faresti una fortuna mandando in pensione i produttori della pillolina blu.»

«È il piano.» La sua libido non aveva bisogno di pensieri su afrodisiaci, grazie tante. Non con lui lì davanti, che sembrava *così*. Accidenti, quei pantaloni erano abbastanza aderenti da farle correre la fantasia in più direzioni, e quanto al modo in cui la camicia gli abbracciava il petto...

Chi aveva bisogno della pillolina blu con Sean nei paraggi?

«Sembra che tu abbia speso un patrimonio,» disse lui. «Che cosa c'è qui dentro, comunque?»

«La cena.» E lì si fermò, ancora fissata sugli afrodisiaci.

«Ah, a proposito. Io stasera non ci sarò. Ho, ehm, dei programmi.»

«Programmi?» Aveva dei *programmi*.

«Sì.»

Programmi che non condivideva con lei.

«Oh.»

«Quindi sei per conto tuo.»

Niente di nuovo.

Rifiutando di rimuginare su *quel* delizioso pensiero, Livvy corse di sopra verso la Rose Room. Poteva solo immaginare come si sentissero quelle povere creature, lontane da lei così a lungo, il viaggio sul retro di un camion di consegna e *adesso* chiuse in un bagno.

Trentadue zampette scalpitanti scivolarono sulle piastrelle quando i cani fiutarono il suo odore. Poi Ringo iniziò ad abbaiare. Paula lo seguì con il suo caratteristico ululato da lupo mancato, quindi Georgia e John cominciarono a piagnucolare. Quando si unirono Davy, Micki, Petra e Mike, ne venne fuori un medley Beatles/Monkees in ululato minore.

Le unghie graffiarono la porta del bagno quando lei entrò in camera. Poi graffiarono *lei* quando aprì la porta e il miscuglio di razze le piombò addosso travolgendola.

Le occorsero circa venti minuti per dispensare a ciascuno le coccole bramate prima che si calmassero, ma Livvy non gliene fece una colpa. Ognuno era stato salvato e aveva ancora problemi di abbandono, per quanto lei cercasse di alleviarli; ma lei capiva, e così elargiva tutta l'attenzione che avrebbe voluto fosse stata data a lei.

Sean poteva chiamarli il suo circo, Merriweather poteva rivoltarsi nella tomba, ma a Livvy non importava qualunque caos provocassero i cani. Erano la sua famiglia, per quel che valeva, e li amava tutti.

Guidando la muta ormai educata giù per le scale, si morse il labbro vedendo l'espressione inorridita sul volto di Sean.

«Ti prego dimmi che dormiranno anche loro nel fienile.»

Scosse la testa.

«In cucina?»

«Su quel pavimento duro? Ma sei serio?»

Diventò del colore della sua camicia. «Dove?»

«Quale stanza non hai pulito qui sotto?»

«Le ho pulite tutte.»

Accidenti. Non voleva rovinare apposta tutto il suo lavoro, ma ai cani serviva un posto dove dormire.

«Nella mia stanza.» Ma sì, perché no? Era dove avevano dormito al co-op. L'unica differenza ora era che avrebbero condiviso un letto king size invece di un matrimoniale. Tutti felici e contenti.

Sean scosse solo la testa. «Sai che cosa si dice, che chi va a letto con i cani si alza con le pulci, vero?»

«I miei cani non hanno le pulci.»

«Manteniamola così. Sarà già un lavoraccio disinfestare quel salotto.»

Afferrò la cartella dal tavolino dell'ingresso e se la rimise a tracolla, sussultando quando il peso extra le colpì le costole. «Come va il fienile? Qualcosa di interessante nelle scatole?»

«Va avanti. Piano. Un sacco di piatti, soprammobili, biancheria... Finora ce n'è abbastanza per rifare metà delle camere di questa casa e forse c'è mobilio sufficiente per sostituire i giochi da masticare delle capre. Ho liberato giusto lo spazio per gli alpaca finora. Con il modo in cui Rhett sta addosso a Scarlett, non credo che si lamenterà se avranno una stanza tutta per loro. Di certo io no.»

Livvy non riuscì a trattenersi; rise alla faccia corrucciata di Sean. Ma bisognava riconoscerglielo: per uno che non amava gli animali, se la stava cavando da gran signore.

Sean alzò un sopracciglio in quel suo modo dannatamente sexy, e questo non fece che farla ridere di più. Il che era perfetto per smantellare l'acutissima consapevolezza che lei aveva di lui.

Livvy si accucciò e sollevò Georgia, la meticcia di carlino, palese copertura per evitare che i suoi pensieri andassero dove non dovevano. Era fin troppo consapevole dell'uomo. «Io, ehm, ho avuto una giornata interessante.»

«Ah sì?» Sean tese la mano. «Dai, lascia che te lo porti io.»

Esitò un istante, poi gli porse Georgia. Se si offriva—

«Non il cane, Livvy. La tua borsa. Il cane te lo lascio.»

«Oh. Giusto.» Scosse un po' Georgia—che emise il suo tipico rantolo di disappunto, come le capitava a ogni minimo movimento—e si tolse la borsa dalla spalla.

Sean se la caricò sulla sua e si diresse verso lo studio. «Hai avuto fortuna?»

«Sì, in effetti. Il latino era un documento ufficiale, per quel che ho potuto capire. Una copia, ovviamente. Sono sicura che Merriweather tenga l'originale chiuso in una cassaforte ermetica.»

«Che cosa diceva?»

A suo merito, non disse una parola quando fece un passo indietro per lasciarla passare e i cani corsero dentro per primi, i peli presto a macchiare il lucido divano Chesterfield in pelle. Gemette, però, quando Davy fece saltare una delle borchie in ottone dalla poltrona bergère al secondo tentativo di saltarci su. Il barboncino nano parve estremamente compiaciuto mentre si raggomitolava, arrivando perfino a ringhiare a Petra, la sua preferita, quando venne a leccargli l'orecchio.

Livvy picchiettò il piano girevole sulla scrivania mentre le girava attorno per sistemare Georgia sulla poltrona presidenziale dietro. «Puoi appoggiare la cartella qui. Ti faccio vedere cosa ho tirato fuori.»

I cani si comportarono bene mentre Livvy spiegava la sua traduzione approssimativa e le copie di documenti simili che aveva trovato. Tirò fuori il biglietto di Merriweather. «Credo che quest'ultima riga sia l'indizio. *Una ricompensa lasciata in piedi*. A parte questa casa, mi viene in mente una sola cosa cui potrebbe riferirsi e che abbia a che fare con nobiltà e servizio.»

Il viso di Sean era così vicino al suo mentre esaminavano insieme le carte che, quando lei alzò lo sguardo, le sarebbe bastato inclinarsi di pochi centimetri perché le loro labbra si toccassero.

La tentazione fu quasi troppo forte.

Lo fu anche lo strattone allo stomaco quando lui *sollevò* davvero il capo e i suoi occhi azzurri cercarono i suoi.

E quando quegli occhi scivolarono sulle sue labbra, be', Livvy non seppe davvero dire cosa accadde dopo.

Perché, in qualche modo, le sue labbra erano sulle sue e le sue mani tra i suoi capelli e, oh, Dio, quanto era tutto divino.

«Livvy.» Il modo ansante in cui Sean pronunciò il suo nome non fece che aumentare la sua voglia di baciarlo.

Ma poi si rese conto che *lei* stava baciando *lui*. *Lui* non stava baciando *lei* di rimando.

Oh, Dio.

Livvy si scostò e fece per voltarsi di scatto, afferrò Georgia, poi le carte, cercando qualcosa, *qual*siasi cosa, una scusa qualunque per uscire da quella stanza e da quella situazione senza umiliarsi più di quanto non avesse già fatto. Oh, Dio, a che cosa aveva pensato?

«Livvy.»

Era ancora lì. Dietro di lei. Accanto alla scrivania.

A portata di bacio.

Non si era mai sentita così mortificata in vita sua. Lui aveva dei *programmi*. Probabilmente con un'altra donna che aveva più diritto di baciarlo di quanto non ne avesse lei. Non che lei avesse alcun diritto, ma—

«Livvy.»

Oh Dio. Le spalle le si abbassarono e Georgia grugnì.

Livvy rimise la cagnolina sulla poltrona e si prese un respiro corroborante. Non voleva affatto voltarsi.

«Guardami, Livvy.»

«Devo proprio?» mormorò.

Sean rise. «Sì. Devi.»

Quella risata fu più persuasiva di qualunque presa e giro; lo sguardo nei suoi occhi lo fu ancora di più.

«Non credo che sia una buona idea, Livvy.»

«Non lo credi?» Oh, Dio, niente suppliche. Aveva dei *programmi*.

Sean scosse la testa. «No. Tu sei la mia capo. Viviamo sotto lo stesso tetto. Potrebbe diventare complicato.»

Una voce della ragione. Grazie al cielo *lui* ce l'aveva.

Trasse un respiro tremante e si sforzò moltissimo per il sorriso che si incollò in faccia. «Hai ragione. Scusami. Non avrei dovuto metterti in questa posizione—»

Il suo dito le fermò le labbra. «Aspetta. Credo che tu abbia capito male.»

«Ah sì?»

Accidenti, tolse il dito. Ma forse era meglio così.

E poi le nocche delle sue dita le sfiorarono la guancia. No, *quello* era il meglio.

«Sì. Non ho detto che non volevo baciarti; ho solo detto che probabilmente non è una buona idea. Un altro momento, un altro posto, in qualunque altra situazione tranne questa, oh, sì. Ci starei con tutte le scarpe.» Socchiuse gli occhi e a Livvy corse un brivido—e non era di imbarazzo. «Starei addosso a *te*.»

Be', *ecco* un bel modo per farla uscire da quella stanza a testa alta—o forse no. Che cosa avrebbe dovuto rispondere? E che dire dei suoi *programmi*?

Sean non parve aspettarsi che lei dicesse qualcosa. «Ti lascio a qualunque cosa tu debba fare con i tuoi indizi, e io sposto Rhett e Scarlett nella loro nuova suite. Ti offrirei di cucinare, ma metà delle cose che hai comprato non so nemmeno cosa siano, quindi lascio a te l'onore, okay?»

Lei annuì, senza fidarsi ancora della propria voce—o meglio, senza fidarsi di non umiliarsi oltre quando avesse parlato.

«Bene. Ci vediamo dopo.»

Poteva pure provare a beccarla—be', avrebbe potuto, se non fosse stato per i suoi *programmi*.

Eppure... seguì con gli occhi ogni suo passo mentre si allontanava.

Sean maledisse se stesso, quella situazione, Merriweather, Livvy, le dannate pecore, e più di tutti Randy Rhett mentre conduceva quella scocciatura fuori fino al fienile. Tutta questa storia non avrebbe potuto essere più incasinata.

Lei gli piaceva. Gli *piaceva* Livvy. Anche con gli anfibi e i vestiti da zingara, le sue strane abitudini alimentari e i suoi animali, lei gli piaceva.

Quella donna aveva grinta. Aveva tenacia. Obiettivi. Era determinata, era piena di risorse, ed era dannatamente sexy.

Ed era il nemico.

Maledetta Merriweather per averli messi l'uno contro l'altra.

Maledetto anche il suo budget, che non bastava per fare la cosa giusta per lei e per i suoi fratelli, e maledetto il suo ego per aver deciso che *questa* era la proprietà su cui lasciare il segno. Aveva investito troppo in questo progetto per perderlo.

Ma gli squali già giravano, chiedendosi se Livvy avrebbe venduto. Quel giorno aveva dovuto respingere sei offerte telefoniche; si chiese quante ne stesse ricevendo Scanlon in ufficio.

Dio lo aiutasse se Livvy avesse sentito le cifre che offrivano. Non c'era modo di competere a meno di trovare altri investitori, ridimensionare la sua visione per il posto o abbassare le proiezioni che aveva presentato ai fratelli quando aveva proposto l'affare. Quindi o ci avrebbero guadagnato meno loro o ci avrebbe guadagnato meno Livvy. Che bella scelta del cavolo.

L'alpaca sbuffò e tirò indietro con il morso improvvisato che Sean aveva messo insieme.

«Non ora, Rhett. Non ho bisogno che dia fastidio anche tu.» La sua coscienza già faceva abbastanza, perché l'unico modo per salvare la sua società e i soldi dei suoi fratelli era fare l'unica cosa che non era stata un problema prima di conoscerla, ma che ora andava contro la sua stessa anima: sfilare a Livvy il suo diritto di nascita da sotto il naso.

Capitolo Tredici

«Stai dannatamente bene in verde, Bryan. Ti intona agli occhi.» Sean non seppe resistere alla tentazione di punzecchiare il fratello, l'unico di loro che non si era cambiato per la cena con la nonna, mentre attendevano nell'area comune della residenza assistita dove lei viveva ora.

«Non tirarla, Scene.»

Bryan aveva preso in giro Sean per l'ortografia del suo nome per tutta la vita. Come se fosse stata *una sua* scelta avere un'ortografia strana. Quella e la dislessia avevano reso imparare a scriverlo una sfida più grande di quanto avrebbe dovuto essere.

«Sul serio. Come si aspetta Mac che ci chiamiamo *Manley Maids* quando indossiamo i pantaloni più *poco* virili della storia delle divise da lavoro?» Bryan prese l'ultimo numero di *People* da un tavolino e lo sfogliò. «Vedi?» Allungò il giornale. «*Quella* sì che è una divisa da lavoro.»

Era una foto del suo ultimo film, dove aveva esplosioni che gli scoppiavano alle spalle, una pistola in ciascuna mano e una donna aggrappata a ogni braccio. Donne in bikini.

«Ehi, io sono disposto a dare a Mac i soldi per nuove divise.» Liam diede una pacca sulla spalla a Sean quando arrivò. «In quegli abiti mi sento una dannata femmina.»

«Potremmo pure cantare come una,» disse Sean aggiustandosi. «Chi diavolo le ha disegnate?»

«Io.»

I tre fratelli chiusero la bocca quando la loro nonna entrò nella sala d'attesa. «Devo dedurre che c'è un problema?»

Sean si sentì alto circa otto centimetri. Un'altra parte di lui si sentì così, dopo aver passato otto ore nella divisa *che sua nonna aveva disegnato.* «Mi dispiace, Nonna. Non lo sapevamo...»

«Lo so, Sean. So che voi ragazzi non mi ferireste mai deliberatamente.» Sfiorò il braccio di Bryan ed egli si chinò a baciarle la guancia.

Sean rimase colpito da quanto Bry *dovette* chinarsi. La nonna sembrava essersi rimpicciolita mentre loro crescevano, ma lui lo aveva attribuito alla loro crescita rapida. Tuttavia, ora che erano tutti oltre il metro e ottantotto—e presumibilmente avevano finito di crescere—lei continuava a rimpicciolirsi.

Non aiutava il fatto che questa nuova casa la sovrastasse. Non avrebbe mai pensato che lei avrebbe lasciato la casa in stile Cape Cod che era stata troppo piccola per tre ragazzi scatenati e la sorellina che cercava disperatamente di tenere il passo. La nonna aveva governato quella sua vecchia casa, dove Mac viveva ancora, con regole ferree e un amore feroce, tanto da sembrare più grande di quanto fosse. Ma ora...

La nonna stava invecchiando. Sean tirò un respiro. Era stata l'unica costante nella loro vita dopo che i genitori erano morti nell'incidente d'auto. Non sapeva cosa sarebbe stato di loro quattro se non fosse stato per lei. Entrambi i loro genitori erano figli unici, quindi la nonna era l'unica parente. Non voleva pensare al giorno in cui non sarebbe più stata con loro, ma vederla lì, così minuta e fragile, glielo impose.

«Allora ditemi voi ragazzi cosa c'è da fare e io lavorerò a un altro modello.»

Sean non osò guardare i fratelli. Non avrebbe discusso di *imballaggio* con sua nonna.

«Sono un po', ehm, stretti, Nonna,» disse Bryan. Lui era sempre stato senza paura, qualità che gli aveva dato le palle di andare a Hollywood e tentare con il cinema. Meno male che allora non aveva indossato quella divisa, o le sue palle non sarebbero state così grandi.

«Stretti, in che senso?» chiese la nonna mentre li conduceva lungo il corridoio verso la sala da pranzo privata.

«Sa, Nonna, *stretti*.» Bryan annuì ai residenti che incrociavano. Probabilmente quello era l'unico posto dove una star del cinema poteva andare senza essere assalita da orde di fan urlanti.

La nonna si fece da parte perché Liam potesse aprirle la porta della sala da pranzo, le buone maniere da lei inculcate ormai una seconda natura. Non che quello fosse l'unico motivo per cui le avrebbero tenuto la porta; avrebbero fatto qualsiasi cosa per lei. Aveva tenuto insieme la loro famiglia, e niente era più importante della famiglia.

La povera Livvy non aveva avuto nessuno.

Sean ebbe voglia di gemere. Non aveva bisogno di pensare a lei adesso. Né mai. Non *voleva* pensarla. Non *voleva* desiderarla. E di certo non voleva provare alcuna pietà per lei. Non poteva. Doveva ottenere la tenuta da lei; non c'erano alternative. Aveva investito troppo per mollare a quel punto. Livvy aveva vissuto senza i Martinson per tutto quel tempo; non stava perdendo altro che i soldi.

Avrebbe predisposto per lei una qualche compensazione. Magari perfino darle una percentuale degli incassi del resort. Dalla sua quota, s'intende.

Sì, ecco cosa avrebbe fatto. Si sarebbe assicurato che non dovesse più preoccuparsi di un tetto sopra la testa né del cibo per il suo zoo.

«Sean, porti il pollo al tavolo. Liam, le patate. E Bryan, puoi versare il vino. Ma non quei bicchieri formato Hollywood a cui sei abituato. Non voglio che vi ubriachiate.»

«Sissignora.» Bryan rovesciò gli occhi verso di loro. La bottiglia della nonna non avrebbe minimamente intaccato la loro sobrietà.

«E non alzare gli occhi al cielo con me, giovanotto. Può darsi che tu creda di sapere tutto perché sei una grande star del cinema, ma posso ancora passarti il mio rametto sulle terga se ti monti troppo la testa.»

«È proprio quello che sto cercando di dirLe, Nonna.» Bryan posò il bicchiere davanti a lei. A metà, come lei riteneva opportuno. «Io *sono* troppo grande per quei calzoni.»

«Bryan Matthew Manley, non c'è alcun bisogno di essere volgare.»

Sean quasi sputò il vino. La nonna aveva colto l'allusione sessuale di Bry? Da quando?

Anche Liam sembrò sul punto di soffocare.

Bryan apparve semplicemente sbalordito. «Io... non intendevo...»

Sean avrebbe tanto voluto inspirare perché gli sarebbe piaciuto ridere dell'espressione di Bryan. Invece, estrasse il telefono e scattò una foto.

«Che diavolo è stato?» Bry si riprese in fretta. Ma davanti a una macchina fotografica, si riprendeva sempre.

«Assicurazione. Contro la povertà,» rispose Sean sedendosi a tavola. «Sono sicuro che qualche rivista pagherebbe fior di quattrini.»

«Sean Patrick Manley, smettila di prendere in giro tuo fratello,» disse la nonna con una voce che ricordava fin troppo bene dagli anni dell'adolescenza. «Passami quel telefono.»

«Oh, Nonna...»

«Il telefono.» Scosse le dita.

Sospirando, Sean porse il telefono a Liam, che lo posò sul palmo della nonna.

«Bryan è tuo fratello; dovete sostenervi. Non permetterò che tu saboti la sua carriera.» Girò il telefono, scrutandolo. «Ora, come cancello quella foto?»

Liam tese la mano. «Qui, Nonna, lasci che—»

«Oh, eccolo.» La nonna premette un pulsante prima che Liam potesse riprendere il telefono. «Ecco. Sparita.»

«*Tutte*?» Sean guardò Liam. «Dimmi che non ha cancellato *tutte* quante.»

Liam tese la mano. «Nonna.»

La nonna sbuffò. «Forse ho ottantaquattro anni, ma non sono svanita, ragazzi. *Ho* già usato un telefono.»

«Quando?» Sean si sentì un po' sollevato. Molti centri per anziani avevano dispositivi elettronici; grazie al cielo la nonna non ne era del tutto digiuna.

«Quando il nipote di Mildred è venuto a trovarla. Mi ha mostrato come scattare una foto di loro due. È venuta anche molto bene.» Sembrò piuttosto soddisfatta di sé.

Avrebbe dovuto rassicurare Sean, ma Liam corrugava la fronte.

«Uh, Sean?» Lee sollevò il telefono. «Scusa, fratello, ma sono sparite. Qualcosa di importante?»

L'indizio. Aveva cancellato l'indizio. Avrebbe voluto sentire il parere dei fratelli su cosa significasse, ma ora era sparito e lui aveva lasciato il tablet alla tenuta.

«No. Non proprio.» Non aveva senso far sentire in colpa la nonna. Non è che lo avesse fatto apposta. «Solo qualche scatto della tenuta. Volevo farvi vedere in cosa avete investito.»

«Ah, sì. Mary-Alice Catherine ha accennato a una casa che volevi comprare. Non avevo capito che fosse la tenuta dei Martinson. Come sta andando?» La nonna tese la mano perché le passasse il piatto.

«Sta andando.» Scelta di parole infelice.

«Andando in che senso?» Liam lo guardò oltre il bordo del calice. «Pensavo avessi detto che potevano esserci complicazioni.»

«Ci sto lavorando.»

«Che tipo di complicazioni?» Bryan si sporse in avanti.

Sean fece una smorfia mentre si faceva coraggio per dire ai fratelli qual era la situazione. «Merriweather ha messo una leggera chiave inglese nei piani.» Raccontò loro della pretesa di Livvy sulla proprietà.

«Figlio di puttana.» Bry lanciò il tovagliolo sul tavolo.

«Il linguaggio, Bryan.» La nonna non si fermò nemmeno mentre metteva il pollo nel piatto di Sean. Non alzò la voce, neppure. Non ne aveva mai avuto bisogno. Uno sguardo di traverso o un *tsk-tsk* della nonna li riportava all'ordine più in fretta di qualsiasi rametto minacciato sulle loro schiene.

«Scusi.» Bry riprese il tovagliolo e se lo rimise in grembo. «Che cosa farai, Sean?»

Quella era la domanda.

«Per come la vedo io, ho tre opzioni. Uno, assicurarmi che Livvy fallisca e che la vendita possa procedere come previsto. Due, volevo chiedervi se vi andasse di coprire la differenza. Con ROI commisurato, ovviamente.»

«Quindi saresti il socio di minoranza, allora?» chiese Liam.

Sean annuì e prese il piatto dalla nonna. «Ovviamente non era quello che volevo quando ho pianificato tutto, ma possiamo definire i termini e vi rileverò gradualmente. Se potete anticipare il denaro, questa è la mia seconda opzione. La terza sarebbe coinvolgere investitori esterni, ma diluirebbe la quota di tutti.»

«Quell'opzione è fuori discussione.» Liam si strofinò il mento. «Questo dovrebbe essere un progetto dei Manley Brothers. Se portiamo dentro qualcun altro, perdiamo quel vantaggio, sia nel decidere la rotta sia in termini di pubblicità.»

«Ma avete Bryan,» disse la nonna, tendendo la mano per il piatto di Bryan. «È la migliore pubblicità che potreste desiderare.»

«Impossibile, Nonna.» Glielo passò. «Io sono il socio silenzioso. Non ho la preparazione che hanno questi due per questo settore. Se iniziamo a spiattellare la mia faccia ovunque, diventerà un circo. I media sono fantastici finché non lo sono più. E anche se non fosse un problema, Sean ha già ciò che posso permettermi.»

«E hai anche i miei fondi discrezionali, Sean,» disse Liam. «Mi serve ancora capitale circolante per la mia attività. Non c'è altro.»

Allora era deciso. Doveva assicurarsi che lei fallisse, oppure sarebbe fallito lui.

«Sono certa che troverai qualcosa che permetta a tutti di ottenere ciò che vogliono,» disse la nonna con la fiducia in lui che aveva sempre avuto. «Inclusa Olivia. In fin dei conti, *è* il suo retaggio. Dovrai trattarla con equità; niente approfitti. Troppe persone in quella famiglia le hanno già fatto questo.» Il sorriso della nonna non nascose l'avvertimento dietro le parole: *Non rubare a Olivia.*

«Farai la cosa giusta, Sean. Lo so. È così che ti ho cresciuto ed è il tipo di uomo che sei. Ricordati quello che ho sempre detto sul fatto che i bari non vincono mai. Potresti sempre restituire i soldi ai tuoi fratelli e lasciar perdere.»

Lasciar perdere? Tutto il suo piano di vita? Il suo futuro? La sua azienda? Quello era il *piatto forte* di ciò che stava cercando di costruire. Quella era la proprietà che lo avrebbe messo sulla mappa e inserito nella lega dei pezzi grossi, dimostrando che aveva ciò che serviva per farcela. E lei voleva che *lasciasse perdere*?

Accidenti. Non bastava la pressione che si metteva da solo, o il camion di pressione che Livvy gli caricava addosso senza volerlo per il solo fatto di esistere, o le aspettative dei fratelli che portavano la loro dose di stress, adesso anche sua nonna ci metteva le sue aspettative nel calderone.

Tutto ciò che desiderava era comprare la proprietà, far partire la squadra di costruzione e aprire tra dieci mesi. Chiedeva troppo?

«Dunque.» La nonna gli rivolse un sorriso diverso. Quello lo riconobbe. Diceva che aveva ottenuto ciò che voleva e tutto nel suo mondo tornava al suo posto.

Magari valesse anche per il suo.

«Olivia ti ha già preparato il suo pane ai peperoni?» Porse a Liam il piatto. «È delizioso. Mildred ne ha portato un po' alla sua ultima visita. Credo sia ancora nella paniera. Se volesse prenderlo, Liam.»

Non era una richiesta.

Liam riportò il pane affettato al tavolo. Sean lo guardò. Nei giorni buoni non sarebbe riuscito a mangiarlo—i peperoni non appartenevano al pane, appartenevano a un hamburger—oggi, men che meno. «Grazie, Nonna, ma io—»

«Assaggialo. La tua Olivia lavora sodo con la sua attività. Il minimo che tu possa fare è provarlo.»

Soprattutto se stava per sottrarle l'eredità da sotto il naso. Le parole non furono pronunciate, ma non ce ne fu bisogno. La sua coscienza le urlava dai tetti.

Addentò un pezzo. Lo fecero anche i fratelli.

Dannazione. Quella donna sapeva cucinare.

«È buono.» Bryan si servì un'altra fetta.

La nonna gli schioccò sulle dita. «Non allungare le mani, Bryan. È così che ti comporti alle cene di quel signor Spielberg?»

Bryan sollevò un sopracciglio. «Non lo so, Nonna. Quando ci andrò, glielo farò sapere.»

Gli schioccò di nuovo sulle dita. «Risposta sbagliata, giovanotto. Non fare lo spiritoso con me.»

«Sissignora.»

Sean si morse il labbro. Eccoli lì, tutti oltre i trent'anni, e la nonna li trattava come se ne avessero tre.

Non l'avrebbe voluto in altro modo. Grazie al cielo per la famiglia.

Che Livvy non aveva.

Gesù. Doveva smetterla di pensare a lei e alla sua vita e a ciò che aveva o non aveva. Questo progetto gli metteva addosso abbastanza pressione; Livvy e quel dilemma non facevano che aumentarla.

Ripensandoci, forse quel bicchiere di vino l'avrebbe proprio preso.

«Allora, come vanno i vostri incarichi, ragazzi?» La nonna finalmente si servì il pollo al rosmarino dal profumo migliore che Sean avesse mai sentito, il suo piatto forte e un promemoria di casa.

«Come sta *andando*?» La forchetta di Bryan cadde nel piatto. «Sul serio, non ho idea del perché la gente procrei. Dovresti vedere quei cinque bambini. Metto tutto pulito e in ordine, e quando finisco l'ultima stanza devo ricominciare da capo. È come se ogni bambino fosse il suo uragano. Inversamente proporzionale alla taglia, per giunta. Quella piccolina... *perbacco*. Sa creare un disastro di proporzioni epiche.»

«Sta soffrendo, Bryan. Si ribella. Abbi pazienza.» La nonna guardò Sean e Liam. «Suo padre era il pilota di quell'incidente aereo di qualche anno fa. Che tristezza.»

Bry prese un'altra fetta di pane. «So *esattamente* cosa sta provando, Nonna.»

Lo sapevano tutti. Solo Mac non era stato abbastanza grande da ricordare quel giorno tremendo in cui avevano ricevuto la notizia dei loro genitori.

«Lo so.» La nonna strinse la mano di Bry. «Liam? Com'è Cassidy?»

Liam scosse la testa. «È Cassidy.»

In città c'era solo una *Cassidy* a cui si alludeva quando si diceva «Cassidy».

Cassidy Davenport: figlia socialite viziata della versione locale di Donald Trump.

«Ora, Liam, non giudicarla da ciò che tutti dicono di lei. Voglio dire, guarda Bryan. Pensi davvero che tutto ciò che hanno scritto su di lui sia vero? Non è uscito con tutte quelle donne.»

Sean e Liam non guardarono Bryan. Perché lo era. Bry si godeva decisamente i frutti del suo lavoro.

«Non si preoccupi, Nonna. Lascio che Cassidy si dimostri per quello che è.» Liam lanciò un'occhiata a Sean e arcuò un sopracciglio.

Sean si riempì di nuovo di patate per non mettersi a ridere. La povera Cassidy si stava impiccando da sola semplicemente respirando. Liam aveva appena passato una brutta rottura con una come lei, che aveva visto solo il simbolo del dollaro guardandolo e non aveva preso bene la realtà che il conto in banca di Liam non eguagliasse quello di suo padre. All'inizio ci era rimasto di sasso, e la cosa aveva scosso tutti e tre.

«Bene. Mi fa piacere sentirlo.» La nonna fece roteare il bicchiere per un altro goccio di vino.

Sean quasi si strozzò con un'altra cucchiaiata di patate. La nonna *non* beveva mai due bicchieri di vino. Porse la bottiglia a Liam. «Tutto bene, Nonna?»

«Sto benissimo, perché lo chiedi?»

«Per niente.» Non si sarebbe *mai* azzardato ad accusarla di bere troppo. Lei lo aveva beccato più di una volta al liceo con birra che non avrebbe dovuto poter comprare e che invece aveva. Non aveva mai trovato la sua falsa identità, però, grazie al cielo. Gli era tornata utile per tutti e quattro gli anni in cui l'aveva usata.

«Ho sentito dire che la tenuta è splendida dentro.» La nonna aggiunse un'altra porzione nel suo piatto.

Sempre che non dispiacessero piume d'uccello e sperma d'alpaca. Seriamente, quel pomeriggio aveva colto Rhett che ci riprovava *di nuovo* non appena lui gli aveva voltato le spalle nel fienile.

Beato lui.

«Lo è, Nonna. Potrei portarla un giorno.» Quando fosse stata davvero sua.

«Meraviglioso. Che ne dice di mercoledì prossimo?»

Sean sbuffò il purè di patate. «Mercoledì?» Aveva pensato più a qualcosa tipo l'anno prossimo, quando il posto sarebbe stato avviato. E suo. Voleva possederlo prima di portarla lì. Voleva renderla orgogliosa di lui. Ripagare la sua fiducia. Lei gli aveva sempre detto che poteva fare qualsiasi cosa si mettesse in testa. Considerando che era cresciuto pensando che la sua testa fosse difettosa, la sua fiducia aveva significato molto. Già, in quel progetto c'era in gioco molto più del denaro.

«Sì, mercoledì. È quando vanno Hetta e Dafna. Possiamo farne un'uscita di gruppo.»

«Hetta? Dafna?»

«Le amiche di Merriweather. Hetta vive qui di fronte al corridoio, e Dafna passa spesso. Siamo diventate piuttosto amiche.»

«Perché quelle donne vanno alla tenuta?»

«Olivia ha offerto loro qualsiasi cosa vogliano dalla casa. Non è generosa? È proprio una brava ragazza, quella Olivia. Non capisco perché sua nonna non l'abbia mai visto.»

Perché sua nonna era una vecchia capra testarda e prevenuta a cui non importava di chi feriva con le sue promesse vuote.

E ora lui doveva vedersela con altre tre *anziane* con i loro tornaconti, perché Livvy *non poteva* dare alle donne tutto ciò che volevano dalla tenuta. E se dentro ci fosse stato un indizio?

Sean bestemmiò tra sé e sé. Doveva davvero bruciarla sul tempo e capire dov'era il prossimo indizio, perché, con la nonna che gli aveva cancellato l'ultimo dal telefono, era tornato allo stesso punto di partenza di Livvy.

«Allora che ne dici di scambiarci, Sean?» chiese Bryan.

Sean scosse la testa e alzò lo sguardo. La nonna e i fratelli lo fissavano. «Scusa, che hai detto?»

«Il tuo incarico. Dev'essere una gran gnocca se non ci hai detto neanche una parola su di lei,» disse Bry con quel suo sogghigno da furbo che i media chiamavano *ardente*, ma che Sean chiamava *irritante*. «Quasi quasi vado a darle un'occhiata io, se non ci stai mettendo su il cartello del "prenotata". Magari ci scambiamo i lavori.»

Sean si trattenne dal fargli il gesto solo perché la nonna era seduta al tavolo. «Tu hai la tua cliente da gestire.»

«Ed è anche piuttosto carina, se ricordo bene dal giornale,» disse la nonna.

Bryan scrollò le spalle. «Sì, è una gnocca, ma ha cinque figli. Niente distrugge più in fretta l'attrattiva di una donna di un branco di figlioli attaccati intorno.»

«Ehm.» La nonna si schiarì la gola.

Bravo, genio. Sean avrebbe voluto dargli un calcio. La nonna aveva avuto un branco di bambini tra i piedi per anni e, per quanto ne sapessero, non aveva mai frequentato nessuno. Magari non per scelta.

Il lampo negli occhi di Liam disse tutto ciò che Sean non disse. E anche di più.

Bryan impallidì. «Io, ehm, scusi, Nonna. Io, ehm—»

La nonna alzò la mano. Un gesto minuscolo. Una mano minuscola. Eppure così efficace. Tutti e tre la guardarono.

«Ti ho cresciuto meglio di così, Bryan Matthew. Quella donna ha molto da offrire a qualcuno, e quei bambini sono delle benedizioni. Dovresti ritenerti fortunato se lei anche solo *pensasse* di uscire con te. Con commenti del genere, non te la meriti.»

Bryan fece una smorfia. La nonna non andava per il sottile quando avevano torto e stavolta non fece eccezione. Bry non avrebbe proprio dovuto prendersela con quella donna. Non è che lei avesse *voluto* che suo marito morisse in un incidente aereo e la lasciasse a crescere tutti quei figli.

Proprio come non era colpa di Livvy se sua nonna li metteva l'uno contro l'altra.

Accidenti. Se la nonna riusciva a far sgonfiare l'autostima gonfiata di Bry con un semplice gesto della mano per un commento, si sarebbe divertita un mondo quando lui avrebbe sabotato la ricerca di Livvy.

Mercoledì si preannunciava una giornata campale.

<h1 style="text-align:center">Capitolo Quattordici</h1>

⚬

Livvy tamburellò con la gomma della matita sull'ultima battuta, ehm, indizio di Merriweather, seduta al bancone della cucina. *Legno*. La donna voleva che trovasse un pezzo di legno. Se quello non era un ago nel pagliaio di questo mausoleo, non sapeva cos'altro potesse esserlo. La casa era *fatta* di legno. Mensole, architravi, camini... così tanti «-oni» che non sapeva da quale cominciare.

Era in piedi dalle sei a occuparsi della menagerie, dopo aver spinto giù dal letto il branco russante. Avrebbe dovuto cacciarli ieri sera; avevano russato come una sinfonia di sirene nella nebbia e l'avevano fatta svegliare all'alba.

Aveva un torcicollo e la colpevole era Georgia, la monopolizzatrice di cuscini. E il suo *vero* maiale non l'aveva presa bene. Era stato lui a rubarle il cuscino al co-op, così quando le aveva annusato la mano quella mattina, aveva alzato il grugno, praticamente piroettato sugli zoccoli prima di trotterellare verso la sua cuccia extralarge per cani a fissarla torvo mentre lei riempiva la mangiatoia. C'erano volute tre mele per convincerlo ad avvicinarsi a mangiare.

Dio, che triste biglietto da visita per la sua vita sentimentale. Altro che dormire con le pulci; cosa significava quando dormiva con un maiale?

Prese un altro morso della sua omelette di albumi con asparagi e pomodori secchi, con una spalmata di pesto fatto in casa sopra, prima di partire per il secondo round di questa caccia al tesoro. Mmmm, forse avrebbe dovuto coinvolgere Calliope e Callista. Nah, Sean avrebbe avuto un attacco per tutte le piume in giro.

Sean.

Le guance le si scaldarono al pensiero di ciò che era successo nello studio il giorno prima. Anche il resto del corpo reagì, e Livvy non riuscì proprio a pentirsene.

Si pentì, però, di averlo aspettato tutta la notte.

No. Non *aspettato a casa*. Lui era *tornato*. Quella non era la casa di nessuno.

S'era torturata per ore chiedendosi cosa avesse dovuto fare, dove fosse andato, quali fossero i suoi *piani*. Aveva avuto un appuntamento?

Perché le importava?

Scostò il piede che Paula stava usando come cuscino. Non le *importava*. Non davvero. Era curiosità. Sì, ecco cos'era; curiosità. Era un bell'uomo e l'aveva baciata (prima che lei baciasse lui), quindi sì, *poteva* chiedersi se stesse baciando qualcun'altra.

Anche se... lui aveva detto che non era una buona idea che succedesse qualcosa tra loro, quindi magari c'era qualcun'altra.

E forse stava leggendo troppo in una situazione con un tizio che non avrebbe più visto dopo qualche settimana.

O... invece sì?

E guarda te. Una possibile svolta nella sua fortuna e stava considerando di voltarne anche altre. Wow. Non si poteva mai sapere cosa la vita ti avrebbe lanciato addosso.

Era più che un po' contenta che le avesse lanciato Sean.

Sean controllò il retro dell'ultima cornice di legno nell'ingresso a cui poté arrivare senza una scala. Pensò di prendere la scala dal camion per controllare le restanti, perché non avrebbe messo in dubbio che Merriweather avesse pagato qualcuno per incollare il prossimo indizio sul retro del ritratto più alto e lontano della stanza, contando sul fatto che Livvy alla fine avrebbe mollato.

Tranne che Livvy aveva abbastanza fuoco dentro da *non* mollare.

E forse era proprio su quello che Merriweather aveva contato.

Livvy si era alzata presto, i cani la seguivano come se fosse il Pifferaio Magico mentre lei passava le mani su ogni superficie di legno che vedeva, spingendo sui pannelli come se dovesse aprirsi una porta segreta; e intanto una certa parte di *lui* aveva preso vita al pensiero che quelle mani facessero lo stesso a lui.

Espirò e si sistemò di nuovo in quei stupidi pantaloni sottili. *Concentrati, Manley.*

Già. Gli indizi. Dove diamine avrebbe nascosto Merriweather il prossimo?

Quasi inciampò in uno dei cani che avevano deciso di restare invece di seguire Livvy alla stalla. Come si chiamava quella cosa? Peter? Peta? Pickle? Da bambino non aveva mai avuto un cane. Gran non aveva bisogno di sfamare o pagare un'altra bocca, quindi non era abituato ad avere qualcosa che gli trotterellasse dietro.

Ma quel cosetto—o cosetta—non sembrava capirlo. Lo guardò con occhi pieni d'anima, un po' calanti agli angoli, e la codina tozza che batteva il muro con un suo ritmo.

«Sto solo andando di là, sai. Non devi per forza seguirmi.»

Macché. La creatura si tirò su—la dieta biologica di Livvy chiaramente gli giovava fin troppo—e lo seguì, per poi ripiombare sulla pancia tonda con un sibilo.

Sean gli diede una pacca sulla testa, poi guardò attorno. Dov'era il prossimo indizio? Aveva controllato le mensole. Aveva passato le mani sugli architravi. Dove diamine poteva averlo messo? Cosa gli sfuggiva?

Passò davanti al salone che gli animali avevano devastato. Proprio la sua fortuna se l'avesse nascosto lì. Nessun posto era al sicuro dai denti rosicchianti e dalla curiosità di un gruppo di capre giovani. A meno che non avesse forato un mobile e infilato l'indizio dentro...

No. Non l'avrebbe fatto.

O sì?

Sean scartò quell'idea. Non avrebbe distrutto un cimelio. Non quando voleva che Livvy li apprezzasse.

Però e se un pezzo avesse già un foro?

Una scrivania. Da qualche parte doveva esserci una scrivania. Una con cassettini e scomparti segreti... Quei vecchi aristocratici inglesi non avevano una passione per scrivanie del genere? Scrivanie da spia o qualcosa del genere?

C'era una scrivania nella camera padronale.

La camera di *Merriweather.*

. . .

A Sean occorsero dieci minuti per rendersi conto che nella scrivania non c'era nulla. Merriweather aveva svuotato ogni cassetto e fessura, e lasciato comodamente aperti i vani segreti.

Dannazione.

Si lasciò cadere sul letto e prese il suo piccolo stalker a quattro zampe posandolo accanto a sé. Dove l'avrebbe nascosto, l'indizio? Doveva essere in un luogo significativo; non era qualcosa che avrebbe semplicemente infilato dietro un battiscopa. Era troppo importante.

Si riascoltò l'indizio. *Figlio importantissimo* e *l'erede era nato*. Due affermazioni, un'idea. Il figlio era importante. La sua nascita era importante. Cosa c'era di legno che avesse a che fare con la sua nascita? Una culla? Una capanna? Sean non aveva visto né l'una né l'altra.

Stringeva il montante del letto. *Pensa, Manley. Cosa sarebbe abbastanza significativo per la nascita di un erede ed è fatto di legno?*

Picchiettò il palo, un solido *tum tum* sotto le dita. La cosa era robusta. Antica, anche.

Sean guardò il montante. Era di legno. Era un cimelio. E i neonati dell'Ottocento, specialmente quelli aristocratici, in genere nascevano in grande stile. Tipo in un enorme letto a baldacchino di una tenuta.

Sean si alzò. Ogni montante aveva un pomolo. Il che significava che ogni palo aveva un foro.

Il cane lo seguì a ogni angolo, la lingua penzoloni da un lato della bocca in un sorriso storto, con un saltello ogni tanto delle zampette anteriori come se anche per lui l'indizio fosse una gran cosa.

«Probabilmente si aspetta che sappia di pancetta,» borbottò Sean mentre riavvitava il secondo pomolo. Sperava di non star perdendo tempo.

Il terzo pomolo svelò l'indizio.

Sean lo fotografò al volo, giurando che Gran *non* avrebbe rimesso le mani sul suo telefono, e se lo inviò via email per sicurezza.

Sembrava un'altra poesia.

Avrebbe dovuto distruggerlo. Tagliare subito la strada a Livvy così da impedirle di trovarne altri.

Il cane guaì, pressappoco il tempo che Sean ci mise a considerarlo. Una cosa era batterla sul filo di lana, un'altra era sabotarla.

E la sua dannata coscienza non gli permise di gettare l'indizio nel water.

«So che me ne pentirò,» disse al cane. Un'altra cosa di cui probabilmente si sarebbe pentito, ma almeno nessuno oltre a lui e al cane sapeva che ci parlava. «Ma è l'unica cosa giusta.»

Riavvitò il pomolo e stava per aiutare il cane a scendere dal letto alto proprio mentre Livvy comparve con un ornamento canoro sulla spalla e il resto della sua bizzarra banda di cani—che presero subito possesso di ogni sedia, pouf e tappeto della stanza, con l'unica consolazione che nessuno saltò sul letto, dove il cosetto carlino riposava con le zampine incrociate come un dignitario reale.

L'interpretazione di Orwell di *Every Breath You Take*—soprattutto quell'ultima riga sul tenerlo d'occhio—fece salire il senso di colpa in Sean.

«Credo di averlo capito, Sean.» Livvy posò Orwell proprio su *quel* montante, tra tutti, poi scompigliò le orecchie al cane. «Allora eccoti qui, Georgia. Stavi facendo compagnia a Sean?»

Georgia. Quello era il nome del cosetto—ehm, cosetta. «Che cosa hai capito?» Tennero d'occhio l'uccello. Livvy avrebbe davvero dovuto prendere dei pannolini per i suoi animali.

«Credo che sia in questa stanza. I bambini nobili nascevano sempre a casa, nel letto ducale, quindi probabilmente Merriweather fece fare una targa o qualcosa del genere e la fece appendere qui in giro per proclamare la lieta novella. Aiutami a cercare.»

Posò il cane sul pavimento con gli altri e fu di nuovo torturato dalla vista di Livvy che passava le mani su ogni superficie. Le sue mani piccole, delicate, aggraziate che erano state così piacevoli strette contro la sua pelle e affondate nei suoi capelli e graffiando lungo la schiena e...

Dannati pantaloni.

Avrebbe dovuto arrendersi e dirle dov'era l'indizio, perché non sapeva quanto altro avrebbe retto. Continuava a chinarsi per controllare i battiscopa. A stirarsi per tastare in cima ai quadri. A mormorare tra sé quando scopriva una nuova possibilità, con quel piccolo sospiro sexy come se lui avesse appena trovato un punto segreto del suo corpo—

Testa al gioco, Manley.

Ma poi lei si spostò verso la testiera, sporgendosi sul materasso—sdraiandosi *sul* materasso—e Sean alla fine si *arrese*. Tese la mano perché il pappagallo gli salisse sulle dita e stava allungandola verso il pomolo quando Livvy si voltolò sul letto.

«Oooh, Sean. Non sapevo che ci tenessi,» disse guardandolo e guardando l'uccello.

Oh, ci teneva. Ma non all'uccello.

Gli importava che lei fosse sul letto con le braccia alzate sopra la testa, stretta alla testiera, la gonna risalita su quelle gambe incredibili, e che gli sorridesse come se fosse proprio felice di vederlo.

Era fin troppo evidente, in quei pantaloni del tutto inutili, che lui ricambiava.

E lei se ne accorse.

Il suo respiro cambiò. Gli occhi si spalancarono. Le labbra si schiusero in una morbida O che lui desiderava assaggiare.

«*Ti terrò d'occhio.*» L'imitazione di Orwell fu cronometrata alla perfezione.

Sean scrollò di dosso l'eccitazione per quanto possibile e cercò di richiamare alla mente un pensiero chiaro, innocuo, sicuro. «Lui, eh...» Alzò la mano su cui Orwell era appollaiato. «Cacca.»

Lei ridacchiò. «Avrei scommesso che non ti avrei mai sentito dirlo.»

«Perché?» Sgranò gli occhi quando Orwell si mosse sul suo pugno. Quegli artigli erano affilati—e in quel momento, molto benvenuti.

«Non so. Con quanto ti indigni per i miei animali, avrei pensato che certe funzioni corporali fossero sotto la tua dignità.»

C'erano *alcune* funzioni che voleva decisamente avere *sotto* di sé.

«Ehi, ho controllato quel cane per tutto il pomeriggio.» Georgia gli abbaiò come se avesse capito cosa stesse dicendo. «E mi preoccupa che le, ehm, deiezioni del pappagallo abbiano abbastanza acidità da scrostare la finitura del legno e lui, sai... dove l'hai appollaiato.»

Afferrò lo straccio dalla tasca posteriore—quello che ora avrebbe tenuto nella cintura, posato sopra una certa zona in particolare—e iniziò a ripulire la materia offensiva.

Il che bastò a far traballare il pomolo sul montante.

Merda.

Senza doppio senso.

«È lento?» Livvy si tirò su sul letto, i capelli tutti scompigliati, la gonna tutta rimboccata, e la sua libido tutta *in tilt*.

«Mi chiedo...» Camminò sul letto in ginocchio e Sean, mentalmente, la spogliò mentre lo faceva.

Era un cane. Peggio di qualunque di quelli che russavano in quella stanza. Perché diamine non riusciva a concentrarsi su ciò che contava?

Lo stai facendo.

Già, la sua coscienza poteva anche andare a farsi benedire. Le donne erano come il prezzemolo; Livvy non era poi così speciale. Di certo non valeva la pena rinunciare a potenziali milioni di dollari e alla fiducia, stima e rispetto dei suoi fratelli.

Continua a raccontartela.

Livvy avvolse la mano attorno al montante, le dita sfiorando le sue.

Era nei guai fino al collo perché non *riusciva* a mentire a se stesso. Non c'erano *altre* donne come Livvy.

Svitò il pomolo.

«Oooh! Guarda!»

Lui guardava, ed era uno spettacolo magnifico.

Non intendeva l'indizio.

Gli occhi di Livvy si illuminarono e il suo sorriso gli scivolò dentro come il sole in una giornata di primavera. Era tutto ciò che nel mondo c'era di buono, luminoso e giusto.

E ora stava suonando come Merriweather e le sue maledette poesie.

Livvy tirò fuori l'ultima puntata di sua nonna. Sean infilò lo straccio nella cintura e tirò fuori il cellulare. Avviò l'app del microfono. Avrebbe risparmiato tempo di traduzione.

Lei lesse:

> *Lord William Martinson primo,*
> *Perse tre bimbi come sotto un destino gramo,*
> *L'ultimo, ancora un figlio,*
> *Dichiarò essere il prescelto e il migliore,*
> *Per innalzare il nome della famiglia*
> *Dalla piccola nobiltà a nobile dinastia.*

Ripiegò l'indizio e se lo batté sulle labbra, inclinando la testa di lato, scoprendo quella curva morbida del collo che lui non aveva avuto abbastanza tempo di esplorare nei due baci troppo brevi che si erano scambiati, e Sean poté solo immaginare le delizie nascoste che vi avrebbe trovato—

«*Ti sto guardando.*» Orwell non era tipo da lasciare che il silenzio andasse sprecato.

«Allora che significa?» Spense l'app e si rimise il cellulare in tasca, più che altro per darsi qualcosa da fare e non restare lì a rimuginare su di lei.

«Non lo so, ma è tutto così pretenzioso,» disse Livvy. «Ma a chi importa, davvero? Non siamo più nell'Inghilterra feudale. Adesso i servi lavorano alla Microsoft e alcuni guadagnano più di molte case reali fuori dal tempo. Il sogno americano. Eppure mia nonna ha insistito nel perpetuare questo ideale monarchico che ora vuole passare a me. Non lo capisco.»

«Ma questo lo capisci?» Sean toccò l'indizio, cercando di mantenere l'attenzione sul lavoro, non su quanto apparisse piena di nostalgia.

Livvy fece rimbalzare l'indizio tra le dita. «Immagino che dobbiamo scoprire chi fosse il quarto figlio di Lord Martinson. Poi capire cosa fece di così meraviglioso.»

Fece scendere una gamba dal letto, barcollando un po' mentre ritrovava l'equilibrio, usando il suo braccio per farlo, e per quanto riguardava Sean, la cosa più meravigliosa che il figlio di William avesse fatto era stata tenere vivo l'albero genealogico, fino ad arrivare a Livvy.

Capitolo Quindici

«Sei sicuro che non hai fame? Posso prepararti qualcosa per pranzo.» Livvy si appoggiò alla porta sul retro in cucina dopo aver fatto uscire i cani e guardò Sean.

Lui stava davvero bene. Fin troppo.

E lui aveva pensato lo stesso di lei.

Occhi sopra la cintura, Carolla.

Già. Li tenne ben piantati sul suo viso—non che fosse un sacrificio, ma aveva visto la sua reazione di sopra in camera. Difficile non notarla, visto che lei ci era stata praticamente all'altezza degli occhi e quei pantaloni non sapevano tenere un segreto.

«No, devo finire le ultime stalle nel fienile. Le capre sono un po' troppo energiche per starne in una sola e Reggie ha dato fastidio alle oche, quindi gli serve un posto.»

«Sì, ma devi mangiare qualcosa. E io ho fatto tutta quella spesa.» Doveva smetterla di supplicare. Non era attraente—non che stesse cercando di essere attraente. Non lo stava facendo.

O sì?

Livvy si morse il labbro. Era davvero bello, e la chimica tra loro... *phew.* Merriweather l'aveva previsto quando aveva messo quella stupida clausola? Di certo sua nonna non poteva volere che lei si mescolasse con *la servitù*? Quanto sarebbe stato *de trop*...

Il motivo perfetto *per* mescolarsi con lui. Se le fosse servito un altro motivo, s'intende.

Lui si fermò sulla soglia della cucina dopo che lei entrò. «Che cosa avevi in mente?»

Per un secondo, Livvy lo fissò e basta. Avrebbe dovuto dirgli cosa aveva in mente.

«Un po' di fame ce l'ho. Hai qualcosa, sai, di normale?»

Ah. Cibo. Pranzo. Giusto. Livvy rimise il cervello in quella stanza e non nel viaggetto lungo Vicolo del Sexy in cui era finito.

«Normale? Che cosa, esattamente, costituisce il *normale*? Perché quei fosfati e tri-qualcosa-cidi non sono normali. *Quelli* sono artificiali. Quello che preparo io è biologico. Ti fa bene. Come lo ha voluto la *natura*, non le grandi aziende dei pesticidi.» Afferrò il formaggio di latte vaccino da animali al pascolo che aveva trovato con grande gioia, e una pagnotta del suo pane preferito, un po' di zucchero di canna, senape alle noci pecan, il barattolo di cetriolini bio, un pomodoro e un mango. «Siediti. Non ci metterò molto. Ti garantisco che adorerai il mio toast al formaggio.»

Lei adorò guardarlo mentre apparecchiava. Talmente tanto che rischiò quasi di bruciare il sandwich, con tutti quei muscoli che si flettevano e si tendevano e si contrapponevano...

Anche un paio di cose sue si stavano tendendo.

Non era riuscita a toglierselo dalla testa per tutta la notte. Quel momento in cui erano stati nella camera di sua nonna prima—sul letto—lui l'aveva guardata *in quel* modo. Lei aveva capito esattamente cosa significasse quello sguardo e il sangue le aveva cominciato a bollire. Le terminazioni nervose le si erano messe a formicolare e il respiro se n'era andato a spasso.

Livvy si mosse un po' a disagio mentre portava i sandwich in tavola.

Lui si passò la lingua sulle labbra. «Wow, sembra buonissimo.»

Non ne aveva la più pallida idea...

Il piatto le tremò in mano mentre stava per posarlo sul tavolo. Per fortuna, Sean glielo prese e lo poggiò con delicatezza. «Che cosa ti porto da bere?»

Un secchio d'acqua ghiacciata e versamelo addosso. «Uh, il tè freddo va bene. L'ho lasciato in infusione tutta la notte.» Al mattino aveva sciolto i cristalli di zucchero grezzo e li aveva mescolati con del limone appena spremuto, poi aveva aggiunto estratto di menta nel suo rapporto segreto. Una linea di tè alle erbe sarebbe stata la sua prossima impresa.

Sean riportò due bicchieri al tavolo. «Fai sembrare tutto bello, persino questo,» disse, porgendole la bevanda mentre si sedeva a cavalcioni della sedia accanto a lei.

«La presentazione dev'essere all'altezza del cibo.» Alternò le fette di pomodoro con mango e cetriolino per un po' di dolce, un po' di aspro e un po' di piccante, il complemento perfetto al formaggio stagionato. «*Bon appétit.*»

Lo guardò dare un morso. Le piaceva osservare le reazioni delle persone al suo cibo. La maggior parte era così incollata alla solita routine che non riusciva a uscire dagli schemi per apprezzare ciò che lei si inventava. Ma quando lo facevano, quando provavano le sue creazioni, di solito rimanevano piacevolmente sorpresi.

Aveva l'impressione che Sean fosse uno di quelli, talmente preso dalla sua routine quotidiana, dal fare ogni cosa come l'aveva sempre fatta, che averla intorno gli scombussolava un po' la gabbia.

Di certo scombussolava la sua.

«Dio mio, Livvy, è strepitoso.»

Come lo era il modo in cui si leccò via dal labbro inferiore una goccia di senape.

Lo voleva.

Semplice e chiaro, voleva Sean. E se quel rigonfio nei suoi pantaloni di prima era un indizio, lui voleva lei, anche.

E che c'era di male? Due adulti consenzienti...

Anche se non è che potesse sporgersi oltre il tavolo e stampargliene uno, poi spazzare tutto per terra e fare l'amore folle e appassionato su questo tavolo di quercia di trecento anni—

E perché no?

«Allora,» disse Sean, dando un morso, «pensavo che dovremmo ricontrollare la bibbia di famiglia e vedere chi fosse questo quarto figlio. Magari ci darà un'idea di dove lei avrebbe nascosto l'indizio.»

Ah. Giusto. Ecco perché no. Aveva una scadenza.

«Livvy?»

«Sto pensando.» Ma non agli indizi. «Hai ragione; la bibbia è probabilmente un buon punto di partenza. Sembra che chiunque sia qualcuno nella famiglia Martinson sia elencato, quindi dovrebbe dirci qualcosa.»

«Il tuo nome c'è?» Prese un altro morso e i muscoli della guancia si contrassero, dandogli una mascella squadrata più che virile.

Era proprio tagliato per questo lavoro. «Il mio nome? Ne dubito. Non sono una Martinson.»

«Sulla carta no, ma di sangue sì. Penserei che Merriweather ci avrebbe messo il tuo nome, anche solo dopo aver scritto il testamento.»

Livvy prese il suo sandwich e fissò il formaggio fuso che colava sotto la crosta. «È ovvio che non la conoscevi bene. Non mi sorprenderebbe se non avessero mai servito olive a qualsiasi funzione qui, così da non correre il rischio che il mio nome venisse pronunciato. Voglio dire, te ne ha mai parlato?»

«No.»

«E da quanto lavori per lei?»

«Uh...» Prese un morso del sandwich. Poi una lunga sorsata di tè. Poi qualche fetta di mango. Sgranocchiò un cetriolino.

«Deve essere stata una gran esperienza se non vuoi parlarne,» disse lei, spingendo un paio delle sue fette di mango nel piatto di lui.

«Conoscere la vecchia Merriweather è stato decisamente un'esperienza.» Fece roteare il tè nel bicchiere. «Questo è davvero buono. Dovresti imbottigliarlo e venderlo.»

«È l'idea. Ma è una spesa iniziale grossa con tutto l'imbottigliamento e l'etichettatura e il tenerlo in fresco, in più il tè costa un po'. Ma appena vendo questo posto, avrò quei soldi.»

Sean andò di traverso con il sorso di tè che aveva appena preso. Niente come farla sentire in colpa. «Oh, non preoccuparti, Sean. Quando lo farò, penserò a qualcosa da fare con te.»

Sean tossì. «*Da fare* con me?»

«Be', sì, sai, se vendo, potresti rimanere senza lavoro. Ma penso che chiunque possa permettersi il mio prezzo di vendita potrà permettersi anche le spese di gestione mensili, quindi potrà tenerti come condizione della vendita. Oppure, se ti va, ingloberò il tuo stipendio, diciamo per, che so, due anni, nel prezzo richiesto. Così non devi preoccuparti. So quanto è dura quando ti tolgono il reddito da sotto i piedi.»

Gli andò di traverso anche il sorso successivo di tè.

Livvy balzò in piedi e lo colpì sulla schiena finché le vie respiratorie non si liberarono. «Tutto bene?»

Lui tossì, poi tossì ancora, poi si passò una mano sulla bocca. «Uh, sì. Sto bene.»

Di certo lo era.

Livvy sospirò mentre si rimetteva a sedere. Ecco. Gliel'aveva detto. Ora bisognava convincere i potenziali acquirenti.

«Come sei finito a fare questo lavoro?»

Sean alzò lo sguardo. «Cosa?»

«Ho chiesto come sei finito a lavorare come domestica. Hai perso una scommessa o qualcosa del genere?»

E giù di nuovo a strozzarsi. Scolò il tè, tossì un bel po', e si infilò in bocca il resto del sandwich—probabilmente non l'idea migliore, visto tutto il tossire, ma stava ancora masticando quando si alzò e portò i piatti al lavandino. «Dovremmo davvero dare un'occhiata a quella bibbia. Ho la sensazione che questo indizio richiederà molto più impegno degli altri per essere decifrato.»

Mentre tornavano in biblioteca, Sean cercò di non restare colpito. Cercò di non piacerle. Cercò di distogliere lo sguardo e metterla fuori dalla mente.

Ma non fece nessuna di queste cose.

Perché, sì, lei lo colpì come un treno. Era così ferocemente indipendente, così ostinatamente autosufficiente, e così dolce a preoccuparsi per lui che non poté fare a meno di ammirarla. Come essere umano.

Come donna... be', quello era tutto un *altro* livello d'interesse.

Questo non sarebbe finito bene. Non poteva. Per sua stessa natura uno di loro avrebbe perso. Sean oscillò tra il pregare che, comunque fosse andata, *lui* non fosse il più grande perdente, ma questo avrebbe significato che lo sarebbe stata Livvy e... cavolo.

La bibbia diede loro un nome—e, no, il nome di Livvy non c'era—ma non diede nient'altro.

Tirarono fuori un libro di storia dell'epoca dell'antenato di lei, ma per il tipo che avrebbe dovuto elevare la famiglia a proporzioni dinastiche, c'era ben poco su di lui.

«Quindi c'è qualcosa sulla proprietà con il suo nome sopra?» chiese Livvy mentre riponeva il libro sullo scaffale. «Una statua o una targa o un monumento o qualcosa, lo sai?»

Sean aveva girato la maggior parte dei terreni e le uniche statue che aveva visto erano di dèi greci o romani. «L'unica cosa che ho visto in onore dei tuoi antenati è la galleria dei ritratti. Forse è lì.»

Addio all'affermazione di Livvy secondo cui Merriweather non volesse che lei trovasse l'indizio. Questo era attaccato sul retro del ritratto di Lawrence Martinson I, l'omonimo del padre di Livvy, la cui unica pretesa di fama era di aver avuto dodici figli. Undici dei quali femmine.

«Penseresti che mia nonna non avrebbe chiamato suo figlio come qualcuno che aveva deluso il nome di famiglia non producendo abbastanza discendenza maschile,» disse Livvy, tamburellando sul prossimo indizio che la rimandava di nuovo alla biblioteca pubblica l'indomani. «Ma poi, immagino che non si aspettasse che lui fallisse così spettacolarmente la famiglia scegliendo mia madre e, peggio, facendo nascere me.»

Per quanto riguardava Sean, il padre di Livvy avrebbe dovuto essere lodato per questo. «Il fallimento è stato di Merriweather, Livvy. Forse è *per questo* che tuo padre scelse tua madre. Voleva vivere la sua vita alle sue *condizioni*, non a quelle di Merriweather. Proprio come te.»

Capì che era la cosa sbagliata da dire nel momento stesso in cui gli uscì di bocca. Livvy aveva lavorato troppo duramente per affermarsi senza l'appoggio del nome Martinson. Paragonarla all'epitome di ciò che non voleva essere... Sean si preparò a una sfuriata.

Invece, ottenne una schiena raddrizzata, una coppia di occhi socchiusi e la voce più tagliente che avesse mai sentito.

«Io *non* sono come mio padre e non lo sarò mai. Io *non* sono una Martinson.»

Capitolo Sedici

Come suo padre? Livvy rimuginò ancora su quella conversazione la mattina seguente nella stalla mentre puliva i box, un'analogia con la sua vita un po' troppo calzante. Lei *non* era come suo padre. Era lontana dall'essere una Martinson quanto... quanto... quanto lo era Reggie.

Che era anche un po' troppo invadente per i suoi gusti, visto che la urtò sul sedere quando entrò nel suo box.

«Lo so, Reg, ma non puoi dormire in casa. Sean ha ragione. Non posso lasciare che voi ragazzi la distruggiate in un accesso di stizza. Voglio ricavare il più possibile dalla vendita. Ti darò una stanza tutta tua quando rifarò la nostra fattoria.» Gli accarezzò la guancia. A lui piaceva. Gli piaceva anche che gli grattasse sotto il mento, ma di solito era troppo "sbavoso" e lei non aveva nulla con cui asciugarsi. Fece le fusa quanto un maiale potesse farle, premendosi contro la sua mano.

Livvy dovette fare un passo di lato per restare in equilibrio. Reggie era diventato molto più forte man mano che era cresciuto. Quella stalla sarebbe stata il posto perfetto per lui. Per tutti gli animali. Pareva che anche i pavoni la pensassero così. Si erano perfino degnati di "accettare" il cibo delle galline.

Livvy scosse la testa mentre li scacciava via. Non sarebbe rimasta. Doveva toglierselo dalla testa. Merriweather aveva sperato che il posto le entrasse nel cuore e che lo facesse diventare casa sua? Be', aveva una notizia per Merriweather Martinson che, con tutti i suoi soldi e i suoi piani, non *capiva* che travi e scandole non fanno una casa. Casa era dove poteva sentirsi al sicuro. Radicata. Era il suo rifugio. Il suo posto nel mondo. Questo non lo era mai stato e mai avrebbe potuto esserlo.

«Ehi? Signorina Carolla?» La voce di una donna echeggiò nella stalla, accompagnata dagli annusii eccitati dei suoi cani, tutto fuorché da guardia.

Livvy si spolverò le mani. «Arrivo subito.»

Appese il forcone a un gancio sul muro dove Reggie non potesse arrivarci e uscì dal suo recinto. Una donna stava sulla soglia, circondata dalla muta che, a giudicare dalle code scodinzolanti, era ovviamente disposta a lasciarla entrare. Livvy aveva sempre considerato i suoi cani buoni giudici del carattere. Dopo quello che molti di loro avevano passato—negligenza, crudeltà, abbandono— non accoglievano volentieri gli estranei. Era un buon segno per quella donna che li avessero accettati.

E Sean. Avevano accettato anche lui subito. Georgia addirittura aveva una piccola cotta per lui.

Livvy la capiva fin troppo bene.

Ehi? Mente, torna alla questione—alla persona—in questione.

«Eh, sì?»

«Ciao. Sono Mac Manley.» La donna le andò incontro con la mano tesa. «Sono la proprietaria della Manley Maids.»

E pensare che Livvy aveva creduto che *Sean* fosse il motivo di quel nome. Comunque, una buona strategia di marketing avere domestici "virili".

«Piacere di conoscerti.» Livvy le strinse la mano.

«Volevo passare a vedere come andavano le cose. Mi piace sempre salutare i nuovi clienti, anche se, tecnicamente, la tenuta Martinson non è nuova, visto che abbiamo un contratto da un anno. Come sta andando Sean? Sei soddisfatta del suo operato?»

Non ancora...

Livvy tossì. Uhm, pareva che avesse preso la sua tosse. «Uh, sì. Sta facendo un ottimo lavoro.»

«Bene, sono felice di sentirlo. Tengo molto a dare ai miei clienti un servizio eccellente. Quindi Sean è esattamente quello che volevi?»

Che persona *pessima* era, a torcere i commenti di quella donna in qualcosa di bollente e sexy.

Livvy raccolse i lembi della camicetta sbottonata e li sovrappose sulla canottiera prima di incrociare le braccia. «Uh, sì. Va—lui va—bene.» Eccome se andava. Sotto tanti aspetti. Le faceva sorridere, e le faceva ridere. E stava dannatamente bene mentre lo faceva. «Lavora con te da molto?»

Mac rise. «Sean? Non da molto, ma è bravo. Non lo lascerei lavorare per me altrimenti. La soddisfazione dei clienti è la mia massima priorità.» Puntò le mani sui fianchi. «Allora, hai altri bisogni che la Manley Maids può soddisfare?»

Livvy doveva davvero smetterla di avere la mente nel torbido, perché era pronta a snocciolare un elenco che un certo Manley Maid *avrebbe potuto* soddisfare. «Uh, no. Credo di essere a posto. Sean, uh, sta gestendo tutti gli aspetti del lavoro alla grande. Mi sta perfino aiutando con qualche progetto extra.»

«Oh?»

Accidenti, anche *lei* sapeva sollevare un sopracciglio. «Ho in programma di vendere il posto e lui fa cose come svuotare questi box per aiutarmi a prepararlo. Erano stipati di scatole e non avevo un posto dove mettere i miei animali.» Le raccontò dell'incidente nel salone. «Era più che un po' seccato.»

«Posso immaginare.» Mac incrociò le braccia e tamburellò le dita sul braccio.

«È molto coscienzioso.»

«Eh, già, vero?» Mac diede un'occhiata in giro.

«E mi sta aiutando con una caccia al tesoro.»

«Una che?»

Livvy spiegò la bizzarra idea scherzosa di Merriweather. «Quindi se non consegno tutti gli indizi al signor Scanlon nelle prossime due settimane, perdo la tenuta.»

«E Sean ti sta aiutando a cercarli?»

«Sì. È davvero gentile da parte sua.»

«Non è vero?» Mac tirò fuori un biglietto da visita dalla tasca e lo porse a Livvy. «Ecco il mio. Se ti serve qualcosa, non esitare a chiamarmi. Mi piace mantenere i miei clienti felici.»

Livy avrebbe voluto dire che anche Sean lo faceva, ma temeva di aver già decantato un po' troppo le sue lodi. Non voleva che Mac fraintendesse lei e Sean.

. . .

Mac ebbe un'idea fin troppo chiara di cosa stesse combinando Sean con Livvy. E voleva ucciderlo. Non c'era da *meravigliarsi* se si era fiondato sulla tenuta Martinson appena lei l'aveva nominata.

Aveva pensato che avrebbe dovuto convincerlo, e invece no. *Quella* era la proprietà che progettava di comprare. Sapeva tutto del grande terreno che stava trattando per trasformarlo nel suo resort di lusso. Sapeva anche che Liam e Bryan erano della partita. C'era rimasta un po' male di non essere riuscita a partecipare, ma il suo conto in banca non poteva competere col loro, motivo per cui aveva dovuto ricorrere al fare la contabari al tavolo da poker.

Ma così tutto tornava. Sean era stato un po' *troppo* accondiscendente con uno dei suoi clienti migliori. Era venuta lì quel giorno per controllare, assicurarsi che andasse tutto bene e parlare con i due di scatti pubblicitari, sia per la tenuta sia per la Manley Maids.

Ma con Sean che cercava di sabotare Livvy, quell'opzione saltava.

Non sarebbe stata una bella figura quando fosse venuto fuori che la Manley Maids lo aveva messo nella posizione *di* sabotararla. Se ci fosse riuscito, il nome della Manley Maids sarebbe stato trascinato nel fango. All'improvviso la sua piccola scommessa a poker assumeva ramificazioni di proporzioni epiche.

I vincenti non barano e i bari non vincono mai. La nonna doveva averlo detto mille volte durante la sua infanzia.

Ma lei *non* aveva barato. Non davvero. Contare le carte era un talento; non è che se ne fosse nascoste in mano. Aveva solo saputo con ragionevole certezza di avere la mano più alta all'ultimo giro. Non avrebbe scommesso la sua azienda, il suo futuro, su un capriccio se non fosse stata ragionevolmente certa di vincere.

Ma questo non l'aveva proprio previsto.

Parcheggiò all'ingresso sul retro della casa e si diresse a grandi passi verso la porta, prendendo a unghiate un mattone sconnesso nel vialetto. Si appuntò mentalmente di dirlo a Sean. Poteva aggiungerlo alla lista degli altri "progetti speciali".

Lo trovò nel salone, intento ad arrotolare il tappeto che doveva essere quello rosicchiato dalle capre.

«Ho sentito che hai secondi fini.»

«Ehi, Mac.» Alzò lo sguardo, i capelli arruffati e il viso un po' sudato.

Diavolo, era un bell'uomo, e se solo avesse potuto pubblicizzarlo così, le donne avrebbero offerto il doppio per i suoi servizi.

Il fetente.

«Non fare il brillante con me, Sean. So cosa stai combinando e ti dico di smetterla. Non puoi sabotare l'eredità di Livvy e la mia azienda per qualche stupido resort di cui non hanno bisogno persone con troppi soldi. Che vadano nei Catskills se sono così fissati a fare "camping di lusso".»

«Mac, calmati.»

«No che *non* mi calmo. Questa è *la mia* attività. È il *mio* sostentamento di cui stiamo parlando. Come *hai potuto*? Come hai potuto farmi questo? Mi fidavo di te.»

«Credi che mi *piaccia* l'idea, Mac? Fidati, è l'ultima cosa che voglio fare.» Non lo negò, per fortuna. Non che lei gli avrebbe creduto, ma almeno non le stava mentendo in faccia. Per omissione, sì, ma il bue non poteva davvero dare del cornuto all'asino, in questo caso.

«Il progetto è troppo avanti, ormai. Ho investito quasi tutto quello che ho. Ho soldi usciti per perizie, progettazione, revisioni ingegneristiche. Parcelle di design, interessi e un mucchio d'altri costi che perderò se l'affare salta. Gli affari sono affari, ma sto cercando di trovare un modo perché nessuno si faccia male, perché mi manderebbe in rovina se non andasse in porto.»

«Non sei l'unico, Sean. Questa è *la mia* azienda. Se lo fai, se si viene a sapere, io sono finita.»

«Ti do il contratto qui. Non cambierà nulla.»

«*Cambierà* tutto. Primo, il nepotismo è una parola sporca come altre che mi vengono in mente e non dovrei aver bisogno di nepotismo per tenere un contratto che mi sono guadagnata da sola, all'inizio. Ho lavorato sodo per mantenerlo. E Livvy? Cosa credi che farà quando lo scoprirà?»

«Non sarebbe mai dovuto diventare un problema, Mac. Tutto stava andando al suo posto finché Merriweather all'ultimo non ha cambiato idea e ci ha fatto il giochetto. Ho dovuto reagire. Per tutti noi: tu, io, Liam, Bryan. La nonna.

«Non tirare in ballo la Nonna, Sean. Non ti azzardare. Lei è completamente innocente.» Mac si morse il labbro. Non era proprio vero, ma non era stata la Nonna a contare le carte. «E se pensi che per Merriweather sia stato dell'ultimo minuto, chiaramente non la conoscevi bene. Non faceva mai nulla all'ultimo. Se aveva intenzione di cambiare il testamento, puoi star certa che sapeva esattamente *cosa* e esattamente *perché* lo stava facendo, e sapeva di sicuro *come* farlo. Per qualche motivo ti ha illuso. Ti ha promesso cose che forse non aveva nessuna intenzione di mantenere. Ma allo stesso tempo lavorava anche su Livvy. Non è stato un colpo di testa. Quella donna non prendeva decisioni alla leggera. Mai. Fidati. Aveva un piano.»

Sean si sedette sul tappeto. «Okay. Va bene. Qualunque cosa, ma il fatto è che ho bisogno di questo posto. Ci ho immobilizzato un sacco di soldi.»

«Allora compralo come farebbe chiunque.»

Inclinò la testa. «Il budget non c'è.»

«Allora non dovevi fare il passo più lungo della gamba.»

«Non l'ho fatto. Tutti i miei piani si basavano sulle cifre che mi aveva dato lei. Cifre che posso ancora raggiungere se Livvy non eredita. Allora la proprietà è mia.»

«Come puoi farle questo? Non ha già passato abbastanza con quella famiglia? Adesso le rubi l'unica cosa che finalmente le hanno dato? Come fai a guardarti allo specchio, Sean?»

Si passò una mano sulla bocca. «È complicato, Mac.»

«Eh, non dirmelo. E stai trascinando giù anche me.» Mise le mani sui fianchi. «Mi dispiace, Sean, ma sei licenziato.»

«Non puoi licenziarmi.»

«L'ho appena fatto.»

«Potrei dirle che tu lo sapevi.»

«Mi stai ricattando?»

«No. Ma potrei.»

«Quindi sì.»

«No, Mac, no. Sto cercando di salvare la situazione per tutti, ma se me ne vado adesso, è finita. Stop. Io perdo. Garantito. Dammi tempo fino alla scadenza di Livvy. Mi invento qualcosa.»

Mac lo fissò. Non avrebbe dovuto. Davvero non avrebbe dovuto. Doveva pensare alla sua azienda. Alla sua reputazione.

Ma pensò anche a tutte le volte in cui i suoi fratelli si erano schierati per difenderla. L'avevano protetta. Avevano aiutato lei e la Nonna. Erano bravi ragazzi. Tutti. Se Sean diceva che avrebbe trovato un modo perché funzionasse per tutti, doveva concedergli quella possibilità. Quante volte loro avevano chiuso un occhio con lei? «Va bene. Ma solo se trovi un'altra strada.»

«Ci sto lavorando, Mac.»

Espirò e si voltò. Doveva mettersi al lavoro sulla promozione di Liam e Bryan, perché quella di Sean era una causa persa. «Non riesco a credere che—»

«Che cosa?»

«Niente. Lascia stare.» Non aveva nessuna intenzione di spifferare *Il Piano*. Quello che aveva iniziato lei e a cui la Nonna si era unita.

Voleva usare i suoi fratelli ricchi e belli come strumenti promozionali, sfruttando alla grande il gioco sul loro cognome e quanto stessero bene in quelle uniformi. La Nonna voleva trovar loro donne di cui innamorarsi, e quale modo migliore che metterli nelle case di quelle donne? Mac aveva visto il vantaggio immediato per sé: la Nonna sarebbe stata occupata con le storie d'amore dei suoi fratelli e avrebbe lasciato in pace la sua.

Era perfetto. Così, quando il signor Scanlon l'aveva chiamata per discutere del contratto della Manley Maids e aveva accennato all'arrivo di Livvy, lei aveva fatto le sue ricerche. Quando aveva visto la foto di Livvy, aveva capito che Sean non avrebbe saputo resistere. *Per quello* gli aveva offerto la tenuta Martinson. Se solo avesse saputo che era il posto che lui progettava di comprare, avrebbe fatto le cose diversamente.

Il karma la stava ripagando con gli interessi per quei cinque cuori che aveva buttato sul tavolo da poker.

Sean espirò. Lungo e sonoro. «Senti, qualcosa mi verrà in mente, ma non perderò l'investimento di Lee e Bry. Credono in me; *devo* mantenere la parola.»

Le si strinse il cuore per lui. L'aveva sempre avuta più dura degli altri due. Figlio di mezzo, secondogenito, problemi di apprendimento a scuola, sempre a fare il ribelle... Sean aveva dovuto graffiarsi e scalciare per ogni cosa che aveva, al contrario di Liam, a cui tutto veniva facile, o di Bryan, che aveva quella faccia fin dalla nascita e le donne che gli cadevano addosso subito dopo. A quei due le cose arrivavano facili, ma Sean? Lui aveva dovuto lavorare duro quanto lei.

E con quello che lei aveva combinato alla partita di poker, aveva proprio il diritto di fargli la morale su ciò che stava pensando di fare?

«Non puoi lasciarla a bocca asciutta, Sean. Deve ottenere qualcosa da tutto questo. Non è giusto.»

«Lo so, Mac. E non voglio ferire Livvy. Ho due settimane. Sto cercando una soluzione. Non ho intenzione di lasciarla andar via a mani vuote. Non sono uno stronzo senza cuore, solo un disperato. Credi che mi piaccia farle questo? È una brava persona. È stata Merriweather a causare tutto, non io. Ma non posso rinunciare a milioni di dollari di potenziale guadagno, per non parlare dei soldi che ci ho già messo.»

«E la Manley Maids. Devi assicurarti che la mia reputazione resti intatta.»

«Promesso. Farò quello che serve per non danneggiare il tuo nome.»

«Non mi piace.»

«Questo fa tre, perché ti garantisco che nemmeno lei la prenderà bene.»

Capitolo Diciassette

Sean fissò di nuovo lo schermo del portatile. I numeri non mentivano. Non tornavano nemmeno. Qualunque cosa avesse promesso a Mac, non avrebbe raggiunto i traguardi necessari se avesse pagato di più Livvy—ammesso di riuscire perfino a trovare quei soldi. Forse lei sarebbe stata disposta a venderglielo al prezzo di Merriweather.

Ma perché avrebbe dovuto? Non gli doveva nulla.

Scorse l'elenco degli investitori potenziali che aveva compilato. O chiedeva a loro o chiedeva a Livvy di accontentarsi di meno, e davvero non voleva rischiare di scoprirsi nel caso lei avesse detto di no.

Dio, ne aveva fin sopra i capelli del riferimento al poker.

Spense il computer, infilò una T-shirt, maledettamente felice di essersi tolto la divisa, e si diresse al campo da racquetball con Liam. Avrebbe cercato informazioni sull'indizio che lui e Livvy avevano trovato al ritorno, perché se avesse dovuto restare in quella casa un minuto di più, sarebbe impazzito.

Tutta questa situazione lo faceva impazzire.

E anche Orwell, che piombò nella sua stanza e gli atterrò sulla spalla. «*Ops, l'ho fatto di nuovo!*»

L'uccello o stava imitando una pop star, oppure aveva fatto qualcosa che Sean davvero non voleva sapere. Ma, ovviamente, in un cupo presentimento chiese: «Che cosa hai combinato, Orwell?»

La risposta dell'uccello fu la strofa successiva sul giocare con il cuore di qualcuno.

Non la canzone di cui Sean aveva bisogno in quel momento. Non c'era una frase che parlava di perdersi in un gioco?

Sean trasferì il pappagallo sulla mano e percorse il corridoio verso la porta aperta di Livvy per restituire Orwell alla sua legittima custode.

Era già oltre la soglia quando si rese conto che avrebbe dovuto bussare.

Lei uscì dal bagno con un asciugamano addosso prima di accorgersi che lui era nella stanza.

Orwell si lanciò in una versione di Donna Summers, «Bad Girls», che Sean non aveva alcun bisogno di sentire.

«Orwell!» Il viso di Livvy divenne rosso quanto i suoi capelli e lei tese la mano verso il pappagallo. Quel gesto allentò l'asciugamano e dovette affannarsi per tenere coperto ogni centimetro.

Una vera tragedia, a dirla tutta.

Sean finalmente si ricordò di girarsi. «Oh, scusa. La porta era aperta e non ho pensato...»

«In realtà era chiusa. Orwell odia essere messo in gabbia, ma non credevo che avrebbe considerato la stanza una gabbia. E di certo non sapevo che sapesse aprire una chiusura. Questo renderà le cose, ehm, interessanti.»

«Okay, allora ti lascio a...» Fece un gesto con la mano alle sue spalle. «Ho una partita di racquetball stasera, quindi ci vediamo dopo.»

«Giochi a racquetball?»

Continua a muoverti, Manley.

Ovviamente sì. «Già.»

«Non gioco a racquetball da anni.»

Esci subito, Manley. «Giochi?»

«Non molto bene. Ma a scuola avevamo un campo e mi piaceva.»

Sean strinse gli occhi per un secondo. Non aveva bisogno di questa tentazione. Proprio no.

Ma si voltò comunque. «Ti va di venire?»

«Sei sicuro che non ti dispiaccia?»

Oh, eccome se gli sarebbe dispiaciuto. Per tutto il tempo in cui lei avrebbe corso per il campo con i pantaloncini e una T-shirt che non avrebbe nascosto un bel niente, con il sudore che le scorreva sul corpo e la pelle arrossata dallo sforzo, gli sarebbe dispiaciuto. E *molto*.

Gli sarebbe dispiaciuto che tutto quello sforzo non fosse per lui, e che non potesse toglierle T-shirt e shorts di dosso e far scivolare le mani su quella pelle di seta—

«No. Per niente. Chiamo Liam e vedo se riesce a trovare qualcun altro per fare un doppio.»

Quella era una parola—e un'immagine—di cui non aveva bisogno.

Avrebbe dovuto indossare una conchiglia per la partita di stasera perché gli shorts di nylon non avrebbero nascosto la sua reazione a lei più di quanto facessero quei stupidi pantaloni da lavoro.

Aveva la sensazione che, quando si trattava di Livvy, non ci sarebbe riuscito niente.

«Hai portato *Cassidy*?» Sean non sapeva se ridere o inorridire. Cassidy Davenport, la cliente di Liam, era l'unica persona che riuscisse a immaginare più fuori posto su un campo da racquetball di Livvy.

Liam aprì la zip della borsa, poi si infilò il guanto. «Non è che avessi molto tempo per trovare qualcun altro, e lei ha sentito.»

Sean guardò verso le ragazze che si stavano scaldando. «È in rosa. Strass.»

«Dillo a me.» Liam roteò gli occhi.

Sean decise di ridere perché il povero Lee odiava il rosa quanto odiava gli strass. Probabilmente più di qualsiasi altro uomo al mondo. Ma d'altronde, ne aveva motivo.

«Sa che questo è uno sport, giusto? Che si suda e il trucco le scivolerà via dalla faccia?»

«Se non lo sa, lo saprà presto. Potrebbe rendere il tutto degno di nota.» Liam si mise la racchetta a tracolla. «Novità con la zingarella?»

Sean dovette ridere di se stesso stavolta. Aveva pensato che avrebbe dovuto preoccuparsi di Livvy in shorts attillati e T-shirt, non di una specie di gonnellino che le si apriva sui fianchi con perline penzolanti e una maglietta svolazzante che temeva a metà si sarebbe sollevata se lei avesse cambiato direzione troppo in fretta. Un outfit da palestra solo nel mondo di Livvy, ma lei aveva detto che non aveva previsto di averne bisogno durante il soggiorno alla tenuta, quindi si sarebbe arrangiata. Per fortuna almeno aveva le sneakers; quegli anfibi di cui andava tanto fiera le avrebbero fatto slogare una caviglia alla prima giocata.

«Stiamo seguendo gli indizi. Domani andiamo a caccia di culle.»

Liam inarcò un sopracciglio. «Ti rendi conto che è un pensiero pericoloso in presenza di qualsiasi donna, vero?»

Sean ignorò il risveglio nel suo cazzo. «Fidati, non è un problema.»

«Ultime parole famose.» Liam espirò. «Dai. Togliamoci questa tortura.»

E tortura fu. Sean si sorprese a guardare il lato B di Livvy più della palla. E Liam, per quanto atteggiato a schifato verso quella alta, rosa e spumosa milk-shake che era *la sua* cliente, era distratto allo stesso modo, mancò la risposta al servizio di Livvy.

«Uhuuu! Punto per me!» Livvy rimbalzò verso Sean per un cinque alto in tutta la sua sfrenata esuberanza.

Santo cielo, altro che la conchiglia che avrebbe dovuto indossare lui; a lei serviva un reggiseno sportivo. Diversi. Perché quello che aveva addosso era come se non ci fosse, ammesso che ne avesse uno. Le si vedevano i capezzoli sotto la maglietta.

«Sean?»

Scosse la testa. «Sì?»

«Non sei contento?»

Altroché se lo sarebbe stato. «Come?»

«Stiamo vincendo.»

«Oh. Giusto.» Le batté il palmo con il suo. «Ma è ancora lunga fino a quindici.»

«E non rilassarti troppo con un punto di vantaggio. Cass e io vi faremo mangiare la polvere,» brontolò Liam lanciando a Sean la palla.

«Cass-i-dy, Liam. Non mi piace Cass.» *La signorina* Davenport si infilò ancora di più la T-shirt rosa confetto, aderente e infilata nei suoi shorts bianchi. Avrebbe dovuto preoccuparsi di più degli strass intorno allo scollo perché Sean riusciva benissimo a immaginarseli saltellare sul pavimento se qualcuno le fosse andato addosso.

L'espressione di Liam mentre lei lo correggeva diceva che Lee avrebbe potuto farlo davvero. «Servi, Sean,» disse tra i denti stretti.

Sì, sarebbe stata una partita lunga.

E sudata, anche. Le ragazze, nonostante l'abbigliamento improprio, erano piuttosto atletiche. Livvy faceva rimbalzare e ondeggiare quelle perline mentre copriva il campo, riportando la palla prima del secondo rimbalzo. Ne rimase debitamente—e sorprendentemente—colpito.

«Hai bisogno di una pausa, già, Cass?» Liam usava quel nomignolo da quando Cassidy aveva detto che non le piaceva. Sean avrebbe potuto dirglielo che sarebbe successo. Cassidy era esattamente il tipo che Liam aveva imparato a *non* apprezzare, e vergogna a Mac per averlo abbinato a lei. La sua ultima fidanzata seria era stata proprio come Cassidy: una donna che si aspettava che gli uomini della sua vita si occupassero di lei. Loro si erano tutti chiesti perché Liam fosse così succube ma non gli avevano detto nulla. Era il Codice tra fratelli. A meno che non beccassero una fidanzata a tradire o qualcosa di altrettanto grave, sostenevano la scelta del loro fratello. Così, quando si era scoperto che lei aveva davvero un altro che loro non avevano capito, era stato un duro colpo per Lee, e da allora aveva giurato di stare lontano dalle donne. Era crudele da parte di Mac affidargli la cliente più ad alto mantenimento che avesse.

«Sean, la servi o la fissi? Non ho tutta la notte, sai.»

Liam affondava da una parte all'altra e faceva roteare il manico della racchetta nel palmo come se fosse una partita ad alto rischio.

«Forza, Sean. Sono pronta.» Livvy gli sorrise e Sean avrebbe voluto farle vedere quanto *lui* fosse pronto—

Okay, forse la posta in gioco era piuttosto alta.

Era dannatamente adorabile. E sexy da impazzire. E quella combinazione garantiva di risucchiargli il cervello fuori dal—

Servì.

E corto.

«Ancora una, Sean,» ringhiò trionfante Lee alle sue spalle. «Se perdi il servizio, puoi dire addio a questa partita.»

Sean non lo perse, riuscendo a rimettere la testa nel gioco quel tanto che bastava, e lui e Livvy fecero altri due punti prima che il servizio passasse agli avversari.

«Prima le signore.» Liam spalancò il braccio verso Cassidy e le fece rimbalzare la palla. «Facciamo vedere a questi due come si gioca, *Cass*.»

Lei lo fulminò da dietro gli occhiali protettivi tempestati di strass—ovviamente.

Ma aveva un servizio micidiale e Sean dovette concentrarsi per rispondere. Poi Liam entrò in gioco e all'improvviso la partita divenne spietata. Sean sarebbe rimasto stupito che le ragazze tenessero il passo se avesse avuto tempo per esserlo. Lo scambio arrivò veloce e furioso. Cassidy non era affatto una sprovveduta col racquetball, ma la povera Livvy era fuori categoria.

«Scusa,» mormorò mentre regalava agli altri il loro quarto punto consecutivo. «Credo di essere molto più arrugginita di quanto pensassi.»

Sean le diede una pacca sulla spalla. «Coraggio. Siamo sotto solo di due punti.»

«Già, ma eravamo sopra di quattro.»

«Recupereremo.»

«Se lo dici tu.»

Cercò di riportarli a uno o due punti di distanza, ma Liam-in-missione e Cassidy-membro-della-squadra-del-country-club lasciavano a malapena il servizio. La terza volta che lo persero, Sean avrebbe giurato che fosse passato uno sguardo tra loro—e non erano quelli antagonisti con cui avevano iniziato.

«Forza, Liv, su col morale,» le sussurrò mentre le passava dietro per prendere la sua posizione nel fondo campo. «Te la stai cavando alla grande.»

Lei alzò le sopracciglia. «Odio pensare alla tua definizione di *pessimo* se questo per te è alla grande.»

Bisognava riconoscerle, però, che non mollava. Continuava a correre per tutto il campo, dando un paio di spallate al muro quando l'inerzia la portava avanti. Le sarebbero venuti dei lividi tremendi.

E lui voleva baciarne ognuno.

«Punto!» Liam alzò le braccia e fece un urlo quando Sean mancò lo scambio. Cassidy saltava su e giù, cosa che di solito gli sarebbe anche piaciuta se a) non stesse perdendo, b) Liam non sembrasse così interessato a quel saltellare, e c) Livvy non fosse così abbattuta per il punteggio.

Lui le passò un braccio sulle spalle. «Dai, Liv, possiamo farcela. Pensa a quello che facevamo all'inizio. Eravamo sopra. Torniamo a qualunque cosa stessimo facendo allora e giriamo la partita. Lo so che possiamo.»

Lei lo guardò da sotto le ciglia e Sean fu colpito da quanto fossero lunghe. E dal fatto che non fossero marroni come aveva pensato, ma più color ruggine. No, non ruggine. Vino. Sì, ecco. Erano color vino. Proprio come i suoi capelli. Non era il solito rosso; aveva dentro del castano, dell'arancio e forse perfino del biondo. Sembrava una massa lucente di ricci color vino raccolti in una coda, con qualche ribelle ciocca sfuggita a incollarsi umida alla mascella. Alla gola. Alla nuca...

«*Ce* la facciamo, Sean?»

Potevano fare *tutto* e qualunque altra cosa lei volesse, quando voleva—

«Eh, sì.» Lasciò cadere il braccio. «Possiamo batterli.» Già. Loro. Cassidy e Liam. L'altra squadra. Nella partita. Racquetball. «Dobbiamo solo concentrarci.»

Sulla partita. Sulla racchetta. Sulla palla. Nient'altro.

«Stai per andare giù, Sean.» Liam aveva un lampo malizioso negli occhi e un sorrisetto spavaldo sulle labbra. «Pronto a piangere come un bambino?»

«Avanti, fratello.» Puntò i piedi, piegò un po' le ginocchia e aspettò il servizio di Liam.

Fu veloce e potente e Sean assaporò la possibilità di spaccare qualcosa. Sparò la palla contro la parete di fondo con abbastanza forza da farla passare tra Liam e Cassidy con così tanto slancio che fu contento che nessuno dei due fosse sulla sua traiettoria.

Cassidy la colpì dopo il rimbalzo con la forza giusta per quasi renderla irraggiungibile per Livvy.

Livvy si allungò, salvando lo scambio all'ultimo secondo con un tuffo a terra.

Sean avrebbe voluto correre da lei al suo *ooomph*, ma Liam non arretrava. Certo, nessuno dei fratelli lo faceva quando si trattava di sport, ma Lee sembrava essersi dimenticato che stavolta stavano giocando con delle donne, e schiacciò quella palla così forte che fischiò mentre volava verso di lui.

Sean prese il colpo, sentendo la potenza risalirgli il braccio nonostante l'elasticità della racchetta e l'assorbimento del guanto.

Poi toccò a Cassidy e, ancora una volta, lei la rimandò indietro con fluidità. Sembrava perfino elegante a farlo. Lo insegnavano a collegio o a scuola di buone maniere o dovunque fosse che ragazze come lei andavano a imparare le cose non essenziali della vita come comporre fiori e apparecchiare la tavola?

Livvy si allungò di nuovo, stavolta con i palmi che schioccavano sul pavimento quando atterrò. Sean fece una smorfia, cercando di assicurarsi con la coda dell'occhio che stesse bene mentre cercava di tenere d'occhio Liam.

Liam non regalava niente. Spaccò di nuovo la palla. Sean dovette fare una mezza girata rapida per mettersi in posizione, perdendo lo slancio dietro il colpo, ma per fortuna riuscì a rimandarla al muro per il turno di Cassidy.

Lei la lobò con eleganza. Oscillazione classica... *se* avesse giocato a golf, una gamba in punta, il ginocchio all'interno, la schiena arcuata con grazia.

La povera Livvy gli ricordò Reggie dopo quel temporale: i capelli fradici appiccicati a un viso rosso per la fatica, il naso ancora più rosso per dove doveva esserselo schiacciato sul pavimento in uno dei suoi tuffi, i vestiti in disordine e attaccati addosso a chiazze di sudore, l'orlo di quella gonna ridicola storto, le perline che tintinnavano rumorosamente.

A lui pareva di una bellezza disarmante.

E fu allora che Sean mancò lo scambio successivo.

«Vincitori!» La racchetta di Liam cadde a terra con un clangore mentre sollevava Cassidy tra le braccia e la faceva girare, le teste di entrambi riversate all'indietro a ridere. A gongolare.

Sean si strofinò il tricipite. Dannata palla, faceva male. Gli sarebbe venuto un livido. Non che fosse così vanitoso da preoccuparsene, ma sarebbe rimasto —il che significava che Liam avrebbe prolungato il suo canto di vittoria almeno per altrettanto tempo, e la storia che si sarebbe inventato sarebbe cresciuta in modo inversamente proporzionale al colore del livido.

«Scusa.» Livvy gli sfiorò l'altro braccio con la spalla.

La scossa che ne seguì lo colpì più della palla. Le passò una mano sulla spalla. «Ehi, non prenderla così. È solo una partita.» Se fosse stata solo tra lui e Liam, quelle parole gli si sarebbero strozzate in gola.

«Lo so, ma volevo vincere. Anche tu.»

«La prossima volta li prendiamo noi.» Oh, bene. Si era appena prenotato per un altro giro di tortura.

In cerca di una distrazione da quel pensiero, Sean si voltò. «Allora, Lee, tu e Cassidy volete—»

Sean si zittì. Lee e Cassidy *volevano*, a giudicare da quella lunga, lenta scivolata che lei fece lungo il suo corpo. E Lee non la mollava.

Ma poi la mollò. In fretta. E anche Cassidy, che quasi inciampò nel tentativo di allontanarsi da Liam.

Non era un bene. Liam si era già scottato una volta con una donna come Cassidy Davenport.

«Vi va di andare a mangiare qualcosa?» chiese Sean. Dimenticare la rivincita; lasciare che Liam accompagnasse a casa Cassidy da solo in quel momento *non* era nel migliore interesse di suo fratello.

Con sorpresa, però, Liam riuscì a staccare lo sguardo da quella alta, sexy, definizione di cattiva idea.

Bene. Forse non era preso da lei come sembrava.

«Grazie, ma devo tornare a casa.»

Lee fece un'ottima imitazione di uno a cui non fregava nulla—a meno che qualcuno non *conoscesse* quel qualcuno. E Sean conosceva Liam.

Merda. Non era un bene.

«La fatturazione si sta accumulando con la mia assistente in maternità, e se le fatture non escono, i soldi non entrano.» Liam guardò Cassidy con più di quel ghigno di disprezzo che Sean era abituato a vedere. «È così che funzionano le aziende.»

Il dolore attraversò il viso di Cassidy per un istante. «So perfettamente come funziona un'azienda. Ho lavorato con mio padre, lo sa.»

«Come potrei dimenticarlo?»

«Okay, allora.» Sean gli lanciò la racchetta, dato che lo status quo era stato ristabilito. «Chiamami dopo che avrai accompagnato a casa Cassidy. Devo rivedere un paio di cose con te.»

Si sarebbe inventato qualcosa—magari farsi dare da Lee un'idea su dove iniziare a cercare culle dall'aspetto strano così da battere sul tempo Livvy—invece di saltare *addosso a* Livvy—e per impedire a Lee di fare lo stesso con Cassidy.

Già, sarebbero state due settimane lunghe.

Capitolo Diciotto

Livvy fissò la culla nella sala del museo che sua nonna aveva finanziato. Era la stessa della foto, e la targhetta accanto alla corda diceva che generazioni di Martinson l'avevano usata.

Olivia Martinson era l'ultimo nome dell'elenco.

Olivia *Martinson*?

Livvy non lo pensava proprio. Quel cognome non figurava nemmeno sul suo certificato di nascita e, quanto al dormire in quella cosa... Quando? Per quel che sapeva, non era stata sotto la tutela dei Martinson prima dei cinque anni. Era questo il tentativo della vecchia signora di puntare all'eccellenza dinastica?

Livvy la fissò, cercando di immaginarsi in quel ridicolmente barocco design vittoriano pieno di svolazzi. Probabilmente aveva fatto incubi—niente di nuovo quando si trattava della famiglia di suo padre. Caccia al tesoro attuale inclusa.

Livvy scrollò di dosso il cattivo umore. Acqua passata, latte versato, tutti i cliché. Era adulta, doveva farsene una ragione.

Già. Allora dov'era il prossimo indizio?

Doveva essere qualcosa sulla targhetta, perché il curatore del museo avrebbe di certo trovato qualsiasi biglietto o incisione sulla culla in sé, e sua nonna doveva aver saputo che sarebbe stata interdetta al pubblico—lei compresa.

D'altronde, perché avrebbe dovuto aspettarsi che Merriweather gliela rendesse facile? Ancora non capiva perché quella donna la costringesse a saltare attraverso questi cerchi. Voleva solo passare alla storia come colei che aveva dato l'opportunità alla nipote prodiga? O era perché *sapeva* che Livvy avrebbe fallito e voleva farle pagare l'audacia di essere viva?

Livvy si sedette sulla panchina accanto all'esposizione. Sua nonna *avrebbe* potuto essere così subdola?

Era possibile. Di certo Merriweather non si era mai sforzata di accoglierla in famiglia quando era in vita; perché avrebbe dovuto essere diversa da morta?

Livvy si alzò, pronta ad andarsene. Non avrebbe più ballato al suono della musica di sua nonna. Non le importava quale fosse il prossimo indizio, né dove si trovasse, né a cosa conducesse, né niente. Che la vecchia si rivoltasse pure nella tomba, lacerandosi per il fatto che Livvy non stava seguendo i suoi ordini. A Livvy non importava. Se l'era cavata abbastanza bene senza questo posto quando la donna era viva e se la sarebbe cavata altrettanto bene ora che se n'era andata.

Si voltò per andarsene e urtò uno dei paletti che reggevano le corde messe a tenere fuori il pubblico. E lei. Stavano tenendo *lei* fuori. Proprio come voleva Merriweather.

Livvy respinse il pizzicore delle lacrime. Perché non era mai stata abbastanza per quella donna? Come aveva potuto Merriweather far ricadere su di lei, bambina innocente, i peccati dei genitori? Per tutta la vita, era rimasta in disparte, cercando di non rovinare il buon nome dei Martinson perché non aveva mai voluto conoscere l'ira completa di Merriweather.

Perché? Che cosa aveva fatto? Che cosa c'era di sbagliato in lei perché la sua stessa nonna non avesse nemmeno voluto conoscerla?

Con la vista offuscata dalle lacrime, Livvy urtò di nuovo il paletto e, questa volta, si affannò per impedirgli di cadere a terra. Era l'ultima cosa di cui avesse bisogno: attirare l'attenzione su di sé proprio ora che era un disastro emotivo.

Ma vergogna su di lei. Vergogna per essersi lasciata toccare dall'indifferenza di Merriweather. Non era più una ragazzina. Conosceva il mondo e il funzionamento della piccola mente di una vecchia cattiva.

Un lento bruciore le partì dallo stomaco. La donna voleva che fallisse? E invece no, col cavolo. Avrebbe trovato quegli indizi ed ereditato la villa e si sarebbe goduta ogni istante della sua vendita al miglior offerente. Che Merriweather si rivoltasse pure per *quello*.

Livvy raddrizzò il paletto, si asciugò gli angoli degli occhi e raddrizzò le spalle. Non aveva alcuna intenzione di lasciare la vittoria alla vecchia bisbetica.

Rilesse la targhetta. *Generazioni di membri della famiglia Martinson dormirono in questa eccellente rappresentazione del sogno di ogni bambino. Il design vittoriano fu commissionato da Albert Martinson in concomitanza con diverse revisioni che stava facendo eseguire dagli artigiani alla tenuta dei Martinson.*

Il sogno di ogni bambino? Non lo era stato per lei. Quella cosa sembrava più un incubo. Di certo non aveva *osato* sognare niente quando si trattava dei Martinson.

Ma adesso stava sognando la domestica dei Martinson. Questo sì che avrebbe fatto venire un travaso di bile alla vecchia Merriweather.

Capra. Oh, cavolo. Doveva fermarsi al negozio di mangimi per prendere una miscela speciale di cereali per Dodger e i suoi fratelli, per contrastare le fibre di lana che avevano aggiunto di recente ai loro tratti digestivi.

Rilesse ancora una volta la targhetta, poi scattò una foto per mostrarla a Sean più tardi e vedere cosa ne pensasse.

Sean rimise il divano al suo posto nella terza zona salotto al piano superiore dell'ala ovest dopo aver aspirato il tappeto sotto. Quanti posti avevano avuto bisogno di sedersi e chiacchierare, ai tempi di Merriweather? E al piano notte? Scosse la testa. Chi capiva i super ricchi? Ma non era compito suo lamentarsi; era solo contento che quest'angolino e gli altri simili esistessero. I piani del suo architetto prevedevano di trasformarli in sale riunioni per un'ulteriore fonte di entrate.

Sean riposizionò il tavolino davanti al divano e rimise a posto i soprammobili di cristallo lavorato che gli avevano richiesto buona parte di mezz'ora per essere spolverati. Se non avesse mai più visto un altro anfratto o fessura in vita sua, sarebbe stato troppo presto.

L'orologio a pendolo nella nicchia dietro di lui rintoccò. Mezzogiorno. I cani lo avevano svegliato alle cinque quando Livvy li aveva portati fuori. Così si era alzato e aveva usato il tempo per sgomberare la nursery al terzo piano, anche se in realtà stava cercando il prossimo indizio, arrivando perfino a controllare le assi allentate del pavimento come possibile nascondiglio. Se la partita di racquetball del giorno prima gli aveva insegnato qualcosa, era che Livvy non mollava e odiava perdere. Quella era una cosa che avevano in comune.

Tra le altre.

Si mosse a disagio, ricordando la tortura che era stato il giorno prima. La sua sciocca gonnellina froufrou lo aveva tenuto col fiato sospeso su cosa ci fosse sotto; la maglietta, invece, no—e quelle labbra gli avevano fatto venire voglia di assaporare ogni curva del suo sorriso. Doveva davvero mantenere le distanze e smetterla di baciarla.

Il problema era che non *voleva* smettere di baciarla. Baciare Livvy non era come baciare le altre donne e, sebbene questo gli piacesse—gli piaceva *molto*—gli dava anche un tremendo fastidio. Perché proprio lei? Cosa aveva di così speciale *lei*? Se non altro, tutto questo incubo con lei, la casa e i soldi avrebbe dovuto farlo sentire talmente a *disagio* con *lei* che avrebbero potuto essere nudi nella stessa stanza senza che gli facesse alcun effetto.

Solo che non stava succedendo. Il solo pensiero di lei nuda lo faceva diventare duro come quel dannato tavolo e gli offuscava il giudizio, togliendogli la concentrazione da dove avrebbe dovuto essere, facendogli riconsiderare il suo investimento. Il suo business plan. Perfino la sua vita.

Aspetta—la sua vita? Era impazzito? Il suo *lavoro* era la sua vita. Questo posto. *Questa* era la sua promessa. Quella su cui aveva puntato quando Liam aveva guadagnato il suo primo centomila. Quando Bryan aveva ottenuto quel grande ruolo al cinema mentre Sean stava ancora ripulendo vecchi B&B ammuffiti per trasformarli in posti "caratteristici" e far crescere la sua società. Non aveva alcuna intenzione di buttare via tutto il suo duro lavoro. Tutta la sua determinazione. Diamine, aveva perfino messo in pausa gli appuntamenti, scegliendo di chiudere le relazioni prima che diventassero troppo serie, così da poter realizzare le sue aspirazioni professionali. Non avrebbe permesso a una fricchettona con abiti bohemien e una predilezione per gli animali da fattoria più che per le normali convenzioni sociali di distruggere ciò che stava faticando tanto a costruire. Aveva bisogno di questa tenuta. Avrebbe reso tutto il duro lavoro, tutti i sacrifici, tutte le sue concessioni ai principi, degni di valore.

Aveva bisogno di quel dannato indizio.

Sean posò la piramide di cristallo, attento a non scheggiare il tavolo di mogano. *Culla.* Che diamine aveva voluto dire Merriweather con quello? Non aveva trovato nulla nella nursery e, se su questa proprietà c'era un parco giochi, non l'aveva ancora visto. Tutte le ricerche online non lo avevano portato da nessuna parte. Avrebbe dovuto vedere cosa aveva scoperto Livvy una volta tornata a casa.

Cosa che avvenne mentre stava pranzando, quando lei entrò in cucina con un guizzo di ventre scoperto che gli prosciugò la bocca e gli tolse ogni briciolo d'aria dai polmoni. I ricordi della sua pelle cremosa e tonica lo avevano tenuto sveglio—e duro—per metà della notte. Quella donna era una minaccia su tanti fronti.

«Ehi, Sean! Come stai?» chiese lei, i capelli che le svolazzavano intorno nella luce del sole che inondava le vetrate come un'aureola a cavatappi. «Dove sono i cani?»

Lui tracannò un sorso di tè freddo. Come *stava*? Duro come il ferro e altrettanto frustrato.

Poi c'era tutto l'incubo della situazione e di cosa avrebbe fatto al riguardo, per non parlare del fatto che sembrava di stare dentro alle stupide poesie di Merriweather.

«Uh, bene», fu la risposta più prudente. «E li ho lasciati uscire. Mi sorprende che non li abbia visti. Ah, merda. Forse sono scappati?»

Livvy scosse la testa. «È questa la cosa con i cani da rifugio; sono grati per la casa che gli dai. Non andranno da nessuna parte. Probabilmente stanno solo esplorando il nuovo territorio. Torneranno.»

Bene. Non aveva bisogno di portarle via anche la famiglia a quattro zampe. «Allora, qualche fortuna?»

Lei alzò le spalle e riecco quel lembo di ventre che faceva capolino. A quella donna servivano vestiti nuovi. Preferibilmente qualcosa di scialbo, tipo un sacco di iuta. Anche se probabilmente sarebbe stata splendida pure così. Livvy *era* splendida e la sua personalità solare rendeva il "pacchetto esterno" ancora più irresistibile.

«Ho trovato la culla. Mia nonna sostiene che ci abbia dormito, ma non è possibile. Mi chiedo se verso la fine non le stesse andando la testa.»

Sean aveva i suoi motivi per mettere in dubbio il funzionamento della mente della nonna di Livvy, ma la sua presunta demenza non era tra quelli. «Merriweather mi è sembrata piuttosto lucida.» E anche piuttosto *squalo*. Gli stava facendo perdere la testa, ma Mac probabilmente aveva ragione. Avendoci avuto a che fare personalmente mentre preparava i suoi piani,

Sean poteva testimoniare che Merriweather era una donna d'affari scafata. Scommetteva che sapesse esattamente quello che faceva quando aveva cambiato il testamento lasciandogli comunque credere che il posto fosse suo.

D'altra parte, ultimamente scommettere non gli era servito a molto.

Livvy si issò sul piano della cucina accanto allo sgabello su cui lui era seduto, profumando fin troppo bene per i suoi gusti, e lui riconsiderò la questione scommesse.

«La culla era transennata, quindi non potevo avvicinarmi, ma dubito che ci fosse qualcosa dentro o sopra da vedere. Mia nonna avrebbe saputo come il museo l'avrebbe trattata, quindi non poteva aspettarsi che riuscissi a ispezionarla da così vicino.» Tirò fuori una fotocamera digitale dal sacco che fungeva da borsa. Non aveva mai visto una scusa di borsa così malmessa, ma con Livvy le cose erano sempre un po' fuori centro. «Tieni, leggi questo. Dimmi che cosa significa secondo te.» Ingrandì l'immagine di una targhetta.

Leggerla? Anche no. Sean prese il bicchiere e si alzò. Cercare di dare un senso alle lettere era troppo umiliante da fare in presenza d'altri, perfino della sua famiglia. Odiava mostrare quella debolezza e si sarebbe dannato prima di lasciare che Livvy la vedesse. E di certo non avrebbe tirato fuori il tablet perché gliela leggesse. Negli anni aveva imparato dei trucchi per evitare che la gente scoprisse il suo "problema". Doveva: una volta che lo scoprivano, lo guardavano con pietà e il loro giudizio su di lui ne rimaneva intaccato. Se c'era una cosa che Sean odiava era essere compatito. «A volte ha più senso quando la leggi ad alta voce.» Fece una gran scena per prendersi altro tè freddo dal frigo. «Perché non me la leggi tu?»

Livvy si morsicò il labbro inferiore—maledetta—poi inclinò la testa di lato, quei magnifici ricci ramati che le scendevano lungo il braccio e sul seno, le punte quasi a sfiorare il piano, e Sean dovette inghiottire un gemito per non immaginare che effetto avrebbero fatto sulla sua pelle.

Dannati pantaloni del cazzo.

Scivolò di nuovo sullo sgabello prima che la sottigliezza del tessuto diventasse ancora *più* evidente, ma poi ebbe in cambio la visuale del polpaccio perfettamente scolpito di Livvy quando accavallò le gambe seguendo un ritmo che sentiva solo lei, lo stupido anfibio che gli sfiorava appena il braccio, e Sean non ebbe alcuna intenzione di spostarsi.

Patetico. Talmente patetico che dovette faticare per concentrarsi su ciò che lei gli stava dicendo invece che sul modo sensuale in cui le si muovevano le labbra *mentre* parlava.

«Penso che l'indizio abbia a che fare con chi ha fatto la culla. La targhetta menziona un lavoro che un artigiano stava facendo qui intorno.» Si infilò i capelli dietro le orecchie, facendoli frusciare di nuovo contro il seno, e il cazzo di Sean ebbe uno scatto a quel movimento.

Davvero dannati pantaloni del cazzo.

«Con le dimensioni di questo posto, potrebbe volerci ben più di due settimane per capirlo.» Gli porse di nuovo la fotocamera e il profumo del suo sapone o—con la sua fortuna—il suo profumo naturale di tutti i giorni, quello che lo faceva uscire di senno, si avvolse intorno a lui come una rete, trascinandolo a sé. «Che ne pensi?»

Lui stava pensando più all'atto che *riempiva* le culle che alle culle stesse. «Penso che forse non ti convenga sederti così vicina.»

Lei inclinò ancora la testa, troppo carina. «Non mi conviene? Perché?»

Davvero doveva chiederlo? La sicurezza di Sean un po' si sgonfiò—ma solo quella. Accidenti, era incredibile con quei capelli selvaggi, gli occhi luminosi e quei seni che premevano contro la maglietta così tanto che riusciva a vedere il contorno dei capezzoli.

Soprattutto quando si drizzarono proprio davanti ai suoi occhi.

L'atmosfera cambiò in un istante. La sentì prima di vedere il modo in cui lei lo stava guardando. In particolare, le sue labbra. Il che andava benissimo, perché così poteva guardare quelle di lei e chiedersi che gusto avesse il velo di umidità che la lingua le lasciava quando le passava sopra. E poteva fissare il fremito del suo polso alla base della gola e permettersi di immaginarlo contro la sua lingua. O come quei capezzoli si sarebbero sentiti contro—

Calmati, Manley.

Non ascoltò la voce della ragione. Non poteva. Non con lo sguardo spalancato che Livvy gli stava regalando e il modo in cui posò la fotocamera sul piano, poi si appoggiò sui palmi, i seni che cambiarono angolazione quel tanto che bastava perché quei capezzoli maledettamente provocanti si puntassero su di lui come un missile a ricerca di calore e, sì, esattamente quello era ciò che aveva dentro a quei dannati pantaloni. Non avrebbe dovuto sedersi così vicina.

«Perché?» Contro ogni buon senso, si alzò. «Per questo.»

La trascinò di dieci pollici sul piano finché non fu proprio davanti a lui, le sue gambe da entrambi i lati dei suoi fianchi, la mano ben stretta sui muscoli perfetti del suo culo irresistibile, con il suo calore a pochi centimetri da dove lui lo voleva.

«Ti bacerò, Livvy.» Le intrecciò le dita tra i capelli come moriva dalla voglia di fare da quando l'aveva vista così imperiosamente sensuale nell'ingresso. «E tu mi bacerai.»

«Ah sì?» Si leccò di nuovo le labbra.

Non rispose. O meglio, non con le parole.

Posò il palmo contro la curva della sua vita, accarezzando la pelle che lo tormentava da quando lei era entrata svolazzando e aveva risucchiato tutto l'ossigeno dalla stanza. La sua pelle era dannatamente setosa sotto le dita. I respiri affannosi di lei fecero salire i suoi fino a quando, senza quasi accorgersene, aveva affondato entrambe le mani in quel caos spumoso che lei chiamava capelli ma lui chiamava paradiso, e la sua lingua stava scoprendo tutti quei posti dolci e segreti nella sua bocca. Il suo fiato caldo gli incendiò ogni fibra e precipitò a quella parte di lui che era contro quella parte di lei che voleva conoscere meglio, e le mani di lei si aggrapparono a quei dannati pantaloni leggeri che d'un tratto non erano più abbastanza leggeri, perché voleva sentire ogni strettoia, ogni strattone che lei dava. Dio, voleva stenderla sul piano e prenderla finché nessuno dei due fosse più stato capace di pensare.

Diamine, se stava anche solo considerando di farlo, *già* non stava pensando lucidamente.

Che era la scusa perfetta per farlo.

Affondò su di lei, premendola contro il granito, spostandosi perché le sue gambe potessero avvolgergli la vita e i suoi seni, incredibilmente, meravigliosamente morbidi, si appoggiassero al suo petto, la sua testa inclinata per approfondire il bacio mentre si muoveva contro di lui. Sean dovette concentrarsi per non venire in quei dannati pantaloni, il che non era facile quando le sue mani scorrevano su superfici che—di recente—aveva solo sognato, stringevano curve su cui aveva fantasticato, e la temperatura in cucina schizzò in alto più veloce del forno professionale a convezione da settemila dollari di Merriweather.

«*Gran bel errore. Enorme.*» Orwell sottolineò il commento con una zampata di artigli tra le scapole.

«Figlio di puttana!» Sean scattò in piedi.

«*Figlio di puttana! Figlio di puttana!*» Orwell imitò perfettamente la sua voce.

«Oh, no!» Livvy si sollevò sui gomiti. «Devi stare attento a quello che dici davanti a lui, Sean.»

«*Figlio di puttana!*» Orwell sbatté le ali, spargendo piume su tutto il piano.

Sean fece un bel respiro, imponendo al corpo di darsi una calmata. Gesù. Due minuti di bacio e tutto il sangue aveva abbandonato ogni cellula del suo corpo tranne quelle all'inguine.

Si allontanò dalla culla delle cosce di Livvy.

Pessima idea. La gravità aveva fatto ciò che le sue mani avevano voluto fare alla gonna, drappeggiandola sui fianchi e rivelando, santo cielo, il triangolino più striminzito di tessuto rosa confetto tra le sue gambe. Qualcosa di così estremamente femminile contro la gonna mimetica, quegli anfibi grossi e la maglietta verde oliva che su di lei era incredibilmente sexy, e Sean sentì tutte quelle cellule del sangue meridionali mettersi in marcia.

Orwell volò sul ventre di Livvy. «*Figlio di puttana.*»

Sean avrebbe giurato che quel maledetto uccello gli avesse fatto l'occhiolino. «Figlio di—»

«Okay, ora che abbiamo fissato *quella* particolare parolaccia nel vocabolario di Orwell, direi che è il momento che impari qualcos'altro.» Livvy si tirò su, riuscendo a tirarsi giù la maglietta e a rimettersi a posto la gonna in un unico movimento fluido, efficace come sbattere la porta di una cassaforte. Trasferì il pappagallo sulla spalla, dove lui lo guardò con un sorrisetto sfrontato.

«Livvy.» Sean le posò una mano sul braccio.

L'uccello ci piombò sopra con un colpo d'ala.

Sean la tirò via appena in tempo. Ma ci sarebbe voluto ben altro per scoraggiarlo. «Livvy, dobbiamo discutere di quello che è appena successo.»

«Perché?»

Inclinò la testa e i riccioli le scivolarono sul seno, e Sean dovette ficcarsi le mani in tasca non solo per tenerle lontane da lei, ma anche per recuperare un minimo di dignità, così che la sua erezione furiosa non risaltasse contro quella stoffa idiota.

«Perché non possiamo far finta che non sia successo.»

Si spinse alcuni riccioli dietro l'orecchio. «Tu volevi farlo? Io no. Mi piace baciarti.»

La sua franchezza fu così inattesa, così disarmante, che Sean non seppe cosa dire. Ripiegò su «Ti piace?» e quasi si sarebbe infilato sotto il bancone dalla vergogna. Lei lo faceva sentire di nuovo un adolescente.

Anche se non era necessariamente una cosa negativa.

«Non si capiva?» L'angolo della sua bocca si incurvò, mettendo in risalto la scintilla nei suoi occhi color ambra.

Ancora una volta il desiderio lo colpì allo stomaco e gli rubò il fiato.

«Sean? Tutto bene?»

In realtà, lo infastidiva un po' che lei riuscisse a respirare. E a scherzare. E a tenere una conversazione. Evidentemente lui non la colpiva come lei colpiva lui. «Dovrei chiederti scusa. Di solito non vado in giro a baciare le clienti o—»

«Forse dovresti.»

«Eh?»

Posò l'uccello sulla ruota del carro appesa in alto, quella con le pentole, e quel maledetto flagello si mise a girarle intorno come fosse una giostra. Sean *aspettò* che lo battezzasse col suo pasto mattutino rielaborato—per tutto circa un secondo, perché Livvy saltò giù dal bancone davanti a lui.

Proprio davanti a lui.

«Ho detto che forse *dovresti* andare in giro a baciare le tue clienti. Sei abbastanza talentuoso in quel campo. Non che non lo sia anche in quello delle pulizie, ma non vedo perché non possiamo unire le due cose. Non è che potremo ignorare ciò che c'è tra noi, e a meno che tu non ti dia le dimissioni o io non ti licenzi, qui ci tocca starci insieme. E sono abbastanza sicura che se ti licenzio, quello sarebbe motivo per una causa.»

A Sean mancò il fiato solo ad ascoltarla. Per non dire d'altro. «Sembra che tu ci abbia riflettuto parecchio.» Non sapeva se sentirsi lusingato o offeso.

Lei alzò le spalle e questo richiamò la sua attenzione dritta al centro su quei seni magnifici che si muovevano in modo così provocante sotto la maglietta.

Scelse di sentirsi *lusingato*.

«Sì, un po'.» Si spinse i capelli dietro le orecchie. Che erano adorabili.

Gesù. Era messo male.

«Voglio dire,» proseguì lei, ignara, come se stessero parlando delle previsioni del tempo, «non è che possa ignorare te o l'effetto che hai su di me. E poi, non voglio farlo.»

«Sei sempre così diretta?»

Scrollò di nuovo le spalle. Un bonus aggiuntivo. «Girarci intorno è inutile. La vita è troppo breve. Ci attraiamo. Non c'è nulla di male.» Le dita le fecero una piccola incursione sotto la sua maglietta e Sean sentì ogni tocco fino alla punta dei piedi. «Quindi, se vuoi baciarmi di nuovo, non mi lamenterò.»

Doveva proprio rendergliela così maledettamente facile? Il che la rendeva altrettanto maledettamente difficile. Rendeva *un sacco* di cose difficili, ma Cristo. Lui stava cercando di portarle via l'eredità da un milione di dollari da sotto il naso. Che tipo di uomo sarebbe stato se avesse accettato la sua offerta e poi avesse fatto quello?

Lei si alzò in punta di piedi, gli mise le mani dietro la testa, gliela inclinò in basso e lo tirò in un altro bacio.

Sarebbe stato un uomo sciocco, disperato, che voleva solo un altro assaggio.

La sua lingua cercò la sua, le dita gli si intrecciarono nei capelli alla nuca, i suoi capezzoli si indurirono contro di lui... e Sean si perse.

Fu molto più di un semplice assaggio.

Dio, com'era buono. *Profumava* di buono. *Si sentiva* di buono.

Livvy non riusciva a stargli abbastanza vicino. Avrebbe dovuto preoccuparsi di quanto fosse inappropriato, ma passare il tempo con lui, giocare a racquetball, stare con lui...

Era sola. La sua famiglia della co-op era gentile, ma non era *questo*. Non aveva avuto *questo* da fin troppo tempo e le mancava. Non è che avesse questa scintilla con chiunque e diamine, quale sarebbe stato il motivo per non assecondarla? Non si stava trasferendo qui per sempre, quindi non sarebbe stato fonte di imbarazzanti complicazioni per il resto delle loro vite.

Già, ma è una buona idea? Cioè, cosa sai davvero di lui? Magari è interessato a te solo perché tu sia la sua sugar mama. Devo ammettere che questa casa è un bell'incentivo.

No, non lo avrebbe ammesso. Non era che si sarebbero giurati amore eterno... Il sesso non era il lieto fine. Potevano semplicemente godersi il tempo insieme. Se c'era una cosa che aveva imparato da Merriweather, era che non poteva contare su niente e nessuno, quindi viveva nel momento. Qui e ora. Che consistevano nelle sue braccia e nelle sue labbra e oh, Dio, nelle sue mani... Erano migrate sul suo fondoschiena e stavano accendendo mille scintille sotto la sua pelle, quindi la coscienza poteva anche farsi una passeggiata e lasciarle godere la cosa.

Gli strofinò il ventre contro l'erezione. Era passato molto più tempo per *quello*.

«Livvy, dobbiamo—»

Gli ributtò la lingua in bocca. Così non poteva parlare. Non voleva che parlasse. Voleva che gemesse. E che ansimasse. E magari che invocasse perfino il suo nome in un lungo, prolungato grido. Ma niente parlare. Nessun motivo per dire *no* o *fermati* o *aspetta*... Lei non voleva aspettare e *di sicuro* non voleva fermarsi.

«Ti voglio, Sean.»

Tre parole e le dighe si aprirono. Qualunque protesta stesse per pronunciare svanì nella sua bocca quando lui le spinse dentro la lingua e si riprese il controllo del bacio.

E lei fu più che felice di lasciarglielo.

Una mano le cullò il fondoschiena e l'altra risalì dolcissima lungo la spina dorsale per annodarsi nei capelli, tirandoli all'indietro con la giusta quantità di *voglia* e di *sexy* che Livvy quasi si sciolse ai suoi piedi.

«Non è una buona idea,» mormorò contro la sua gola. Ma non smise di baciarla lì.

«Non sono d'accordo,» ansimò lei, travolta dagli effetti dei vortici della sua lingua.

«Dobbiamo vivere insieme.» Le pizzicò il tendine del collo e Livvy avrebbe voluto svenire.

Ma non lo fece. Le donne che svengono si perdono il meglio. «Quindi il problema, esattamente, sarebbe...?»

Ottenne allora il gemito. E un lamento. E un sollevamento di nuovo sul piano di lavoro, stavolta con entrambe le mani di lui che le affondavano nei capelli, e il suo corpo duro—*tutto*—premuto contro di lei proprio dove lo voleva.

Ma lo voleva nudo.

Così tirò fuori l'orlo della sua maglietta dai pantaloni e gli passò i palmi sul muscolo liscio e sodo, ogni centimetro tonico e allenato che le metteva le terminazioni nervose in modalità *Brivido*.

Aveva la quantità perfetta di peli sul petto, abbastanza per solleticarle la punta delle dita—e i capezzoli—e lei ci infilò dentro le mani, bramosa di affondarci la guancia.

Gli spinse su la polo, e all'improvviso non dovette più preoccuparsene perché Sean prese in mano la situazione, tirandosela via dalla testa da dietro e rimettendole le mani tra i capelli in un unico movimento solido, sensuale, maschile, che le fece sospirare il ventre di bisogno.

Lui le pizzicò il labbro inferiore.

Lei gli leccò quello superiore.

Lui gemette.

Lei sorrise.

«Fiera di te?» ringhiò lui, tirandola più vicino al petto, incastonandosi tra le sue cosce dove le sue mutandine erano già inutili contro il desiderio che le stava creando dentro.

«Fiera? No. Disperata? Dio, sì.» Si strusciò contro di lui. «Toccami, Sean. Ho bisogno delle tue mani su di me.»

«Ah, Livvy. È una pessima idea.» Ma lo fece lo stesso.

Le sue mani scivolarono dal viso a disegnare le spalle, i pollici a carezzare la clavicola, ogni punto di contatto un interruttore d'accensione per la sua libido.

Le fece scorrere i palmi lungo le braccia e intrecciò le loro dita, continuando intanto con la carezza seduttiva della lingua nella sua bocca, lungo le sue labbra, sulla mascella, affondando nel punto sensibile del collo.

Le portò le mani a risalire il corpo, entrambe posate sulle sue curve, a disegnare spirali intorno ai capezzoli, senza toccarli davvero, ma così, così vicino. Lei si voltò appena, ma Sean allontanò le loro mani prima che riuscisse a metterle dove voleva.

Invece fece qualcosa di quasi indecentemente sexy: portò le loro punte delle dita proprio dove le loro labbra si incontravano, quel leggero sfiorarsi erotico quanto qualsiasi carezza intima, quel rapido tocco con la lingua sulle sue dita che quasi la mandò fuori di testa.

Lei gemette piano, volendo di più, ma sapendo che lui non gliel'avrebbe dato. La stava stuzzicando, e ci sapeva fare maledettamente bene.

Ma non era da meno nemmeno lei, così gli sfilò le dita dalle sue e le infilò sotto la fascia dei pantaloni proprio sopra il fondoschiena, palpeggiando i muscoli incredibili sotto la pelle.

«Dio, Livvy, piano.»

«Ti faccio male?»

Le lasciò un altro bacio lungo e bagnato lungo la linea della mascella, finendo appena sotto l'orecchio, e le fece correre brividi ovunque. «Non nel senso che intendi tu, ma mi fai di sicuro male dalla voglia.»

Lei sorrise allora. Sentiva il dolore a cui si riferiva, e sì, cresceva al ritmo di nanosecondi.

«Spogliamoci, Sean.»

Lei sentì il respiro uscirgli dal corpo. Sentì i brividi che lo scuotevano. Bene.

«Livvy, non puoi dirlo con le gambe attorno a me e pretendere che io non agisca di conseguenza. Anche se sei sul piano della cucina.»

Gli passò le mani sul petto, arruffando i peli con la punta delle dita, poi tirandoli piano. «Perché credi che l'abbia detto?»

Lui si spinse volentieri in lei, gemendo ancora, le labbra che si serravano sulle sue mentre la stendeva di nuovo contro il granito, e ciò che dondolava tra le sue gambe era duro come prima. Livvy lo voleva. Da morire. O meglio, *da impazzire*, in realtà. Anche se poteva essere cattivo se voleva. Qualunque cosa volesse, lei era pronta quanto lui.

E quello era davvero tanto.

Gli avvolse le braccia attorno alle spalle, desiderosa di assorbirlo dentro di sé, replicando ogni affondo della sua lingua con uno suo, rispondendo a ogni spinta contro il suo bacino con un suo darsi e prendere.

«Ti voglio, Sean,» ansimò quando lui la lasciò risalire a prendere aria— solo per rubargliela delicatamente mordendole la curva del collo.

«Anch'io ti voglio, Livvy,» sussurrò lui, il fiato caldo sulla sua pelle.

Sean *era* caldo sulla sua pelle, in tutte le accezioni della parola.

«*Anch'io ti voglio, Livvy,*» gracchiò una voce sopra di loro.

Perfetto. Orwell aveva aggiunto qualcosa di nuovo al suo repertorio.

Poi lasciò cadere un regalino sul piano di lavoro accanto a lei.

Un modo infallibile per smorzare l'atmosfera.

«Sean.» Livvy non voleva mettere fine a tutto questo, ma per quanto fosse favorevole al momento di sesso caldo e sudato, non era dell'idea di rotolarsi nei *regalini* dell'uccello. «Sean.» Gli tirò indietro la testa. «Sean, dobbiamo fermarci.»

. . .

Fermarci? Sean la fissò, gli occhi di lei spalancati, la pelle arrossata, con quella lieve tumefazione da appena baciata sulle labbra che lo prendeva allo stomaco e torceva. Santo cielo, era splendida. Non voleva fermarsi. E nemmeno lei.

Lei lo voleva. Distesa davanti a lui, i capezzoli gli dicevano quanto lo desiderasse, il petto che le tremava per i respiri brevi che non tentava nemmeno di mascherare... non voleva che lui si fermasse. Era dentro quel momento quanto lui.

E poi Orwell irruppe nel momento con un altro, maledettamente fuori tempo, «*Anch'io ti voglio, Livvy.*»

Dannato uccello.

Sean avrebbe anche potuto ignorare quella bestia stupida, ma vide cosa c'era sul bancone accanto ai capelli stupendi di Livvy e, be', sì. Quello ammazzava un po' l'umore.

E poi ci fu un gran graffiare alla porta sul retro che *cancellò* del tutto il momento.

E poi iniziò l'ululato.

Ululato?

«Ringo!» Stavolta fu Livvy a scostarsi, sollevando la gamba e girandola davanti a lui così che, se lui fosse stato pronto, avrebbe avuto un bello spettacolo, ma siccome non lo era, finì prima che se ne rendesse conto. La sua gonna frullò intorno alle cosce mentre si voltava sul bancone, fece una specie di mossa ginnica e finì accanto a lui per lo spazio di un battito di ciglia prima di svolazzare—*di nuovo* quello svolazzo—verso la porta. La spalancò, fermandola un attimo prima che andasse a sbattere contro quel piano in granito triplo-spessore, poi spalancò le braccia per ricevere il bacio più grande e più bagnato subito dopo quello che lui le aveva appena dato.

I cani si precipitarono dentro, il rottweiler praticamente travolgendo Livvy per arrivare tra le sue braccia. Perfetto. Ancora più efficace, come ammazza-desiderio, del «regalo» di Orwell.

«Ehi, Liv. Bel comitato d'accoglienza che hai qui.» Un tipo grosso entrò dalla porta sul retro.

Un tipo grosso, *belloccio*, che conosceva Livvy abbastanza da chiamarla *Liv*, e che portava con sé un altro cane. Anche se quella cosa non si poteva davvero chiamare cane. Era più uno spolverino con le zampe. Con un fiocchetto in testa. Viola. Sembrava appartenere all'eccessivamente accessoriate Cassidy Davenport, piuttosto che alla bohemienne Livvy Carolla.

«Scusa, Kerry. Sono sicura che sentono la tua mancanza.» Livvy scompigliò le mascelle a cucchiaio del rott.

La pallina di pelo tra le braccia del tizio ringhiò e si agitò. Sean si infilò la maglietta, cogliendo l'occasione per sorridere. Quella pallina di pelo gli ricordava Livvy: vestita in modo inappropriato alla situazione e troppo piccola per fare davvero la differenza, ma che ci dava dentro al massimo, con un paio di ringhi in dotazione.

Come quelli che aveva tirato fuori lei pochi minuti prima.

«Kerry, ti sei dimenticato i calzini di Mr. Choo. Gli ho appena fatto le unghie.» Un altro tizio entrò e si riprese la pallina di pelo dalle braccia di Kerry. «Mr. Choo, calmati subito o lascerò che John faccia di te ciò che vuole.»

Il cagnolino doveva aver capito, perché si zittì a metà pigolio.

Ma poi Orwell decise di unirsi alla festa. «*Anch'io ti voglio, Livvy.*»

Kerry, l'altro tizio e Livvy si limitarono a sbattere le palpebre guardando l'uccello. Sean avrebbe voluto farlo in fricassea.

«*Io ti voglio—squawk!*»

Invece si accontentò di prenderlo su e portarlo nella zona disastrata dall'altra parte del corridoio. Lanciò il pappagallo in aria e la maledetta bestia volò fino al trespolo più alto della stanza, da cui sarebbe stato impossibile farlo scendere. *Ovviamente.*

«*Anch'io ti voglio, Livvy.*»

Perfetto. Ora le parole rimbombavano lungo il soffitto alto.

Sean chiuse le porte-finestre e tornò in cucina. Dannato uccello.

I tre alzarono lo sguardo colpevoli dall'angolo dell'isola dove si erano rintanati.

«Sto interrompendo qualcosa?»

L'altro tizio diede una gomitata a Kerry. «Direi che questa è la nostra domanda.»

Livvy arrossì e la vista gli si conficcò nella psiche, iniziando a mettere radici.

Si spolverò le mani dalle piume del pappagallo e ne porse una, avvicinandosi. «Ciao, sono Sean.»

L'altro gliela strinse. «Io sono Sherwood. Ma puoi chiamarmi Sher.» Lo disse come se iniziasse con una *C* invece che con una *S*.

Kerry alzò gli occhi al cielo e spinse *Sher* via con un colpetto. «Io sono Kerry. Viviamo con Livvy.»

«Vivete... con?» A Sean sfuggirono le parole, e anche la fitta che gli scese nello stomaco.

«Intende alla co-op.» Sher diede uno scappellotto a Kerry sulla pancia. «Siamo il lotto accanto. Siamo usciti per antiquariato oggi e abbiamo pensato di fare un salto a vedere il posto.»

Perché avrebbe dovuto dargli fastidio? Non *voleva* che gli desse fastidio. D'altra parte, non voleva che *lei* gli desse fastidio, ma nemmeno su quel fronte stava ottenendo ciò che voleva.

«Benvenuti nella tenuta dei Martinson.» Si tolse la testa dalle nuvole maledette e strinse la mano a Kerry, anche se quasi si strozzò con quelle parole. *Tenuta dei Martinson.* Quella cosa sarebbe cambiata il minuto in cui il posto fosse diventato suo. *Se* il posto fosse diventato suo.

«Bel set-up, Livs.» Sher fece scorrere una mano lungo il piano e aggirò il bordo del bancone. «Ci fai fare il gran tour?»

«*Anch'io ti voglio, Livvy.*»

Quel maledetto uccello aveva una voce potente.

«Certo!» disse Livvy quasi con la stessa potenza, e fin troppo allegra, evitando accuratamente lo sguardo di Sean mentre si infilava un'altra ciocca di capelli dietro le orecchie.

Lo stava facendo spesso, ultimamente, e Sean lo trovò tenero. Ovviamente, più tempo passava con lei, più cose trovava tenere. Come stava attestando Orwell, come un disco rotto.

Avrebbe dovuto mettere un po' di distanza tra loro. Mantenere tutto professionale. Ricordarsi l'obiettivo finale. Stare ben, ben lontano da lei.

In teoria funzionava.

Livvy tornò verso la porta che conduceva nell'ingresso, e la sua muta di cani balzò in piedi per seguirla come, be', cuccioli.

Per fortuna, si fermò sulla soglia, alzò la mano e disse: «Seduti.»

E, proprio così, si piantarono tutti il culo peloso a terra, le lingue penzoloni, le code che battevano sul pavimento, e non fecero nemmeno un solo, piagnucoloso strisciare da zerbini verso di lei. Anche se gli sguardi erano pieni di speranza.

Ma Livvy si voltò su se stessa, quella gonna increspata che le svolazzò sulle gambe, e si diresse verso il foyer.

Kerry diede una pacca sulla spalla a Sean mentre passava. «Non provare a razionalizzarlo. Gli animali la *capiscono* e basta.»

«Che cos'è, la donna che sussurra ai cani?»

Kerry scrollò le spalle. «C'è qualcosa in Livvy che spinge gli animali a voler fare qualunque cosa lei dica.»

Considerando che lui si era sentito uno di loro quando lei era sul piano, Sean lo capì, eccome.

Capitolo Diciannove

«Allora, racconta di questa caccia al tesoro, Livs.» Sher sollevò Mr. Choo sotto un braccio e infilò l'altro nel suo mentre salivano la scala d'ingresso. «Kerry ha accennato che tua nonna è una poeta?»

Dietro di lei, Sean sbuffò.

Livvy sorrise. «Non so se *poeta* sia la parola giusta, ma sembrò avere un debole per le rime.»

«E a che pro? Voglio dire, perché non dirtelo e basta quello che dovresti sapere o trovare o cercare o qualsiasi cosa? Che cosa ci guadagna a farti correre in giro come una bella pulcetta senza testa? Tanto non lo vedrà mai visto che è morta.»

«Sensibile,» mormorò Kerry. Ma proprio Kerry, più di chiunque altro, avrebbe dovuto sapere che con i Martinson non serviva alcuna sensibilità. Livvy li aveva archiviati da un pezzo.

Fece scorrere la mano lungo la ringhiera dalla quale era scivolata l'altro giorno. «Chi lo sa? Non la capii quand'era viva e la sua morte non rese le cose più chiare. So solo che l'avvocato disse che non posso ereditare questo posto a meno che non gli presenti l'ultimo indizio.»

«Quindi non devi consegnargli tutti gli altri? Allora dovremmo cercare l'ultimo e chiuderla qui con questa roba provvisoria.»

«Questa roba *provvisoria*,» disse Sean, che era stato fin troppo zitto dopo il loro bacio di prima, «ci sta portando a quell'indizio.»

Bacio? Andiamo. Non era solo un bacio. Fu un preludio interrotto a qualcosa che non viveva da tantissimo tempo. Forse mai. Certo, aveva fatto sesso—anche bollente—ma perdersi nell'atto come era accaduto con Sean... e non avevano nemmeno *fatto* sesso. Eh, no. Non c'era mai stato niente di simile. Nessun *uomo* era mai stato così per lei.

Cercò di fermare l'ondata di rossore che le incendiò le guance, odiando di non riuscirci. Il rossore non si intonava ai suoi capelli rossi e alla pelle chiara. Aveva sempre pensato di sembrare febbricitante quando arrossiva, e nessuno stava bene quando era malato. E sì, voleva piacere a Sean perché lui risvegliava qualcosa dentro di lei, qualcosa che Livvy temeva di analizzare. Analizzarlo lo avrebbe reso reale. L'avrebbe definito. Gli avrebbe dato un *nome*. Non voleva farlo perché nel momento in cui definiva qualcosa, che fosse un'amicizia, una conoscenza, una coinquilina, un familiare... tutto svaniva. Aveva passato troppe feste da sola per non imparare che creare legami con le persone portava solo dolore.

Per questo adottava animali. Per questo viveva in una cooperativa. Le persone con cui viveva, come Kerry e Sherwood, e Jenny e Sheila e Marci; erano tutte sulla stessa lunghezza d'onda. Tutte orientate a un obiettivo comune. Non un obiettivo legato ai rapporti personali, ma piuttosto un mezzo di sopravvivenza. Un do-ut-des: tu gratti la mia schiena e io la tua. E a lei stava bene. Poteva contarci. Poteva conviverci. Tutti che lavoravano insieme significava che tutti facevano ciò che dicevano avrebbero fatto. Prendevano un impegno e lo mantenevano. Perché se non lo facevano, se non portavano niente al tavolo—in senso letterale e figurato—venivano messi ai voti e allontanati. Era un grande reality senza telecamere. O senza il premio in denaro. Ma alcune cose erano più importanti dei soldi. Quel posto lo dimostrava.

«Ci sta portando *noi* all'indizio?» Sher guardò Sean sopra la spalla quando raggiunsero il secondo piano. «La caccia al tesoro rientra nelle tue mansioni? Accidenti, *sei* davvero un factotum, eh?» Sbirciò nella stanza di Livvy. «Bel letto che hai lì, tesoro. Un po' troppo grande per una sola, però, non ti pare?»

Alzò un sopracciglio verso Sean.

Sapeva che tenevano a lei, ma Livvy poteva sopportare solo fino a un certo punto le allusioni, dato quello che lui e Kerry avevano interrotto. Aveva raggiunto la quota per la giornata. Forse per l'anno. «I cani dormono con me.»

«Peccato.»

Già.

«Comunque, questa è la mia stanza e quella di Sean è laggiù.» Indicò dall'altra parte del corridoio, due porte più in là. Non abbastanza vicino, ma neppure troppo lontano. Era l'epitome della loro relazione—beh, di quella che avevano avuto fino a quel *bacio* interrotto.

Sher rimase sul vago mentre attraversava il corridoio per dare un'occhiata. Ancora più vago quando si allontanò. Capì il perché: la stanza di Sean era proprio questo: una stanza. Non c'era nulla di personale, a parte due borsoni, le divise della Manley Maids, un paio di completi per allenarsi e jeans, delle sneakers, i suoi articoli da toeletta e un libro sul comodino. Era un vecchio thriller, ma buono. Doveva essere uno di quelli che tenevano i libri preferiti per rileggerli più e più volte.

E no, non aveva curiosato tra le sue cose; stava cercando indizi. Proprio come voleva Merriweather.

Quella era la sua versione e a quella si atteneva.

«Il resto di questo corridoio è pieno di camere, se volete dare un'occhiata,» disse, volendo allontanarli tutti dalla stanza di Sean—soprattutto se stessa. Di nuovo, quota raggiunta. «Oppure potremmo salire al nursery al terzo piano.»

«Nursery? Come per bebè?» Sher sollevò entrambe le sopracciglia stavolta.

Le strappò un sorriso, cosa di cui era certa fosse l'intento fin dall'inizio. *Lui* non avrebbe avuto nulla in contrario se lei avesse iniziato a sfornare bambini. Voleva fare lo zio preferito; gliel'aveva detto ogni volta che lei affermava di non volere figli. La sua infanzia non era stata un esempio fulgido, quindi che motivo aveva di pensare di poter fare meglio? Anche se di peggio, certo, non avrebbe potuto fare.

«Allora, dove sono questi indizi?»

«Se lo sapessero non sarebbe granché una caccia al tesoro, o no?» Kerry passò le mani sulla carta da parati. «Bella. Damascata, direi. Costosa ma elegante.»

Ovviamente. «Merriweather poteva permetterselo.»

«La vecchia signora poteva permettersi un sacco di cose.» Sher prese in mano un pezzo di cristallo da uno dei tavolini inutili che fiancheggiavano il corridoio. Livvy aveva già controllato i cassetti in cerca di indizi, ma niente. Neppure un fiammifero o un elastico vagante. Completamente inutile. Proprio come le altre ventisette stanze della casa.

Ovviamente Sher non la pensava così. Era tutto preso dal rivendicarne una come suo boudoir personale per le visite, un'altra come studio, un'altra ancora come ufficio... La lista continuava. Livvy quasi iniziò a divertirsi mentre percorrevano il lungo corridoio, facendo la lady della tenuta e quasi dimenticando il vero motivo per cui era lì.

Ma poi vedeva Sean che controllava un mobile, o faceva scorrere le mani sull'architrave, sbirciava dietro le cornici, e la realtà agrodolce irrompeva di nuovo. Certo, avrebbe potuto possedere il posto, ma avrebbe dovuto dimostrare se stessa ancora una volta. Sarebbe risultata mancante, di nuovo?

«Quanti te ne restano da trovare?» chiese Sher mentre tornavano in cucina.

«Non lo so. Merriweather non disse. Tipico.» Spinse la porta e fu immediatamente travolta dall'amore cuccioloso. Cuccioli grandi, cuccioli invadenti, alcuni non proprio cuccioli... Ecco perché aveva i cani e gli altri animali. Quel loro amore universale, non esigente, totalmente accogliente.

Si lasciò cadere sulla sedia più vicina e abbracciò quanti più corpi pelosi scodinzolanti poté, schivando i baci bavosi che erano intenzionati a dispensare. C'era solo una persona i cui baci desiderava, e lui stava dall'altra parte della cucina, sorridendo e scuotendo la testa verso di lei.

«Quello è un Hodgeson?»

«Un che?» chiese Livvy, guardando dove indicava Sher.

«Un Hodgeson. Quel servizio da tè. Sono piuttosto rari.»

«Se sono rari e valgono qualcosa, allora dico di sì. Merriweather avrebbe avuto solo il meglio.»

Sher passò Mr. Choo a Kerry e poi prese in mano la lattiera. «Lo è.» Gliela mostrò. «A occhio direi metà Ottocento. L'azienda creava pezzi su misura per i membri del *ton* e faceva lavori commemorativi per la Corona.» Prese la zuccheriera. «Molto *chic* averne uno in giro. Qualcuno deve aver fatto qualcosa d'importante per riceverlo. Veniamo da un bel po' di alta società, Livs.»

«Che mi ha portato esattamente dove?» Gli prese la zuccheriera e la posò.

«Beh, qui, per cominciare.»

«E il lato positivo sarebbe...?»

«Che sei finita accanto a noi, e Kerry e io vogliamo portarti via da tutto questo nel fine settimana.» Sher si riprese Mr. Choo dal suo compagno e serrò il fiocco del ciuffo.

«Sono un po' contro il tempo, Sher.»

«Capisco, tesoro, ma svieni quando sentirai il perché.»

«Okay, spara.»

Sherwood sbatté le ciglia, si portò una mano al petto, e avrebbe avuto bisogno solo di quell'abito dorato e di una grata della metro per la sua imitazione di Marilyn Monroe. «*Noi* abbiamo uno stand al Tri-State Farmer's Market questa domenica.»

Poteva essere un po' diva, ma in questo caso Sher era pienamente giustificato.

«Come? Pensavo fossero al completo tipo otto mesi fa.» All'epoca in cui stava cercando di racimolare i fondi per pagare il tetto che perdeva e non aveva soldi extra per la quota di iscrizione. Il Tri-State Market era il più grande della zona, e le vendite anche di un solo giorno potevano pagarle l'affitto per mesi. Se avesse fallito la *provetta* di Merriweather, quei soldi le sarebbero serviti.

«Erano al completo. Ma Philip Johnson conosce una certa Mary che lavora per un tizio la cui cognata gestisce tutta la baracca, e quando hanno avuto una disdetta, Mary l'ha sentito e ha chiamato Philip. Lui ha già il suo stand, ma sapeva che noi eravamo interessati e voilà! Siamo dentro. Vogliamo che tu venga con noi. Pensa alla folla. Agli affari che potremmo fare. Ho in programma di svuotare tutto il nostro magazzino.»

Al mercato se l'era sempre cavata bene. Un sacco di passaparola per il resto dell'anno e l'esposizione aiutava a costruire il riconoscimento del nome. Le era dispiaciuto saltarlo quell'anno. «Ma è un viaggio di due notti. Chi mi prendo per badare agli animali con così poco preavviso? Richard ha già arruolato tutti i ragazzi del college per il suo posto, e voi venite con me. È per questo che li ho portati qui, in primo luogo.»

«Sono sicuro che possiamo trovare qualcuno.» Sher si picchiettò le labbra. «C'è quel ragazzo nuovo, come si chiama? Matthew, Mark, Mike... Qualcosa con una *mmmmm*.»

Kerry alzò gli occhi al cielo. Livvy trattenne una risatina. Per quanto Sher fosse civettuolo, era devotissimo a Kerry e lo sapevano tutti.

«Be', non importa. Sono sicuro che qualcuno lo troviamo.»

«Ehi, ci sono io?» Sean posò lo spruzzino che stava usando per pulire dopo Orwell. «Posso occuparmene io.»

«Ma ai miei animali nemmeno piaci,» disse Livvy.

«Non è che non mi piacciano; è solo che sono così tanti.»

«E mangiano gli antiquariati.»

«Be', sì.» Sorrise, e quello fece fare strani caprioletti al suo stomaco. «C'è anche quello.»

«E lasciano regalini dappertutto.»

«Anche quello.» Il suo sorriso si allargò—e così i caprioletti.

Non il massimo con Sher e Kerry che la fissavano così intensamente—e i suoi ormoni che reagivano così intensamente al ricordo. E al suo sorriso. «Ma non rientra nella tua descrizione del lavoro.»

«Oh, sono sicuro che un piccolo bonus in tasca eliminerebbe quel pensiero, Livs,» intervenne Sher con abbastanza allusione che anche i cani capirono cosa intendesse.

«Occhio, Sherwood.» Sean mise le mani sui fianchi, gesto che tese quella maglietta che aveva tolto un'ora prima sopra gli addominali e i pettorali che lei aveva accarezzato e, oh, il ricordo—

«Sto *offrendo* il mio aiuto, quindi tieniti le insinuazioni per te.»

Il rossore numero duecentotredici cominciò. Quanto era dolce che Sean accorresse in sua difesa? Quanto le sembrò strano, anche, perché nessuno l'aveva mai fatto per lei prima. Ma la dolcezza prevalse sulla stranezza e lasciò che il calore del suo gesto le si diffondesse dentro. Se questo causava un altro rossore, pazienza.

Poi si appoggiò al piano di lavoro e il rossore ebbe tutt'altra ragione d'essere.

«Al diavolo la descrizione del lavoro, Livvy,» proseguì Sean come se non si stesse appoggiando proprio *allo stesso punto* dove si era proteso su di lei prima che Sher e Ker si presentassero. «L'abbiamo praticamente sforacchiata quando gli animali si sono mangiati il tappeto e io ho costruito quel recinto per loro. E poi c'è stata la pulizia del fienile.» Per non parlare della faccenda dei baci sul piano di lavoro. «Direi che stiamo ridefinendo il mio lavoro strada facendo.»

«Questo suona interessante.» Sher si appoggiò con un fianco contro la macchina del ghiaccio e incrociò le braccia.

Kerry gli diede uno scappellotto sulla spalla.

Livvy si scostò i capelli. «Ma manca meno di due giorni. Non ho niente pronto.»

«Tesoro,» disse Sher. «Ti ho visto lavorare. Sei un turbine nella tua cucinetta; immagina cosa puoi fare qui dentro. Hai tutto il giorno di domani, e il Signor Volontario qui può aiutare anche in quello, visto che a quanto pare sa fare di tutto.»

Sean alzò un sopracciglio verso di lui. «Eh, sì. Certo. Posso aiutare.»

«Ecco, vedi? È tutto deciso.» Sher si raddrizzò e restituì a Kerry lo scappellotto. «Andiamo, così questi due hanno tempo di organizzare la loro strabiliante maratona di dolci di domani. Inoltre, devo fare il prezzo a quei cavatappi che abbiamo trovato. Ho il presentimento che andranno a ruba.»

Kerry alzò gli occhi al cielo mentre seguiva Sher verso la porta. «Pirati,» disse a lei e a Sean. «Ha comprato cavatappi *pirata*, con la vite in una, ehm, posizione interessante. Secondo me farà più fatica a farli passare come articolo "adatto alle famiglie" che a soddisfare una grande domanda, ma se lo rende felice...» Kerry tirò la porta dietro di sé. «Ci vediamo domani, Liv. Verso le cinque.» Guardò Sean. «Piacere di conoscerti.»

Sean annuì di rimando.

E poi rimasero soli.

Be', soli quanto si può essere con otto cani che li fissavano in attesa.

A Livvy venne la strana sensazione che così guardasse Sean anche lei. «Non dovevi farlo, sai. Offrirti.»

«Se così vuoi chiamarlo.» Sean tolse i palmi dal piano di lavoro.

Il piano di lavoro.

«Sherwood sa essere un po' uno schiacciasassi.»

Lui aggirò l'isola. «Ah, sì?»

«Non devo per forza andare.»

Sean accorciò la distanza tra loro. «Tu *vuoi* andare?»

Diavolo, no. Voleva restare qui e riprendere da dove avevano interrotto. «Io—»

«Dovresti andare.»

«Cosa?» Okay, chiaramente non era sulla stessa lunghezza d'onda di lei per quanto riguardava il riprendere...

«Persino *io* ho sentito parlare di quel mercato. È una cosa grossa e, da quanto ho capito da quella conversazione, potrebbe essere importante per il tuo lavoro. Vai. Io posso tenere la fortezza qui. È solo una notte.»

In una notte potevano succedere così tante cose.

«Sono due notti.» In due notti poteva succedere ancora di più.

«Okay, va bene. Sono un ragazzo grande; posso gestire qualche animale.»

Meglio non pensare a lui e a *grande* nella stessa frase...

«E poi, penso che sia una buona idea.»

«Davvero?»

Annui e allungò una mano per toccarla, ma poi la ritrasse. «Ci darà un po' di prospettiva.»

«Prospettiva?»

«Su quello che è successo prima.»

«Oh.»

«Già. Oh.»

Lui la guardò.

Lei guardò lui.

Era sbagliato desiderare di baciarlo? Tornare a prima?

E se sì, perché?

Ringo iniziò a guaire. Già, poteva capirlo.

Ma poi si unì Mickey, seguito da John, e quando Georgia aggiunse il suo acuto *miagolio*, be', addio *momento*.

«Che cos'hanno?» Sean fece un passo indietro da lei, confuso com'era.

E lui voleva occuparsi di loro? Non sembrava cavarsela granché con lei lì accanto, figuriamoci da solo.

Certo, dubitava che i cani avrebbero captato feromoni impazziti quando lei non ci fosse stata.

Davy si alzò sulle zampe posteriori e si unì all'ensemble, piroettando come fanno i barboncini. Dagli un tutù e sarebbe stato un artista da circo.

Livvy dovette sorridere. Volevano la sua attenzione. Lo faceva sempre quando lei era triste o agitata, sapendo in qualche modo che l'avrebbe fatta sorridere. Anche il modo in cui la lingua gli pendeva di lato lo faceva sembrare come se sorridesse.

«Livvy? Che facciamo?»

Ebbero pietà di lui e dei cani e si inginocchiò. All'istante, fu inondata da otto nasi umidi e sbuffi di gioia. «È semplice, Sean. Vogliono solo un po' d'amore.»

. . .

Sean poteva capirlo benissimo. E diavolo, se fosse bastato qualche gemito pietoso e un paio di piroette sulla punta dei piedi, avrebbe anche potuto provarci.

Macché.

Livvy era un guaio. L'aveva seguita su per quelle scale e nella sua camera, poi nella propria, e in tutte le altre lungo quell'interminabile corridoio, e tutto ciò a cui riusciva a pensare era di trascinarla dentro una stanza, chiudere la porta e finire ciò che avevano iniziato in cucina. Dio, la desiderava.

E, *Dio*, non poteva averla.

Aveva bisogno che lei andasse a questo mercato. *Aveva* bisogno di prospettiva. *Aveva* bisogno di riuscire a pensare lucidamente e trovare una via d'uscita da quel pasticcio, e con lei nei paraggi, la lucidità non esisteva nella foschia di sensualità che governava ogni suo gesto. Dal modo in cui si spostava quelle ciocche leggere dietro l'orecchio, al piccolo morso sexy all'angolo del labbro e al modo in cui svolazzava e rimbalzava e infondeva vita in ogni movimento che faceva, perfino quando inclinava il capo per accettare i baci bavosi dei suoi cani, qualcosa in Livvy gli tendeva la mano, lo avvolgeva e lo tirava a sé.

Si infilò le mani in tasca e tornò a girare attorno al bancone. *Il* bancone.

Cristo.

Arretrò. Non gli servivano promemoria di come lei fosse lì, a desiderarlo.

Aprì il cassetto dove aveva trovato penne e carta in una delle sue incursioni in quella stanza alla ricerca di indizi. «Immagino che ti serviranno degli ingredienti per domani. Fammi una lista e andrò a fare la spesa.» Questo diceva parecchio del suo livello di frustrazione—sia per la situazione che per la sua libido da rompiscatole—se era disposto non solo ad andare a fare la spesa, ma anche a scriversela nella sua stenografia pittografica. Nel suo mondo, scrivere era seconda per tortura solo alla lettura ad alta voce.

Livvy alzò lo sguardo verso di lui, i suoi splendidi occhi ambrati incorniciati da quelle ciglia color ruggine, come un girasole in autunno.

E rieccolo con la poesia.

«Di alcune cose ho bisogno, ma il resto lo improvviso quando arrivo. E poi non saprai quali marche, quindi dovrò venire con te.»

Per poco non guaì come i cani. Lo scopo di fare quella lista era che lei *non* dovesse venire con lui. Sean esalò. Non poteva proprio vincere.

Capitolo Venti

Andare a fare shopping con Livvy si rivelò un'esperienza davvero riuscita, sorprendentemente. La sua aria da spirito libero era contagiosa. Era come un raggio di sole in un mondo grigiastro—oh, al diavolo. Ci risiamo.

Sean dovette ridere di se stesso. Livvy creava uno stato di *felicità* perpetua e nessuno, nemmeno lui, ne era immune, quindi avrebbe dovuto semplicemente smettere di combatterla e lasciarsi trasportare.

Lei sorrideva a tutti, e tutti ricambiavano. Era un dono, in effetti, il modo in cui riusciva a cambiare l'umore di qualcuno come se gli stesse spruzzando polvere di fata addosso.

Polvere di fata? Che diamine era successo al suo cervello? Al suo vocabolario? Non aveva mai detto *polvere di fata* in vita sua, neanche con Mac quando era una bambina. Certo, non era stato lui a leggerle le favole della buonanotte dove poteva esserci menzione di polvere di fata, e perché diavolo stava divagando così?

«Stavo pensando di fare degli scone. Che gusti ti piacciono?»

Gli scone non erano quelle cose sfogliate e insipide che gli inglesi adorano? «Per me è lo stesso. Sono facile da accontentare.»

Lei gli lanciò un'occhiata che gli scaldò il sangue.

«Cioè, qualunque cosa tu voglia fare va bene per me. Quali sono i tuoi cavalli di battaglia?»

«Non ne ho, però...»

«Come sarebbe che non hai dei best seller? Livvy, devi scoprire cosa vuole la tua clientela e assecondarla. Non puoi preparare solo quello che ti va. I clienti guidano il tuo business, e se non possono ottenere da te ciò che desiderano, andranno altrove. Le aziende di successo intercettano desideri e bisogni dei clienti e li sostengono con un servizio eccellente. Se non offri ciò che la gente vuole, non avrai ricavi e quindi nessun modo di mandare avanti l'azienda o di mantenere il tuo impiego in essa.»

«Non sono un'idiota, Sean. So come funzionano le aziende. Come credi che sia riuscita a tenere in piedi la mia per così tanto? *E* a trovare il tempo di venire qui per il capriccetto di mia nonna? Il flusso di cassa magari è stretto, ma ha continuato a fluire. Questi qui non mangiano l'erba, sai. Stavo chiedendo la tua opinione per interesse personale. Volevo essere sicura che facessimo qualcosa che piacesse anche a te. E non ho dei best seller perché *tutti* i miei scone si vendono bene. Faccio degli scone della madonna.» Alzò il mento e si raddrizzò un poco.

E mandò Sean al tappeto. Metaforicamente. Era troppo minuta per fargli davvero male. Ma per il resto...

Era sciocco da parte sua sentirsi tutto caldo e morbido dentro perché lei voleva preparare qualcosa che a lui piacesse? Perché aveva chiesto per fare una cosa carina per lui? Per includerlo? Per troppo tempo aveva camminato su un filo tra budget e imprevisti e stress e preoccupazioni e adesso anche sotterfugi...

La sua onestà fu tanto rinfrescante quanto fonte di sensi di colpa. Lei l'avrebbe odiato quando l'avesse scoperto.

Se lo scopre. *Puoi ancora farcela, Manley.*

«Uh, okay.» Si passò una mano tra i capelli e si massaggiò i muscoli tesi dietro il collo. Quel giorno era stato una lunga lezione di tortura e non mostrava segni di voler finire presto.

Poi sentì un fracasso, seguito da «Scene!»

Entrò suo fratello, Bryan. Il divertimento continuava ad accumularsi. «Ehi, Bry.»

«È... Oh mio Dio. È *Bryan Manley*?»

Ovviamente Livvy sapeva chi era suo fratello. C'era forse una donna sul pianeta che non lo sapesse? Sean si stupì che non avesse dietro un harem come al solito—anche se i due bambini con lui, che stavano prendendo a calci le scatole di mac & cheese che avevano buttato giù, potevano averci a che fare.

Nessuno si sarebbe aspettato che *il* Bryan Manley facesse la spesa con due bambini al seguito. Probabilmente la miglior copertura che suo fratello avesse mai avuto in pubblico.

«Sì, è Bry.»

«Bry? Suona fin troppo confidenziale.»

«Perché è mio fratello.» Non aveva senso nasconderglielo. La verità sarebbe venuta fuori. Non poteva stare accanto a Bry per più di cinque minuti prima che qualcuno scattasse una foto e finisse su ogni social nel giro di venti secondi. Se l'avesse tenuto nascosto, lei si sarebbe insospettita.

«Quindi questo fa di te Sean... *Manley*?»

«Di solito funziona così.»

«Quindi tu *possiedi* l'impresa di pulizie?»

«No, è di mia sorella.»

«Mac è tua *sorella*? Come hai fatto a lavorare per lei?»

Lì non ci sarebbe andato. «È una lunga storia.» Non aggiunse altro, preferendo aspettare che la conversazione tornasse su Bryan. Lo faceva sempre.

«Quindi Bryan Manley è tuo fratello.»

Questa volta, però, gli diede più fastidio del solito. «Sì, lo è. E sì, è single. Ma non è esattamente pronto a mettere la testa a posto.»

«Wow. Che disincantato.»

«No. Solo abituato.» E lo era. Doveva ricordarselo. E anche il fatto che Bryan *non* era pronto a sistemarsi. Non lo sarebbe mai stato, a sentire lui.

«Ehi, Scene.» Bryan gli diede una pacca sulla schiena quando si avvicinò. «E tu devi essere Olivia.»

A Sean dava davvero sui nervi il modo in cui Livvy arrossiva. Quei rossori dovevano essere riservati a lui e solo a lui.

Il che era totalmente irrazionale.

«Sì, sono Olivia.»

Olivia? Che fine aveva fatto *Livvy*?

«Bryan! Portaci dal tuo capo! Vogliamo la soda!» I due gemelli al suo fianco brandirono le loro spade laser.

Bryan li scostò con un dito. «Attenti, ragazzi. Vi caverete un occhio.» Strizzò l'occhio a Livvy.

Strizzò l'occhio.

Se non fossero stati in un luogo pubblico, Sean avrebbe anche potuto dare un pugno a suo fratello per essere così dannatamente affascinante. Soprattutto quando Livvy arrossì di nuovo.

«Che ci fai qui, Bry?»

«Vo-glia-mo la so-da!» Le spade laser ora facevano cerchi in aria, con tanto di effetti sonori meccanici.

«Ragazzi! Calma! So che vostra madre non vi ha insegnato a essere male-ducati, quindi basta, ok? Prenderemo quello che ha detto vostra mamma e nient'altro.» Bryan sospirò. «Perché la gente fa i figli, di nuovo?»

Livvy si inginocchiò alla loro altezza. «Ragazzi, sapete cosa dovreste provare? Mettete un uovo sodo nella vostra cola preferita e aspettate di vedere che succede.»

«Perché, che succede?» I bambini erano affascinati da Livvy quanto i loro omologhi adulti.

«Dovete provarlo e vedere. Ma quando lo farete, ci penserete due volte prima di bere di nuovo la soda.»

«Figo! Io adoro la soda!»

«Anch'io!»

«Allora possiamo prenderla, Bryan? Per favore? È nella corsia numero dodici.»

Livvy si alzò. «Che ne dite se rimettete a posto l'espositore che avete buttato giù con le spade e nel frattempo io parlo con Bryan della vostra soda?»

«Davvero? Sei forte!»

«Sì, molto più forte della mamma.»

Sean scosse solo la testa. Almeno non poteva biasimare se stesso per l'ef-fetto che lei aveva su di lui; lo aveva su ogni esemplare del genere maschile, giovani e meno giovani.

Livvy arruffò i capelli a uno dei gemelli. «Questo perché è vostra mamma. Le mamme devono essere toste, quindi non possono essere "forti". Ma vi vuole bene, sapete.»

«È quello che dice Bryan.»

«Questo perché è l'unica che *potrebbe* voler loro bene,» borbottò Bryan.

Sean si trattenne dal ridere. Tutto sommato, pareva che Bry avesse preso la parte peggiore fra tutti. Sean avrebbe preferito escrementi di uccelli e sperma di alpaca ai duelli con la spada di due ottoenni, qualsiasi giorno.

I ragazzi corsero in fondo al corridoio per ristaccare i prodotti che avevano buttato giù.

«La soda non è nella lista di loro madre,» disse Bryan. «Non sarà contenta se torno a casa con quella.»

«Fidati. Fai quell'esperimento e ti garantisco che non vorranno più bere soda.»

«Perché? Che succede?»

«In ventiquattr'ore il guscio si assottiglia e diventa marrone. La correlazione, ovviamente, sono i denti. Erode lo smalto. Se lasci l'uovo più a lungo, il guscio si scioglie. Io non ho più bevuto soda dalla terza liceo, quando lo facemmo il primo giorno. All'ultima settimana di corso ero definitivamente fuori dalla soda.»

«Wow. Bella e intelligente. Sei libera per cena?» Bryan le lanciò il collaudato sguardo da fumo di Bryan Manley.

E Sean ebbe voglia di rifilargli il classico pugno "fratello Manley togli le mani".

«È molto carino da parte tua, ma io e Sean abbiamo una scadenza. Non possiamo cenare con te.»

E a lui venne voglia di baciarla per averlo incluso nell'invito.

Soprattutto quando Bryan aggrottò le sopracciglia.

«Già, Bry. Abbiamo dei piani.» Che suo fratello ne traesse le conclusioni che voleva.

Poi Sean ebbe voglia di darsi uno schiaffo. Sul serio. Quanti anni avevano? Dodici? A litigare per una ragazza...

Bry alzò un sopracciglio. «Piani, eh? Be', allora. Vi lascio ai vostri. Quali sarebbero, già?»

«Piani.» Bry poteva *tenersi* le sue allusioni.

«Io cucino al forno e Sean mi dà una mano.»

Sean sapeva che il sorrisetto sarebbe apparso sulla faccia di Bryan prima ancora che ci fosse.

«Non farlo.» Alzò la mano per fermare la domanda idiota che sapeva Bry avrebbe fatto—solo perché poteva—ma Bry non stava leggendo lo stesso copione.

«Cucinate insieme in cucina?»

Però adorava i rossori di Livvy. Specialmente perché in effetti avevano *cucinato* in cucina.

«Non hai due gemelli di cui occuparti o qualcosa del genere?» Sean indicò dove i ragazzi stavano ristaccando le scatole, stavolta a forma di fortezza. Attorno a loro.

«Oh, cavolo.» Bryan sospirò. «Piacere di conoscerti, Olivia.» Si diresse verso la coppia scatenata. «Ragazzi! Questo non è un parco giochi.»

Sean rise. Bryan suonava come la nonna.

«Pare che tuo fratello abbia le mani piene. Non sapevo avesse dei figli. È il suo weekend o qualcosa del genere?»

Quello fece ridere Sean più forte. «Bry? Un papà? Campa cavallo.» Cioè *mai*. Bry andava ripetendo da anni che non avrebbe mai avuto figli; era davvero Karma che gli fosse capitato quell'incarico. «No. Sono, uh, di un'amica.»

Sean non era molto propenso a menzionare la scommessa a poker. Livvy doveva credere in lui come professionista delle pulizie. Doveva credere che Mac mandasse in giro i suoi migliori, e non sarebbe stato lui a far saltare quella bolla.

«Già, ti capisco. Cioè, sono carini e tutto, ma crescerli? Non fa per me.»

Lei si avviò nella direzione opposta mentre Sean rimetteva in loop ciò che lei aveva appena detto. Ciò che aveva rivelato. Lui invece voleva dei figli, un giorno. Quando avrebbe potuto provvedere a loro. Il modo in cui lui e i suoi fratelli erano cresciuti lo spingeva a desiderare stabilità. Una casa da chiamare propria e i mezzi per pagarla. Ed era il motivo per cui quell'attività *doveva* avere successo. Doveva ricordarsi che volevano cose diverse dalla vita...

Avrebbe dovuto sentirsi sollevato, e invece si rattristò. Per lei. Per com'era dovuta essere la sua infanzia. All'esterno sembrava splendida: aveva avuto il collegio e i soldi dei Martinson alle spalle. Ma dentro... non aveva avuto nessuno che la amasse. Lui aveva avuto l'opposto ed era stato più ricco per questo.

Era tardi quando tornarono a casa, e ancora più tardi quando lui l'ebbe aiutata a dar da mangiare e da bere alla piccola arca di Noè. E a pulire le stalle.

«Ricordami perché vuoi farlo giorno dopo giorno,» disse, schivando l'ariete in cerca di gonadi per appendere la sua forca a un gancio sul muro che assomigliava più a una bacheca dei trofei che a un posto dove riporre attrezzi agricoli. Qualcuno l'aveva persino decorata con cornici modanate e altre targhe poco da stalla. Livvy aveva ragione; i Martinson erano pretenziosi.

«Per tanti motivi. La lana degli alpaca è un investimento per il prezzo che può spuntare, e la lana delle pecore è il nostro pane quotidiano. Poi c'è il latte delle capre e le uova del pollame. Tutte cose che posso usare o vendere.»

«E Reggie?»

Lei sorrise quando Reggie sbuffò sentendo il suo nome. «Reggie è solo per compagnia. Un tizio cercava di venderlo per farne pancetta. Non potevo permetterlo.»

«Ovviamente no.»

Lo vedeva, l'orrore di lei all'idea, mentre raccoglieva il maialino, lo stringeva a sé come un bambino, sussurrandogli che con lei era al sicuro. Lei. La donna che non voleva figli.

Aveva più istinto materno di quanto sapesse gestire.

«In più, vendo le pollastre e gli agnelli per avere altri introiti. Mi piacerebbe tenerli tutti, ma non è possibile. Anche se, una volta venduto questo posto, potrò costruire una stalla più grande e tenerne di più.»

«Il che significa più pulizia di stalle.»

Lei scrollò le spalle, un ricciolo ribelle le scivolò sulla spalla per sparire dentro il suo top...

Che cos'aveva con quei top? Almeno stavolta ci aveva messo sopra una camicia, ma quelle cose le abbracciavano le curve in un modo che non era leale nei confronti della popolazione maschile.

«Pulire le stalle è un piccolo prezzo da pagare per la compagnia, l'amore e l'accettazione che mi danno.»

«Accettazione?»

Livvy si infilò dietro l'orecchio quel ricciolo ribelle. Di nuovo. Un giorno o l'altro l'avrebbe fatto lui per lei.

«Gli animali non ti giudicano. Se ti prendi cura di loro, se mantieni la promessa che hai fatto, saranno i tuoi migliori amici. Ti lasciano passare anche qualche disattenzione, purché tu non sia crudele con loro. Le persone potrebbero imparare molto dagli animali.»

Nelle sue parole c'era un secolo di dolore. Appoggiò la forca contro il recinto delle capre. «Vuoi parlarne?»

«Parlare di cosa?» Si mise a togliere la paglia dal muro che divideva i recinti.

«Livvy.»

Passarono buoni dieci secondi prima che si fermasse e lo guardasse. «Sto bene, Sean. Grazie, ma non ce n'è bisogno. Ho imparato molto tempo fa a contare solo su me stessa. Certo, sono arrabbiata con Merriweather, ma alla fine la rabbia non giova a nessuno. Ti prosciuga. Andare avanti, concentrarsi sul passo successivo, sull'obiettivo grande, su ciò che devi fare per arrivarci... *quello* è produttivo. Arrovellarsi sui "se" e sui "forse" è controproducente.»

Entrambi notarono quella parola. *Contro*.

Fece un passo verso di lei. La vide inclinarsi appena. Sarebbe stato così facile tirarla a sé e finire ciò che avevano iniziato più presto.

Ma le sue parole gli si riavvolsero in testa come in loop. *Non ti deludono.*

Come avrebbe fatto lui.

Doveva rifare i conti. *Doveva* trovare un modo per far funzionare quel progetto per entrambi.

Così fece un passo indietro. Non cedette alla tentazione. Alla consapevolezza che lei non l'avrebbe respinto.

Fu probabilmente la cosa più difficile che avesse mai fatto in vita sua.

Capitolo Ventuno

Cercare di addormentarsi la notte prima era stata una delle cose più difficili che Livvy avesse mai fatto. Il suo corpo era ancora in «bruciore» per essere stata con Sean e lei non riusciva a capire perché lui si fosse tirato indietro. Aveva reso le sue intenzioni—desideri, voglie, preferenze—maledettamente chiare la sera precedente. E in cucina prima che Kerry e Sher li avessero interrotti—

Accidenti. Kerry e Sher.

Livvy balzò giù dal letto, sballottando Georgia, che aveva deciso che la testa di Livvy fosse il cuscino perfetto su cui appoggiare il suo pancione caldo, e perciò brontolò quando glielo tolsero.

Il carlino rotolò nella conca lasciata da Livvy, le zampe posteriori che scalciavano Petra sulla spalla. Il che fece guaire Petra, e ringhiare John, il che svegliò Mike, che si girò con uno sbadiglio, schiacciando quasi Davy nel farlo.

Nel giro di pochi minuti, l'intero gruppo fu sveglio e pretendeva di essere nutrito e fatto uscire. E non necessariamente in quest'ordine.

Si strofinò gli occhi dopo averli fatti uscire in giardino e accese l'iPod. La «*One More Night*» dei Maroon 5 fu un inizio sufficientemente ballabile per una giornata da trascorrere in cucina. Dondolò fino al Sub-Zero per un bicchiere di succo d'arancia. Niente caffeina per lei; a quei ragazzi del supermercato aveva detto la verità. Un periodo di ventiquattr'ore dell'esperimento soda/uovo era stato sufficiente a convincerla a starne alla larga; l'intero anno di dissoluzione del guscio aveva cementato quella risoluzione.

Le uova erano lì. Le uova che lei e Sean avevano comprato ieri al negozio. Quelle che avrebbero usato per cuocere oggi i suoi scone di punta. Insieme.

Fece un respiro profondo, non sorpresa di sentire un fremito allo stomaco alla prospettiva. Negli ultimi giorni le era capitato spesso che lo stomaco le fremesse. E che la pelle le si increspasse. E poi c'era l'arrossire.

Ma non c'era stato nemmeno lontanamente abbastanza baciarsi.

Sentì di nuovo il calore risalirle dal petto alle guance, ma non per un rossore stavolta. Sean era semplicemente... be', era maledettamente vicino all'essere sorprendente. Quasi perfetto, se una cosa del genere esistesse. Intelligente, divertente, bello, sportivo, tollerante, disposto a darsi da fare...

Sembrava stesse facendo pubblicità per un bracciante agricolo invece di elencare le qualità dell'uomo che lei... cosa? Che cosa era Sean per lei?

«È così che si vestono i cuochi più eleganti di questi tempi?»

Parli del diavolo; comparve nella sua cucina con un'aria deliziosamente peccaminosa, in un paio di shorts, una T-shirt e le infradito.

Desiderato. Sì, era un termine buono quanto qualsiasi altro. E molto più sicuro di altri.

Smetté di ballare a metà bebop e si infilò i capelli dietro le orecchie. «Eh, buongiorno. Niente uniforme oggi?» Era un netto miglioramento.

Lui alzò una sopracciglia e si servì del succo di melagrana che lei aveva comprato. Forse non era così contrario al cibo anti-sciroppo-di-mais-ad-alto-fruttosio come aveva lasciato intendere.

«Ho pensato che, visto che saremmo stati tutto il giorno in una cucina calda, fosse il caso di vestirmi per l'occasione.»

O svestirmi...

Livvy si inumidì le labbra improvvisamente secche e abbassò lo sguardo sul suo abbigliamento: canottiera bianca e pantaloni del pigiama di seta, lunghi fino a metà polpaccio. «Be', io indosserò il grembiule, quindi non importa davvero cosa metto.»

Lui sollevò di nuovo un sopracciglio. «Se lo dici tu.»

«*Give Me Everything Tonight*» di Pitbull subentrò sull'iPod. Sì, non proprio la canzone che voleva adesso.

Livvy strappò il grembiule dal gancio e si diede da fare a riempire le otto ciotole dei cani per la colazione, cercando di non ascoltare il testo della canzone. Poi tirò fuori le teglie, le ciotole per impastare e le griglie di raffreddamento che sarebbero servite per cuocere gli scone.

Poi passò un bel po' di minuti a cercare uno schiaccianoci per noci e allineò per bene tutti gli ingredienti secchi sul piano di preparazione, prima di rimanere finalmente a corto di cose da fare che non fossero guardarlo. Che era poi quello che avrebbe voluto fare fin dall'inizio.

Appoggiato al lavello, aveva le braccia conserte su quel petto incredibile e un piede incrociato sull'altro in una posa così maschile da farle venire l'acquolina in bocca.

Sean *Manley*. Non era mai esistito un nome più perfetto.

«Allora, vuoi mangiare prima di iniziare, o oggi l'unica fortuna la hanno i cani?» chiese.

Lui poteva essere fortunato quando voleva— «Eh, certo. Posso preparare qualcosa al volo.» Annui verso gli articoli che aveva accumulato sul bancone mentre lei cercava quello che le sarebbe servito.

Lui si staccò dal lavello proprio mentre partiva «*Down*» di Jay Sean. «Non stavo chiedendo che lo facessi tu. Stavo chiedendo se lo volevi. Sono più che capace di tirare insieme una colazione per noi, lo sai.»

«No, in realtà, non lo sapevo.»

Prese una padella dalla ruota di carro appesa in alto e accese il fornello. «Hmm, immagino tu abbia ragione. Non mi hai davvero visto in azione in cucina.»

Oh. sì che lo aveva fatto, e usò cinque battute della canzone per ricordarselo.

A quanto pare, anche Sean, perché lasciò cadere la padella sulla fiamma con un clangore, poi armeggiò gettando un paio di fette di pane ai cereali nel tostapane. «Allora, uh, perché non ti siedi e butto su qualcosa. Hai comprato uova in più, giusto? E ho visto del pork roll o qualcosa del genere?»

«Pork roll?» Livvy rabbrividì. «Macché. Reggie non me lo perdonerebbe mai.»

«Pensavo che fossero gli elefanti ad avere la memoria a lungo termine.» Fece scivolare un po' di burro nella padella, dove iniziò a sfrigolare.

Proprio come stava facendo Livvy. Il tipo era *bollente*. «Anche i maiali sono intelligenti. Se mi avvicinassi a Reggie con l'odore di uno dei suoi parenti addosso, non me la farebbe passare liscia.» Le era successo una volta. Il maiale era rimasto nella sua cuccia per un giorno intero e nessuna quantità di biscotti per cani era riuscita a farlo uscire. Le aveva persino voltato il grugno quando aveva provato ad accarezzarlo.

«La tua dieta dev'essere molto limitata se non mangi i parenti dei tuoi animali.»

«Solo Reggie è sensibile. Pollo e uova li mangio sempre. Anche se cerco di non farlo davanti a Orwell.»

«A proposito... dov'è il piccolo plotone d'assalto a un uccello solo?»

I quarantacinque minuti che avevano impiegato per convincere l'uccello a scendere dalle bacchette delle tende la notte prima non erano stati divertenti, quindi questa era una tregua benvenuta. Lei adorava Orwell, ma richiedeva un sacco di lavoro. «Dorme. Non è un mattiniero.»

«Deve essere bello,» disse Sean, rompendo due uova con una sola mano contemporaneamente sulla padella.

«Bel trucchetto.»

Lui alzò un sopracciglio.

«Quello. La cosa che hai fatto con le uova. Come l'hai imparata?»

«Crescendo con due fratelli e senza videogiochi, impari ad arrangiarti. Facevamo gare per vedere quante ne riuscivamo a rompere senza far cadere gusci nella padella.»

«Hai vinto tu?»

Sean sorrise e a lei mancò il fiato. Il tipo era di una bellezza disarmante.

«Già, gli ho dato una sonora—lezione. Una volta ne ho fatte cinque.»

«Devi avere le mani davvero grandi.»

Quello che le investì la pelle non fu un semplice rossore. Fu un mantello scarlatto completo, e avrebbe dovuto avvolgersi in quello e morire d'imbarazzo perché stavano entrambi pensando a ciò cui la grandezza delle mani si dice che corrisponda.

Guardò le sue mani. Non erano troppo grandi. Giuste, con unghie della forma giusta e la giusta quantità di peli, e la giusta dose di forza e muscoli e, oh cielo, stava davvero descrivendo la sua mano a sé stessa? «Cosa posso fare per aiutare?»

Domanda sbagliata. Gli occhi di lui si scurirono e lo sguardo che le rivolse le trafisse la pancia, accendendo lì un fuoco che non aveva nulla a che vedere con ciò che stava succedendo ai fornelli.

«Niente. Sto a posto così.»

Già. Lo era.

«C'è qualcosa che devi preparare per la cottura?»

Scosse la testa, sia come risposta sia come meccanismo *Ripigliati-Livvy*. Gli scone dovevano essere fatti uno per uno. Almeno i suoi, per ottenere la perfetta friabilità. Se lasciava riposare la pasta troppo a lungo, gli scone non riuscivano. Con la quantità che aveva in programma di fare oggi, doveva concentrarsi sul progetto.

Sean tolse il pane dal tostapane, lo spalmò del burro di mele che lei aveva comprato, versò altri due bicchieri di succo di melagrana in un paio di calici lavorati presi da una mensola in cui lei non riusciva neppure a vedere, figuriamoci a raggiungere, poi impiattò le uova come se fosse uno chef.

«Hai mai pensato di diventare cuoco a domicilio invece che donna delle pulizie? Sei davvero bravo.» Prese i bicchieri dal bancone e li posò sul tavolo, di sbieco uno rispetto all'altro. Non aveva bisogno che lui le si sedesse accanto—troppa tentazione—ma non lo voleva nemmeno troppo lontano.

Troppa delusione.

Lui portò i loro piatti a tavola. Le uova al tegamino erano cotte alla perfezione, il pane tostato era del grado giusto di tostatura e imburratura, e le fette d'arancia che aveva aggiunto erano un bonus.

Proprio come lui. Un bonus che mai avrebbe potuto prevedere quando aveva saputo della morte di sua nonna.

«Come funziona oggi?» chiese. «Di cosa hai bisogno che mi occupi?»

Di così tante cose...

Posò la forchetta, tamponandosi le labbra con il tovagliolo di lino che lui aveva trovato in uno dei cassetti, e frenò gli ormoni felici.

Si appuntò mentalmente di spegnere l'iPod mentre l'ennesimo giro di testi inappropriati riempiva la stanza.

«Faccio ogni impasto singolarmente,» disse, cercando di ignorare il cantante che parlava di non riuscire a distogliere gli occhi da una donna. «Per ottenere abbastanza strati nel pane, devo impastare la pasta alla consistenza giusta, e questo richiede tempo. Non si può fare in stile catena di montaggio. Però possiamo organizzare così per la preparazione e il riordino. Allineerò file di ciotole per più impasti, poi tu puoi misurare tutti gli ingredienti in ciascuna e io passerò dopo di te, mescolandole una alla volta. Ti va bene?»

«Mi sembra un piano.» Sollevò una forchettata d'uovo. «Allora? Che ne pensi? Abbastanza buono per te?»

Stava parlando del cibo che aveva preparato, giusto, e non di sé stesso perché, sì, lui andava bene per lei. Fin troppo, in realtà. Doveva esserci un inghippo. Sean non poteva essere così perfetto come sembrava. Bello, instancabile, amante della famiglia, divertente, gentile, disponibile, capace di fare praticamente qualsiasi cosa—*e* pulito—e aveva smesso di lamentarsi dei suoi animali. Anzi, l'aveva aiutata a prendersene cura.

Per la prima volta dopo tanto tempo, Livvy lasciò filtrare la speranza nel suo vocabolario.

«Livvy?»

«Oh, eh, sì. Ottimo. Sei davvero incredibile in cucina.»

Non aveva appena detto una cosa del genere.

«A proposito...» Sean posò la forchetta. «Non affrontare la cosa non la farà sparire.» Le coprì la mano con la sua e, scordiamo pure le fiamme sui fornelli o la temperatura di questa stanza quando avrebbero avuto tutti i forni accesi, o perfino quanto fosse appetitoso in qualcosa di così anonimo come shorts e T-shirt; nulla poteva reggere il confronto con l'effetto del tocco di Sean su di lei.

La speranza *divampò* di nuovo, vorticando dentro di lei, toccando ogni parte e piantandosi saldamente nella sua anima, e all'improvviso i testi della canzone erano totalmente appropriati.

«Livvy, non possiamo ripetere quello di ieri.»

Finché Sean disse quello.

«Non è proprio una buona idea.»

«Okay. Va bene.» C'era solo una certa quantità di rifiuto che poteva sopportare e, francamente, aveva superato la sua quota, tipo, *per sempre*. Non stava per supplicare. No. Non lei. Non aveva supplicato sua nonna per niente, e di certo non avrebbe supplicato un tipo che non era abbastanza intelligente da volerla.

Appallottolò il tovagliolo e lo lanciò sopra le uova, ormai-impossibili-da-mangiare, poi raccolse il suo posto e si alzò. «Dovremmo metterci a cuocere. Ho un sacco di cose da fare e, per quanto la colazione sia stata carina, non c'è davvero tempo per stare seduti a chiacchierare.» Fece scorrere il piatto fino al bordo del tavolo, con il tovagliolo che trascinava con sé la zuccheriera del servizio da tè.

«Livvy—» Il coperchio tinteggiò sul pavimento, ma Sean riuscì ad afferrare la zuccheriera prima che seguisse il coperchio, fissandola come se non sapesse cosa fosse.

«Puoi far rientrare i cani, per favore?» Avevano iniziato a piagnucolare nel momento in cui lei si era alzata e Livvy non era mai stata così felice delle loro pretese come in quell'istante. Le serviva tempo per ricomporsi dall'elettricità che le ronzava dentro, dalla delusione dell'ennesimo giro di speranze infrante e dall'imbarazzo di sapere che lui aveva capito quanto lei lo volesse ed essere stata rifiutata.

E lei aveva riposto così tante speranze in oggi.

Addio colazione.

Sean raccolse il suo piatto, interessandosi più alla conversazione che al cibo. Aveva rigirato e rigirato per gran parte della notte, il desiderio che lo teneva sveglio quanto il senso di colpa. Verso le quattro del mattino aveva deciso di porre fine una volta per tutte alla cosa. Qualunque cosa *fosse*. Doveva parlarne con lei. Farle capire che non era così semplice, del tipo "andiamo-a-letto-insieme", come lei l'aveva fatta passare. Non senza dirle la vera ragione.

Ovvero che c'era un indizio nella zuccheriera.

Dio, che merda era. Giustizia poetica, legge karmica, l'universo che lo derideva, il fatto che stesse respingendo lei. Non era al livello di Bry in quanto a conquistare le donne, anche se in quel campo non era mai stato scarso, ma l'unica donna che desiderava più di ogni altra era la peggiore possibile con cui mettersi.

Tranne che questo non riguardava il mettersi e basta. Una notte di sesso piacevole per entrambi poteva anche essere una cosa buona, se non si portasse dietro tutto il resto che veniva col volere Livvy.

Dalla porta ricominciò l'ululato e Sean poteva capirli benissimo. Oltre a dover tirare il freno a questo treno in corsa chiamato attrazione, *c'era un indizio nella zuccheriera.*

Che diamine avrebbe fatto al riguardo?

Poi arrivarono i graffi. Sean balzò in piedi, afferrò le otto ciotole del cibo e uscì per impedire a un altro disastro di intaccare il suo mondo, perché non aveva bisogno anche di pagare qualcuno per riparare la porta.

Sorprendentemente, i cani si comportarono bene per un branco di affamati. Le code tamburellanti e il balletto frenetico dei più piccoli erano i soli segni di quanto aspettassero il cibo. Ringo non gli rivolse nemmeno un ringhio.

Forse la sua fortuna stava cambiando.

Il pensiero si fece strada quando tornò in cucina e trovò Livvy con un grembiule annodato in vita—e la pettorina gli copriva molto più scollo della canottiera, grazie al cielo. Se non poteva toccarla, non gli serviva la tentazione.

Purtroppo, l'universo non ascoltava. La tentazione gli vorticò attorno per tutta la mattina. Ogni volta che Livvy ballava—lei *ballava* continuamente— gli passava accanto, o gli allungava una mano oltre, o le faceva scivolare una ciotola sul bancone, o si chinava per tirare fuori gli scone dal forno, o si leccava la punta del dito quando toccava per sbaglio la teglia calda, era come se Qualcuno Lassù se la ridesse di lui.

Preferiva mille volte il caos in salotto a questo. Almeno lì avrebbe sudato per lo sforzo e la fatica onesta, non per il desiderio frustrato su cui non poteva agire.

Guardò l'orologio a muro. Troppissime ore al momento della sua partenza.

La canzone cambiò e Sean fece una smorfia. «*Any Way You Want It*» era *proprio* ciò di cui non aveva bisogno di sentire in quel momento. Specialmente quando sentì il ritornello riecheggiare dal piano di sopra. «Sembra che Orwell sia sveglio.»

Livvy alzò lo sguardo dalla spianatoia, un po' di farina sul naso. E sulla guancia. E sulla spalla.

«Lui adora questa canzone. Credo sia l'unica di cui conosce tutte le parole.»

«Che ne dici se la cambiamo, allora?» Scusa perfetta per non avere un diavolino rosso alla Steve Perry appollaiato sulla spalla a tentarlo per i prossimi tre minuti e mezzo, o per quanto diavolo durasse la canzone. Pigiò il tasto avanti sull'iPod.

Bruno Mars. Seriamente, poteva *non* avere una tregua quando stava cercando di fare *qualcosa* di giusto e buono?

Di sopra, Orwell era ancora in fissa con i Journey, trillando il classico di Perry: «Ooooooooh.»

«Forse dovrei andare a prenderlo. Portarlo giù dove c'è azione.» E togliersi lui dalla linea di fuoco, anche solo per un po'.

Livvy si strinse nelle spalle e, curiosamente, la pettorina del grembiule rimase al suo posto ma i seni dietro... Spuntarono un po' di più oltre il bordo e oh, cavolo, era nei guai.

Almeno non indossava quei dannati pantaloni e gli shorts nascondevano meglio la sua reazione.

Uscì dalla porta diretto da Orwell. Non avrebbe mai scommesso di vedere il giorno in cui avrebbe preferito un pappagallo a una donna.

A quanto pare, avrebbe perso anche quella scommessa.

Capitolo Ventidue

La dodicesima infornata di scone uscì dal forno e Sean fu pronto a chiudere baracca per oggi. C'erano scone ovunque e anche quel dannato pappagallo lo sapeva. Se Orwell avesse detto ancora una volta, «*Polly vuole uno scone*», Sean lo avrebbe cacciato *dentro* uno scone.

«Ha confuso i cliché.»

«Capita.» Livvy si spazzolò via dal naso qualche briciola di crosta. La donna era fin troppo adorabile per i suoi gusti, *oltre* a essere sexy, e la combinazione stava mandando in frantumi la sua decisione di starle lontano. Non vedeva l'ora che se ne andasse di qui.

Il che significò, ovviamente, che finì per restare nei paraggi.

Si sfilò le presine e si lasciò cadere sullo sgabello accanto al suo, dondolando il piede nudo contro le traverse. Le unghie dei piedi erano rosa.

Non sapeva perché la cosa dovesse sorprenderlo, ma successe. Forse perché si sarebbe aspettato che le avesse dipinte di blu. O di verde. O di marrone. Era la più grande dicotomia in una donna che avesse mai incontrato. La maggior parte non si sarebbe mai fatta vedere morta con anfibi e gonne gitane, come un reperto degli anni Settanta, ma su Livvy funzionava tutto e lei era completamente disinvolta rispetto a quanto bene le stesse. Aveva la sensazione che fosse ignara di come apparisse. Con qualsiasi cosa addosso.

Gli sarebbe piaciuto vederla con un vestito. Un vestito vero. Qualcosa di sexy e fasciante, ma non troppo rivelatore. Un tocco di scintillio ai polsi, ma nient'altro, lasciando che fosse la bellezza che aveva dentro a brillare per lei.

Ancora con la poesia, Manley. Sul serio?

Aveva un bisogno serio di dimenticarla. Aveva un bisogno serio di andare avanti con il piano. E aveva un bisogno serio di arrivare a quell'indizio. Senza di lei.

«Allora, a che ora passano i ragazzi a prenderti? Ci resta ancora molto da fare?»

«Stai cercando di sbarazzarti di me?»

«Certo che no. È pur sempre casa tua.» Più un promemoria per lui che per lei.

«Non ancora, non lo è.» Si pizzicò il ponticello del nasino adorabile. «Tu conoscevi mia nonna meglio di me. Hai idea del perché abbia fatto questo?»

Non conosceva affatto Merriweather. Aveva pensato di sì, ma dopo questo, no. «Non ne ho la minima. Forse voleva solo darti il senso della storia di famiglia.»

«Non bastava che l'avessi vissuta? La donna ha finanziato metà della scuola, per l'amor del cielo. Non potevo *non* conoscere la famiglia.»

«Immagino che non fossi entusiasta di stare lì?»

«Se avessi voluto andarci, allora sì. Sarei stata entusiasta. Ma non volevo. Non volevo lasciare qui. La mia casa. Mia madre. Era ancora viva quando Merriweather ebbe la tutela. E anche mio padre. Eppure nessuno dei due fece nulla quando una vecchia rubò loro la figlia. Come se non vedessero l'ora che il loro piccolo *problema* sparisse. Lontano dagli occhi, lontano dal cuore.»

La voce le si spezzò e distolse lo sguardo.

Sean avrebbe voluto stringerla in un abbraccio e spremerle via il dolore. Ma non lo fece. Perché avrebbe solo reso più difficile ciò che stava cercando di fare. Per entrambi.

«Erano solo ragazzini, Livvy. Probabilmente troppo spaventati per sapere cosa fare.»

«Bella scusa *se* mi avesse portata via subito. Ma sono stata con mia madre per cinque anni. Solo noi due, da quando i suoi genitori l'hanno cacciata il minuto in cui hanno saputo di me. E il *papino* non fece un accidente. Neanche un centesimo. Neppure un biglietto. Mi sorprende che Merriweather abbia mai saputo di me, anche se non per mancanza di tentativi di mamma.»

«Non essere troppo dura con lei, Livvy. Probabilmente era spaventata all'idea di crescere una figlia. Una volta che gli altri tuoi nonni l'hanno cacciata, sono certo che per lei sia stato davvero difficile. Forse affidarti a Merriweather fu il suo tentativo di darti tutte le cose della vita che lei non avrebbe mai avuto.»

«E poi ha bevuto fino a morire con i soldi di liquidazione.»

Questa volta le tese davvero la mano. Le coprì la mano. A volte il semplice conforto umano era più grande di qualsiasi altra cosa, e Livvy soffriva. «Non puoi sapere cosa aveva in mente. Potrebbe aver rimpianto di averti data via. Potrebbe essere stata la cosa più difficile che abbia mai fatto. Chissà dove saresti adesso se non l'avesse fatto? Non puoi cambiare il passato, Livvy. Ma puoi fare del tuo futuro ciò che vuoi che sia. Non lasciare che l'amarezza per quegli eventi colori chi sei oggi. Perché io penso...» E qui stava per imboccare una strada in cui non aveva alcun diritto di andare. «Penso che tu sia venuta su bene. Più che bene.» Guardò il suo pollice accarezzarle la pelle morbida.

La guardò spostare appena la mano per catturare il suo pollice col proprio.

La guardò alzare gli occhi a incontrare i suoi. «Cosa stiamo facendo, Sean?»

Al diavolo se lo sapeva. Neppure la canzone d'amore che usciva da quel dannato iPod aiutava.

Per fortuna, un clacson suonò fuori e i cani iniziarono ad abbaiare.

Il momento svanì.

Ma non venne dimenticato.

Dieci secondi dopo che lei se ne fu andata in macchina, si scatenò l'inferno.

I cani non furono più suoi amici, Orwell sostituì la sua voce nasale da cantante con uno stridio da pappagallo a livello giungla, e il telefono di Sean non smise di squillare.

L'architetto aveva domande. Il suo avvocato aveva domande. Gran ne ebbe qualcuna. Poi ci fu Mac che chiedeva il suo aiuto per il giorno dopo, il che significò che era ben dopo il calar del sole prima che avesse la possibilità di sedersi e decifrare l'indizio che aveva preso dalla zuccheriera.

Lo rimetterai a posto, Manley.

Lo avrebbe fatto; non aveva bisogno che la coscienza glielo ricordasse. Per quanto desiderasse questo posto, non sarebbe mai riuscito a convivere con se stesso se l'avesse sabotata.

Sabotarla, batterla sul tempo... Che differenza fa?

Già, stava ancora lavorando su quella parte. Ma finché non l'avesse capito, avrebbe rimesso l'indizio a posto. Dopo averlo capito.

> *La battaglia fu complessa, ma tale era anche lui*
> *E per essa ottenne gli stemmi di famiglia, poi.*
> *Sotto l'insegna d'un'aquila*
> *Questo cavaliere di nobile carica*
> *Vinse grazie alla sua forza e ardore*
> *Da cavaliere in sella al suo destriere.*

Un'altra poesia, un altro indovinello. La donna lo stava facendo impazzire.

Sean toccò di nuovo il tablet, riascoltando l'indizio per cogliere le parole chiave. Un'insegna con un'aquila, araldica, un cavaliere e un cavallo.

Dio, odiava gli enigmi.

Aquila, cavaliere, cavallo. Non aveva idea dell'aquila, ma i cavalli sarebbero stati tenuti nella stalla.

Sean si passò una mano sulla bocca. Era un azzardo, ma almeno era qualcosa.

Si infilò il tablet in tasca, pregando di avere fortuna e trovare il prossimo indizio, poi uscì passando per la cucina.

Grosso errore. I cani lo aspettavano per andare con lui. Già, era tutto ciò di cui aveva bisogno, che loro creassero scompiglio con gli animali della stalla. Neanche per sogno.

«Seduti,» disse mentre lo seguivano in massa verso la porta.

Ovviamente *quello* funzionava solo con Livvy, la donna che sussurrava ai cani.

«Fermi.» Alzò la mano come aveva fatto lei.

Niente. Lingue penzoloni, code scodinzolanti, il ticchettio delle unghie sul legno... I cani volevano uscire.

Poi Ringo gemette. Anche John. O forse quello era Paul.

Il piccolo volpino si rotolò sulla schiena, agitò le zampette e piagnucolò pietosamente.

Fantastico. Sean si pizzicò il ponte del naso. Non sapeva come gestire un'isteria animale di massa.

Indietreggiò contro la zanzariera, tirandosi dietro quella interna. «Ragazzi, guardate. Non potete venire. State qui un attimo e io torno.»

Il barboncino, evidentemente non d'accordo, si infilò tra i suoi piedi, spinse la porta e si lanciò a tutta velocità attraverso il prato.

Figlio di una buona donna! Livvy lo avrebbe ucciso se avesse perso il suo cane.

Chiuse gli altri in cucina, poi corse dietro al piccolo seccatore.

Zampette minuscole, ma quello *correva*. Scartava a destra e a sinistra, cercando di sfuggirgli, e Sean si vergognò che stesse vincendo lui.

«Torna qui!» Si lanciò, ma il barboncino gli sfrecciò intorno per filare dritto verso la stalla.

Sean gli corse dietro, grato che ci fosse la luna così da poter almeno *vedere* l'animale nero, raggiungendolo proprio mentre il cane si infilava dentro col muso.

Come previsto, anche lì si scatenò l'inferno. Possibile che *non* avesse un attimo di tregua?

Sean accese le luci e vide l'ariete prendere a cornate la porta del box, belando mentre i capretti saltavano i divisori tra i box e balzavano giù per circondare il cane in una posa inversa preda-predatore, i genitori in piedi sulle zampe posteriori, quelle anteriori appoggiate sopra le porte come se fossero a una partita di Little League.

«Fermi!» gridò a tutti.

Nessuno lo ascoltò.

«Seduti!»

Neanche a quello. Il cane gli guaì e si avvicinò a un caprettino che abbassò la testa e raspò il terreno come se stesse per giocare alla corrida.

Avrebbe dovuto spiegare al piccoletto quanto male *non* finissero quelle per i tori.

«Al piede!»

Di nuovo, nessuno prestò attenzione.

«Senti, John, Paul, George, Ringo, Yoko... Qualunque diavolo sia il tuo nome, vieni qui!»

Niente da fare. Il cane guaì ancora, stavolta sgusciando tra due capretti.

Le capre gli corsero dietro.

I genitori saltarono la porta del box e corsero dietro a loro.

Le oche si sparsero, starnazzando e zampettando dappertutto. Una coppia si scontrò e per poco non si stese da sola.

Rhett iniziò a prendere a calci la porta del box. La povera Scarlett si limitò a guardare oltre con i suoi occhi pieni d'anima come se desiderasse che Sean le procurasse un box tutto per lei.

«Ne parlerò con Livvy, Scarlett.» Allungò la mano per accarezzare il collo dell'alpaca per calmarla, ma Rhett gli sputò addosso.

«Benissimo.» Sean arretrò, le mani alzate.

Reggie arrancò fino alla porta del suo box, i suoi grugniti via via più forti a ogni passo.

Sean gli lanciò qualche biscotto per cani dalla sacca appesa all'esterno del box. Reggie fece un piccolo balletto tornando verso di loro, spingendoli nella lettiera, il suono che emetteva più un fusa che qualcosa di anche lontanamente simile a un maiale.

Le galline uscirono volando—per modo di dire—dal recinto che avrebbe dovuto essere chiuso, piume ovunque, starnazzando come se il cielo stesse crollando, e l'ariete iniziò a *prendere a calci* la porta del box adesso. Gli agnellini cominciarono a belare, cosa che ottenne una risposta dai capretti, e ben presto Sean non riuscì più a sentirsi pensare, figuriamoci farsi sentire sopra quel baccano.

Il barboncino gli sfrecciò accanto e Sean cercò di afferrarlo, finendo però travolto da tre capretti e una capra adulta che lo schiantarono sul freddo, duro, inflessibile pavimento di cemento.

Riuscì a *non* atterrare sul tablet, grazie a Dio, ed evitò che si rompesse per la capra che gli salì sulla schiena. Ma dopo due scampati pericoli, Sean non voleva rischiarne un terzo. La sua fortuna non poteva durare all'infinito.

Si girò per far scendere il piccolo alpinista. Una delle oche gli andò zampettando intorno alla testa, una gallina alle calcagna.

Sean dovette ridere. Era abbastanza sicuro che fosse una prima assoluta negli annali della vita di fattoria.

E poi un agnello gli atterrò sulla pancia, togliendogli il fiato.

«*Baaaaaa.*»

Lasciò cadere la testa sul cemento. Ahi. Non fu la migliore idea.

Due capretti gli saltarono sopra, poi il cane gli sfrecciò accanto. Con un calcio secco dritto all'inguine.

Il suo inguine.

«Oooph!» Sean si raggomitolò, si afferrò e cercò di respirare attraverso il dolore. Oh, certo. L'*ariete* era riuscito a evitarlo, ma quel batuffolo animato...

Dio, se i suoi fratelli lo avessero visto ora... Messo al tappeto da un caprettino e da un peluche animato. Sarebbe stato divertente se fosse capitato a chiunque altro. Avrebbe adorato vedere Bry in questa posizione.

Il cane tornò, le sopracciglia minuscole che si alzavano mentre inclinava la testa.

«Ah sì. *Adesso* ti fai vedere. È bastato un ginocchiata nelle palle perché mi ascoltassi? Bravo, cane. Ma come ti chiami, poi?»

La bestiola scodinzolò con la codina come se fosse la prima persona che vedeva da tutto il giorno e leccò Sean sul naso, poi si sedette a guardarlo con aspettativa. Con speranza. Con fiducia.

Ah, la lealtà e l'amore di un animale, proprio come aveva detto Livvy. Data la scarsità nella sua vita, capiva perché ne avesse così tanti.

Accidenti. Non gli serviva questo. Non voleva capirla. Non voleva dispiacersi per lei. Non voleva desiderare di farle sparire tutto il dolore.

Milioni di dollari, Manley. Questo posto potrebbe essere la tua miniera d'oro. Non è quello che vuoi?

Sì. Lo era.

Tranne che ora era fuori uso, preso in pieno da un *barboncino*. Non dall'ariete, né da Rhett o persino da Ringo, ma da un *barboncino*. Ai suoi fratelli non l'avrebbe *mai* fatto sapere.

Un lampo di dolore lo attraversò. Maledizione. Aveva bisogno del ghiaccio.

E l'avrebbe preso—appena fosse stato di nuovo in grado di camminare. E di respirare. Respirare era una buona idea.

Inspirò, succhiando nei polmoni ogni goccia d'ossigeno possibile, concentrandosi verso l'interno, ignorando il dolore.

Lo fece di nuovo, e stavolta, il dolore cominciò a dissiparsi. Grazie a Dio.

Fece un altro respiro profondo e aprì gli occhi.

Per vedere un'aquila.

Proprio lì. Davanti a lui. Be', circa quattro o cinque metri sopra di lui, ma comunque, era un'aquila. Una sorta di emblema. Su una targa. Come il sigillo presidenziale.

Sotto l'insegna d'un'aquila.

Grazie a Dio *qualcosa* finalmente gli era andato per il verso giusto.

Il cane gli leccò di nuovo il naso. Okay, facciamo che erano *due* le cose.

Sean si tirò su sui gomiti e gli arruffò le orecchie. «L'avevi pianificata tu?» Fu ricompensato con un'altra leccata.

Un paio di minuti dopo—e diversi pizzichi d'oca alla spalla—Sean si riprese abbastanza da salire la scala fino a quello che di solito sarebbe stato il fienile, ma che lì serviva come deposito di scatoloni. *Altri* scatoloni. Un mare di scatoloni. Ovunque. Non avrebbe fatto salti di gioia all'idea di frugarci dentro, ma Dio, gli avvocati e il fato volendo, gli sarebbe piaciuto averne l'occasione.

Appena oltre il bordo del solaio, l'aquila era montata su una targa di legno tagliata della stessa forma. E lì, tra i due strati, c'era un altro indizio. Nessun biglietto da parte di Merriweather stavolta, ma l'indizio diceva tutto.

La strategia di Sir Frederick, un enigma per il nemico,
Assicurò alla nostra famiglia un retaggio vivo.
La sua ricompensa, in terre e argenteria ricordata,
Fu ben guadagnata, non lasciata al caso o alla fata.
Dunque, con questa fonte di sapere, Olivia, ti chiedo
Di trovare altri sei indizi per ciò che ti cedo.

Sotto di lui, il barboncino—di cui ancora non riusciva a ricordare il nome—correva in tondo attorno a una capra che aveva deciso che ne aveva avuto abbastanza e si era lasciata cadere a terra iniziando a belare. La mamma sbucò al trotto dall'area delle galline e belò in risposta. Il che richiamò il coro del resto dei suoi piccoli e una testata dell'ariete al palo che sosteneva il centro del solaio.

Il tablet di Sean gli volò di mano e si frantumò sul pavimento di cemento sotto, all'impatto.

Perfetto.

Sean espirò e si appoggiò alla parete che attraversava il fronte della stalla, guardando fuori attraverso la fila di finestre lungo il retro finché il palo smise di tremare.

Una vista pazzesca. O lo sarebbe stata se avesse visto. Sean spense l'interruttore della luce che avevano, per sua fortuna, messo anche lassù.

Gli animali si quietarono, il che era una vittoria per quanto lo riguardava, ma una vittoria ancora più grande era ciò che c'era là fuori.

La luna illuminava la vasta distesa delle terre dei Martinson. *Terre*. Una delle parole dell'indizio.

Un'altra era *enigma*. Come la risposta a questo che era proprio là fuori.

Il labirinto.

I labirinti sono enigmi. E *font* è un'altra parola per *fontana*. C'era una fontana al centro del labirinto. Lo sapeva perché aveva fatto fare un preventivo per aumentare la potenza dell'impianto così che la cascata si vedesse sopra la siepe.

Aveva scoperto che sarebbe costato meno abbassare le siepi quanto basta per l'altezza attuale del getto, e Sean stava ancora valutando quale strada prendere quando fosse arrivato il momento, perché quelle siepi erano anni di crescita.

Bisognava riconoscerlo a Merriweather; questo indizio era piuttosto astuto. Il che significava che la sua mente aveva funzionato fino alla fine e sapeva esattamente cosa stesse facendo.

A Sean venne un groppo allo stomaco. L'aveva preso in giro. Gli aveva promesso cose che non aveva intenzione di mantenere. O forse voleva vedere quale dei due desiderasse di più la tenuta ed era disposto a fare qualsiasi cosa per ottenerla.

Sì, a Merriweather quel tipo di ragionamento sarebbe piaciuto.

Sean scese la scala, ripulì il tablet in frantumi e fischiò al barboncino. «Andiamo, cane. È ora di tornare a casa. La tua»—controllò sotto la capra—«fidanzata la rivedi domani.»

Mentre lui avrebbe dato un'occhiata al labirinto.

Gli squillò il cellulare. Sean non riconobbe il numero, ma con tutte le telefonate che aveva in corso con potenziali investitori, non aveva alcuna intenzione di ignorarla. «Pronto?»

«Sean? Sono Livvy.»

Sciocco che il cuore gli balzasse in petto. «Ciao. È tutto a posto? Come hai avuto il mio numero?»

«Tua sorella. Ho chiamato l'ufficio e ho chiesto di parlarti.»

Mac era fin troppo trasparente. Non avrebbe mai dato i numeri di telefono dei dipendenti se fossero stati veri dipendenti. Sapeva esattamente *perché* lo avesse dato a Livvy. «Va tutto bene?»

«Era quello che volevo chiedere a te. Volevo sapere come te la sei cavata.»

Sapeva cosa avesse detto, capiva che ci avesse aggiunto un *come*, ma tutto ciò che Sean sentì fu *spupazzarsi* nella voce di Livvy e si eccitò all'istante. Sul serio, Livvy avrebbe dovuto brevettare quel suo qualcosa-qualcosa che lo trasformava in un diciottenne e venderlo. Farebbe una fortuna e non avrebbe bisogno di questo posto, risolvendo così il problema di tutti.

«... perché a Davy non piace quando me ne vado.»

Davy. Quello era il nome del barboncino.

«E a Reggie farebbe comodo una parola gentile o due. Lo so che non capisce, ma se usi un tono piacevole e magari gli dai qualche biscotto per cani in più, dovrebbe passare bene la notte.»

«Ti ho preceduta.» Sean guardò nel box del maiale. Tutti i biscotti erano spariti e c'erano briciole sparse nella lettiera attorno a lui mentre russava beato.

«Oh. Be', meno male. E le oche?»

Sean fece un conteggio rapido. Gli sembrò che fossero solo tre. «Stanno, ehm, bene.» A parte quella che zoppicava...

«Oh. Okay.»

«E *tu* come stai, Livvy?» C'era qualcosa nella sua voce che glielo fece chiedere. I suoi *oh* erano un po' sorpresi, le domande esitanti e il tono fin troppo morbido. «*Tu* stai bene? Gli animali stanno bene.» Incrociò le dita, sia per allontanare la bugia sia pregando che fosse vero.

La sua risatina fu impacciata. «Lo so, è solo che... Be', è solo che loro non ti conoscono. Sei uno sconosciuto per loro e questa è la prima volta che li lascio con qualcuno che non conoscono.»

«Mi conoscono. Scarlett si è persino lasciata accarezzare. *Rhett* si è persino lasciata accarezzare.» Be', quasi. «Sono tutti abbeverati, nutriti e messi a nanna per la notte. Saranno ancora qui quando torni.»

«Oh.»

Già, *oh*. *Oh* perché erano su fronti opposti e lei non ne aveva idea. *Oh* perché lui sì. *Oh* perché la cosa gli stava rodendo lo stomaco.

E già che c'era, tanto valeva ammettere anche l'*oh* che lei non aveva chiamato per parlare di ciò che stava succedendo tra loro, o l'*oh* che lui *avrebbe voluto* che lei avesse chiamato per parlare di ciò che stava succedendo tra loro.

E poi c'era l'*oh* che, per quanto ci provasse, non riusciva proprio a togliersela dalla testa.

Capitolo Ventitré

«Allora, hai riflettuto sulla nostra conversazione di ieri sera?» Sher le toccò la spalla nella bancarella al mercato la mattina dopo, durante una pausa tra un cliente e l'altro.

«Sì.» Era *tutto* ciò a cui aveva pensato. Lui e Kerry avevano cercato di convincerla, durante il viaggio fin lì, che non avrebbe dovuto vendere la tenuta. Avevano discusso ogni angolazione: la cucina era perfetta per lei, la stalla e il prato erano perfetti per gli animali, la casa poteva essere trasformata in un B&B di lusso—al quale si erano gentilmente offerti di trasferirsi per gestirlo al posto suo, così che potesse farsi una bella risata finale a spese di sua nonna.

Il che sarebbe andato bene se avesse voluto quella risata finale. Non la voleva. Voleva soltanto ciò che le spettava, e poi se ne sarebbe andata da lì.

«Livs?»

«Non la voglio, Sher. Non è casa mia. Non è nemmeno *una* casa. Casa è un tetto che perde. Casa è una stalla con tre box di meno e Reggie che dorme in salotto. Casa è avere voi accanto, e tutti gli altri. Richard e Marci e tutti. Siete voi la mia famiglia. *Voi siete* la mia casa. Perché dovrei andarmene?»

«Tesoro, lo sai che vogliamo il meglio per te, ma è *davvero* un posto impressionante. C'è così tanto che potresti farci.»

«Quelle stesse cose posso farle altrove con i soldi che la vendita porterà.

Non farlo, Sher.» Gli posò una mano sulle labbra quando lui prese un bel respiro, segno sicuro che stava per lanciarsi in una delle sue lezioni, pardon, proposte. «So che hai buone intenzioni, ma se devo vivere in quella casa giorno dopo giorno, ricordandomi di quanto io sia indegna di portare il cognome Martinson, sarò infelice.»

«Non lasciare che l'idiozia di quella donna ti rovini tutto. Ti deve questo posto. Ti deve un sacco di altre cose, ma la tenuta è un buon inizio. Non è colpa tua se quella donna non è stata abbastanza intelligente da vedere il vero tesoro proprio sotto il suo naso, tutto infiocchettato nel pacchetto più splendido che una nonna potesse mai *sperare* di ricevere. Arrabbiati per quello. Per il fatto che ha buttato via ciò che avreste potuto avere. Ma mai, e dico, *mai* considerarti indegna. L'*indegna* era lei. Per averti trattata come ha fatto...» Sher scosse il capo e batté le palpebre un paio di volte. «È vergognoso e dovrebbe solo vergognarsi.»

Lei lo abbracciò. «Grazie per averlo detto. Ne avevo bisogno.»

«Ecco perché meriti la casa, Livs. Prendila. Fanne ciò che vuoi. Non ti piace l'arredamento? Cambialo. Vuoi trasformare il salone in una stalla dentro/fuori? Affari tuoi. Vuoi cambiare tutte le copriletti in mimetico? Fa' pure.»

Quello le strappò una risatina. Sher ci riusciva sempre. «Penso che passerò sul mimetico.»

«Il punto è che sta a te. Assicurati solo di rinunciare alla tenuta per le ragioni giuste, *non* per ripicca. La ripicca non ha mai risolto niente. Ti fa sentire bene mentre la fai, ma poi devi vivere con le conseguenze.»

Riordinò gli scone, mettendo quelli al cioccolato più avanti sul tavolo. Ai bambini in genere piacevano di più e, se fosse riuscita a tentarli a fermarsi, i genitori di solito finivano per diventare clienti abituali. Esca e amo; aveva sempre lasciato che fosse il suo cibo a parlare per lei, invece di stanziare una parte del suo esiguo budget per la pubblicità. In questo mestiere, il passaparola era il modo migliore per attirare nuovi clienti. Il che sarebbe stata l'unica ragione per cui aveva anche solo preso in considerazione ciò che Sher e Kerry avevano detto la sera prima. Lì *era* stato fantastico lavorare in quella cucina.

Forse perché Sean era con te?

«E che mi dici del tipo superbono in divisa da cameriera?»

«Eh?»

«Sai, Alto, Bruno e da mangiare. Se tieni il posto avresti il bonus aggiuntivo di averlo intorno. Dopo quello in cui io e Kerry siamo quasi incappati, non puoi dire che sarebbe una brutta cosa.»

Il rossore le divampò dalle dita dei piedi, coprendola tutta. *Riscaldando* ogni sua parte. «Non era quello che pensi.»

«Tesoro, magari non gioco nella sua stessa squadra, ma so quello che ho visto. Quest'uomo ti desidera.»

Peccato che si fosse *fermato*.

Non avrebbe dovuto chiamarlo la sera prima. In realtà non *si* era preoccupata per gli animali. È che... Cosa? Le era mancato? Aveva pensato a lui? Lo aveva voluto?

Sì a tutte e tre. Ed era proprio per questo che non avrebbe dovuto chiamarlo. Non avrebbe dovuto farlo entrare. Avrebbe dovuto saperlo. Avrebbe dovuto sapere di non farsi venire delle aspettative. Finivano sempre in frantumi.

«E, a proposito, voglio i dettagli. Con quello che Orwell stava blaterando, scommetto che sono succosi.»

«Non c'è niente da raccontare, Sher.» Maledetto pappagallo parlante. Ogni volta che aveva frequentato qualcuno, era sempre andata subito dopo da Sher e Kerry per sezionare l'appuntamento. Discutere pro e contro di un tipo, se valesse la pena proseguire, cosa avevano fatto, se si era divertita, quel genere di cose. Chiacchiere tra amiche. Ma stavolta... *stavolta* non *voleva* sezionarlo. Non *voleva* passare questa relazione al setaccio di Sher.

Quale relazione?

Sospirò ed esplorò con lo sguardo in cerca di un cliente. *Qualsiasi* cliente. Uno solo. Uno andava bene.

Niente. Zero. Nulla. Il vuoto.

C'era da aspettarselo.

«Nessuno arriverà sul suo cavallo bianco a salvarti da me, Livs, quindi sputa il rospo.»

Sospirò di nuovo. «Va bene.» Si scostò i capelli. «Sì, stava succedendo qualcosa quando siete entrati. Voglio dire, puoi darmi torto? Sean è uno schianto. Anche in un completo da cameriera.»

«*Soprattutto* in un completo da cameriera.» Sher si sventolò.

«Non sei sposato?»

«Non sono morto. E nemmeno tu, grazie al cielo. Dunque, qual è il piano?»

«Piano?»

«Sì, tesoro. Per portare a riva questo tipo. Non penserai che succeda da solo, vero? Se lo vuoi, devi dargli la caccia.»

«Perché non può essere lui a dare la caccia a me?»

«Livs, per favore. Non funziona più così. Dobbiamo farli desiderarci. Farli pensare che non possano vivere senza di noi. Stuzzicare il loro interesse a sufficienza perché tornino.»

«Sembra una gran fatica.»

Sher fece spallucce. «Ma ne vale la pena. Guarda con chi sono finito.»

Entrambi guardarono Kerry sollevare un altro contenitore di bottiglie di vino sul tavolo, i muscoli che si flettevano bene sotto la polo. Kerry si allenava con religioso rigore e si vedeva.

«Sei un uomo fortunato, Sher.»

«E lo so. Anche Sean lo è, se conquista te. Glielo permetterai?»

«Permetterglielo? Praticamente mi sono lanciata tra le sue braccia, ma lui ha voluto fermarsi.»

Non aveva intenzione di dirlo. Lasciare che la sua vergogna restasse sua. Ma quello era Sher e lui ci teneva a lei. E, francamente, era anche un po' infastidita che Sean si *fosse* fermato.

«Aspetta. Cosa?»

«Esatto. Eravamo lì in cucina, nel vivo del momento, e lui ha detto che dovevamo fermarci.»

«Tipo a freddo? Si è tirato indietro e ha rifiutato di andare avanti?»

Fece dondolare la mano. «Non proprio rifiutato, ma continuava a dire che non era una buona idea.»

«*Era* una buona idea?»

Sentì il solito stupido rossore salirle in faccia. «Secondo me sì.»

Sher le sfiorò la punta del naso con un dito e rise. «Allora su quella domanda vado con un bel *sì*. Soprattutto se ha detto che non era una buona idea ma non si è fermato del tutto.»

Arrossì di nuovo, ricordando. «Be', ha rallentato le cose. Si è solo fermato, ehm, dal baciarmi in quel modo che, sai...»

«Già, lo so.»

Sospiarono entrambi e guardarono di nuovo Kerry. Doveva aver sentito i loro sguardi addosso perché alzò gli occhi e fece loro un cenno veloce e un sorriso.

Quel sorriso lo conosceva. Sapeva cosa ci fosse dietro mentre lui guardava Sher.

Livvy sospirò ancora. Quello che avevano trovato insieme era bellissimo. Speciale. Lo voleva. Quella sensazione e quello sguardo segreto e quella certezza di avere qualcuno dalla propria parte. Che, per quanto potesse andare male, qualunque cosa la Vita buttasse addosso, si avevano l'un l'altro.

«D'accordo allora.» Sher si schiarì la gola e tornò a guardarla. «La domanda è: come fai a convincere Sean a *ricominciare?*»

«Questa *è* la domanda.» L'altra era se fosse disposta a rischiare di nuovo il suo orgoglio, ma quella non poteva risponderla Sher per lei. Solo lei poteva, e in questo momento non era così sicura della risposta. Avrebbe dovuto limitarsi a concentrarsi nel trovare gli indizi e mettere questa idea da parte.

Un tantino difficile quando vivi nella stessa casa.

«Non dovrebbe essere così difficile.» Sher alzò un sopracciglio. «Ritiro. Lo vogliamo difficile.»

Non poté fare a meno di ridere.

«Bene. Ecco il sorriso che dovresti sempre avere.» Le toccò la punta del naso. «Comunque, come dicevo, ho visto come ti guardava. Se non è sposato, non è gay e non ha niente di contagioso, non c'è motivo perché si fermi. Si dà il caso di qualcuno di questi?»

Scosse la testa. «Non che io sappia.»

«Ottimo. Quindi ciò che devi fare è trovarvi da soli, preferibilmente in un posto più romantico di una cucina—oh cielo. Olivia Marie Carrolla, *non* dirmi che ti sei data da fare sul piano di lavoro.»

Livvy si infilò i capelli dietro le orecchie e guardò di nuovo attorno in cerca di un altro cliente. «Okay, non te lo dico.»

«Oddio, ragazza, sei impazzita? Quei ripiani sono *duri*. E non in senso buono. Non è lì che vuoi che sia la tua prima volta con qualcuno. La cucina è il posto per sesso veloce e un po' spinto con il tuo compagno, indossando solo un grembiule e—»

Per fortuna, *si* fermò. Livvy non voleva sapere così tanto dei suoi vicini.

«Eh, sì. Be'.» Stavolta fu Sher a guardarsi intorno in cerca di un cliente. «Quello che intendo è che non vuoi che la prima volta con lui sia una sveltina sul bancone. Vuoi isolamento, un po' di romanticismo, un posto dove non possiate essere interrotti da gente che si presenta alla porta sul retro. E per l'amor di Dio, tieni Orwell alla larga. Non ho *affatto* bisogno della cronaca minuto per minuto della vostra sessione d'amore.»

Se *ci fosse* stata una sessione d'amore, avrebbe di sicuro fatto così.

«Allora ragioniamoci. Qual è il posto migliore in quella casa e come puoi attirarlo lì?»

«Io non attiro nessuno. Se mi vuole, dovrà farmelo sapere lui. Ho finito di buttarmi là per farmi calpestare. Valgo di più, e se Sean non lo capisce, peggio per lui. Non posso continuare a espormi per poi vedermi frantumare speranze e sentimenti. Tu e Kerry siete gli unici due importanti nella mia vita che non mi avete respinta. E poi, non è che possa portare a qualcosa. Due settimane e me ne vado.»

Sher le passò le braccia attorno. «Ah, tesoro, vieni qui. So che è difficile. Lo so. Ma è ovvio che abbia delle questioni sue con il desiderarti, se si è fermato. Però tu *gli piaci*. Devi solo dargli l'opportunità di finire ciò che avete iniziato. Non è che viviate così lontani; le cose potrebbero succedere. Ma devi essere aperta a qualsiasi possibilità si presenti. Se è destino, sarà.» Le diede un bacio sulla tempia. «Solo, non aver paura di correre un rischio, e non temere così tanto il futuro da dimenticarti di vivere il presente.»

Capitolo Ventiquattro

Sean guardò il cellulare ogni quindici secondi mentre tornava da casa di Mac. Una giornata intera, buttata. Be', non proprio buttata. Mac aveva spostato la sua roba ed era stato bello rivedere Jared, il nipote dell'amica di Gran, Mildred, ma, accidenti, la tensione tra quei due aveva fatto sembrare la giornata più lunga di quanto fosse stata davvero. Sperò, dannazione, che riuscissero a risolvere qualunque problema ci fosse tra loro, ma in fondo erano sempre stati come l'olio e l'acqua insieme. Probabilmente era solo il loro solito modo di interagire e lui stava proiettando la *sua* frustrazione sulla loro dinamica e che diavolo gliene importava, poi? La giornata era finita e la vita sentimentale di Mac era affar suo.

Dannazione, non voleva nemmeno pensare che la sua sorellina *avesse* una vita sentimentale. Soprattutto se includeva Jared Nolan. Quel tipo era quasi un playboy sulla scena femminile quanto Bry.

Sean sfiorò il pulsante sul cruscotto che apriva il cancello in ferro battuto della tenuta. Aveva progettato di informarsi quella sera sui produttori di chiavi per trovarne alcuni che potessero incorporare l'accesso al cancello nelle chiavi dell'hotel per i suoi ospiti—se avesse avuto ospiti—ma il labirinto era l'elemento più importante della sua lista di cose da fare.

Lanciò un'occhiata al sole basso. Un'ora, forse due al massimo, prima che cercare nel labirinto diventasse inutile. Accelerò un po' il camion verso il parcheggio vicino all'ingresso della cucina.

Il coro Ulula-luja lo accolse nel momento stesso in cui spense il motore.

Cavolo. Doveva occuparsi degli animali prima di poter controllare il labirinto. Non gli serviva ritrovarsi con un disastro da pulire al ritorno.

Riempì le ciotole della cena mentre i cani facevano i bisogni nel cortile, poi dovette radunarli in casa per correre dietro a Davy, che era scappato di nuovo verso la stalla. «Ehi, amico, un po' di moderazione,» borbottò mentre afferrava il cagnolino. «Lei sarà ancora lì quando torniamo.»

Parole sagge da tenere a mente.

Sean scosse la testa entrando nella stalla. Dopo un altro giro di faccende e di pulizia—cosa che gli aveva davvero già stufato—si voltò e scoprì che *Davy* era quello che stavolta correva lungo il muro sopra il recinto delle capre.

«Come diavolo sei salito lassù?» Sean aprì il chiavistello per riprendere il piccoletto.

Il cane gli abbaiò e danzò sulla rotaia larga cinque centimetri come fosse un gatto.

«Torna qui.»

Ovviamente l'animale non lo ascoltò.

Sean entrò nel recinto delle capre. I capretti stavano saltando sul dorso dei genitori come trampolino per arrivare in cima al muro.

Il primo ci arrivò prima che Sean potesse raggiungerlo. Acchiappò il secondo a mezz'aria e impedì al terzo di salire sul dorso del montone. Per la prima volta da quando si erano conosciuti, il montone non tentò di colpirlo nelle palle.

Il quarto riuscì a salire sulla rotaia e corse dietro al fratellino che stava facendo il tip tap dietro il cane lungo la sommità del recinto successivo, tutti diretti dritti verso Rhett.

L'alpaca sembrava stesse preparando una bella pallottola da sputare contro di loro, gli occhi fissi su ogni loro movimento.

«Davy, vieni!»

Il cane non si degnò nemmeno di guardare indietro e continuò a zampettare verso Rhett.

Sean uscì dal recinto delle capre, lasciando una manciata di carote nella mangiatoia per tenere occupati i capretti rimasti, poi corse al box di Reggie dove ora si trovavano Davy e i suoi inseguitori.

Rhett stava lavorando la pallottola con sempre più lena.

«Dannati animali. Tutto quello che voglio è dare un'occhiata al labirinto, e invece sto giocando a ce l'hai con un branco di mocciosi a quattro zampe che dovrebbero già essere a letto.» Sean sollevò il chiavistello. «È l'ultima volta che ti porto con me, bastardino,» brontolò proprio mentre Rhett mollò il colpo.

Colpì di lato il barboncino, facendo rotolare la bestiola oltre il bordo e dritta verso dove Reggie stava dormendo beato.

«Figlio di puttana!» Sean si dimenticò del box di Rhett e si lanciò attraverso la porta di Reggie per afferrare Davy prima che svegliasse il maiale che dormiva, ma mentre afferrava Davy, inciampò in un biscotto per cani, si torse di lato e atterrò piatto sulla schiena sopra Reggie—che si limitò a grugnire e a girarsi nel sonno, depositando Sean e il cane sul pavimento.

«Sean? Che cosa stai facendo?»

Guardò fuori dalla porta aperta del box e vide Livvy in piedi sulla soglia della stalla, controluce nella luce lunare che pareva essersi accesa come se qualcuno avesse calato una scenografia con l'unico scopo di farlo impazzire.

La gonna gitana non c'era. Al suo posto, un paio di shorts di jeans tagliati, orli sfilacciati, fili che le accarezzavano le cosce.

Aveva delle gran belle cosce.

Anche ginocchia splendide. E i polpacci... Avrebbe voluto passarci la lingua lungo i polpacci.

«Acchiappo il tuo cane prima che si rompa una zampa.» La sua voce era tesa perché all'improvviso gli si erano tesi anche i maledetti shorts. E quelli erano pure del tipo largo in nylon.

Poi una capretta gli saltò in grembo.

«Ooooph!» ansimò, rotolando su un fianco per evitare uno zoccolo nelle palle.

«Oh, no!»

Livvy gli prese il cane, poi gli passò una mano sul fianco. «Stai bene?»

Sarebbe stato benissimo se lei avesse continuato a fare così.

«Bene,» fu tutto ciò che riuscì a dire. Una parte di lui voleva rispondere *no* così lei avrebbe continuato a fare quello che stava facendo, e l'altra parte... L'altra parte voleva afferrarla, tirarla sotto di sé e far dimenticare a entrambi cani e alpaca e capre e eredità e indizi e tutto il resto del bagaglio per le prossime ore proprio lì sul pavimento della stalla.

Finezza, Manley. Proprio un bel modo di far passare a una donna una serata da signora.

Inspirò a fondo e si tirò su. «Sto... bene.» In quel senso per cui respirare è altamente sopravvalutato.

Dannata capra.

Davy guaì saltando giù dalle sue braccia, poi si mise sulle zampe posteriori per piantare un bacio bavoso sulla spalla di Sean.

«Oh, gli piaci.» Livvy accarezzò il cane.

Sean avrebbe voluto che accarezzasse lui—«Che ci fai qui? Non hai il tuo mercatino?»

«Abbiamo finito tutto, così abbiamo deciso di tornare a casa prima. Si risparmia sull'hotel. E poi ho pensato che magari ti servisse una pausa.»

Gli serviva. Da lei. «Dici da tutto questo? Stai scherzando? Sono al settimo cielo quando spalmo cacca di alpaca.»

Lei sorrise e fu come se il sole fosse spuntato a illuminare la stalla.

Santo cielo. Doveva essersi davvero battuto forte la testa nella caduta.

«Lo apprezzo davvero, sai,» disse.

«Non è un problema.» *Bugiardo.*

«Prometto che non ti lascerò più solo.»

Era proprio quello che lo spaventava. «Come ho detto, nessun problema.»

Si sistemò una ciocca dietro le orecchie. «Allora... li hai nutriti?»

«Certo.»

Si morse il labbro inferiore. «Ehm—»

«Perché lo fai?» Se avesse dovuto guardarla ancora una volta mentre si sistemava i capelli, avrebbe potuto mandare al diavolo tutte le sue buone intenzioni e fare quello che voleva fare proprio qui, proprio ora.

La luce della luna era una gran tentazione. Certo, anche Livvy di per sé era parecchio potente. Poteva solo immaginare cosa sarebbe potuto succedere se lei fosse davvero consapevole del potere che poteva esercitare su di lui.

«Perché faccio cosa?» chiese, mordicchiandosi ancora.

«Quello. La cosa del labbro.» *Quella maledettamente sexy cosa del labbro che mi manda in bestia al punto che sto davvero spalando merda d'alpaca senza lamentarmi, quindi potresti per favore smetterla,* avrebbe voluto aggiungere, ma non lo fece.

C'era un motivo per cui non lo aggiunse—e lui sapeva qual era, ma quando la sua lingua guizzò a inumidirle di nuovo le labbra, quel motivo si dissolse.

«Non lo so. Abitudine, immagino.» Si spostò dalle ginocchia e si lasciò cadere con quel suo culetto sul pavimento accanto a lui.

Resta indietro! urlava il suo buon senso. La sua libido, invece, era tutta per, *Di qua, tesoro.*

Stava perdendo la testa. «Livvy, non c'è bisogno che tu sia qui. Ti ho detto che mi sarei occupato degli animali e lo sto facendo. L'ho fatto.»

«Lo so. Mi fido. È solo che... a volte ho bisogno di stare con loro. C'è qualcosa di molto rasserenante, molto naturale nello stare con gli animali.» Gli fece scorrere una mano lungo la schiena di Davy. «Rilassante.»

Buffo, lui si sentiva un animale quando era con lei e *calmo* non era la parola che avrebbe usato per descriversi.

«Dunque dicevi che volevi andare al labirinto?»

Un altro motivo per non essere calmo. Doveva averlo sentito parlare con gli animali. Non era certo il Dottor Dolittle. «Mi sono reso conto che non c'ero ancora stato e ho pensato che sarebbe stato bello dargli un'occhiata al chiaro di luna.»

Gesù, che scusa patetica.

Livvy però ci cascò, mordicchiandosi ancora il labbro. «Sul serio? Non hai mai visto un film dell'orrore? Lo sanno tutti che non si entra in case o alberghi abbandonati o nei labirinti di siepi durante la luna piena. O durante una bufera di neve. Soprattutto da soli.»

«Per l'occasione ho portato i miei collari anti-pulci, anti-zecche e anti-vampiri,» disse, sperando che un po' di umorismo stemperasse l'assurda consapevolezza che aveva della sua coscia nuda accanto alla sua.

«Divertente.» Non stava ridendo e se si fosse mordicchiata ancora un po' il labbro, le sarebbe rimasto gonfio e turgido, e l'unico motivo per cui avrebbe dovuto diventare così era se lui lo avesse baciato.

Cosa che non avrebbe dovuto fare. Proprio come non avrebbe dovuto fare quello che stava per fare ma che avrebbe fatto comunque. «Hai ragione. Nessuno dovrebbe entrare nel labirinto da solo.» Si raddrizzò e le porse la mano. «Allora vieni con me.» Diavolo, aveva rimesso l'indizio nella zuccheriera, quindi era solo questione di tempo prima che lei lo capisse comunque.

Livvy la guardò. Ma non la prese.

No, ricorse a *ancora più* mordicchiamenti di labbro.

«Che cos'hai contro il labirinto, Livvy?»

«Niente.»

Il suo *niente* suonò come *qualcosa*. «Per caso hai visto *The Shining*?»

«Il film peggiore di sempre.»

«Stai scherzando? È un classico.» Dato che lei non prendeva la sua mano, prese lui quella di lei. Lei non la ritrasse. «Andiamo. È solo un film e io sarò con te. Che ne dici?»

Lei non disse nulla; si limitò a mordicchiarsi ancora il labbro.

Dio lo aiutasse. Avrebbe potuto fargli spalare cacca d'alpaca per sempre se avesse continuato così.

«Mi sono persa lì dentro.» Si mordicchiò ancora, apparendo terribilmente sexy alla luce lunare che sussurrava tra i suoi ricci, catturando i riflessi come stelle cadenti, gli occhi color ambra che scintillavano, e per una volta, a Sean non dispiacque fare il poeta. Livvy *era* poesia. Tutta bellezza, bontà e luce, e lui era nei guai fino al collo.

«Ma stavolta non ti perderai, Livvy. Te lo prometto.» Lui, invece, lui si era già perso. «Perché sarò con te.»

Questo è metà del problema.

Livvy si morse la lingua per non dirlo mentre lasciava che Sean la conducesse al labirinto, con le parole di Sher in testa. *Non avere tanta paura del futuro da dimenticarti di vivere il presente.*

Lei *aveva* paura. Paura di perdersi in lui. Di riporre speranze, sogni e progetti in ciò che c'era tra loro e perdere. Di nuovo.

Ma se non ci avesse provato, avrebbe perso di sicuro. E vederlo quella sera con i suoi animali, sapere con quanta prontezza si era offerto di aiutarla così lei poteva andare al mercato, come la stava aiutando con la caccia al tesoro, quanto dolce, gentile, premuroso e presente stesse essendo adesso... Sean era lì per lei e questo, da solo, sarebbe stato già irresistibile. Aggiungici come la faceva sentire, com'era, come la baciava, quanto la desiderava e, be', se avesse mai voluto un futuro con qualcuno, prima o poi avrebbe dovuto rischiare. Sean valeva quel rischio.

Si fermarono all'ingresso del labirinto. Livvy tirò dentro un respiro irregolare.

«Andrà tutto bene, Livvy.» Le raccolse il viso nel palmo. «Sono qui.»

Lui c'era e questo le diede il coraggio di provare ancora una volta—e non si riferiva al labirinto.

Gli scivolò una mano dietro il collo, affondando le dita tra onde un po' troppo lunghe—proprio come piacevano a lei—e lo attirò in un bacio.

Fuochi d'artificio esplosero dietro le sue palpebre e una sinfonia attaccò la melodia più potente e martellante, timpani a scandirle il battito del cuore, e lei era *tutta protesa* a vivere il presente.

Sean fece un tentativo fiacco—ammesso che lo fosse—di staccarsi, e poi le restituì il bacio. Anzi, non si limitò a baciarla, la divorò. Le avvolse le braccia forti attorno, premendola contro di sé così che non ci fu un solo centimetro che lei non sentisse, una sola parte di lui di cui non fosse consapevole, dalle labbra al respiro caldo sulla sua guancia, al modo in cui la barba mal rasata le raschiava la mascella, il dolce guizzo della sua lingua contro la sua, il sapore, il profumo, il suo assoluto *tutto* mentre prendeva tutto ciò che lei metteva nel bacio e anche di più.

Solo per restituirle molto di più.

Lei strinse le braccia, volendo, *avendo bisogno*, che lui la desiderasse come lei desiderava lui. Gli fece scorrere l'altra mano lungo la schiena, sentendo i muscoli irrigidirsi al suo tocco e sorrise contro le sue labbra. Che provasse a fermarsi *adesso*.

Ma poi lui si fermò.

Fu lento, ma le scivolò la mano dalla testa, mordicchiandole le labbra invece di quella piena, totale possessione di pochi secondi prima.

Lei gemette, strusciandosi contro di lui. Non poteva fermarsi. Non adesso. Non quando lei non voleva.

Le prese il viso tra le mani, prolungando quel bacio, assaporandole le labbra in modo tanto efficace, ma ancora non abbastanza.

«Sean,» sussurrò, un filo di supplica nella voce, ma sicuramente più desiderio.

«Guarda dove siamo, Livvy.»

Potevano essere sulla luna, per quanto le importasse. A dire il vero, lei si sentiva sopra la luna.

«Dai. Apri gli occhi e guarda.»

Non voleva aprire gli occhi. Aprirli avrebbe riportato il presente. Avrebbe riportato la realtà. Per qualche istante erano stati nel regno della fantasia. Nel regno del *e se*. Non doveva pensare a ciò che sua nonna voleva che facesse; non doveva ricordare che nessuno l'aveva mai tenuta così, non doveva pensare a quanto si fosse sentita sola fino a quando non aveva incontrato Sean, e non doveva preoccuparsi di quanto sarebbe durato perché stava ancora accadendo.

«Livvy.» Le baciò la punta del naso. «Guarda che cosa hai fatto.»

Cosa aveva *fatto* lei? Gli occhi le si spalancarono.

Erano dentro il labirinto. Solo di pochi passi, ma il simbolismo era enorme.

«Vedi? Te l'avevo detto che potevi farcela.»

«Quindi mi hai lasciata baciare te solo per farmi entrare nel labirinto?» Era divisa tra il trovarlo dolce e l'essere delusa da morire.

«Io—» Espirò e si passò una mano tra i capelli. «No. Certo che no. Volevo baciarti.»

«Davvero? Sul serio? Perché mi pare di ricordare che tu volessi fermarti l'ultima volta che eravamo in questa posizione. Qualcosa sul fatto che non fosse una buona idea.»

«Non lo è, Livvy. Non lo è davvero.» L'espressione sul suo volto era sofferente.

Be', anche il suo ego stava male. E forse anche un tantino, il suo cuore. «Perché?»

«Perché... mi spaventa quanto ti desidero.»

Come spiegazione, quella era di quelle toste. Quanto la desiderava? L'uomo era forte e integerrimo come un bue, se riusciva a mettere il freno se la desiderava anche solo la metà di quanto lei desiderava lui.

«Sher mi ha detto qualcosa questo weekend che credo dovrei condividere.»

«Cosa?»

Gli tracciò la guancia con la punta delle dita. «Che non dovrei avere tanta paura di ciò che riserva il futuro da non vivere il presente.» Fece un passo verso di lui. «Siamo qui adesso, Sean. Proprio qui. Insieme. Non voglio perdermi quello che c'è tra noi perché abbiamo paura di dove potrebbe portarci o non portarci. Non lo sapremo mai se non rischiamo. Io sono disposta. Tu lo sei?»

Capitolo Venticinque

Stava per ammazzarlo.

Lui cercava di fare la cosa giusta. Quella nobile. Quella onorevole, ma lei lo conduceva lungo il sentiero della tentazione e, Dio lo aiutasse, Sean non pensò di essere abbastanza forte da resistere, perché quel Dio sapeva anche che non ne aveva alcuna voglia.

«Livvy, io...»

Lei gli posò la punta delle dita sulle labbra. «Mi desideri, Sean?»

Tantissimo, fino a togliergli il respiro. «Lo sai che sì.»

«Allora prendiamoci stanotte. Qualunque cosa porti il domani, o la prossima settimana, o il prossimo mese... avremo sempre stanotte.»

Sì, lo stava uccidendo.

E lui ci andò volentieri.

La sollevò tra le braccia. Era così piccina. Una piccola cosa che però sprigionava una potenza più forte di qualsiasi tempesta, e lui la baciò ancora, entrando volentieri nel gorgo.

Camminò lungo il sentiero, svoltò l'angolo in fondo senza interrompere il bacio, adorando la sensazione di lei tra le braccia.

«Spero che tu sappia dove stiamo andando,» mormorò lei tra un bacio e l'altro.

Lo sperò anche lui.

Giunse a un bivio. C'era già stato e cercò di ricordare quale dei due lo avesse portato dove voleva andare.

Prese a destra, la memoria che saltava mentre la lingua di lei lo faceva impazzire, e decise che l'istinto stava funzionando bene per lui; lo avrebbe lasciato guidare dove voleva.

Interruppe il bacio quando udì il gorgoglio della fontana.

Livvy gemette. «No, Sean. Non puoi fermarti di nuovo.»

«Non ho alcuna intenzione di fermarmi.» Le incorniciò una guancia per guardarla negli occhi. «Guarda dove siamo.»

Lei si morse il labbro—gonfio per colpa sua stavolta—e guardò attorno. Il centro del labirinto era un ampio cortile con una fontana di pietra e una statua al centro, panchine e topiari disposti tutto intorno come in un giardino all'inglese, la luce della luna che lo avvolgeva tutto in un silenzio sottile e luccicante.

«Oh, è così bello.»

«Non bello neanche la metà di te.»

Le guance di lei allora s'infiammarono e Sean si perse. Al diavolo la proprietà, gli indizi, gli investitori e i bilanci, ciò che era meglio per lei e ciò che era meglio per lui... In quel momento non contava altro che Livvy e il modo in cui lo stava guardando. Il modo in cui lo desiderava. Il modo in cui lui desiderava lei. *Quello* era ciò che era meglio per entrambi.

Sean sprofondò su una delle panchine, le avvolse le braccia intorno e lasciò che il futuro pensasse a sé stesso.

Baciare Sean fu un'esperienza a sé. Livvy si mise a cavallo del suo grembo, gli avvolse le braccia al collo e si tuffò. Stavolta lui non si stava fermando; lei lo sentiva. Qualunque ragione lo avesse trattenuto era, se non sparita, almeno messa da parte. Sperò che non fosse qualcosa destinato a rendere la cosa difficile tra loro più avanti, ma dato ciò che in quel momento era *duro* tra loro, era disposta a preoccuparsi del futuro, beh, nel *futuro*.

«Ne sei sicura, Livvy?» ringhiò Sean contro le sue labbra, lo sguardo negli occhi che le mozzava il fiato quanto il suo bacio. «Perché se andiamo avanti ancora un po', non sarò in grado di fermarmi.» Le passò la lingua sul labbro inferiore e lei non era mai stata più sicura di qualcosa in vita sua. «Non *vorrò* fermarmi.» Poi le leccò il labbro superiore. «*Non* voglio fermarmi.» La baciò.

Rapido, forte e meraviglioso. «Ti voglio.» Quel bacio fu dolce e delizioso e da far vibrare la pelle. «Qui.» E un altro. «Adesso.»

Lei si voltò tra le sue braccia e infilò una gamba tra le sue, così da cavalcarlo sulla panchina. Non ci sarebbe stato *alcun* dubbio su quanto lo desiderasse.

E certo non c'era alcun dubbio su ciò che *lui* voleva. La sua erezione premeva contro la seta dei suoi shorts, non lasciando nulla e tutto all'immaginazione.

Lei si mosse contro di lui.

Le mani di Sean le scattarono ai fianchi e lui strappò la bocca da dove stava facendo cose deliziose al suo collo. «Stai ferma. È troppo tutto insieme. Non ce la faccio.»

«Ah, dici le cose più dolci, Sean.»

«Se pensi che questo sia dolce, quello che sto per dire ti sembrerà decisamente peccaminoso.»

«Oh? E sarebbe?»

Le sfiorò una mano tra i capelli, poi lungo la spalla e giù per il braccio, che non era *esattamente* dove lei voleva che la toccasse. Due dita più a destra sarebbe stato perfetto. Perfettamente peccaminoso.

«Che faresti meglio a smettere di muoverti così se non vuoi che ti butti sull'erba e faccia di te ciò che voglio, senza ritegno.»

Lei si mosse contro di lui.

E si mosse ancora.

«Ah, Dio, Livvy, no.» Le labbra gli fremettero mentre il sorriso si trasformava in una smorfia, ma Livvy non ci credette. Una certa parte di lui diceva che era preso quanto lei dal momento, quindi prese quel suo *no* come un *non smettere*, perché per lei era passato troppo tempo e Sean era troppo potente, e se lui aveva un problema con questo, beh, poteva anche farle l'amore finché non se lo fossero tolto entrambi dal sistema.

Hmmm, come poteva assicurarsi che lui *avesse* davvero un problema?

Spingendo con i talloni contro i listelli della panchina, Livvy si tirò indietro fino al bordo delle sue ginocchia. Voleva peccato? Lei poteva essere peccaminosa...

Lui le tirò i fianchi. «Ehi, dove vai?»

Lei incrociò le braccia e si sfilò la canottiera, poi scosse la testa per far cadere i ricci lungo la schiena, desiderando le sue mani tra quelli—e su di lei.

Non dovette aspettare a lungo.

«Oh, mio Dio.» Le parole le uscirono di getto mentre il suo respiro le *sfuggì* dal petto. «Hai i capelli più belli che abbia mai visto.» Ne portò una manciata al viso e la sfiorò con le labbra, prima di farla scorrere lungo il naso e sulle sue labbra. Poi più giù, lungo la gola, fino alla clavicola, per poi accarezzarla come una piuma lungo il centro del petto.

Troppo.

Dannatamente.

Lentamente.

Lei inarcò la schiena, i seni che pulsavano per il suo tocco. «Ti prego, Sean.»

Lui inspirò un respiro aspro quanto l'ansia che lei stava provando. «Dio, Livvy, ti rendi conto di cosa mi stai facendo?» Le lasciò cadere i capelli e invece le passò il palmo dalla base della gola giù tra i seni, le dita che ne abbracciavano la distanza, stuzzicandola con quanto si avvicinavano ai capezzoli tesi.

E lei ricambiò il gioco. «Sì, credo di sì.» Tracciò la *sua* mano giù per il *suo* petto, sorridendo quando il *suo* respiro si spezzò mentre la punta delle *sue* dita sfiorava la sua erezione. «Allora, che ne pensi? So quello che sto facendo?»

«Gesù, donna,» disse in una lunga espirazione. Poi le fece scivolare le mani sotto il sedere e la tirò di nuovo contro di sé. «Ultima occasione,» le sussurrò contro le labbra.

«Non la colgo,» disse lei, mordicchiandogli il labbro inferiore.

Lui ribaltò il gioco, succhiandole il labbro inferiore tra i denti e scivolando giù dalla panchina sull'erba soffice davanti ad essa.

«Sei così incredibilmente splendida, Livvy.» Sean, inginocchiato sopra di lei a quattro zampe, si chinò per baciarla. Le loro labbra erano l'unico punto di contatto, ma la forza in quel piccolo punto bastò a farla impazzire.

Lei si distese sotto di lui, tremando di desiderio, i seni che bramavano di essere premuti contro il suo petto. Di essere toccati da lui. «Smetti di stuzzicare e baciami, Sean.»

«L'ho appena fatto.»

«Intendo baciami *davvero*.» Gli afferrò la maglietta e tirò.

Lui non si mosse. «Impatienti, eh?»

«*Noi*, a quanto pare, no. *Io*, invece, sì. Quindi scendi qui e fai il tuo dovere o passiamo la serata a duellare con le parole?»

«Non tutta la notte.» La baciò. Breve, dolce, meraviglioso. Ma non ciò che lei voleva. «Ecco. Soddisfatta?»

«Sul serio?» Alzò le sopracciglia.

«Cosa? Ne vuoi di più?» Sean si chinò, l'inguine che sfiorava il suo, facendole dimenticare di cosa stessero parlando.

Non dimenticò, però, che aveva la sua maglietta tra le mani.

La strappò.

Sembrava il modo più semplice per togliergliela di dosso.

Sean guardò il suo petto, poi i suoi occhi, e sorrise. «Così, eh?»

Lei si morse il labbro inferiore. A lui piaceva quando lo faceva. «Non so di cosa parli.»

«Già.» Sean aggiustò il peso e sollevò un braccio da accanto a lei per sfilarlo dalla manica.

«Non dirmi che sai fare i piegamenti su un braccio solo.» Perché lo trovava tremendamente eccitante. Non sapeva perché, ma vedere un uomo in grado di farlo la mandava in visibilio.

Lo sguardo che Sean le lanciò la mandò in visibilio, pure. «Posso, se sono motivato.»

Lei si morse il labbro. «Questa è motivazione sufficiente?»

Lui sfiorò il suo naso col proprio. «Non proprio.»

«E questo?» Gli fece scorrere entrambe le mani giù per il petto, poi intorno al fondoschiena e strinse. Aveva un fondoschiena incredibile.

«Ti stai scaldando.»

Lei sì, di certo.

«E questo?» Sollevò la testa e gli sfiorò il capezzolo con la lingua.

«Santa miseria.» I gomiti gli vacillarono e si riprese all'ultimo secondo prima di caderle addosso. «Accidenti, donna, non è leale.»

«Stiamo giocando lealmente?» Leccò l'altro. «Com'è leale che tu sei tutto là su e io tutta qua giù?»

«Oh, è un problema?» Sistemò la posizione così che le gambe fossero direttamente sopra le sue in un classico assetto da piegamento, tenendosi lì senza sforzo e senza la minima intenzione di avvicinarsi.

Così lei gli spinse in basso il sedere.

Sean non le si oppose. Si abbassò su di lei, tenendo comunque gran parte del suo peso lontano, ma stuzzicandola con i punti di contatto più deliziosi in assoluto. Oscillò appena, il suo torace mandando i capezzoli di lei in massima allerta, e lei desiderò con tutta l'anima che lui seguisse il suo esempio e strappasse qualche vestito a sua volta. Aveva bisogno di sentirlo contro di sé.

Gli premette ancora il sedere.

Poi lo afferrò.

Funzionò. Finalmente si stese su di lei ed era un paradiso puro.

Inclinò la testa dall'altro lato, spostando il peso sui gomiti, e le raccolse il capo tra i palmi mentre approfondiva il bacio.

Lei gli avvolse le braccia nella curva dei lombi. Dio, era così bello sentirlo premuto contro di lei. Tutta forza dura e desiderio compresso. La *desiderava*; di questo non c'era dubbio.

E ora lei non aveva più dubbi su ciò che stavano facendo. Su quanto lontano voleva andare. Sher aveva ragione; non aveva senso vivere nel futuro se non ci arrivava mai. Un giorno il futuro sarebbe stato il presente e questo era un momento buono quanto un altro per rendersene conto.

Gli fece scivolare le mani sotto l'elastico. «Ti voglio, Sean.»

Lui inspirò di colpo—e la sua lingua—e le braccia gli cedettero.

Si riprese in fretta—troppo in fretta—e si sollevò da lei. Ma, grazie a Dio, non così lontano come prima. «Gesù, Livvy. Sai quello che stai dicendo?»

«Sì. Assolutamente.» E per la prima volta in vita sua, stava agendo senza pensarci fino all'*ennesima* potenza di conseguenze. Erano due adulti consenzienti che non avevano altra agenda se non quella che il destino aveva tirato loro addosso, e lei era più che felice di buttarla fuori dal campo.

«No,» sussurrò quando lui si rotolò di lato, interrompendo il bacio. «Sean, tu—»

«Shhh.» Le scostò i capelli dalla guancia. «Sono troppo pesante per te.» Si rotolò sulla schiena e, con una mossa che sfidava quasi la gravità, la tirò sopra di sé.

«Così dev'essere. È qui che devi essere.» Le raccolse i capelli in una coda con una mano e con l'altra le scese lungo la schiena.

Lei rabbrividì.

«Così?»

Lei annuì.

«E così?»

Le strinse il sedere.

Lei si leccò le labbra.

«Ah, dannazione, Livvy. Non ho difese contro questo.» La tirò giù e la baciò di nuovo.

E poi lo baciò lei. Stare sopra le dava una libertà che non aveva quando lui era su di lei. Ora poteva spostarsi un poco a destra e premere la coscia contro la sua erezione.

Lui gemette.

Lei sorrise.

«Mi ucciderai.»

«Spero proprio di no.» Gli pizzicò la mascella. «Rovinerebbe un po' la serata.»

«Ah sì?» ringhiò quando lei mordicchiò lungo la sua gola, la giusta quantità di peli sul petto che le solleticava il mento mentre baciava dalla clavicola all'ombelico. E magari più giù, se lo spirito la spingeva.

In quel momento, la spingeva a passare la lingua sul suo capezzolo. Voleva sentirlo ansimare con quello stesso sussurro di meraviglia senza fiato che provava lei.

Sei nei guai fino al collo.

La coscienza aveva ragione, ma per una volta non l'avrebbe ascoltata.

Lui le lasciò il gioco, le mani intrecciate nei suoi capelli, il petto—la sua splendida tartaruga perfetta da ispirare fantasie—che le tremava sotto la punta delle dita.

In qualche modo, i suoi shorts raggiunsero la canottiera. Non sapeva come e davvero non le importava. Adesso, se solo fosse riuscita a togliersi quel maledetto tanga.

Sean l'aiutò in quello.

Così lo aiutò anche lei e la cosa successiva di cui si rese conto fu che erano nudi sull'erba.

Nudi sull'erba. Non avrebbe mai pensato di arrivare al giorno in cui sarebbe stata nuda al chiaro di luna, a rotolarsi sul prato con un dio di uomo che pareva il modello di quello al centro della fontana.

Eros.

Nessun uomo in carne e ossa poteva reggere il confronto con un dio, ma Sean ci andava dannatamente vicino. Non aveva un'oncia di grasso addosso, fatto che lei confermò con tutte e dieci le dita. E con un paio di labbra. Le guance. E i seni. Oh, come lo confermarono i suoi seni, scivolandogli su ogni linea scolpita degli addominali mentre lo baciava scendendo lungo il corpo. Si spostò appena per seguire quella linea sexy sul fianco che era certa fosse stata disegnata dagli stessi dèi per tentare le donne a perdere la testa, e lei voleva essere in prima fila.

«Livvy, vieni qui.»

Non si preoccupò di sollevare la testa. Il suo profumo la chiamava. Lo avvolse con le dita.

«Gesù.»

«No, *Livvy*. Non dimentichiamo con chi siamo.»

Sean le fece scivolare le dita sotto il mento e le inclinò la testa. «E allora perché non vieni qui su a ricordarmelo? Lì dove sei adesso? Tra un minuto non ricorderò più *il mio* nome, quindi forse dovresti rallentare un po' o tutto finirà prima ancora di cominciare.»

Lei gli sciolse le dita da intorno, una alla volta. Lentamente. «Non possiamo permettercelo, vero?»

Poi gli graffiò leggermente con le unghie lungo tutta la lunghezza.

Lui gemette. «Oh, Dio.»

«No. *Livvy*.» Risalì a baciargli il corpo, senza mai togliere la mano da lui, la punta delle dita che disegnavano cerchi sulla testa con delicatezza infinita.

Lui le affondò una mano sotto i capelli, le raccolse il viso e la attirò in un bacio che sfidava ogni descrizione. Ogni gesto perfetto, ogni sensazione sexy, sensuale, cominciò in quel bacio. Fu un bacio come nessun altro; le chiedeva, la blandiva, le diceva e pretendeva cose da lei, e tutto ciò che lei voleva era perdersi in esso. In lui.

Lei si staccò a fatica dalle sue labbra, inghiottendo ossigeno nella vana speranza che il battito le scendesse fuori dalla stratosfera per poter sentire i propri pensieri, ma in quel momento non stava pensando poi molto. Stava sentendo.

E sentiva che dovevano andare avanti.

Cercò con lo sguardo i suoi shorts. Eccoli. A circa un metro e mezzo a sinistra. Grazie al cielo non li aveva lanciati troppo lontano.

«Dove vai?» Sean le afferrò la caviglia mentre lei si trascinava verso gli shorts.

«Vedrai.» Si allungò per prenderli, le punte delle dita che marciavano a granchio gli ultimi centimetri per raggiungerli. «Sean, lasciami. Mi ringrazierai. Promesso.»

«Io sarò contento *di non* lasciarti.» Le dita gli si contrassero sulla pelle.

Le sue parole le riscaldarono il cuore e si concesse per un secondo di sognare cosa potesse significare. Dove potesse portarli. Ma solo per un secondo. Sognare era un grande passo per lei. Non sognava qualcosa del genere da molto tempo.

Agganciò il passante con il dito medio e trascinò a sé gli shorts, poi si raggomitolò di nuovo accanto a Sean. «Ecco. Questo cercavo.»

Estrasse due preservativi dalla tasca posteriore.

«*Tu* hai portato i preservativi?» Fece un mezzo risolino, mezzo gemito.

Bene, proprio come lo voleva: un po' spiazzato ma godendosi il momento. «Una ragazza deve proteggersi.»

L'angolo sinistro della sua bocca si sollevò. «Ti proteggerò io, ma è bene sapere che li abbiamo. Ovviamente non mi aspettavo che succedesse.»

«Perché no?»

«Eh?»

«Perché *no*? Non potrà essere poi una sorpresa così grande. Il piano della cucina è rimasto in sospeso. O ho capito male?»

«Cosa? No. Sì.» Espirò e si sollevò sui gomiti, il sali e scendi del suo torace, sexy da far girare la testa, creando un effetto onda sugli addominali che ipnotizzava. Lei avrebbe potuto guardarlo tutto il giorno.

E tutta la notte, anche.

«No, non hai capito male, Livvy, ma una cosa è fantasticare su, beh, *quello*. Su di te. Ma pensare che possa accadere e prepararsi... Sarebbe presumere un po' troppo.»

«Ma *io* ho presumuto. Ci ho pensato, l'ho presunto, e ora siamo qui.» Sollevò i preservativi. «Quindi *carpe noctem* e scegli un colore. Rosso o verde?»

«Cosa sono, un albero di Natale?»

Lei guardò il suo inguine. «Beh, sei almeno un abete di Douglas, e forse anche una possente quercia.»

«Io direi una sequoia gigante.»

Avrebbe davvero voluto aver perfezionato l'arte di alzare un sopracciglio. «Ci teniamo parecchio, eh?»

Lui sorrise. «Se non ci tengo io, chi ci tiene?»

Lei si toccò le labbra con un dito, godendosi il modo in cui i suoi occhi si accendevano fissandolo. «Come? Non ci sono legioni di donne in fila per fare gli onori? Uno come te, direi che avresti un harem a comando.»

Lo disse con leggerezza, ma in realtà era qualcosa che la preoccupava. Oh, certo, sapeva che non stavano dichiarando eterno amore e giurandosi monogamia finché morte non li separi, ma comunque... A una donna piace sapere di essere speciale.

Lui si mise a sedere e le fece scorrere le dita lungo il braccio fino alla mandibola. Le aprì la mano lì, con il pollice sotto il mento, ognuna delle dita come una torcia, ad accenderle un fuoco lento in tutto il corpo.

«Nessun harem, Livvy. Non ce n'è nemmeno una. Solo tu. Sei l'unica donna che ho sognato a occhi aperti.»

«Hai *fantasticato* su di me?»

Le sollevò il mento un pochino di più. «È sbagliato?»

Sì.

No.

Non lo sapeva.

Aveva fantasticato su di lei. E se lei non fosse stata all'altezza di quella fantasia? Se l'avesse deluso? Se non fosse stata ciò che lui voleva?

Se lui non avesse più voluto vederla?

Lui lasciò cadere la mano. «Dio, scusami. Sembra brutto, lo so, pensare in quel modo alla tua capo mentre vivi sotto lo stesso tetto. Ti prometto, Livvy, non succederà più.»

«Quella promessa non la voglio.»

«Eh?»

«Ho detto che quella promessa non la voglio. Voglio quello che hai detto prima. Che mi desideri. L'adesso, il qui e le fantasie. Non puoi rimangiartelo.»

Era l'unico uomo—l'*unico*—che le avesse mai detto di aver fantasticato su di lei, e da fantasiosa quale era, sapeva quanto potevano essere potenti e quanto buone quelle fantasie. Ora che aveva la possibilità di realizzarne una sua, non avrebbe smesso. E nemmeno lui, se dipendeva da lei.

Gettò il preservativo rosso sull'erba e strappò con i denti quello verde.

Sean lo guardò, poi guardò lei.

Quelle onde sugli addominali aumentarono di ritmo.

Lei si rimise sui talloni e molto deliberatamente, molto determinata, srotolò il preservativo. «Allora, cosa facevamo nella tua fantasia?»

Sean si arrese. Smetté di provare a trattenersi, smetté di provare a fermare ciò che lei così chiaramente voleva—che lui voleva—e smise di cercare di capirlo. Il testamento e gli indizi e la proprietà... Al diavolo, avrebbe venduto l'unico immobile che gli era rimasto se questo avesse sistemato la situazione, ma ci avrebbe pensato dopo. Adesso c'era solo Livvy.

«Questo.» Le spalancò la mano sulla nuca e la tirò a sé, assaporando quelle labbra con un'intensità che lo sconvolse.

Lei sapeva di meraviglia. Era uno spettacolo, e lei *era* meravigliosa, seduta lì così fiera e sicura di sé, con la luce della luna che le scrosciava addosso sul corpo incredibile, e l'insieme era semplicemente, beh, incredibile.

Gemette nella sua bocca, volendo questo.

Le coprì un seno, il pollice che trovò il capezzolo e lo cerchiò. Lo strofinò. Sorrise contro le sue labbra quando si indurì per lui.

Sorrise di più quando lei gemette.

«Ti piace?»

Lei annuì, il respiro che si spezzava.

«E questo?» Le prese l'altro. «Ti piace, Livvy?»

Lei annuì, mordendosi il labbro.

La raccolse tra le braccia e la adagiò sull'erba, stavolta senza bisogno di inviti per stendersi sopra di lei. Niente attimi di indecisione, niente domande. Era lì che dovevano essere e il resto si sarebbe sistemato da sé.

Lei gli avvolse le gambe intorno. «Ti voglio, Sean.»

Affondò il viso nella dolce curva del suo collo, inalando un profumo che era solo Livvy. Mele e lavanda e qualcos'altro. Qualcosa d'indefinibile che lo raggiungeva e si avvolgeva attorno a lui, invitandolo a entrare.

Non seppe dirle di no. «Dio, voglio te, anch'io.»

«Te l'ho già detto, è *Livvy*.» Lei ansimò quando le pizzicò la spalla e gridò il suo nome.

«Ti chiamerò come vuoi, pur di sentirti dire di nuovo il mio nome così.»

Le pizzicò l'altro lato e lei lo disse di nuovo, un colpo dritto all'anima.

Era nei guai molto più di quanto avesse mai creduto possibile e in quel momento non gliene importò un accidente.

Le fece scivolare la mano lungo la curva del corpo, sopra i fianchi perfetti, e gliela infilò sotto la coscia. Avrebbe corso la lingua su quella coscia, prima o poi, ma adesso non c'era tempo. «Devo averti.»

Lei sollevò la gamba. «Allora prendimi.»

Lo fece. Lei si aprì per lui e lui scivolò dentro e fu come se tutto tornasse a posto nel mondo. Come se fosse stato fuori asse e all'improvviso fosse di nuovo in bolla. Pari. Coerente.

Il che era più di quanto si potesse dire di lui. Soprattutto quando lei lo guardò dal basso, gli occhi che luccicavano... Oh, no. Non era mai stato bravo con le lacrime di una donna. «Che c'è, Livvy?»

Lei sorrise, un sorriso dolce, velato di così tanta emozione che il labbro inferiore, quello che mordicchiava in modo tanto provocante, le tremò. «Questo è molto meglio di qualsiasi fantasia.»

«*Tu* sei meglio di qualsiasi fantasia.» Si ritrasse allora, volendo—dovendo—muoversi.

«Non andare.» I suoi occhi ambrati si scurirono mentre gli strinse le braccia—e i muscoli interni—intorno.

Nulla lo avrebbe fatto andare via. «Non vado.» Inclinò i fianchi e affondò di nuovo in lei—in più di un modo.

Lei allentò un po' la stretta e gli angoli della bocca le si sollevarono. «Fallo ancora.»

«Con piacere.» E piacque, eccome.

Lei chiuse gli occhi e inarcò la schiena, il collo che si curvava così invitante che lui dovette di nuovo assaggiarlo.

Le baciò un sentiero dall'orecchio alla mandibola, giù per quella gola dolce e morbida, sentendo ogni battito del suo cuore con le labbra. Il suo cuore lo eguagliò.

Si mosse dentro di lei, deliziandosi del modo in cui il suo corpo lo accoglieva, del modo in cui lei lo prendeva dentro di sé e lo accarezzava, lo stringeva, lo desiderava. Accelerò il ritmo, l'aria della notte calda sulla schiena, l'erba liscia sotto le gambe, e Livvy così morbida e setosa e perfetta sotto di lui.

Lei gli avvolse le gambe addosso, i talloni che gli affondavano nei glutei, le unghie che gli rigavano la schiena, e Sean non poté più andare piano. Doveva averla. Doveva farla impazzire quanto lei stava facendo impazzire lui. Doveva darle lo stesso piacere che provava.

La baciò di nuovo, a lungo, versando in quel bacio ogni stilla di desiderio e bisogno e sentimento mentre affondava dentro di lei.

«Così, Sean. Non fermarti.»

Come se potesse.

Affondò in lei e fu così dannatamente bello che non avrebbe mai voluto finisse.

Le fece scivolare una mano intorno alla vita, poi giù a coprirle il sedere perfetto. La accarezzò, sorridendo quando lei gli risucchiò la lingua in bocca con un sussulto.

Le piaceva.

La accarezzò di nuovo e Livvy si mosse, e fu come se l'universo intero convergesse in quel punto in cui i loro corpi erano uniti. Calore e bisogno e voglia e puro, assoluto piacere gli rimbalzavano dentro, e Sean dovette afferrarle il sedere con entrambe le mani e premerla contro di sé mentre cercava di, beh, *assorbirla*.

«Oh, Dio, Sean, sì. Così.» Lei gli graffiò la schiena, i glutei, le spalle, le ginocchia che lo stringevano, e Sean non riuscì più a trattenersi.

Gemette, staccandosi dalle sue labbra per potersi inarcare dentro di lei, il momento carico di attesa, e restò sospeso per, sì e no, due nanosecondi prima che le sensazioni lo travolgessero, e affondò in lei ancora e ancora, l'orgasmo che cresceva in lui. E in lei, mentre chiudeva gli occhi e arcuava la schiena e oh, Dio, sì. Là. Ancora una volta—no, due—e poi... e poi... lei gridò il suo nome, portandolo oltre il limite con sé.

Si cacciò in un guaio enorme.

Capitolo Ventisei

A un certo punto nel cuore della notte, o forse era più verso il mattino, dato che non era più buio, Livvy si destò tra le braccia di Sean.

L'unico posto in cui desiderasse essere.

Sfiorò la guancia contro la sua, adorando il raschio della barba, il battito regolare del suo cuore e il sapore di lui ancora sulle labbra, mezza temendo di star cominciando ad amare *lui*.

Aspetta. *Amare*? Era impazzita? Non poteva essere innamorata di lui. Lo conosceva appena. Quanto era passato? Una settimana da quando si erano incontrati? La gente non si innamora in una settimana. E non lo fa dopo una sola notte d'amore. Certo, era stato un amore incredibile, rovente, sexy, intenso, ma sempre *una* notte?

Sua madre era la prova lampante che stava fraintendendo le emozioni della notte precedente e ciò che significavano. Le reazioni ormonali illogiche non erano amore; erano chimica. L'amore era *emozione*. Erano speranze e sogni condivisi. Piacersi, essere amici. Il sesso era solo un bonus.

E che bonus, con Sean.

«C'è un uccello che ci fissa.» Il braccio di Sean si strinse intorno a lei.

«Cosa?»

«Un uccello. Là.» Le diede una gomitata.

Aprì un occhio.

Un occhietto nero e lucido la fissava, incorniciato da piume gioiello color teal e acquamarina.

«Oh. I pavoni.»

«Pavoni?» Sean si irrigidì accanto a lei.

Lei abbassò lo sguardo per vedere se qualcos'altro si fosse irrigidito.

Accidenti. Si era coperto con le mani.

«Non credo che al pavone importi che siamo nudi, Sean.»

«Neanche a me. Non ho solo bisogno che venga a beccarmi.»

Ridacchiò. «A beccare il tuo uccello? I pavoni mangiano granaglie, non carne.»

«Non l'hai appena detto.»

«Ops, temo di sì.»

Il pavone si pavoneggiò più vicino.

«Non lo so, Livvy. Quella cosa sembra che voglia puntare ai miei occhi.»

Il becco giallo e appuntito poteva essere pericoloso. I pavoni potevano essere aggressivi. Non riusciva a immaginare un finale peggiore per la loro notte insieme che correre in giro con un pavone che beccava le loro parti intime.

Livvy sospirò e si mise a sedere. L'uccello arretrò di un'inezia. Monello impertinente. Ma poteva aspettarsi altro dall'affettazione di Merriweather?

«Sciò!» fece un gesto con le mani.

L'uccello si limitò a sbattere le palpebre.

«Avanti! Fuori di qui!» Questa volta strappò un po' d'erba e gliela lanciò addosso.

Ancora niente.

Sean si alzò in piedi, abbandonò la presa sul suo prezioso pacchetto, allargò le braccia, incurvò le spalle e...

Gracchiò.

L'uccello corse attorno alla base della fontana, urlando il suo strillo acuto come se stesse correndo per salvarsi la vita. Livvy aveva il singhiozzo quando finalmente smise di rotolarsi a terra dalle risate. «*Che* cos'era quello?»

Sean si sedette accanto a lei a gambe incrociate, come se fosse la cosa più naturale del mondo stare seduti nudi come vermi, nel mezzo di un labirinto all'inglese nel nord-est della Pennsylvania, a gracchiare a un pavone. «Ho fatto quello che si deve fare con gli animali minacciosi. Ti comporti come se fossi più grande e più feroce, così ti temono e ti rispettano e fanno quello che dici.»

«Ti prego, dimmi che non lo applichi agli animali umani.»

Inarcò un sopracciglio. L'espressione era decisamente troppo sexy su di lui perché lei potesse offendersi. «Stai dicendo che ieri notte non sei stata un animale?»

«Oh mio Dio. Non posso credere che tu l'abbia detto.» Lo colpì su quella spalla muscolosa, liscia e molto tonica. «Non è molto da gentiluomo.»

«Ieri notte non ti interessava che facessi il gentiluomo.»

Dannazione, arrossì. Odiava arrossire.

«Adoro quando arrossisci.»

O forse no. «Perché?»

Le sue dita le sfiorarono la spalla. «Perché ti viene quell'espressione. È quasi timida, ma non proprio. Dice tantissimo con così poco. Amo che tu non abbia paura di mostrare le tue reazioni. La maggior parte delle persone si comporta come pensa che gli altri si aspettino, per adeguarsi ed essere valorizzati. Ma non tu. Tu sostieni le tue convinzioni. Non segui il gregge. Sai quanto è raro? Quanto rara *sei* tu?» Le scostò i capelli dal viso. «Quanto sei speciale?»

Speciale. Non era mai stata speciale, prima.

Si mise in ginocchio e gli prese il *viso* tra le mani. Le sue dita scorsero sulle *labbra*. Non ci sarebbe mai riuscita a lasciar perdere Sean, quando la sua condanna sarebbe scaduta. In qualche modo, avrebbero dovuto trovare una soluzione logistica.

O forse, chissà, poteva persino pensare di tenere il posto e viverci. Lui avrebbe mantenuto il suo lavoro, i suoi animali avrebbero tenuto la loro stalla, e lei avrebbe potuto avere ciò che aveva sempre desiderato. Una casa. E qualcuno con cui condividerla.

Il pensiero, per una volta, non la fece trasalire. Per Sean, avrebbe potuto vivere qui. Non c'era nessuna legge che dicesse che dovesse venderla subito. Poteva restare qui per un po'. Capire come sistemare le cose.

E quella idea le piaceva sempre di più, momento dopo momento.

«Mi fai sentire speciale.» Continuò a delineargli il viso. Il suo viso splendido e sensuale, perfetto quanto quello del fratello divo del cinema, ma infinitamente più prezioso per la persona che c'era dietro. La persona che lei...

Non poteva spingersi fin lì. Non ora. Non ancora. Era disposta ad ammettere solo di desiderarlo più di quanto avesse desiderato chiunque prima d'ora, e per Livvy, era già un'ammissione enorme.

«Livvy.» Geme il suo nome quando le dita gli sfiorarono le labbra.

«Sì?»

«Ti voglio.»

Abbassò lo sguardo. Decisamente sì.

Livvy sorrise. «E tu, Sean, mi avrai.»

Tutta. Dentro e fuori.

Perché, qualunque cosa si fosse raccontata, per quanto l'avesse rigirata, tutto si riduceva a una cosa: si stava innamorando di Sean Manley.

Capitolo Ventisette

«Qui da qualche parte deve esserci una traccia. Dobbiamo guardare meglio.»

Non aveva bisogno di fare niente di più duro; il suo cazzo era già abbastanza duro. E sarebbe stato infinitamente più utile se lei si fosse messa addosso qualche benedetto vestito. Anche solo una canotta striminzita e quei pantaloncini alla Daisy Duke sarebbero stati meglio del suo sedere perfetto a forma di cuore, tonico e sinuoso e *nudo*, che gli faceva seccare la bocca ogni volta che si chinava per guardare sotto una panchina o lungo il vialetto di mattoni attorno alla fontana. E poi c'erano i suoi seni. Più grandi di quanto potesse contenerne una mano—e quel vecchio detto era una sciocchezza, a lui piacevano i suoi seni grandi, grazie tante—i capezzoli piatti contro le areole chiare, ogni singola lentiggine attorno che lo tentava a leccarli fino a farli diventare punte deliziose. Non aveva visto tutte le sue lentiggini alla luce della luna, ma quella mattina, quando lei era stata sopra di lui... l'aveva tirata giù per leccarle una a una e, dannazione, se non voleva rifarlo subito.

«Merriweather *doveva* includere il labirinto nella sua caccia al tesoro. Questo posto è troppo importante perché non volesse insegnarmi tutto su di esso. Chi aveva fatto cosa a chi e come la nostra illustre famiglia ne aveva raccolto i frutti. Accidenti, diresti che avrebbe una parete di trofei o qualcosa del genere.»

Come un emblema nel fienile.

Ah, niente sgonfia un'erezione come il senso di colpa. Avrebbe dovuto provarci più spesso, con lei. Dio sapeva che ne aveva a sufficienza di cui vergognarsi.

Ed è per questo che, quando lei aveva avuto l'idea di cercare nell'area della fontana di sua iniziativa senza alcuna traccia, Sean acconsentì. Non sapeva ancora che cosa avrebbe fatto se fosse stato lui a trovarla per primo. Glielo avrebbe detto o l'avrebbe tenuta per sé?

Come avrebbe potuto, dopo la notte precedente?

La notte prima era stata... Era stata incredibile. Lei era stata incredibile. Loro due erano stati incredibili. Fare l'amore con Livvy non era stato come stare con nessun'altra donna. C'era stato qualcosa di più del semplice fisico—e questo l'aveva spaventato a morte. Una cosa era ammirarla, piacerle e desiderarla, ma sentirsi in sintonia?

Sì, l'universo se la rideva di gusto alle sue spalle. L'unica donna con cui si fosse mai sentito connesso e lui stava per sabotarala.

Non poteva.

Ecco. Non poteva proprio farlo. Ma come diavolo avrebbe fatto a portare a termine tutto *e* tenere Livvy nella sua vita?

Se non fosse stato per la fiducia dei suoi fratelli in lui, per il loro aiuto e i loro soldi, se ne sarebbe andato. Avrebbe accettato le perdite e ricominciato. Aveva iniziato da zero all'inizio; avrebbe potuto farlo di nuovo. Ma costruire qualcosa con Livvy... Se lei avesse mai scoperto ciò che stava progettando di fare, avrebbe distrutto le fondamenta stesse di ciò che stavano costruendo.

Non poteva permettere che accadesse. Doveva trovare una soluzione.

«Qui! Sean, è qui!»

Ed ecco di nuovo il suo sedere perfetto, che rimbalzava—ovviamente— mentre indicava una statua sul bordo della fontana. Anche un paio d'altri elementi rimbalzavano.

Già, doveva proprio trovare una soluzione.

Raccolse i loro vestiti e corse verso di lei con un trotto leggero. Che un po' delle sue parti rimbalzassero pure, vediamo se le piaceva.

I suoi occhi color ambra si scurirono quando lui si avvicinò.

«Niente male», fu tutto quello che disse, ma diceva molto.

Lei prese i vestiti e, se esistessero club per lo spogliarello al contrario, ne sarebbe stata la star. Non aveva mai visto nessuno infilarsi *una* canottiera in modo così provocante da supplicarlo di togliergliela, come faceva lei. E il modo in cui scivolò dentro i pantaloncini, rinunciando al tanga—e chi poteva dire se fosse un bene o no—lo fece quasi impazzire dalla voglia di strapparglieli di dosso.

«Ti è piaciuto lo spettacolo?»

Ingoiò. «Sì.»

Lei rise mentre lui si tirava su i suoi di pantaloncini. La T-shirt, però, ebbe un effetto diverso. Era a brandelli e a entrambi tornò in mente il perché. E il come.

Lei cominciò a portarsi i capelli dietro l'orecchio, ma Sean la fermò. «Lascia fare a me.»

Gli sorrise dal basso e a lui ci vollero un paio di secondi per riuscire a respirare. Usò quei secondi per fare ciò che aveva desiderato fare con quella ciocca ribelle da quando l'aveva vista per la prima volta. «Hai detto che hai trovato una traccia?»

Lei annuì, riversandosi sulle spalle quei ricci che la notte prima gli avevano carezzato l'addome in modo così erotico. «A scuola le ragazze mi prendevano in giro dicendo che la mia famiglia dovesse avere secchi di soldi in giro, così quando ho sentito parlare del secchio speciale di questa fontana che *davvero* aveva dentro delle monetine, ho dovuto venire a vederlo. Da qui l'essermi persa nel labirinto.»

«Stai scherzando, vero? C'è un secchio di soldi che se ne sta lì sulla proprietà?»

«Ci sono i penny per esprimere i desideri. Li riciclano quando il tipo della fontana la pulisce, ma comunque. L'idea *è* un po' troppo. Proprio nel gusto di Merriweather.» Dondolò sui talloni—quelli nudi e non quelli degli anfibi, grazie al cielo—e sorrise quel sorriso che bastava un'occhiata per farlo drizzare.

E lo intendeva alla lettera. «Mi arrendo. Che cosa?»

«Questo.» Sollevò un piccolo tubicino ovale, allungato, d'argento. Sembrava un proiettile pompato, con una giuntura a metà. «La prossima traccia.»

«Che cosa c'è scritto?»

Lo aprì.

Ben fatto, Olivia. Ancora cinque. Finirai in tempo o sei abbastanza arrabbiata con una vecchia donna da gettare la spugna?

Però forse non vuoi farlo ancora, però. Ti serviranno quell'asciugamano—e un costume da bagno—per questa prossima traccia. Ma già che sei qui, studia la fontana. Le pietre vengono dalle nostre terre in Inghilterra e la statua fu commissionata per Phillip Martinson in onore di sua moglie, Catherine. La leggenda dice che questo labirinto fosse il loro luogo d'incontro segreto, donato a lei da lui per il loro anniversario di nozze. Un vero matrimonio d'amore. Purtroppo, non tutti i Martinson sono stati così fortunati in amore. Ecco perché questa terra e questa casa sono così importanti. Non contare mai su nessuno tranne te stessa per farti strada nella vita. Le persone possono andarsene; la terra è permanente.

Ti sembro Mr. O'Hara? C'era molta verità nelle sue parole e so che quel film ti piace.

«Ah ah!» Sean rise. «Ecco spiegati gli alpaca.»

«Eh, grazie al cielo che te ne sei accorto.»

«Allora perché non Mammy e Melania e Ashley e il resto della compagnia invece dei Beatles?»

«Gli altri animali erano tutti recuperi. Rhett e Scarlett sono stati gli unici che ho potuto chiamare io.»

Forse era un bene che Livvy non volesse figli: Sean riusciva solo a immaginare un figlio chiamato Ashley.

Aspetta. Che diavolo stava facendo immaginando figli con Livvy? Prima doveva assicurarsi che ci fosse una relazione, *e* di avere i mezzi per provvedere a quei figli, prima ancora di *pensare* di averli. Poi c'era da convincere Livvy *a* volerli—

«Ed ecco la poesia brutta.»

Sean ascoltò con metà orecchio mentre cercava di scacciare l'immagine di Livvy col suo bambino in grembo. Non voleva andarsene.

«Quindi immagino che la prossima tappa sia il lago.» Arrotolò la traccia e la rimise nel tubicino. «Andiamo a prendere i costumi o andiamo *au naturel?*»

Se fossero andati così, forse lo avrebbe ucciso.

. . .

Due ore dopo, dopo aver sistemato gli animali, si misero i costumi, prepararono un pranzo al sacco e si diressero verso il lago della proprietà.

Sean aveva grandi piani per il lago. C'era un'isola al centro che sarebbe stata l'ambientazione perfetta per piccoli matrimoni. Se fosse riuscito a portarci i servizi, avrebbe anche potuto pensare di costruirci un cottage per la luna di miele. Appena avesse preso possesso della tenuta, avrebbe portato il progetto davanti alla commissione urbanistica.

«Oh, guarda! Un'aquila calva!» Livvy indicò alla destra del golf cart dove l'uccello dalla testa bianca planava per atterrare sulla cima dell'albero più alto dell'isola.

Quel posto era un'opera d'arte. La proprietà *perfetta* per ciò che aveva in mente. *Doveva* trovare un modo per ottenerla. Doveva assolutamente.

«Livvy, mi chiedevo...»

«Sì?» Si voltò verso di lui con un grande sorriso pieno di speranza, gli occhi danzanti, le dita intrecciate con le sue, l'eccitazione e la felicità che quasi frizzavano da lei come una corrente elettrica.

Se solo quello spiegasse perché lui era così nervoso e carico.

«Non è splendida? Non posso credere di non essere mai venuta qui. Chissà se nel lago ci sono i pesci? Che posto fantastico per stare e rilassarsi.»

O per ospitare un ricevimento di nozze.

Per gli ospiti. Non per se stesso o per Livvy. No. Stava pensando esclusivamente in termini di affari. Era stato il suo primo pensiero quando aveva visto il lago. I bordi erano perfettamente curati, ogni sasso e ciuffo di muschio e fogliame tutto rigorosamente progettato e mantenuto. Merriweather era stata meticolosa in questo.

Sean inchiodò il golf cart a due piedi dal bordo dell'acqua. «Allora, ehm, dov'è la prossima traccia qui?»

«Bella domanda.» Livvy scese e prese il cesto del picnic dal sedile posteriore. «Non sono mai stata qui, quindi non ne ho idea.» Tirò fuori la traccia precedente. «Dice qualcosa sul fatto che ci serviranno gli asciugamani, quindi immagino che dovremo entrare in acqua.»

«L'isola. La traccia è sull'isola.»

Merriweather era stata molto interessata alle sue idee per i matrimoni su quell'isola, anche se preoccupata per l'impatto sulla fauna selvatica. Sean aveva messo da parte una bella somma nel suo budget per uno studio d'impatto ambientale che, per fortuna, non aveva ancora ordinato. Avrebbe potuto rimandare quel progetto e usare i soldi per soddisfare la richiesta di Livvy.

Non bastava, ma era un inizio.

Posero il cesto e la coperta accanto a una delle sorgenti che alimentavano il lago, l'acqua fresca che scivolava su pietre levigate in una dolce serenata.

L'acqua del lago era cristallina. E fredda. Merriweather aveva detto che un bacino di raccolta della neve riempiva il lago ed era proprio ciò di cui Sean ebbe bisogno quando Livvy si tolse la gonna—era tornata alle gonne—per rivelare un bikini.

Le mani gli prudevano dalla voglia di toglierglielo e memorizzare di nuovo ogni sua curva.

Andò anche peggio quando lei entrò in acqua e i suoi capezzoli si misero in massima allerta.

Sean si immerse, pregando che servisse.

Servì. Finché non la rivide.

Così tornò sotto, trattenendo il fiato il più a lungo possibile prima di dover risalire a prendere aria. Per fortuna, l'isola non era troppo lontana e uscì camminando. Non era mai stato così felice del rattrappimento in vita sua.

Livvy impiegò il suo tempo per arrivare all'isola. Sean stava lì, perfetto come un Eros—tranne per i pantaloncini, s'intende—e lei voleva godersi il panorama. Ancora non riusciva a credere che lui fosse preso da lei quanto lei lo era da lui.

Forse lui vede i segni del dollaro.

Ecco un pensiero capace di succhiare il piacere da qualsiasi cosa.

Ma, ehi, non c'era alcuna garanzia che sarebbe finita con il posto, comunque, quindi Sean, ammesso che *stesse* coprendosi le spalle, poteva stare facendo tutto per niente. Ma non lo era, perché lui non era quel tipo. Questo lo sapeva di lui. Non sapeva come lo sapesse; lo sapeva e basta. L'istinto l'aveva sempre servita bene in tutti questi anni, l'aveva tenuta in piedi da sola, quindi non l'avrebbe ignorato.

«Non hai freddo?» le chiamò dalla riva, le mani sui fianchi, che incorniciavano gli addominali in una bella V con quelle spalle larghe. Spalle che lei aveva percorso con le labbra la notte prima. E quella mattina.

Peccato non avesse portato più di due preservativi. A proposito, a un certo punto avrebbe dovuto passare in farmacia.

«Niente come l'acqua fredda per svegliare una persona.» E per calmare le terminazioni nervose.

Si unì a lui sulla spiaggia e fu la cosa più naturale del mondo prendergli la mano. Così lo fece. O fu lui a prendere la sua. In ogni caso, non importava, perché si stavano toccando mentre iniziavano a cercare sull'isola.

Non avrebbe dovuto tenerle la mano. Dimenticava le cose quando le teneva la mano. Cose importanti. Cose come Bryan e Liam e un bel po' di soldi. Cose come il futuro e i suoi piani e ciò che voleva fare della sua vita e ciò che doveva dimostrare non solo a tutti gli altri, ma a se stesso.

Il fatto era che non aveva messo in conto Livvy. Il desiderarla. E non solo in senso carnale—anche se c'era pure quello—ma in *ogni* senso. Voleva vederla lontano da quel posto. Lontano dal fienile e dai suoi animali. Solo per fare una passeggiata in un posto nuovo per entrambi. Qualcosa che potessero chiamare loro. Voleva vedere la sua casetta di campagna e la vita che si era ritagliata da sola. Voleva sentire della sua infanzia e placarne le paure. Voleva far sparire tutta la solitudine e prometterle che non sarebbe stata mai più sola.

Sean inciampò in una roccia. Almeno, pensò che fosse una roccia. Forse era stata una metaforica, perché quello a cui stava pensando... pesava. Molto più di quanto volesse a questo punto della sua vita, ma se avesse pensato anche solo per un secondo di lasciarle la mano e fare un passo indietro—e poi un altro e un altro ancora—non ci sarebbe riuscito.

Perché questo—lei, lui—sembrava giusto.

Rimettiti con la testa nel gioco vero, Manley.

Buffo, avrebbe giurato che la sua coscienza avesse la stessa voce del suo contabile.

Milioni di dollari.

Già, suonava proprio come Don.

Ma Don avrebbe badato solo ai suoi interessi finanziari, così Sean provò a concentrarsi su qualcos'altro.

La boscaglia era interessante. Non conosceva quella pianta in particolare. Fiancheggiava la spiaggia come una siepe con sentieri tagliati in mezzo, ma stavano ricrescendo. «Ha mandato in pensione anche il giardiniere, vero?»

Ecco, così. Concentrarsi sull'erba. Garantito che avrebbe distrutto qualsiasi momento.

Livvy annuì. «Qualcuno dovrà fare un sacco di assunzioni.»

Aveva già mandato le specifiche a un'agenzia interinale.

Camminarono attraverso un frutteto.

«Oh, wow!» Livvy batté le mani. «Pere e mele e pesche e ciliegie. E, guarda. Anche cespugli di mirtilli. È fantastico.» Sfumò un tocco quasi reverente sulla frutta in boccio. «Sai quante crostate posso fare con questi?»

«E non dimentichiamoci gli scone.»

Gli sorrise, gli occhi color ambra che scintillavano come sole. «Saresti disposto ad aiutarmi?»

«L'ultima volta non me la sono cavata così male, giusto?»

«No. Sei stato fantastico. *È* stato fantastico.»

E, proprio così, tutte le sue buone intenzioni scivolarono via. La flora e la fauna non erano più interessanti. Non gli importava più dell'isola e dell'acqua cristallina che la circondava, né che sarebbe stato il luogo perfetto per una fuga privata.

Avrebbe voluto scappare con lei. Solo loro due, senza niente tra loro: niente segreti, niente tracce, niente passato o futuro, e di certo niente vestiti.

Allungò la mano per sistemarle di nuovo quella ciocca ribelle, ma lei si schiarì la gola e si voltò.

Gli diede fastidio che lo facesse. E gli diede fastidio che la cosa gli desse fastidio. Avrebbe dovuto essere contento che lei sapesse allontanarsi. Se ci riusciva lei, poteva farlo anche lui, e allora tutta la questione dell'eredità non sarebbe stata un problema. Avrebbero potuto godersi l'un l'altra e poi prendere strade diverse, facendo ciò che dovevano fare.

Peccato che lui non fosse fatto così. La nonna gli aveva instillato un forte senso del giusto e dello sbagliato. Un senso di fierezza. Di equità.

«Non credo che la traccia sia qui,» disse lei, uscendo dal frutteto. «L'ultima traccia menzionava qualcosa riguardo alla pesca.»

Sean annuì e la seguì, non fidandosi a parlare—non sicuro di ciò che avrebbe detto. Voleva essere sincero. Dirle che cosa stava succedendo e chiederle aiuto per risolverlo. Ma a che pro? Lei voleva andarsene da quel posto e le servivano i soldi. Solo uno sciocco rinuncerebbe a tutto per un uomo che, con ogni probabilità, lei avrebbe detestato quando avesse sentito tutta la storia, quindi perché provarci?

«Ah ah!» Indicò un'altra statua, questa sulla spiaggia.

Dal segno lasciato dall'acqua sulla gamba del tipo, Sean avrebbe detto che a un certo punto la statua era stata in acqua.

«Merriweather adorava le sue statue, vero?» Livvy esaminò l'intaglio a grandezza naturale in pietra e la vera cassetta da pesca appesa alla spalla. «Ancora aha!» Alzò qualcosa in aria. «Bingo. Un altro indizio.»

Sean le si avvicinò mentre lei lo dispiegava.

«Tuo trisavolo, William, padre del mio amato Henry, amava pescare. Tuo padre chiese questa statua per il suo decimo compleanno, l'anno in cui suo nonno morì. Andavano a pescare insieme ogni domenica d'estate e non ho mai visto tuo padre più felice. Non fu più lo stesso dopo la morte del nonno. Per tirarlo su di morale, facemmo realizzare questa statua su commissione e Lawrence la teneva sempre piena di esche. Dietro il gruppo di pini bianchi c'è una piccola rimessa con altro materiale da pesca a disposizione di chiunque. Quella parte di sé l'ha persa crescendo e, mi dispiace dirlo, suo padre e io non abbiamo pensato di rimediare. Io l'ho fatto dopo la sua morte, e spero che tu continuerai questo tributo a entrambi gli uomini se erediterai.»

Se avesse ereditato. Merriweather *ancora* non pensava che lei fosse in grado di capire tutto.

Livvy si infilò il resto della lettera nella tasca posteriore dei pantaloncini.

«Chi è lui? Qual è il prossimo indizio?»

Sean era rimasto lì in silenzio mentre lei l'aveva letta. Per fortuna, non l'aveva letta ad alta voce. Non aveva bisogno che lui sentisse la totale mancanza di fiducia di sua nonna in lei.

«È il mio bisnonno. Amava pescare. Veniva qui la domenica con mio padre.» Si schermò gli occhi dal sole e guardò oltre il lago. «Sai che c'è? Dimentichiamoci degli indizi per un po', okay? Mi sembra che non abbia pensato ad altro da quando sono arrivata e avrei bisogno di una pausa.»

«Prima di tutto, non è l'*unica* cosa a cui hai pensato.» Ecco di nuovo quel suo sopracciglio che si alzava. «Secondo, sei appena stata al mercato, quindi una pausa l'hai avuta, e terzo, non è incombente la tua scadenza? Penserei che vorresti trovare questi indizi il più in fretta possibile.»

«Lo penseresti.» Alzò le spalle, infilandoci dentro tutta la noncuranza che riuscì a raccogliere. O quello o scoppiare in lacrime per la brutale sincerità di sua nonna. «Ma non mi va. Mi servirebbe un pomeriggio tranquillo e rilassante. Andiamo a pranzare e poi magari ci riflettiamo su.»

Sean parve un po' impaziente e non poteva biasimarlo. Anche il suo futuro era legato a quegli indizi. Avrebbe avuto un lavoro oppure no?

«Sai,» disse mentre tornavano in acqua, «se sei preoccupato per il tuo lavoro, non esserlo. Ti ho detto che metterò da parte un po' di soldi per aiutarti a superare il momento se i nuovi proprietari non vorranno rinnovarti il contratto.»

«Non voglio i tuoi soldi, Livvy.»

Le piaceva che fosse orgoglioso. Le piaceva che avesse principi. Ma lei si era trovata nella situazione di non avere nulla, ed era uno schifo. Stava per avere più di quanto potesse mai usare, quindi poteva permettersi di aiutarlo. Però, dato il cambio di tono con cui aveva parlato dell'indizio, forse era meglio mettergli qualcosa nello stomaco prima di continuare con l'argomento. «Volevo solo che tu non ti preoccupassi, tutto qui.»

«Non sono preoccupato.»

Eh già. Ecco perché quelle sue labbra stupende si erano serrate in una linea dritta e i muscoli delle spalle erano sull'attenti.

A circa cinque metri dalla riva, decise di farci qualcosa.

«Sean!»

Lui si voltò e si prese una spruzzata in pieno viso. «E questo per cosa?» chiese, scuotendosi i capelli dagli occhi e sputando l'acqua del lago.

«Pensavo ti servisse un po' di divertimento.»

«Chiami divertimento affogarmi?»

«Non sei mai stato in pericolo di affogare e lo sai.»

Alzò di nuovo un sopracciglio. «Stai giocando a un gioco pericoloso, donna.»

«Chi sta giocando?»

Adorava lo sguardo che aveva adesso. Socchiuso e tutto su di lei, quel blu così vivido da togglierle il fiato.

E poi lui iniziò a nuotare verso di lei.

Uh oh.

Livvy guardò la riva. Erano a metà. Non l'avrebbe mai battuto a nuoto e anche se ci fosse riuscita, lui l'avrebbe raggiunta con un'allungata.

«Dovevi pensarci prima di spruzzarmi,» disse, la voce bassa, mentre scivolava nell'acqua come un coccodrillo letale.

Accidenti. L'aveva fatta.

Poi scivolò sotto la superficie.

Lo squalo stava lì in cima con *Shining* nella sua lista dei Peggiori Film di Sempre.

Virò a destra e scalciò più forte che poteva.

Una volta.

Poi le mani di lui le serrarono la caviglia e la trascinarono sotto.

Inspirò una boccata d'aria e assecondò il movimento. Troppa lotta le avrebbe prosciugato le energie, e sebbene forse non potesse batterlo a nuoto o in allungo, avrebbe provato a batterlo d'astuzia.

Non si oppose quando lui le cinse la vita, e cercò di non sorridere quando lui la fissò, l'acqua cristallina che faceva brillare i suoi occhi azzurri.

Poi lo baciò.

Sì che lo sorprese. Le lasciò la vita e le mani gli stavano salendo verso la sua testa, ma Livvy diede una vigorosa spinta e scappò.

Accelerò, zigzagando nel lago, e riuscì a trascinarsi a riva prima che lui la raggiungesse.

«Protesto!» Pestò i piedi sulla spiaggia.

«In amore e in pranzo tutto è lecito!» Livvy era già in piedi e correva verso la loro coperta.

Non ci arrivò.

Sean le corse dietro e la sollevò tra le braccia, senza quasi rallentare. «Adesso ti ho, mia bella!»

Eccome se l'aveva. E lei aveva intenzione di lasciarsi prendere.

Si lasciò cadere in ginocchio sulla coperta prima di posarla giù. «Ho vinto.»

«Se è questo che vuoi credere, fai pure.»

«Di che stai parlando? L'unico motivo per cui sei su questa coperta con me è che non ti ho superata di corsa. Se non fosse per me, saresti ancora in fuga.»

Lasciò danzare le dita lungo il suo avambraccio. Aveva davvero degli avambracci stupendi. Forti e muscolosi, con la giusta quantità di peli che le solleticavano la pelle in modi deliziosi. «Già. Esatto. Sei tu il vincitore.»

Lui guardò la sua mano. Poi guardò lei, con l'aria più carina di confusione sul volto. Ci sarebbe arrivato prima o poi.

«Abbiamo vinto tutti e due, vero?»

Prima. Decisamente prima.

Lei annuì. E si morse il labbro, tanto per.

«Ah, Livvy.» Si chinò a baciarla.

Lei gli avvolse le braccia attorno al collo e si aggrappò a lui per la pura sopravvivenza, perché, sul serio, era così che si sentiva.

I suoi sensi andarono in massima allerta. Ovunque Sean la toccasse—dalla mano che le scivolava lungo la schiena al punto in cui le sue cosce poggiavano sulle sue, al sussulto del suo respiro e alla carezza sul seno troppo leggera— rendeva Livvy totalmente e completamente consapevole di lui. Come le sue braccia si serravano mentre la sollevava verso di sé, come le sue cosce si tende- vano sotto le sue quando lei si rizzò più dritta in ginocchio, come la sua lingua affondava tra le sue labbra proprio come aveva affondato in lei la notte prima —Livvy non riuscì a trattenere il gemito al ricordo.

Sean le rispose con un gemito tutto suo, staccando le labbra dalle sue per affondarle nella sua gola. «Ti voglio. Qui. Adesso.» Le slacciò il laccetto del bikini sulla schiena con una mano sola.

Talentuoso, il tipo. Come sapeva per esperienza diretta.

«Non abbiamo preservativi.» Se n'era resa conto quando aveva preparato il cestino, ma a meno di uscire dalla proprietà fino alla farmacia più vicina, a circa venti minuti, non aveva alternative. I due della sera prima erano stati nel suo bagaglio. Sapeva per certo che non ce n'erano altri.

«Non ci servono preservativi per quello che ho in mente.»

Poteva solo immaginare cosa avesse in mente...

«Se vuoi scoprirlo, s'intende.»

«Lo voglio.» Non c'era neanche da pensarci.

Gli occhi di lui si accesero e inspirò forte. «Non puoi volere quanto voglio io.»

«Vuoi scommettere?»

«Niente scommesse. Solo tu e io e...» Le sfiorò il capezzolo con il pollice. «Questo.»

Lei rabbrividì fino alle punte dei piedi.

Ed è proprio da lì che iniziò a baciarla. Tutte e dieci. Una alla volta, per un tempo dolce e fin troppo lungo.

Poi passò all'arco del piede. Poi alle caviglie.

Ci mise un'eternità ad arrivare ai polpacci, e quando raggiunse le ginocchia, Livvy non era più sicura di cosa fosse un ginocchio, tanto meno di quanta altra roba potesse ancora reggere.

Parecchia, a quanto pareva.

Sean la baciò ovunque. *Ovunque*. Alcuni punti più a lungo di altri. Alcuni non abbastanza. Ma quando tornò nell'unico posto in cui lei ne aveva davvero bisogno, se la prese con calma. Le rese l'attesa proficua. E se il suo ringhio di soddisfazione era un indizio quando lei gridò il suo nome su un'onda di piacere così incredibile che era certa che il cielo si fosse aperto per mostrarle uno scorcio di paradiso, era valsa la pena anche per lui.

«Vedi?» disse quando lei riuscì finalmente ad aprire gli occhi e lo vide inginocchiato tra le sue gambe, con un sorriso soddisfatto probabilmente grande quanto il suo. «Nessun preservativo necessario e tutto il piacere che potresti desiderare.»

Bastardo compiaciuto. Si morse un sorriso. «Oh, non so. Io ne voglio molto di più.»

Si lasciò cadere sulla coperta accanto a lei. «Gesù, donna. Mi farai morire.»

«Ti farò morire se non azzecchi il mio nome. È Livvy, non Gesù. E per quanto sia felicissima che tu mi consideri un essere divino, gradisco che sia il *mio* nome quello che pronunci quando vieni.»

«E quando succederà, provvederò di sicuro.»

«Quando... È una sfida?»

Alzò quel sopracciglio. «Se lo vuoi.»

Oh sì che lo voleva.

Livvy si tirò su a sedere e si sfilò lo slip del bikini dal piede sinistro, dove Sean, per qualche motivo, l'aveva lasciato. Voleva completa libertà di movimento perché quando lui l'aveva sfidata, non aveva idea di cosa lo aspettava.

Neanche lei, a dirla tutta.

Livvy si prese il suo tempo ad esplorare ogni centimetro del suo corpo. Be', non proprio *ogni* centimetro; non era così presa dai piedi come lo era stato lui, ma c'erano certi *centimetri* che le piacevano *moltissimo*.

«Gesù—Dio, Dea—Livvy,» esclamò, le dita che si stringevano tra i suoi capelli quando quel momento finale si avvicinò, dandole un minimo di preavviso così da potersi scostare per guardare il piacere travolgerlo.

«Almeno il mio nome c'era da qualche parte,» disse, posando la testa nella piega del suo braccio, con le dita ancora attorno a lui, godendosi i brividi che lo scuotevano dopo. Altro che batterlo a nuoto; forse lo aveva appena battuto a *letto*.

«Tesoro, sapevo esattamente chi stava facendo cosa a chi.» Le intrecciò le dita tra i capelli, e quelle trazioni le attraversarono il corpo come scariche.

Gli giocherellò con i peli del petto, volendo restituire il favore. «Allora ti va di dirmi perché questa non è una buona idea?»

Si irrigidì, allora. Accidenti. Non avrebbe dovuto sollevare l'argomento.

Ma poi si rilassò. «Lascia perdere. Mi sbagliavo.»

«Wow. Un uomo che sa dire quelle tre paroline e non si scioglie al sole. *Sei* incredibile.»

Lui girò la testa e le sollevò il mento. «Brutta esperienza?»

Lei scosse il capo. «Tanto tempo fa. Non avrei dovuto dire niente. Tu non sei niente come lui.»

Le toccò la punta del naso. «E non te lo scordare.»

Stava scherzando, ma lei no. Si girò sulla pancia e si mise una mano sotto il mento mentre si adagiava sul suo petto. «È vero, Sean. Non assomigli a nessun altro con cui sia mai stata. Mi piaci molto di più.»

Lui si irrigidì di nuovo per un istante, ma poi sorrise. Okay, forse non avrebbe dovuto essere così schietta.

«Lo dici solo perché lavo i vetri.»

Okay, poteva alleggerire. «E i bagni. Non dimenticare che strofini i bagni.»

«Come se potessi.»

«E spalare la cacca degli alpaca.»

«Ah, ma quello ti costerà.»

Si passò la lingua sulle labbra. «Dimmi il prezzo.»

Lui gemette e lasciò ricadere la testa sulla coperta. «Dannazione, Livvy, non dovresti dirlo. Non quando siamo senza preservativi.»

«Be', allora dovremo metterci *nei* preservativi, non è così?»

Ridacchiò. «Vorrei proprio vederti entrare in un preservativo. Dove lo metteresti?»

Lei scese con la mano. «Proprio qui, sciocco.» Gli passò le dita lungo tutta la lunghezza.

«Santo cielo.» Gli uscì il fiato in un soffio. «Accidenti, donna, non posso—»

«Oh sì che puoi.»

E gli mostrò quanto poteva.

Era tardi quando rientrarono in casa. Più tardi ancora dopo aver dato da mangiare ai cani, cenato e sbrigato le faccende in stalla, entrambi con un sorrisetto quando era il momento di ripulire il box degli alpaca.

«Chi l'avrebbe mai detto che questo sarebbe diventato il nostro scherzetto?» disse Sean mentre gettava l'ultimo mucchio nella carriola. «Alla maggior parte delle donne piace il romanticismo, no? Non dirmi che questo è romantico.»

Gli prese il forcone. «Io non sono la maggior parte delle donne e, dopo aver dovuto farlo per anni da sola, non puoi immaginare quanto sia romantico avere qualcuno che mi aiuta.»

«Qualcuno? O me?»

Lo baciò. «Te, ovviamente, sciocco. Non vedo nessun altro qui.»

Si voltò per andarsene, ma lui le cinse la vita e la tirò contro di sé. «Meno male.»

Poi si mise a mostrarle come si dà un bacio come si deve. O meglio, come si dà un bacio *indecente*.

«Non è che, per caso, hai dei preservativi con te, vero?» chiese lei.

Sean scosse la testa, poi appoggiò la fronte alla sua con un sospiro. «Purtroppo no. Non mi aspettavo che succedesse, vivendo qui da solo.»

«E gli appuntamenti? Avrei pensato che vivere da solo in una bella, grande magione si prestasse a qualche attività extra da scapolo.»

«Se uno fosse incline ad attività extra da scapolo, potresti avere ragione. Io, però, ho altro per la testa.»

«Tipo cosa?»

Merda. Già. Tipo cosa? Tipo come avrebbe fatto a spillarle milioni?

Si era lasciato andare. Ora doveva affrettarsi a rialzare le difese. «Io, uh, lavoro per Mac solo finché non andranno in porto un paio di iniziative imprenditoriali a cui sto lavorando.»

«Che tipo di iniziative imprenditoriali?»

Già, genio, che tipo? Quelle da acquisizione di cui non vuoi parlare?

«Rivendere case.» Perché, davvero, lui le rivendeva. Trasformandole in B&B.

E ora in resort vacanza.

«Oh, avevo un amico che lo faceva,» disse lei, sistemandosi contro di lui in un modo che rendeva difficile concentrarsi. D'altra parte, bastava *pensare* a Livvy perché fosse difficile concentrarsi. «Fece una fortuna finché il mercato immobiliare non crollò.»

Ed è per questo che Sean le trasformò in B&B. La gente cercava sempre di staccare, soprattutto quando l'economia andava a rotoli. Non aveva mai avuto problemi di camere vuote. Era uno dei motivi per cui questo progetto era stato così attraente per gli investitori e per cui aveva deciso di andare con Bryan e Liam, sperando di condividere le vincite con loro. Un'idea che ora gli si ritorceva contro, e dolorosamente.

«Ehi, Sean.» Gli sventolò una mano davanti al viso. «Ci sei ancora?»

Ricavò una risatina dalla gola. «Ci sono. È che stavo pensando che, per la prima volta nella mia vita professionale, vorrei essermi concentrato su qualcosa oltre al lavoro. Se lo avessi fatto, ora sarei più preparato e potremmo chiudere la serata nel mio letto.»

Gli baciò il collo. «Possiamo comunque. Se ricordi, ci sono un sacco di cose che possiamo fare senza preservativi.»

«Ricordo.»

E ne scoprirono qualcuna in più.

Capitolo Ventotto

Un gong gli rimbombava dentro il cranio.

Sean si trascinò una mano alla testa per farlo smettere.

La mano, però, non si mosse.

Perché c'era una persona di mezzo.

Livvy.

Ieri notte.

Il lago.

Ahhhh.

Sean sorrise e chiuse di nuovo gli occhi, desideroso di ripercorrere i ricordi. Ma quel dannato gong non glielo permise. Che diavolo?

«Livvy.»

«Hmmm?» mormorò lei, spostandosi quel tanto che bastò perché il suo seno gli sfiorasse lo stomaco.

Santo cielo.

E via di nuovo con quel maledetto gong. Proprio agli antipodi dei modi in cui voleva svegliarsi.

«Livvy. Il campanello.» Se così lo si poteva chiamare. Solo Merriweather avrebbe voluto che in casa risuonassero le campane di Notre-Dame, per impressionare gli ospiti. O intimidirli. O entrambe le cose.

«Livvy, andiamo. Credo che abbiamo dormito troppo e che le amiche di tua nonna siano arrivate.» Il che significava che c'era anche Gran. Fantastico. Doveva essere quantomeno lucido dopo aver passato la notte a fare cose con Livvy senza preservativo fino alle prime ore.

«Mmmm,» mormorò ancora Livvy, stavolta con le labbra che si increspavano così dolcemente che lui volle baciarle. E poi farle fare quella cosa attorno a una certa parte della sua anatomia.

«Su, tesoro.» La urtò leggermente con il gomito. Se l'avesse baciata, Gran e le sue amiche avrebbero aspettato per ore. «Abbiamo compagnia.»

«Non voglio. Devo dormire.»

«Dormirai dopo. Adesso abbiamo tre signore da intrattenere.»

«Senior.»

«Eh?»

Lei aprì un occhio. «Chiamale senior. *Vecchie signore* ti farà arrivare una borsetta in testa.»

«Oh. Giusto. Be', andiamo. Anche arrivare in ritardo ha lo stesso effetto, comunque le chiami.»

Sfilò il braccio da sotto di lei, con ogni cellula del corpo che protestava. E non per mancanza di sonno. Buffo come il suo corpo potesse andare avanti senza dormire quando era impegnato in attività tanto piacevoli. Cosa che, purtroppo, non sarebbe successa oggi.

Sbadigliò. «Forza, Livvy. Le hai invitate tu.»

«Un gentiluomo non me lo ricorderebbe.» Si trascinò fino a una posizione semi-eretta e si buttò i capelli all'indietro con l'avambraccio come una criniera di leone. Lei gli aveva fatto ringhiare tutta la notte, questo era certo.

E se non si fosse coperta quei seni stupendi, lo avrebbe fatto di nuovo.

Le lanciò un cuscino. Poi ne raccolse un altro dal pavimento, dove era caduto, e se lo piazzò davanti all'inguine. «Tu salta sotto la doccia. Io le trattengo.»

«Così?» Lo squadrò dall'alto in basso.

Sentì quello sguardo fino in fondo. «Be', no, ovviamente. Mi metterò qualcosa.»

«Peccato.» Sospirò e scese dal letto. Senza il cuscino. «Ci metto solo un attimo.»

Assonnata e di cattivo umore, e riusciva comunque a metterlo sull'attenti. Sarebbe stato un problema quando avrebbe visto sua nonna.

Per fortuna, il pensiero di sua nonna bastò a rimandare il tipo a nanna, e cinque minuti dopo, quando Sean si fu infilato un paio di shorts color kaki, una polo, si fu lavato i denti, sciacquato la faccia, passato le dita tra i capelli e aperto la porta, era in condizioni decisamente migliori.

«Ciao, Gran.» Le diede un bacio sulla guancia.

«Ci hai fatto aspettare, Sean. Non ti ho cresciuto così.»

«Scusa. Ero in un'altra parte della casa e, be', è grande.»

Lei serrò le labbra. Non era mai riuscito a farla franca con Gran. «Queste sono le amiche di Merriweather. Dafna Fine e Hetta Rothenberger. Olivia le ha invitate.»

«Sì, lo so. Arriva subito. Lei, ehm, ieri sera ha fatto tardi.»

Sentì il rossore incendiare la pelle. Ridicolo. Era un uomo adulto, per l'amor del cielo, e se voleva fare l'amore tutta la notte con una donna stupenda, non aveva nulla di cui sentirsi in colpa.

Be', okay, forse con questa particolare donna stupenda aveva un *bel* po' di cui sentirsi in colpa, ma non per averle fatto l'amore, e comunque non erano affari di Gran.

«Ciao!»

Detto, fatto, Livvy scese la scala con i capelli raccolti in una coda disordinata, la pelle ancora umida di doccia, e per la prima volta da quando l'aveva conosciuta, non indossava una canottiera. O almeno non una che si vedesse. Ma la camicetta era una di quelle bluse leggere a stampa indiana, quindi probabilmente sotto ne aveva una.

Già, non doveva mettersi a pensare a cosa ci fosse sotto i vestiti di Livvy con sua nonna davanti.

Ecco. Nominare Gran e il suo coso tornava in letargo. Si prospettava una giornata interessante con Livvy al suo fianco e Gran di fronte.

«Sono Livvy. Dafna, che bello rivederLa.» Livvy strinse la mano a Dafna, poi porse la sua a Hetta. «E Lei dev'essere Hetta, perché questa splendida donna è ovviamente la nonna di Sean.» Scosse la mano di Gran con entrambe le sue. «Lui Le assomiglia tantissimo.»

Pensava che somigliasse a sua nonna? Be', cavolo. Il rattrappimento poteva diventare permanente.

«La nostra Merri parlava di Lei,» disse Hetta, trascinandosi nell'ingresso, il suo passo lento e dolorante facendolo sentire in colpa anche per quei cinque minuti di attesa.

«Perché non andiamo nel, eh...» Stava per proporre il salone, ma non voleva che le amiche di Merriweather vedessero la devastazione causata dagli animali. «Lo studio? Potete accomodarvi e io porto qualche stuzzichino.»

«Stuzzichini? Sean, sono quasi le undici. Non vogliamo rovinarci il pranzo.»

Le undici? Dov'era volata la mattina?

Il viso di Livvy si accese quando la guardò. Oh, già. A dormire dopo una notte di sesso fantastico, ecco dove.

«Allora vedo cosa posso fare per il pranzo.»

«Un attimo.» Livvy alzò la mano. «Ci penso io. E andiamo tutti in cucina. Sono certa che desiderate un giro della casa, e lì è il posto migliore da cui cominciare.»

«È vero,» disse Gran, aiutando Hetta. «La cucina *è* il cuore della casa.»

Sean le seguì, preoccupato che Hetta non ce l'avrebbe fatta. Lo sorprese quando non solo ci riuscì, ma salì anche su uno degli sgabelli. Incredibile cosa potesse fare una donna determinata.

«Come Le piace la cucina?» chiese Hetta, sistemandosi la gonna. «Quando la rifaceva, Merriweather fece fare al progettista una ricerca sugli elettrodomestici migliori per la pasticceria. Ecco perché ci sono marche diverse. Voleva assicurarsi che Lei avesse qualcosa che Le piacesse quando si fosse trasferita.»

«Oh, però—»

Sean le strinse la mano. Non c'era bisogno di distruggere le illusioni delle signore. Be', di due. Gran non ne aveva. Anche se tenerle la mano poteva crearle altre idee. Li spronava tutti e quattro a sistemarsi e a darle dei pronipoti.

Il pensiero gli accese un bruciore lento al centro del petto. Gli sarebbe piaciuto farlo per Gran, ma non aveva ancora trovato la persona giusta. E con la moratoria di Livvy sui figli, ancora non l'aveva trovata, per quanto fosse attratto da lei.

Livvy si sentì un po' in colpa quando vide la nonna di Sean fissare le loro mani intrecciate, ma ne era stata grata dopo la piccola rivelazione di Hetta. Sua nonna aveva rifatto la cucina pensando a lei?

Livvy gettò un'occhiata fuori dalla finestra, aspettandosi di vedere una bufera con l'Inferno ghiacciato, e invece niente. Cielo sereno, senza nuvole, un azzurro vibrante da cartolina.

«È così,» disse Dafna salendo sullo sgabello accanto a Hetta. «Era inflessibile sull'avere un forno a convezione *e* uno tradizionale. *E* ha chiamato l'infermiera della tua scuola per sapere la tua altezza, così da far montare il banco da lavoro per la pasticceria alla misura giusta.»

Livvy *non* avrebbe guardato Sean. Era certa che Merriweather non avesse avuto in mente *quello* mentre faceva le sue misurazioni.

Ma cosa aveva fatto, esattamente, con quelle misure? E con la questione dei fornelli? Merriweather pensava che lei fosse in grado di ereditare questa casa o no?

E perché la risposta era così importante?

«E il piano cottura. Te lo ricordi, Dafna?» Hetta le diede un buffetto sul braccio. «Parlava di farti progettare su misura una cucina a dieci fuochi, con piastra, grill e un paio di altri aggeggi, ma l'arredatrice la convinse che una sei fuochi con scalda vivande fosse più gestibile. Che ne dici, Olivia? Aveva ragione la decoratrice? Sarebbe stato eccessivo?»

Tutta questa rivelazione era eccessiva. Non aveva idea che Merriweather si fosse data tanto da fare. E non aveva idea del perché. Ma non cambiava le cose. Non poteva restare lì. Era una sola donna e quella era una villa. Un tributo a ideali che non condivideva. Non si faceva comprare con un set di elettrodomestici di alta gamma.

Usò, però, quegli elettrodomestici di alta gamma per preparare il pranzo— e le piacquero fin troppo. Hetta e Dafna tennero un commento continuo sulle varie storie della ristrutturazione che «Merri» aveva raccontato loro, oltre a scorci della vita di sua nonna. Cose che non avrebbe mai saputo se non le avesse invitate.

C'era l'autopompa con scala estesa che Merriweather aveva donato ai vigili del fuoco locali. Probabilmente per assicurarsi che potessero salvare la torre più alta della tenuta dei Martinson, ma, comunque, l'aveva *donata*. Poi c'era il circo che aveva organizzato per la raccolta fondi della chiesa del quartiere. Livvy avrebbe pensato che sua nonna si sarebbe limitata a staccare un assegno, e invece aveva fatto qualcosa che tutti potessero godersi. Livvy rimase sorpresa di sentire che sua nonna aveva rifiutato l'onore di aprire l'evento, dicendo che riguardava la comunità, non la famiglia.

«E poi c'era quella coppia anziana che aveva perso la casa,» disse Hetta.

«Te lo ricordi, Dafna? Era così fuori dal carattere di Merri fare qualcosa di così personale. Come si chiamavano, già? Non mi viene.»

Dafna assunse un'espressione strana. «Adesso non è importante, Hetta.»

«Come no. Sono certa che a Olivia farebbe piacere sapere chi ha aiutato sua nonna.» Hetta si portò una mano alla gola. «La memoria non è più quella di una volta, temo.» Pizzicò Dafna sul braccio. «Avanti, Dafna. Se te lo ricordi, dillo alla ragazza.»

Dafna giocherellò con un bottone della camicetta. «Erano i Carolla.» Guardò Livvy. «Merriweather ricostruì la casa dei tuoi nonni. La stava tenendo per te.»

Livvy non seppe cosa dire. Non seppe cosa *pensare*. Merriweather aveva fatto *questo*? Per *lei*? Perché? I suoi nonni materni avevano ripudiato sia lei sia sua madre. Se mai, Livvy si sarebbe aspettata che fosse stata Merriweather a bruciare la casa per prima, in ritorsione per aver mandato sua madre in strada con una Martinson illegittima. Che fosse illegittima era già abbastanza, ma pure senza casa? C'era da meravigliarsi che Merriweather avesse aspettato fino a quando Livvy aveva cinque anni per spingere per l'adozione.

Ma ricostruire la casa per lei... Non aveva proprio senso.

«Non so cosa dire.»

«Ecco. Vede? *È* importante.» Hetta sorrise e le strinse il braccio. «Sua nonna teneva molto a lei, anche se non lo dimostrava.»

«*Dimostrarlo*? Non mi ha nemmeno mai contattata.»

«Avrà avuto le sue ragioni, ne sono certa.»

«Non c'è nessuna ragione per non contattare la propria nipote.» Mrs. Manley incrociò le braccia. «Io non potrei immaginare un giorno senza parlare con i miei nipoti, figuriamoci settimane.»

«Anni.» Livvy fece una smorfia. Non aveva avuto intenzione di far trapelare la sua amarezza.

«Anni?» chiesero Hetta e Dafna, con gli occhi sgranati.

Livvy strizzò gli occhi. «Eh... sì. Sono stati anni. Ma non è più importante. Come avete detto, faceva quello che era in grado di fare.» Il fatto che Livvy avesse voluto molto di più non era necessario da discutere.

Anzi, di parlare di tutto questo ne aveva abbastanza. Aveva già fatto troppa passeggiata sul Viale dei Ricordi, così balzò in piedi per sparecchiare.

La nonna di Sean l'aiutò. «Il pranzo era delizioso, ma non mi aspettavo nulla di diverso. Adoro quel pane ai peperoni che fai. Ho fatto assaggiare ai ragazzi quando sono venuti a cena giovedì sera. A Sean è piaciuto tantissimo, vero, caro?»

Livvy alzò lo sguardo su di lui. Giovedì sera? Quella doveva essere la sera in cui lui aveva *impegni*. Impegni che includevano sua nonna. C'era qualcosa che *non* si potesse amare di quel tipo?

«Dovreste assaggiare i suoi scones.» intervenne Sean, ma lo sguardo che le lanciò diceva che non stava parlando di scones.

Sentì un'ondata di rossore avvolgerla di nuovo.

E lo vide accorgersene.

Si ricordò cosa aveva detto a riguardo, e si scaldò in un modo del tutto diverso.

«Se l'offerta è ancora valida, Olivia, a Hetta e a me piacerebbe avere un ricordo in memoria di Merri,» disse Dafna porgendole il piatto.

«Ma certo.»

«No,» disse Sean nello stesso momento.

Tutte si voltarono a guardarlo.

«No?» Sua nonna inarcò un sopracciglio. Non sorprendeva che fosse solo uno. «Mi pare che sia Livvy ad avere il diritto di stabilire come debbano essere destinati i contenuti di questa casa.»

Puzzolenti tanto quanto la reazione di Sean furono quelle di sua nonna. Livvy apprezzava il sostegno, ma non ne aveva bisogno. *Avrebbe* dato loro qualcosa e non c'era nulla che Sean potesse fare per impedirglielo.

«Ehm, ha ragione, Gran.» Sorrise alle signore, ma il sorriso non gli raggiunse gli occhi. «Scusate. È solo che, be', la tenuta dovrebbe essere preservata così com'è.» La guardò e nei suoi occhi c'era qualcosa, sì, ma non un sorriso. «Ogni pezzo ha una storia da raccontare. Un indizio sul passato. Sapete quanto la signora Martinson fosse pignola riguardo a questo posto. Dubito che vorrebbe che venisse smantellato.»

«Non stanno parlando di smantellarlo, caro.» Sua nonna gli diede una pacca sul braccio. «Vogliono soltanto un ricordo. Olivia ha fatto l'offerta.»

Livvy avrebbe adorato fotografare il momento. Questo tipo alto, grosso, scolpito, che sembrava in grado di entrare in qualunque stanza e prenderne possesso—compresa una dove ci fosse suo fratello star del cinema—stava cedendo allo sguardo di una vecchietta dai capelli grigi. Era quasi comico.

Quasi perché Livvy lesse tra le righe del suo discorsetto. Temeva che lei potesse regalare un indizio, e per quanto fosse carino che si preoccupasse per lei, non le cambiò idea.

«L'ho promesso, e lo intendevo davvero. Avevate in mente qualcosa in particolare?» chiese loro.

Si scambiarono uno sguardo, poi sorrisero. «C'erano delle deliziose statuine Lladró del nostro viaggio di compleanno in Spagna,» disse Dafna.

«Mi sembra un'idea deliziosa. Non vedo come una statua comprata di recente possa essere un indizio sul passato.»

Sean cercò di parlarle con gli occhi mentre le conduceva fuori dalla cucina. O meglio, cercò di urlarle con gli occhi, ma Livvy si limitò a sorridere come se non avesse la minima idea di cosa stesse cercando di dirle. Dire *no* ai suoi ospiti... Come se *lui* avesse il diritto di farlo.

Ah, ma se lo avesse? E se foste solo voi due qui e lo rendeste permanente? Tu, lui, la casa, tutto il pacchetto. Non è questo che hai sempre voluto, Livs?

Condusse le signore verso il salone, odiando che la sua coscienza avesse la voce di Sher perché *le* aveva detto che era ciò che voleva. Il sogno ultimo: una relazione normale, una vita insieme, magari anche dei figli.

Le si attivò una friccicante emozione alla pancia al pensiero di avere bambini con Sean. Aveva *trovato* quel tipo? Quello che poteva farla credere al lieto fine?

Gettò un'occhiata oltre la spalla. Sembrava davvero il Principe Azzurro. Alto, bruno e bellissimo, spiritoso, dolce, premuroso, amava le vecchiette e gli animali, con una gran bella personalità. Per non parlare di quanto fosse un amante incredibile.

«Deve essere un bel lavoro tenere questo posto pulito,» disse Hetta. «Proprio un giovane intraprendente, Sean, a sentire tua nonna parlare di te. Ai nostri tempi, un uomo non si sarebbe fatto vedere morto con uno spolverino di piume.»

«Non uso lo spolverino di piume.»

E puliva pure.

Sì, avere Sean Manley nella sua vita poteva davvero renderla perfetta.

Ma poi Sean aprì le porte-finestre.

Capitolo Ventinove

«Figlio di—!» Sean fissò la stanza. Di nuovo, no.

«*Figlio di puttana!*» Orwell era appollaiato in cima alla porta *aperta* che dava sul patio.

«Oh, no,» disse Gran.

«Oh, cielo,» disse Dafna.

«Oh, *mio*,» disse Hetta.

«In realtà è una capra.» Sean ebbe voglia di gemere. Perché Dodger era nel salone? E come faceva persino a sapere che *era* Dodger? E come aveva fatto Orwell ad aprire quella dannata porta? Quel pennuto pareva fin troppo compiaciuto di sé.

«Che cosa hanno combinato stavolta?» Livvy gli scivolò accanto e, per una volta, lui fu più consapevole di qualcos'altro rispetto al morbido sfiorare dei suoi seni contro la sua schiena e al profumo di lavanda che lo avrebbe per sempre fatta riaffiorare alla memoria—

Okay, forse non era *più* consapevole dell'incubo nel salone, ma di certo non poteva ignorarlo.

Dodger balzò sulla credenza con uno scalpiccio di zoccoli. Grazie a Dio il piano era di marmo, così non l'avrebbe rovinata, ma i pezzi di cristallo in mostra...

«Livvy, prendi la tua capra!»

Livvy sbuffò mentre gli correva oltre. «Sai che quell'espressione significa tutt'altro, vero?»

«Non m'importa che cosa significa. Devi prendere quella maledetta capra prima che rompa qualcosa.» Guardò sua nonna. «Scusa il linguaggio, Gran.»

Gran scacciò via il suo commento con un gesto. «Apprezzo le scuse, Sean, ma salva il cristallo.»

Sean le sorrise, poi aggrottò la fronte a Dodger. E adesso anche a Digger. Pure Randy, e l'altro. Come si chiamava? Come diavolo aveva fatto Orwell a tirarli fuori dalla stalla e portarli qui dentro? E perché?

Livvy cercava di acchiapparli, ma gli animali usavano i mobili come la loro personale catena montuosa e—diavolo. Uno di loro saltò sulla mensola del camino—la mensola che ospitava la collezione di sfere di cristallo di Merriweather. Molto adatto per una donna che voleva controllare il futuro collezionare strumenti per vederlo, ma non gli serviva una sfera per prevedere il pezzo che avrebbero cavato dalla lastra di marmo del focolare sotto se una fosse rotolata giù.

Sean scavalcò un pouf e raddrizzò la sedia che aveva quasi rovesciato, e avrebbe fatto un salvataggio in scivolata sul focolare se la sfera che la capra aveva buttato giù dal piedistallo non si fosse impigliata in qualcosa, fermandosi dal rotolare verso il bordo.

Poi Digger la spinse con lo zoccolo.

«Nooooooo!» Sean si tuffò, preparandosi all'impatto con il duro, inflessibile marmo.

Invece, atterrò su qualcosa di morbido. Elastico.

Femminile.

«*Oof!*»

Che, grazie al cielo, riuscì ancora a parlare.

«Vuoi *per favore* toglierti di dosso?»

«Stai bene?» Rotolò via da lei e le scostò i ricci dal viso. «Livvy? Ti ho fatto male?»

«No, ma—oh, mio Dio—*muoviti!*»

Sean alzò lo sguardo mentre rotolava via e vide la sfera di cristallo piombargli addosso. Allungò la mano e la afferrò all'ultimo secondo, la forza gli punse il palmo.

«Bel colpo.» Gran gli fece un cenno.

Lui le sorrise, con un nodo allo stomaco. Se non si fosse spostato, se non fosse atterrato su Livvy, *lei* si sarebbe presa una brutta botta in testa.

Dannata capra.

Si tirò su e si passò una mano tra i capelli. «Tutto a posto?»

Livvy si mise a sedere, sistemandosi la camicetta—sì, c'era il top. «Domani avrò un bel livido sul ginocchio, ma per il resto, sto bene.»

Sean balzò in piedi e le porse una mano, rifiutandosi di pensare a quanto fosse *bene*. Gran era lì. Quello avrebbe dovuto bastare per mettere il ghiaccio ai suoi ormoni.

Poi Livvy alzò lo sguardo da sotto le ciglia e Sean dovette lottare forte per ricordarsi che in quella stanza c'era *qualcun altro* oltre ai due di loro.

«Grazie.»

«Il piacere è mio.» Le tenne la mano un po' più a lungo del necessario perché, sì, era un piacere.

E poi la capra belò, uccidendo quell'attimo.

«Come sono entrati qui?»

Lei indicò quel maledetto uccello. «Te l'ho detto che Orwell sa come sganciare le porte. Deve essere uscito dalla gabbia. Gli piace stare in mezzo a tutti. Non avrei dovuto lasciarlo da solo in camera mia così a lungo.»

Digger le si avvicinò sulla mensola e si sporse per piluccarle i capelli.

Dannata capra.

Sean lo sollevò, ignorando il belato di protesta. E le testate. «Una fatta. Raduniamo gli altri e riportiamoli in stalla.»

«O, meglio ancora.» Livvy sporse la testa fuori dalla porta e fischiò. «Davy? Vieni, bravo!»

«Che stai facendo?» Non avevano bisogno di altro caos nella stanza.

«Fidati. Aspetta di vedere cosa sa fare Davy. Posalo, Digger.»

Sean fu scettico, ma cambiò idea quando il barboncino piombò nella stanza e iniziò a radunare tutti come fosse un border collie e loro le sue pecore, ehm, capre.

Digger e Randy e Bo vennero abbastanza volentieri, ma Dodger era un'altra storia. Non ne voleva sapere, saltando da un mobile all'altro per evitare il cagnolino pepato.

Così Davy gli andò dietro, balzando sul divano e poi sullo schienale.

Dal quale scivolò giù.

Sean si ritrovò ancora una volta a tuffarsi per afferrare qualcosa, ma stavolta non fece in tempo.

Il povero Davy ne pagò le conseguenze.

Quella zampa non sembrava messa bene.

«E se morisse?» chiese Livvy per la quarta volta da quando avevano lasciato l'ambulatorio ore dopo.

Sean infilò il suo pickup nel piccolo parcheggio sul retro della tenuta, vicino alla cucina. «Non morirà. La dottoressa Carston sa il fatto suo. Ha detto che è una frattura semplice. Davy tornerà come nuovo in un attimo.»

«E se non si svegliasse dall'anestesia?»

Spense il motore e si voltò verso di lei. «Livvy, non andarti a cercare guai. È un intervento di routine.»

«No, non lo è.» Si spinse i capelli dietro le orecchie. «Non è affatto normale che un cane si rompa una zampa inseguendo una capra nel salone di una villa. Non vedi quanto è *non* naturale tutto questo? Come ho potuto anche solo pensare per un minuto di poter restare qui? Non sono abituati a questo posto e con tutto lo scompiglio nelle loro vite... Ho promesso a loro—e a me stessa—un po' di stabilità. E invece eccomi qui, a correre dietro alle pretese di Merriweather e a mettere a rischio la sicurezza e la stabilità che ho promesso loro quando li ho adottati.»

Sean le afferrò le mani, serrate in grembo. «Livvy, sono animali. Si adatteranno. Non continuare a prendertela con te stessa. Davy starà bene.»

Lei si strappò le mani dalla presa e se le passò tra i ricci. «Non sono *solo* animali, Sean. Sono *i miei* animali. Io sono responsabile di loro e non prendo alla leggera le mie responsabilità.»

Non lo disse, ma lui sentì il sottinteso *al contrario dei miei genitori* e all'improvviso capì. La cosa andava ben oltre una zampa rotta. Parlava di chi lei fosse, di ciò che l'aveva plasmata, di quali fossero le sue speranze e i suoi sogni. A Livvy serviva stabilità. Le serviva qualcuno accanto che le desse la sicurezza di cui aveva bisogno. Le serviva qualcuno che si prendesse cura di lei, che ci fosse sul lungo periodo. Non aveva alcun diritto di iniziare una storia che non poteva portare a termine. E quanto a sottrarle l'eredità...

Toccò a lui passarsi le mani tra i capelli. Una situazione senza via d'uscita.

Tirò fuori il cellulare e chiamò l'ambulatorio. «Ciao. Ero appena venuto con Livvy Carolla e il barboncino con la zampa rotta. Per favore, faccia chiamare alla dottoressa Carston Livvy quando Davy si sveglia.» Ringraziò la receptionist, poi chiuse la chiamata. «Okay? Non possiamo fare altro stasera. Entriamo e ti preparo qualcosa da mangiare. Sembri davvero sfinita.»

«Grazie, ma io vado in stalla. Devo assicurarmi che stiano bene.»

Non le fece obiezioni. Non stava andando a vedere se gli animali stessero bene; stava andando a assicurarsi che *lei* stesse bene.

«Vuoi che venga con te?»

Per un secondo nei suoi occhi lampeggiò qualcosa, ma poi scosse la testa. «No. Ho bisogno di un po' di tempo da sola con loro.»

Lui le scostò i capelli dalla spalla. «D'accordo. Ma se ti servo, chiamami.»

Lei promise che l'avrebbe fatto e si avviò verso la stalla, inciampando sul mattone del vialetto che lui non aveva sistemato. Sean allungò una mano per afferrarla un istante prima che lei riprendesse la sua strada—una metafora, temeva, della loro intera relazione.

Basta così. Le cose dovevano cambiare. Il che significava che aveva qualche telefonata da fare.

Capitolo Trenta

Livvy non venne a letto ieri notte.

Fu il primo pensiero di Sean al risveglio, da solo, e gli parve sbagliato.

Saltò la doccia e si infilò shorts e T-shirt prima di scendere e uscire verso la stalla.

Non arrivò mai fin lì.

Lei dormiva in salotto, il suo serraglio attorno. Be', i cani e Reggie lo erano, e non sembravano affatto comodi, schiacciati contro di lei.

Livvy, però, era dannatamente sexy. I capelli le cascavano sulle spalle come se lui le avesse passato le dita tra le ciocche tutta la notte. C'era un ricciolo appoggiato sulle labbra che si sollevava a ogni espirazione. Le labbra erano socchiuse, e le lunghe ciglia riposavano sulle guance come a indicare, una per una, ogni adorabile lentiggine. Una gamba era arricciata sopra Ringo—cane fortunato—e lei aveva drappeggiato un braccio su Petra, con le dita che sfioravano il dorso di Reggie mentre il maiale dormiva sul pavimento, i campanelli che tintinnavano piano a ogni respiro.

«Figlio di puttana.»

E Orwell stava sullo schienale del divano, la testa infilata sotto l'ala, borbottando nel sonno.

Livvy si mosse e aprì i suoi splendidi occhi. Le occorsero alcuni secondi per svegliarsi, ma quando lo fece... però. Quel sorriso. Lui avrebbe potuto svegliarsi con quel sorriso per il resto della sua vita.

«Buongiorno.» La sua voce era roca di sonno e a Sean occorsero alcuni istanti per riuscire a rispondere, perché era ancora bloccato sul commento del *resto della sua vita*.

«Ciao.»

«Io, ehm, mi sono addormentata qui.»

«Lo vedo.»

«Sono rientrata tardi.»

«Lo so.» Perché l'aveva aspettata in ascolto.

«Nella stalla era... tranquillo.»

Si avvicinò al divano e diede una spintarella a Ringo così da potersi sedere. «Non devi spiegarti con me, Livvy. È casa tua.»

Lei si disimpigliò dai cani, la gamba nuda gli sfiorò la sua, e ogni cellula del suo corpo entrò in massima allerta. Ancora di più quando lei si gettò la criniera all'indietro in una seducente cascata di ricci.

«Che penseresti se restassi qui?»

Quello gli distolse l'attenzione da lei. «Restassi qui? In questa casa? Cioè, non vendere?»

Lei annuì. «So che è davvero grande e che richiede molta manutenzione, ma ho pensato a quello che hanno detto le signore ieri. A come Merriweather si sia presa tutto quel disturbo con la cucina e a ciò che sta cercando di fare con questa caccia al tesoro e, be', mi chiedo se non stia facendo troppo in fretta a voler monetizzare. Potrebbe essere carino vivere qui. Non devo preoccuparmi del tetto che perde e la stalla... è perfetta per tutti. E il lago... le oche lo adorerebbero. Potrei costruire un riparo per loro sull'isoletta e avrebbero tutto il posto per loro. È grande almeno tre volte lo stagno di casa che condividono con tutti gli altri uccelli. Potrei costruire a Rhett e Scarlett un grande recinto all'aperto, e i cani già amano il giardino.»

«E questa stanza. Non dimenticare quanto la amino tutti.»

«Vero.» Rise e il suo sorriso gli assestò un pugno allo stomaco.

Così come l'idea che lei restasse davvero in casa. Non se l'era aspettato. Era stata così irremovibile sul partire che non aveva nemmeno considerato per un minuto che volesse restare.

Addio a tutte le telefonate fatte la sera prima per vendere il suo ultimo B&B. Un paio di persone si erano dette interessate e non avevano storto il naso al prezzo richiesto. Se lo avesse ottenuto, avrebbe potuto davvero concludere l'affare, qualora Livvy avesse ereditato e voluto vendere. Era stato fiducioso. Ora, però... Se avesse venduto il suo posto e lei avesse deciso di non vendere il suo, sarebbe tornato al punto di partenza, con niente. «Quindi stai davvero pensando di restare?»

«È ancora nella fase del valutare pro e contro. Non escludo nulla, per ora. Mi mancheranno tutti al co-op, ma, davvero, non c'è più motivo che io viva lì quando c'è una lista d'attesa di persone che vogliono trasferirsi. È solo giusto, visto che io avrò così tanto. Ehi, forse potrei trasformare *questo* posto in un co-op. Di certo abbiamo abbastanza acri per farlo.»

Lo stomaco di Sean prese un altro colpo, ma non per il suo sorriso. Questo posto valeva una fortuna e lei lo avrebbe trasformato in un co-op? Il valore della proprietà sarebbe precipitato e, quanto alle proprietà circostanti che lui aveva comprato e avrebbe dovuto vendere per restituire i soldi ai fratelli... Un co-op ne dimezzerebbe il valore.

«Forse ti conviene sentire la commissione urbanistica prima di prendere quella strada, Livvy.» Quella sarebbe stata la sua prossima telefonata. «Quindi, suppongo che la dottoressa Carston abbia chiamato?»

«Già. Davy sta bene. Potremo portarlo a casa oggi. Grazie per averci accompagnati ieri. So che probabilmente volevi passare più tempo con tua nonna.»

«Nessun problema. E Gran ha capito.» Gran aveva capito fin troppo; a lui non era dispiaciuto andarsene.

«Dovrei chiamarla e chiamare anche le altre signore per scusarmi di essere scappata via. Non hanno ottenuto ciò per cui erano venute.»

Gran di certo sì. Aveva detto la sua *e* aveva visto lui che teneva per mano Livvy. Quando l'aveva chiamata la sera precedente, dopo che erano tornati dal veterinario, aveva detto una sola cosa. ««La approvo, Sean, ma non approvo ciò che stai progettando. So che farai la cosa giusta.»»

Come se a lui servisse ancora più senso di colpa su questa situazione.

«Se resti, avrai tutto il tempo perché vengano di nuovo a trovarti. Ma per farlo, dobbiamo trovare il prossimo indizio. Hai idea da dove cominciare?»

Lei si infilò i capelli dietro le orecchie. «Mia nonna ha detto che aveva a che fare con mio nonno Henry. Qualcosa sul suo progetto del cuore. Idee su cosa significhi?»

Lui sì, ma come domestico non avrebbe dovuto sapere del parco divertimenti che suo nonno aveva costruito. Come parte interessata al testamento di Merriweather, però, lo sapeva.

«Sono sicuro che non sia difficile scoprirlo con un paio di ricerche su internet.»

«Il che significa che per me si torna in biblioteca. Vieni?»

«In realtà...» Tirò fuori il telefono. «Smartphone. L'ho preso quando sei andata al Market. Cerca pure.»

Le occorsero meno di cinque minuti per scoprire quello che lui già sapeva.

«Non indovinerai mai cos'è.» Gli porse il telefono.

«Okay.» Non le lasciò la mano.

Lei alzò gli occhi al cielo ma sorrise lo stesso. «Non ci provi nemmeno?»

«Hai detto che non ci riuscirei, quindi perché provarci?»

«Sul serio, Sean, non sei divertente.»

Inarcò un sopracciglio.

«Okay, lo sei, ma potresti almeno assecondarmi.»

«Va bene. Vediamo. Ha costruito una strada?»

«No.»

«Un palazzo per uffici?»

«Macché.»

«Un centro commerciale?»

«Neanche lontanamente.»

«Perbacco, questo gioco è proprio divertente.»

Livvy alzò di nuovo gli occhi al cielo. «D'accordo, signor Pessimo Perdente. È un parco divertimenti.»

«Io *non* sono un pessimo perdente, e hai ragione. Non avrei mai indovinato un parco divertimenti. Hai intenzione di andarci, vero?»

«A meno che tu non abbia altri piani per la giornata.»

«C'è solo un problema.»

«Oh?»

La tirò più vicino. «Sì. Vedi, ho questa cosa chiamata lavoro. Per cui vengo pagato. E il mio capo è un tipo piuttosto fissato con il tenere i clienti soddisfatti.»

Lei gli appoggiò i palmi sul petto e all'improvviso Sean non trovò nulla di divertente nella loro situazione. Bollente e travolgente, eccitante, sì. Divertente... Per niente. La desiderava con un'intensità quasi spaventosa.

«Be', *questa* cliente sarebbe molto più felice se la accompagnassi a un parco divertimenti invece di passare l'aspirapolvere sulle scale, quindi, a meno che tu non abbia qualche strana avversione per i parchi divertimenti, direi che vieni con me.» Lo spinse via dal suo petto ed egli la lasciò andare con riluttanza—molta riluttanza. «Dammi quindici minuti per prepararmi, e poi possiamo andare.»

«Ottimo, ma perché non mangiamo qualcosa prima?»

«Buona idea. Proviamo quella tavola calda sulla strada per l'autostrada. Offro io.»

«Affare fatto, ma offro *io*. Non ho mai lasciato pagare un pasto a una donna in vita mia e non ho intenzione di cominciare adesso.»

Lei fece spallucce e il modo in cui le si mossero i seni fu un pagamento più che sufficiente, se voleva essere pignola.

«Okay, per me va bene. Ma sappi che ho voglia di una colazione davvero abbondante.»

Non stava scherzando.

Livvy fu la prima donna che avesse mai portato in un ristorante che in realtà *mangiò* il suo cibo. Tutte le altre avevano dato piccoli morsi e l'avevano spinto in giro nel piatto, ma non Livvy. Aveva ragione; non era come nessun'altra donna.

Non che a lui fosse servito che glielo facesse notare.

Spazzolò via il terzo uovo fritto e lo mandò giù, insieme al quarto pezzo di pane tostato, con il secondo bicchiere di succo di pompelmo.

«Dove lo metti?» chiese Sean, cercando di guardarla con obiettività. Già, non ci riusciva.

«Troppo? Scusa, ma avevo fame.»

«Non scusarti con me. Sono contento di vederti con un sano appetito. Anche se sei stata un po' fuori di testa con il pane ai multi-cereali.»

«Ehi, dovevo sapere se era bio o no. Non mi aspetto che una cameriera adolescente lo sappia. Il modo più facile per scoprirlo è guardare la confezione.»

«Sono sorpreso che tu non abbia chiesto se il burro fosse montato a mano.»

Lei appallottolò il tovagliolo e glielo tirò. «Adesso mi stai solo prendendo in giro.»

«No, mi sto godendo te. Tutte le tue piccole manie e fisime.»

«Non ti danno fastidio?»

Le prese la mano. «Come potrebbero? Sono ciò che ti rende te stessa.»

Lei deglutì, poi si inumidì le labbra. Non fu un morsetto, ma fu altrettanto potente. «Grazie per averlo detto. È stato davvero dolce.»

«Dolce sei tu, Livvy.» Abbassò la voce e si sporse. «E non mi dispiacerebbe assaggiarti proprio adesso.»

Ottenne l'arrossire che mirava a provocare. Ottenne anche un'erezione furiosa, ma in realtà era stato a mezza asta da quando lei era scesa le scale con un paio di shorts e sandali che gli facevano venir voglia di far scorrere le mani lungo le sue gambe, e la solita canottiera con sopra la camicetta aperta che era più un vedo-non-vedo eccitante che qualcosa che nascondesse le curve.

«Non puoi dire cose del genere,» sussurrò lei.

«Certo che posso. È la verità.»

Se possibile, il suo rossore si fece più profondo. E si diffuse giù per il collo e sotto quella camicetta e quella canottiera e, diamine, lui avrebbe adorato seguirne la scia con la lingua.

«Credo che dovremmo andare,» disse lei, sfilandogli la mano e appoggiandosi allo schienale.

«Anche secondo me, ma purtroppo, se esco da questo separé, metterò in imbarazzo te, me e tutti qui dentro.»

Le occorsero alcuni secondi per capirlo, ma quando lo fece, arrossì di nuovo.

Sean gemette. «Livvy, per favore smettila di arrossire.»

«Allora smetti di dire cose del genere.»

«Posso almeno pensarle?»

Lei alzò gli occhi al cielo. «Sei incorreggibile.»

«No, sono in pena. Abbi pietà di me e parliamo di qualcosa di... oh, non so. *Freddo*.»

«Tipo un ghiacciaio?»

«Ottimo.»

«O che ne dici di un lago ghiacciato.»

«Ancora meglio.»

«Orso polare?»

«Funziona.»

«Io nuda davanti a un fuoco scoppiettante con la neve che cade fuori dalla finestra dietro di me?»

«Non vale.»

Lei gli scostò una ciocca caduta sulla fronte.

«A pranzo e in guerra tutto è permesso, ricordi?»

«Ricordo benissimo, grazie, ma questa è colazione.» Si ricordò di lei distesa, nuda al sole con il gorgoglio dell'acqua attorno, il cielo azzurro sopra e nessuno nel raggio di chilometri, e avevano fatto l'amore come se fossero le uniche due persone sulla terra, nel loro Eden privato. «Stai arrossendo di nuovo.»

«Quello *non* è arrossire.»

Lo sguardo che gli rivolse gli disse tutto ciò che aveva bisogno di sapere. «Continua a guardarmi così, donna, e non sarò responsabile delle conseguenze.»

«Mi piacerebbe esplorare quelle conseguenze con te, ma ci sono delle giostre che ci aspettano.»

Le avrebbe fatto fare lui un bel giro...

Non dovette dirlo—lei iniziò ad arrossire di nuovo.

La giornata prometteva di essere molto divertente.

Capitolo Trentuno

«Andiamo di nuovo!» Livvy saltellava dappertutto, che Dio lo aiutasse. Giù dai gradini della giostra, attraverso l'asfalto, girandogli intorno come il suo barboncino danzante. Solo che infinitamente più carina.

«Vuoi rifarlo *di nuovo*? Non stai per rimettere le tue tre uova, quattro fette di pane biologico ai cereali e due bicchieri di succo di pompelmo?»

«Tecnicamente, erano solo uno e mezzo.»

«Oh, giusto. Gran differenza. Quindi se fossero stati due bicchieri pieni, *allora* li avresti rimessi?»

«No, sciocco. Adoro quella giostra. Quando il pavimento ti manca sotto i piedi è come quella sensazione che ti prende alla pancia quando... Sai.» Si morse il labbro inferiore e Sean ebbe la sensazione di sapere esattamente cosa stesse per dire.

La tirò a sé e intrecciò le mani nella fossetta della sua schiena. «Intendi come la sensazione che provi quando faccio questo?»

La baciò. Proprio lì, al parco, davanti a tutti, la baciò come se fossero solo loro due, come al lago. Come se non vedesse l'ora di portarla a casa.

Non vedeva l'ora. «Ti voglio, Livvy.» Dovette mormorarlo contro la sua pelle.

«Sean, siamo in pubblico.»

«Credimi, lo so.» Le tirò il lobo con i denti. «Volevo solo assicurarmi che lo sapessi anche *tu*.»

Lei inarcò leggermente la schiena, premendogli il ventre contro l'erezione. «Oh, lo so.»

Espulse una risata e le baciò la punta del naso. «Quanto pensi che possiamo restare così prima che qualcuno se ne accorga?»

«Probabilmente molto più a lungo di quanto se tu mi lasciassi andare e ti girassi proprio adesso.»

«Giusto.»

«Io direi di provare la giostra dei tronchi, dopo. Quell'acqua di sicuro ti raffredderà.»

«Finché non finisci zuppa fradicia.»

«Oh, giusto. Buon punto. Che ne dici invece della casa degli specchi?»

«Mi piace.»

Era un'ottima idea. Quelle scale mobili la rispedirono a rotolare contro di lui. E quella salita con le corde... Meno male che Gran gli aveva insegnato a essere un gentiluomo; l'aveva lasciata andare per prima.

«Zucchero filato?» chiese lei una volta che ebbero superato la ruota del criceto e raggiunto la piattaforma in fondo.

«Zucchero filato? Tu?» Sean si mise una mano sul petto e fece finta di barcollare contro i cordoni di delimitazione. «Non è pieno di sostanze chimiche, coloranti e nitrati o qualcosa del genere?»

«Zucchero e aria. Forse un po' di colorante alimentare. Non è poi così male.»

«Chi l'avrebbe detto. La roba contro cui le mamme mettono in guardia i bambini passa il tuo vaglio.»

Lei lo punzecchiò al petto. «Le mamme mettono in guardia le ragazze anche dai tipi come te, eppure non sto ascoltando neanche quello.»

Sean non le lasciò togliere la mano. Gliela incollò addosso, più che disposto a usare qualsiasi scusa per avere le sue mani su di lui. Diavolo, l'aveva presa proprio forte. «Ehi, sono un bravo ragazzo. Le mamme mi adorano.»

«Scommetto di sì.» Agitò le sopracciglia e si liberò la mano mentre si dirigeva verso la giostra successiva.

Sean la seguì, raggiungendola in fretta. Bryan era quello che tutte le donne adoravano. E a Sean andava bene così. Non aveva bisogno di essere il sogno di ogni donna. Solo di una in particolare.

Una speciale.

Livvy.

«Sean? Tutto a posto?»

Livvy si voltò quando lui smise di camminare. Accidenti, gli parve di aver smesso di *respirare*.

«Sean?»

«Eh? Uh, sì. Sto bene.» In quel modo da il-mio-mondo-ha-appena-sbandato.

«Facciamo le seggioline volanti? Adoro girare così.»

Avrebbe dovuto provare a girare come stava facendo lui in quel momento. Santo cielo, si stava innamorando di lei. E non perché il sesso era stato fantastico. Anche se lo era stato. Ma voleva i suoi sorrisi al mattino e i suoi gemiti di notte. I suoi baci tutto il giorno. Voleva le sue risate e le sue insicurezze e le sue battute e i suoi sospiri quando dormiva. Avrebbe persino preso i cani, se ciò avesse significato avere Livvy. E i suoi rossori. Oh, quanto desiderava i suoi rossori.

«Oppure vuoi fare quella nave pirata?»

Guardò dove lei indicava. Una nave gigantesca che oscillava da un lato all'altro fin quasi a mettersi perpendicolare al suolo. No, non aveva bisogno di salirci; le sue viscere lo stavano già facendo di loro.

«O che ne dici del Double Shot? È una scarica di adrenalina.»

Non aveva bisogno di altra adrenalina. Ma non poteva certo dirglielo. «Certo. Sembra divertente.»

Stava *perdendo la testa per* Livvy.

Livvy non ricordò un giorno migliore. Be', forse quello al lago, ma questo arrivò poco dopo. Sean fu così divertente e così di buon carattere e il ragazzo perfetto con cui passare la giornata in un luna park. Ovviamente, centrò la campana al gioco del martello. Scoppiò tutti e sei i palloncini con le freccette, vincendole un ippopotamo di peluche «per il tuo serraglio», e non si fece problemi ad avere zucchero a velo su tutta la faccia per via del funnel cake.

Certo, poteva aver avuto qualcosa a che fare con il fatto che glielo baciò via dalla pelle, ma comunque...

Salirono su ogni giostra, alcune anche due volte, comprarono tutte le foto carissime che le giostre scattavano di loro, guardarono un clown fare il giocoliere, un mangiatore di spade ingoiare spade (ovviamente), e il numero dei cani addestrati la fece pensare seriamente ai suoi animali. I suoi erano intelligenti; potevano imparare a fare trucchi come quelli. Forse avrebbe potuto mettere su spettacoli nelle case di riposo o negli ospedali pediatrici ora che avrebbe avuto tempo per fare queste cose—*se* avesse trovato il resto degli indizi.

Cedette a mangiare un hot dog—era piuttosto buono, anche se non aveva intenzione di ammetterlo con lui—quando Sean riportò i loro drink al tavolo.

«Tieni. Ti ho preso un tè freddo. Ho pensato che lo zucchero filato e il funnel cake fossero abbastanza zucchero per oggi, quindi ho lasciato perdere la bibita. Non volevo esagerare.» Le strappò l'hot dog dalla mano. «Compreso questo. Tutti quei nitrati, lo sai.» Se lo ingoiò in un solo boccone.

«Ehi! Quella è la mia cena!»

Alzò un sopracciglio. «Davvero? Te lo stavi godendo? Pensavo lo stessi mangiando per compiacermi, visto che qui non c'è manzo alimentato a mais.»

Incrociò le braccia ed espirò. «Stavo compiacendo *me*. Il mio appetito.»

Lui tirò fuori altro contante. «Oh. In tal caso, te ne prendo un altro.»

«Lascia stare. Non è che me ne serva un altro. E poi ho questo.» Alzò il suo tè. Che gesto assolutamente dolce. «Grazie.»

«Di nulla.» Si fece una bella sorsata di bibita, poi si pulì la bocca con il dorso della mano. Lei nascose un sorriso. «Cosa c'è di così divertente?»

«Niente.»

«Uh huh. Non ci credo. I tuoi "niente" mi suonano sempre come "qualcosa", quindi sputa il rospo. Voglio sapere perché stai ridendo di me.»

«Non sto ridendo di te; sto *sorridendo* a te.»

«Per me è lo stesso. Dimmi.»

Scosse la testa. «Non capiresti.»

«Prova.»

Inarcò le sopracciglia e abbassò la voce. «L'ho già fatto.»

Adorava stuzzicarlo. Adorava il modo in cui i suoi occhi azzurri si scurivano. Adorava come le spalle gli si raddrizzavano mentre si metteva seduto. Adorava quel tic alla mascella che diceva che aveva colto l'allusione e ricordava esattamente ciò che stava ricordando lei.

«La pagherai per aver fatto quel commento in pubblico, Carolla.» Il suo sguardo le fece capire esattamente a cosa si riferisse.

«Ci conto.» Raccolse qualche briciola del panino dall'hot dog dal suo tovagliolo. «Allora, probabilmente dovremmo trovare il prossimo indizio prima che faccia buio. Non hai visto una targa o qualcosa che proclami il grande nome dei Martinson da queste parti, vero?»

Sean la guardò ancora per qualche secondo con *lo sguardo*. «In realtà sì. Che cosa mi darai se ti dico dov'è?»

«Cosa vuoi?»

«Sai la risposta a quella domanda.»

«Già, la so.»

«E allora?»

«E sono pienamente d'accordo.» Si alzò e gli tese la mano. Qualunque fossero i piani di Merriweather per la caccia al tesoro, Livvy fu solo felice che includessero Sean. «Andiamo a trovare quell'indizio così possiamo passare il resto della serata insieme.»

Era tarda mattinata quando Livvy si svegliò in un motel economico che probabilmente affittava le camere a ore.

Sorrise. Per lei e Sean, costava meno affittarla per la notte.

Lo guardò dormire accanto a lei. Amava il suo viso. Oh, non perché fosse bello, anche se lo era, ma perché era così espressivo. Sean non tratteneva mai nulla. La guardava con tanta cura negli occhi, così limpidi, diretti e onesti... Le sembrava di poter vedere nella sua anima quando li incrociava. Il suo viso era così forte, così maschile, così perfettamente scolpito, come se Madre Natura si fosse impuntata a creare non solo l'*interno* perfetto di un uomo, ma anche l'*esterno*. Con Sean ci aveva azzeccato in entrambi i casi.

Livvy alzò la mano per seguire il profilo del suo naso. L'aveva fatto spesso la sera prima. C'era qualcosa nel naso di Sean... e nelle sue labbra... e nel suo mento... e—

«Vedi qualcosa che ti piace?» Le catturò la mano e se la portò alla bocca per baciarle le dita.

E per rubarle il respiro.

«Già.» Le piaceva più che altro.

Si girò su un fianco, rivolto a lei, tenendole ancora la mano, poi gliela nascose contro il petto. Contro il cuore. «Anche a me.» La baciò.

Fu un bacio lieve. Dolce. Semplice e senza pretese. Ma pieno di un mondo di bontà che le fece venire le lacrime agli occhi. Non sapeva come fosse stata così fortunata con Sean, ma non aveva intenzione di farsene domande. Per la prima volta in vita sua, non dovette sgomitare perché qualcosa di buono le capitasse. Era come se l'universo riconoscesse tutti i suoi sforzi e le desse un grande premio per non aver mai mollato.

«Mmmm, sai di buono,» mormorò contro le sue labbra.

«Lo hai detto ieri.»

«Ieri sera me l'hai confermato.»

Eh già, arrossì di nuovo.

«Ah, Livvy, vieni qui.» La avvolse in un abbraccio grande e stretto, tirandola a sé. Le sue braccia gli si chiusero intorno alla vita, il viso nell'incavo della sua spalla, e non c'era posto al mondo in cui avrebbe preferito essere.

«Servizio camere.» La porta si aprì.

Okay, forse avrebbe preferito essere a casa così nessuno avrebbe interrotto quel momento.

«Ehi!» Sean tirò su le lenzuola su di lei, poi si mise seduto. «Siamo qui!»

«Oh, mi dispiace tanto!» La cameriera uscì dalla stanza all'indietro, probabilmente più rossa di quanto fosse Livvy.

«Questo *non* era il modo in cui volevo svegliarmi.» Le passò la mano sulla schiena e Livvy rabbrividì. Sì, Madre Natura aveva fatto meraviglie con Sean.

Si scostò i capelli e si sollevò sui gomiti. «Almeno sappiamo che le camere sono pulite.»

Sean rise, poi scostò le coperte e le diede una sculacciata. «Andiamo, tu. Potrei restare qui tutto il giorno a non fare niente, ma dobbiamo andare a prendere un cane e trovare un indizio. Ce l'hai quello del parco, vero?»

Cercò il reggiseno, ridacchiando quando lo trovò appeso alla lampada sul comodino.

«Cos'è che fa ridere?»

«Questo.» Lo sollevò.

«La lingerie è comica? Non per gli uomini.»

«Non il reggiseno in sé, ma dove l'ho trovato. Nessuno aveva mai lanciato il mio reggiseno sul paralume prima d'ora.»

«Peggio per loro. È stato divertente. Soprattutto quello che è venuto dopo.»

Era troppo bello per permettersi una sorrisata da quattro soldi. Le faceva solo desiderare il bis della notte precedente. Ma aveva ragione; non avevano tempo. L'orologio correva per la sua eredità. Non era ancora sicura di volerci vivere o meno, ma voleva poter scegliere.

«Allora dov'è l'indizio?» chiese, infilando i pantaloncini. Senza biancheria.

Livvy cercò di deglutire ma, con la bocca improvvisamente asciutta, non ci riuscì.

Tossì e tirò fuori dal reggiseno l'indizio che avevano ottenuto dal direttore della gioielleria Merri nel parco. Sean l'aveva ricavato dalla frase «qualcosa di più prezioso dei gioielli» nel precedente indizio. «Uh, ecco.»

«Ieri sera non c'era,» disse. «Ho controllato.»

«Era tra il tessuto e la fodera. Non stavi guardando nel posto giusto.»

«Credimi, ero nel posto giusto.»

Sentì il rossore rifarle capolino sulle guance.

«Ah, Livvy, con te è troppo facile. Non perdere mai quel rossore, okay? Mi mancherebbe.»

«Cercherò di non farlo.» E se lui avesse continuato a dirle cose del genere, non avrebbe avuto bisogno di provarci.

Fecero una doccia veloce—separata, così da *uscire* davvero dal motel—, buttarono nella spazzatura i prodotti da viaggio che avevano preso al mini-market la sera prima, poi Livvy gli rilesse l'indizio mentre erano in viaggio.

«Un medaglione? Dovrebbe essere facile da trovare.»

«Lo sarebbe, se non fosse nella cassaforte. E lei non mi ha dato la combinazione.»

«Sono sicuro che Scanlon ce l'ha.»

«Ma non posso chiederla a lui. Vedi dove dice "Da sola"? Devo ricavare la combinazione per conto mio.»

«Potrebbe volerci anni.»

«Non me lo dire.»

Sean espirò e strinse la presa sul volante. «È quasi come se volesse che tu fallissi.»

«Oppure la combinazione è così ovvia che dovrei riuscire a capirla.»

«Se fosse così semplice, chiunque potrebbe farlo. Merriweather non era stupida. Il numero deve avere un significato per te.» Gli squillò il cellulare. «Aspetta. Devo prendere questa chiamata.»

Toccò lo schermo. «Manley.» Le labbra gli si serrarono mentre ascoltava l'altro capo. «Sì, va bene. Una va bene. Dove vuoi incontrarti? Okay. Giusto. Preso. A dopo.»

«Allora dove andiamo?» chiese lei quando chiuse la chiamata.

«*Noi* non andiamo da nessuna parte. *Io*, però, ho un incontro di lavoro, quindi tu sarai da sola a caccia di indizi. Te la senti?»

«Puh-leeze. Sono nata per cacciare indizi. Ti ho lasciato venire solo perché mi fai pena tutto rintanato tra chimici, stracci, aspirapolvere e cacca di alpaca. Starò benissimo.» Si rimise l'indizio nel reggiseno, godendosi appieno il calore che gli si accese negli occhi quando lo fece. «Quindi questo appuntamento d'affari riguarda il tuo business di ristrutturazioni?»

«Sì. Un potenziale acquirente.»

«Ed è una buona cosa, giusto?»

Lui tirò fuori un lungo respiro. «Sì, è una cosa buona.»

«Non sembri molto entusiasta.»

«È un'arma a doppio taglio. Da un lato sono contento di vendere il posto, ma dall'altro mi pesa separarmene. Quel posto ha un valore affettivo per me e si trova in una zona che sta per diventare il posto *in* dove vivere nei prossimi anni, probabilmente quadruplicando il mio investimento se potessi tenerlo così a lungo.»

«Allora perché non lo fai?»

Espirò di nuovo, stavolta grattandosi la mascella. Il fruscio della barba del mattino ricordò a Livvy esattamente come le era parsa contro il ventre. Le cosce...

«A volte capita un affare a cui proprio non puoi dire di no. Questo potrebbe essere uno di quelli.»

«Oh. Okay.»

Doveva pur guadagnare, dopotutto, soprattutto ora che non erano sicuri che avrebbe ancora avuto un lavoro, quindi quello era un altro motivo per cui lei doveva tenere la casa. Poteva dare a Sean il lavoro in pianta stabile. O, meglio ancora, dirgli di lasciar perdere le pulizie del tutto e starsene lì con lei a farle compagnia. Tranne che Sean era orgoglioso. Non avrebbe voluto la carità, e solo questo la fece innamorare un po' di più.

Come pure la sua tenerezza quando si fermarono dal veterinario a prendere Davy sulla via di casa. Portò il barboncino fino all'auto e lo posò con delicatezza sul suo grembo, assicurandosi che la zampa anteriore appena ingessata stesse comoda. Accarezzò Davy un paio di volte durante il tragitto e non ritrasse la mano quando Davy lo leccò. Sean stava decisamente iniziando ad affezionarsi ai suoi animali.

Proprio come lei stava iniziando ad affezionarsi all'idea di chiamare quel posto casa.

Capitolo Trentatré

Sean uscì dal ristorante dove il suo broker aveva voluto incontrarlo e tornò alla tenuta con lo stomaco sottosopra e una sensazione di sollievo in testa. Era fatta. Il cottage era stato venduto. Con questo e rimandando l'elettrificazione dell'isola, aveva una chance di eguagliare le offerte che aveva sentito. L'ROI dei suoi fratelli restava in dubbio, ma avrebbe affrontato quell'ostacolo quando ci fosse arrivato. *Se* ci fosse arrivato. Non c'era alcuna garanzia che lei avrebbe venduto. O che avrebbe venduto a lui. Non una volta scoperto che aveva voluto quel posto per tutto il tempo.

Sean espirò. Un'altra cosa di cui preoccuparsi.

Almeno, però, la coscienza gli si era alleggerita. Il senso di sollievo che provò quando il peso delle sue bugie gli scivolò dalle spalle fu enorme. Ora lui e Livvy potevano trattare ad armi pari, senza sabotaggi segreti tra loro.

Parcheggiò il pick-up e stava andando verso la cucina quando notò che la porta del salone era aperta. E adesso?

Cambiò direzione e—oh, diavolo. Avevano distrutto la stanza. Di nuovo.

Impronte di zampe infangate di tutte le dimensioni erano ovunque. Sui mobili, sul pavimento, sulle tende fino a terra, sulle pareti, sui quadri—

I *quadri*? Come diavolo era successo? *Perché* diavolo era successo?

«Livvy?»

Niente. Neppure il «*Sonofabitch*» di Orwell.

Entrò più a fondo nella stanza. «Livvy? Orwell? Davy?» Per fortuna i Lladró erano ancora in piedi nella vetrinetta, ma erano quasi le uniche cose sopravvissute. I paralumi erano storti, i cuscini spiaccicati sul pavimento—improntati di zampate, ovviamente—e una delle gambe del tavolino da caffè aveva ceduto, così che quello pendeva sbronzo contro il divano. L'angolo del tavolo aveva strappato un buco nella tappezzeria del divano. Fantastico. Ecco altri soldi andati.

Chiuse le porte verso il corridoio dietro di sé tirandole. Quelle, grazie al cielo, rimasero chiuse. «Livvy? Sei qui?»

«Di sopra!» giunse la sua voce disincarnata.

La trovò nel suo bagno, una sfilza di candele che spargevano profumo di lilla, rosa e una qualche essenza di frutti di bosco per la stanza, l'allestimento perfetto per una seduzione.

«*Sonofabitch.*»

Oppure, con Orwell lì dentro, forse no.

Svoltò l'angolo e fu accolto da un sorriso che l'avrebbe adescato nella vasca con lei *se* non fosse stata completamente vestita e immersa fino alle ginocchia in schiuma e cani bagnati. Ce n'erano quattro con lei, uno che cercava di entrare, e altri due che si rotolavano sugli asciugamani a terra. Davy era seduto su un asciugamano sul coperchio del water, la gamba ingessata graziosamente accavallata su quella sana.

«Che è successo?»

Sbuffò via una ciocca di capelli dalla faccia.

Non restò su.

La scostò con la spalla.

E ancora non restò su.

Sean si chinò e gliela infilò dietro l'orecchio.

«Grazie.» Trasse un respiro profondo. «È stato quel dannato pavone. Era dall'altro lato della siepe a provocare i cani che, immagino, alla fine ne avevano avuto abbastanza. Per quanto riesco a ricostruire, Ringo è partito per primo e gli altri in qualche modo sono riusciti a sgusciare fuori dalla recinzione. Non lo so. So solo che abbiamo un pavone praticamente senza coda che gira traumatizzato e avrebbe bisogno di terapia o di calmanti, un vialetto che è stato scavato e distrutto, siepi da risagomare, e io ho tolto aculei e spine da nasi, pelo, orecchie, code e cuscinetti delle zampe per le ultime quattro ore. E ho cercato di lavarli perché qualunque cosa abbiano attraversato inseguendo quel pavone non profuma affatto.»

Questo spiegava le candele.

Sean afferrò un asciugamano, lo arrotolò e lo mise accanto alla vasca per inginocchiarsi. «Dimmi cosa devo fare?»

Sembrava sul punto di piangere. «Niente. Non fa parte della tua mansione.»

«Non abbiamo stabilito che io non *ho* una mansione? E poi, voglio farlo per *te*, non perché sono in orario di lavoro.» Le prese una spazzola. «Chi tocca?»

«Per questo potrei baciarti.»

«Bene. Te lo ricorderò quando avremo finito qui. Allora, chi ha bisogno di un bagno?»

«Paula. No, Petra. No, credo di aver già fatto lei.» Livvy si sedette sul bordo più lontano della vasca, con i pantaloncini che si inzuppavano. «Non ne sono sicura.»

Sean afferrò la bottiglia dello shampoo dal bordo della vasca. «Okay, allora ricominciamo da capo. I due sugli asciugamani; sono a posto?»

«Sì. John e Mike erano i peggiori, quindi ho iniziato da loro.»

«Bene, due fatti, uno fuori uso, ne restano cinque.»

Era zuppo fradicio quando tutti i cani furono stati lavati. Lo era anche Livvy.

Questo era un vantaggio.

La sua canottiera le si appiccicava addosso, i capezzoli si erano induriti, e lungo il percorso aveva perso quella blusa svolazzante. Con la sua conoscenza diretta del corpo di lei, meno male che aveva l'*eau de cane bagnato* a tenergli i sensi vigili, altrimenti sarebbe stato duro come la porcellana in cui stavano facendo il bagno alle bestiole.

Diede a Georgia un bell'asciugatura energica. Era una cagna anziana; non voleva che prendesse freddo, ma gli altri stavano torcendo gli asciugamani come cavatappi. Aiutò Livvy a uscire dalla vasca perché non scivolasse sull'acqua che i cani avevano scagliato dappertutto mentre si scrollavano.

«E adesso che ci facciamo? Non ci serve una replica del salone in ogni stanza della casa.»

Sospirò. «L'hanno distrutto, lo so. Me ne occuperò io.»

«Non è un grosso problema. L'ho già pulito; lo pulirò di nuovo.»

Una scintilla le tornò negli occhi. Si raddrizzò, si raccolse i capelli all'indietro e li attorcigliò in uno chignon scompigliato e strano. Era dannatamente sexy.

«Oh no che *non* pulirai dopo di loro. Sono i miei animali; lo farò io.»

«Non hai tempo. Ti porterà via buona parte della giornata rimettere a posto quel disastro e dobbiamo trovare quell'indizio, ricordi?» Sean ebbe un mezzo sobbalzo mentale. Se avesse voluto che lei fallisse, perché la spingeva a cercare? «Li metteremo sul patio, ma stavolta useremo i guinzagli.»

«Lo detesteranno.»

Afferrò un paio di asciugamani fradici dal pavimento e li lanciò nella vasca. Un'altra cosa che avrebbe pulito lui. Avrebbe di sicuro assunto Mac una volta comprato il posto.

Comprare il posto suonava molto meglio di *raggirarla per strapparle l'eredità*. Così avrebbe potuto stare con Livvy e non doverle più mentire. Era così bello avere la tensione allo stomaco sparita—solo per essere sostituita da qualcos'altro quando lei si tirò la canottiera zuppa di dosso.

«E io detesterò ancora di più doverli lavare di nuovo. Quindi cosa preferisci? Cani arrabbiati, stanchi, frustrati, o Sean arrabbiato, stanco, frustrato e *intrattabile?*»

Livvy gli porse un altro asciugamano zuppo. «Non posso avere invece lo Sean-bagnino della piscina? Era molto più divertente.»

«Stai dicendo che non sono divertente?»

«Be', lo Sean-bagnino suggerirebbe di giocare a riporto con loro in giardino per stancarli prima di legarli sul patio.»

«Lo Sean-bagnino non deve pulire dopo di loro,» borbottò, raccattando ancora altri asciugamani dal pavimento. La lavatrice avrebbe fatto saltare i fusibili quando tutto quel casino fosse finito.

«Saranno infelicissimi.»

Le scacciò un po' di schiuma dal naso con un buffetto. «Meglio loro che noi.» Si massaggiò la parte bassa della schiena e provò ad allungarla. «Guarda il lato positivo: il pavone ti ringrazierà.»

«Preferirei legare il *pavone*. Maledetta seccatura. La prima cosa che farò quando possederò ufficialmente questo posto sarà donarlo a uno zoo locale.»

«A proposito, qualche idea per la combinazione della cassaforte?»

Scosse la testa. «Non ho avuto modo di provare. La Grande Fiaschetta del Pavone è successa praticamente appena sono entrata.»

«Allora quale momento migliore del presente per farci un tentativo.»

Livvy sollevò Davy. «Non possiamo sparare al pavone invece?»

Cinque ore dopo, Livvy era pronta a dimenticare il pavone e a sparare a chiunque avesse progettato quella stupida cassaforte. Lei e Sean avevano provato ogni combinazione di numeri venuta loro in mente: compleanni, anniversari, date di morte, date importanti della storia, solstizi d'estate e d'inverno, festività... ma quella maledetta non aveva ceduto di un millimetro. A rendere il tutto più divertente, non erano nemmeno sicuri di quante cifre ci fossero nella benedetta combinazione, quindi era stato un gigantesco tiro ai dadi. Era *davvero* stufa del giochino di Merriweather.

«Che ne dici di uno-due-tre-quattro-cinque?» Si lasciò cadere sul divano Chesterfield sotto le finestre dello studio.

«Non l'abbiamo già provata?»

«Non lo so. Vedo stringhe di numeri dietro le palpebre ogni volta che le chiudo.» Si gettò un braccio sulla fronte. «Non lo risolveremo mai.»

«E io non ho ancora per molto tempo per provare.»

«Appuntamento galante?» Cercò di infondere un sacco di nonchalance nella domanda, ma in realtà le si strozzò quasi in gola.

Sean si voltò. «Ti aspetti davvero che esca con qualcun'altra dopo essere andato a letto con te?»

«Non c'è stato molto da dormire.» Stava cercando di essere disinvolta, così cool e scafata e sul pezzo, ma il sesso per lei contava parecchio.

«Proprio questo è il punto. Perché dovresti pensare che abbia un appuntamento?»

«Non lo pensavo.» Be', non per più di un secondo.

«Non ci credo, Livvy. Ti è uscito di bocca così in fretta che non hai avuto tempo di inventarti qualcosa di carino. Lo intendevi davvero. E perché? Cosa ho fatto per darti l'impressione che tu fossi così insignificante da spingermi a vedere altre persone? Non salto a letto con ogni donna bellissima che incontro, lo sai. Non pensavo lo facessi nemmeno tu.»

Arrossì di nuovo, ma stavolta per rabbia. Con se stessa. Aveva tratto conclusioni affrettate e gli aveva ferito i sentimenti quando lui non le aveva dato alcuna ragione per pensare ciò che aveva pensato. «Neanch'io salto a letto con ogni donna bellissima che incontro.»

«Non è divertente.»

Okay, quindi niente umorismo.

Livvy si tirò su e ritrasse i piedi sotto il divano e le mani sotto le cosce. «Mi dispiace. Credo... credo di essere solo un po' spaventata. Quello che provo per te...» Sbuffò un gran respiro. «È nuovo. Ed è eccitante, ma è anche un po' spaventoso. Non ho esattamente il miglior curriculum con le persone che tengono a me.»

Sean la fissò così a lungo che lei avrebbe voluto raggomitolarsi e morire di vergogna. Fantastico, ora aveva messo pressione. Che lui tenesse a lei—Dio. Quando avrebbe imparato a non farsi illusioni? Quando avrebbe imparato ad accettare semplicemente quello che qualcuno era disposto a dare e a non volere di più? Non è che il sesso con Sean non fosse già abbastanza straordinario. Avrebbe dovuto starsene zitta e godersi la cosa per quello che era, senza lasciarsi trascinare dal momento.

Ma, diamine, era *stufa* di doversi accontentare. Di andare avanti secondo il programma di qualcun altro. E non parlava solo di uomini. Merriweather, sua madre, suo padre... Tutte le persone che avrebbero dovuto amarla incondizionatamente non l'avevano fatto. L'avevano tutti scaricata su qualcun altro. Perché mai avrebbe dovuto aspettarsi che un uomo arrivasse a cavallo del suo aspirapolvere e fosse la risposta alle sue preghiere?

Doveva smettere di credere alle favole. Lei non era Cenerentola e lui non era il Principe Azzurro, e magari a lungo andare non era andata così bene a quella povera Cindy. Quei fratelli Grimm non pubblicarono mai un seguito. Forse perché non ce n'era uno.

«Livvy?»

Non voleva guardarlo. «Va bene, Sean, io—»

«Livvy, guardami.»

Lo fece. Non poteva *non* farlo.

«Devo andare. I miei fratelli mi staranno aspettando e ho parecchie cose di cui devo parlare con loro. Ma quando torno, ne parliamo, okay?»

Si inumidì le labbra secche. «Okay.»

Ed è per questo che ti si spezza il cuore ogni volta. Tu credi nelle persone, e loro ti deludono sempre.

Sean non l'avrebbe fatto.

Eh già.

Non l'avrebbe fatto. Non era quel tipo d'uomo. Non avrebbe abbandonato qualcuno a cui teneva. Non avrebbe tradito la sua fiducia, infranto i suoi sogni, incasinato la sua vita. Sean era un brav'uomo.

E magari, dopo la loro chiacchierata di stasera, sarebbe diventato il *suo* uomo.

Molte più ore dopo di quanto avesse previsto, Sean si introdusse dalla porta della cucina—*dopo* aver controllato quelle del salone. Per fortuna, erano ancora forzate dall'interno, quindi gli animali da cortile erano dove dovevano essere. Bene. Non aveva voglia di occuparsi di loro, quella notte.

Guardò il cellulare. In realtà, ormai era mattina. Non aveva programmato di stare fuori così tardi, ma i suoi fratelli lo avevano incalzato su ciò che stava pianificando di fare mentre gli portavano via i soldi a poker, e anche se non era stato divertente, almeno adesso erano tutti sulla stessa lunghezza d'onda. Anche se Bry pensava che fosse matto a rinunciare al suo sogno per una donna.

«E non sei neanche sposato con lei,» aveva detto.

Buffo che avesse detto proprio quello...

Sean guardò il *bancone*. Il pensiero di Livvy lì, com'era stata prima che Sher e Kerry li interrompessero...

Avrebbero pensato che fosse completamente fuori di testa se avessero saputo cosa gli frullava in mente. Ma perché no? Perché Livvy non poteva essere Quella Giusta? Non stava parlando di una proposta immediata, ma più avanti? Lo faceva sorridere, lo faceva ridere; di certo lo faceva arrapare. Livvy era una che non si lasciava mettere sotto dal mondo. Lo ammirava per questo. Gli piacevano il suo spirito solare, la sua forte etica del lavoro e la lealtà feroce verso chi amava, che avesse due o quattro zampe. Aveva un cuore tenero e premuroso, una disponibilità a dare, e quel modo in cui arrossiva...

Sì, poteva decisamente immaginare un *per sempre felici e contenti* con Livvy.

Entrò nel foyer e controllò il salone. Niente Livvy, per fortuna.

Purtroppo, non c'erano nemmeno cani—perché erano nel suo letto. C'era anche Livvy, insieme a una delle capre—sembrava Digger—lasciando ben poco spazio per lui.

Sean non poté trattenere una risata. Si era fermato in una drogheria sulla via di casa, senza immaginare che sarebbe stato sfrattato dal suo letto dai *cani*.

E stanotte non lo sarebbe stato.

Si tolse la maglietta e i pantaloncini, poi spinse un po' Paula e Georgia. Brontolarono, ma si spostarono. Di qualche centimetro.

Scivolò tra le lenzuola e si voltò verso Livvy. La luce della luna, filtrando attraverso le veneziane, le disegnava il viso e lui ebbe voglia di seguirne il profilo con un dito. Di toccarla. Di mostrarle che ciò che provava per lei non era effimero e superficiale. Non lo fece, però; non aveva senso svegliarla con una menagerie in mezzo.

Catturò però qualche suo ricciolo, adorando la sensazione setosa tra i polpastrelli. E sul suo addome. Sulle cosce...

Sean sospirò e cercò di sistemarsi in una posizione più comoda, ma Mike gli ringhiò dai piedi del letto.

Eh, pazienza. Avrebbe fatto buon viso a cattivo gioco e pregò di riuscire a dormire qualche ora.

Poi dal comò nell'angolo in fondo fluttuò un «*Sonofabitch*».

Fantastico. Maledetto uccello parlava nel sonno. Tra quello, i cani e la scatola di preservativi che lo sbeffeggiava dal comodino, sarebbe stata una lunga notte.

Capitolo Trentaquattro

«Chi è che ha dormito nel mio letto? Andiamo, Bella Addormentata. È ora di alzarsi.»

Livvy socchiuse un occhio.

Sean era appoggiato su un gomito, il petto nudo, e le faceva scorrere tra le dita alcuni dei suoi ricci.

«Ti sei confuso con le fiabe,» borbottò. Non aveva dormito bene, cercando di restare sveglia per quando lui fosse rientrato a casa così da poter discutere, ma intrattenere le sue truppe perché non facessero un numero in un'altra stanza del posto l'aveva sfiancata. A quanto pareva, quel «pisolino» di dieci minuti a cui aveva deciso di concedersi si era trasformato in uno di dieci *ore.*

«Non sono mai andato matto per tutta la faccenda dei draghi da combattere, comunque.» Allungò la mano per accarezzare non lei, purtroppo, ma Digger. «Ehi, piccoletto. Che tipo di caos ti ha fatto accampare qui?»

«Si è messo a piangere quando Davy e io stavamo uscendo dal fienile ieri sera. Ho pensato che si sarebbe addormentato e che avrei potuto rimetterlo a posto. Ma i cani ci saltavano addosso sul divano, così sono salita qui. Come vedi, ha funzionato alla grande. Mi dispiace.»

«Non c'è bisogno di scusarti. I miei fratelli e io avevamo molto di cui parlare.»

«Siete riusciti a fare tutto quello che dovevate?»

«Non proprio, ma abbastanza.» Si tirò su—praticamente nudo. Se non ci fossero stati gli animali lì con lei... «Allora torniamo a scassinare la cassaforte o ti è venuta in mente la combinazione stanotte?»

«Purtroppo, si torna allo scasso.»

«Per quello non hai bisogno di me, giusto? Ho trascurato i miei doveri qui in giro.»

«Contavo di occuparmi del salone.»

«Non preoccuparti. Tu pensa alla cassaforte e io sistemerò la stanza.»

Fu una decisione che mise in dubbio nelle quattro ore e mezza successive mentre trascinava i mobili danneggiati fino al suo camion. Alcuni probabilmente erano oltre ogni riparazione, ma doveva almeno provarci. Ora che stava per comprare quel posto a un prezzo più alto, non avrebbe avuto il capitale per investire in alcuni dei miglioramenti che aveva in programma, quindi ciò che c'era doveva funzionare.

«*Figlio di puttana!*» Orwell aveva strillato il suo tormentone in tutta la casa finché Sean non lo aveva portato nel salone, sperando di farlo tacere.

Avrebbe dovuto sapere che non avrebbe funzionato.

«*Figlio di puttana!*»

«Ciao, Orwell.» Sean picchiettò sulla gabbia per la dodicesima volta e, per la dodicesima volta, Orwell si mise a cantare. Finora erano passati da Journey, The Police, un po' di Tom Petty, Red Jumpsuit Apparatus e Michael Bublé. Avrebbe dovuto chiedere a Livvy da dove saltasse fuori *quello*. L'uccello aveva un bel repertorio.

«Vuoi qualcosa per pranzo?» Livvy si affacciò nella stanza con la sua splendida faccia.

«Niente da fare con la cassaforte?»

Le sue ciocche rimbalzavano quando scosse la testa. «Adesso sto provando le date di nascita di ogni sovrano inglese. Finora, niente. Dopo che mangio qualcosa, comincerò coi Plantageneti.»

Fu quasi ora di cena prima che Sean sentisse un altro fiato da Livvy. Anche se fu più un urlo.

Lanciò via l'ultima striscia di stoffa lunga trenta piedi, pesantissima, che fungeva da tenda, che aveva dovuto staccare dall'asta grazie all'impronta di grugno di maiale sui pannelli inferiori, e corse nello studio. «Che è successo? Ti sei fatta male?»

Lei alzò lo sguardo dal divano e fece roteare un medaglione intorno al dito. «Ho aperto la cassaforte. Ecco il prossimo indizio!»

«L'hai capito?» Quali erano le probabilità?

«In realtà ho chiamato Dafna e le ho chiesto se ci fossero numeri o date speciali per mia nonna.» Livvy tirò un bel respiro—che, con solo una canottiera addosso, era una gran bella vista. «La combinazione è il 7 ottobre.»

«Tre cifre? Tutto qui?»

«No, otto. Ha scelto la data in cui io...» Livvy si schiarì la gola. «Il giorno in cui mi ha comprata da mia madre.»

«Vuoi dire quando ti ha adottata.»

«Per me è la stessa cosa.»

Sean non seppe come rispondere, se non chiederle se stesse bene.

«Sto bene.»

Certo. Per questo la sua voce si era alzata di un'ottava e gli aveva risposto prima ancora che avesse finito la domanda. «Livvy.»

«Va bene; starò bene.» Si spinse i capelli dietro le orecchie. «È solo una data, dopotutto. Probabilmente l'ha scelta perché non dimenticassi mai che si era degnata di assumersi la responsabilità di suo figlio e di accogliermi nella famiglia. Per quel che mi è servito.»

Avrebbe voluto abbracciarla, raggiungere oltre quell'aria da dura fino alla donna che era stata messa da parte dalla nonna e da tutta la sua famiglia per tutta la vita. «Però, Livvy, ti sta lasciando l'eredità di famiglia. Ti sta affidando il compito di portare avanti il nome, qualcosa che per lei contava più di ogni altra cosa.»

«Persino più del suo stesso sangue.»

«Esatto. Ti sta dando le chiavi del castello. In senso letterale e figurato. Per quanto sappiamo di Merriweather e di quanto tenesse al cognome, è enorme. Ti sta dando tutto.»

«Questo solo perché non ha scelta. Se non si fosse ammalata, io adesso non sarei qui. Con tutte le opzioni che aveva su cosa fare di questo posto, io ero probabilmente il male minore. Ma ti garantisco che ha un piano B nel caso io fallisca. Forse le piace un po' meno che tenere la tenuta in famiglia, ma un altro piano ce l'ha.»

Sì, Merriweather lo aveva. *Lui* era il Piano B.

«Ehi, qui hai fatto un lavoro fantastico.» Livvy si lasciò cadere in una delle poche sedie rimaste nel salone riordinato e pulito, davanti al caminetto in cui Sean aveva acceso un fuoco.

«Grazie. Tu come te la sei cavata?»

Aprì il medaglione per l'ennesima volta, fissando le foto dei suoi genitori come non ricordava di averli mai visti. Fianco a fianco. Insieme. Non era mai successo quando erano stati in vita.

Un'illusione, tutto quanto.

«Guarda quanto erano giovani e felici. Così diversi da come li ricordo.» La mamma era stata rancorosa, arrabbiata e impaurita. Il papà—Larry—be', era stato un viveur per tutta la sua breve vita, e l'unico ricordo di Livvy era di lui che sorrideva e rideva un po' troppo forte quando era stato in giro quella settimana in cui lei era venuta lì. Non aveva fatto nulla di «da papà» con lei e di certo non l'aveva presa in braccio. Quello sì che lo ricordava.

«Erano ragazzi, Livvy.»

«Suppongo di sì.» Chiuse il ciondolo e se lo infilò in tasca.

«Hai capito che cosa volesse dire l'indizio?»

«No, e il mio cervello è fritto. Vuoi provarci tu?» Gli porse il foglietto che era stato dentro il ciondolo come in un biscotto della fortuna.

Invece le prese la mano. «Sono fritto anch'io. Dormiamoci su. Abbiamo un po' di tempo e, come disse l'omonima del tuo alpaca, domani *è* un altro giorno.»

Peccato che il giorno dopo si rivelò lungo e frustrante.

Capitolo Trentacinque

Domani sarebbe stato anche un giorno perduto. Il rappresentante del cliente più importante di Livvy aveva chiamato e aveva bisogno di un ordine di dessert speciali per il giorno dopo, e Livvy non poteva permettersi di dirgli di no. Soprattutto con l'ultimo indizio che sfuggiva loro. Se avesse fallito, avrebbe avuto bisogno di quel cliente più che mai.

Seguì un altro giro di infornate—anche se stavolta senza un nuovo incidente al bancone incidente. Le crostate risultarono più impegnative degli scone e, quando cominciò con i soufflé, Sean temette persino di respirare per paura di farli sgonfiare, per non parlare d'altro.

Caricarono il suo cassonato e Sean guidò come una vecchietta in una domenica d'estate per consegnare l'ordine.

Però, sulla via del ritorno, guidò all'impazzata. «Ci restano ancora qualche ora per cercare quell'indizio.»

«Per me non ha più senso adesso di quanto ne avesse ieri notte.» Scese dalla cabina prima che lui potesse farle il giro. Si appoggiò alla portiera chiusa e fissò la casa.

Sean le si affiancò. «Andrà tutto bene, Livvy. Lo capiremo.»

«Lo spero.»

«Ce la faremo. Su, entriamo.»

Lo seguì lungo il vialetto, evitando i mattoni che i cani avevano dissotterrato durante la loro piccola evasione—con tanto di pavone.

«Lo sistemerò domani,» disse lui, tenendole aperta la porta della cucina.

«Non ti disturbare. Se non riesco a decifrare l'indizio, è inutile. Ci penseranno i nuovi proprietari.»

Fissò la cucina con uno sguardo cupo stampato in volto.

Che cosa non avrebbe dato per uno dei suoi rossori. «Dai. Non è ancora finita. Non puoi mollare. Leggimi di nuovo l'indizio.»

Senza contare che, se *avesse* mollato, lui avrebbe vinto. Non voleva che la sua gloria arrivasse dalla sconfitta di lei. Non se c'era un modo per evitarlo, il che significava che non l'avrebbe lasciata arrendersi senza provarci.

Lei espirò e recitò la poesia a memoria, a dimostrazione di quante volte l'avesse letta quel giorno.

Hai camminato con le generazioni dei Martinson
che sono venute prima di te,
Costruendo tutto ciò che vedi,
Ma resta un ultimo indizio per mettere alla prova la tua sincerità.
La tua via è chiara, la ricompensa è grande
Se badi ai passi che compi.

«Sono stata a ogni statua sulla proprietà,» disse, issandosi sullo sgabello del bancone e lasciando cadere il mento sul palmo. «Quarantasette blocchi commemorativi di granito, senza contare i nani da giardino, a testimoniare la grandezza dei miei antenati, e su nessuno un indizio. Non ho idea di cosa voglia dire.»

Nemmeno Sean, ma se l'indizio non era fuori, allora doveva essere *dentro*.

«Ci servono occhi nuovi.»

Livvy sbirciò da sotto la mano con cui si stava massaggiando la fronte. «E come, esattamente, pensi di procurarteli? Hai visto come Sher andava in brodo di giuggiole per questo posto; se lo portiamo qui, finirà per distrarsi con tutti gli antiquariati.»

«Lascia fare tutto a me. Me ne occuperò io.» Sean diede uno schiaffo al piano del bancone. *Il* bancone. «Nel frattempo, andiamo a occuparci degli animali.»

«Sono i miei animali; lo faccio io.» Scivolò giù dallo sgabello, la stanchezza incisa in ogni caduta lenta delle spalle.

«Ehi, niente di tutto questo.» Sean le cinse le spalle con un braccio e la guidò verso la porta sul retro. «Lo faremo insieme. Tutto.»

Insieme suonò bene... Fino a circa mezzanotte. Poi non *niente* suonò bene, perché Livvy era allo stremo e la loro incapacità di trovare l'ultimo indizio la stava facendo impazzire.

«Mi arrendo. Non ce la faccio più.» Si allontanò dalla pila di libri nella biblioteca di famiglia. Avevano deciso di cominciare da lì dopo aver sistemato gli animali nella stalla per la notte, ma finora aveva trovato solo due pezzi di carta strappati con dei numeri, tre vecchie fotografie e una pagina lacerata nella Bibbia di famiglia. «Lascio perdere. Merriweather ha vinto.»

Sean ripose il vecchio tomo pesante sullo scaffale sopra la sua testa. «No, non ha vinto. Abbiamo ancora due giorni.»

«Meno di quarantotto ore.»

«Ce la faremo, Livvy.»

«Come fai a esserne così sicuro? E se non ci riuscissimo? E se fallissi? Sarei esattamente quello che ha sempre detto. Indegna. Inutile. Un imbarazzo.»

«Ti ha detto davvero quelle parole?»

«Be', no, ma erano implicite. Voglio dire, ero sua nipote, per l'amor del cielo, e non si è neanche degnata di venire a trovarmi. Neanche una volta. Non ho mai ricevuto un biglietto di compleanno, per non parlare di un regalo di diploma. Le ho teso la mano negli anni e non ho avuto niente—*niente*—in cambio. Ora, all'improvviso, dal nulla, vuole passarmi le redini di una dinastia? Non ci casco. Lo sta facendo solo per rigirare il coltello nella piaga.»

Dannazione, la voce le si spezzò. Ne *era* uscita. Da anni. Ma due settimane in quel posto e la benda che aveva messo sulla ferita era stata staccata così lentamente che non se n'era accorta fino a quel momento. E la ferita era ancora viva come la prima volta. E la seconda. E la terza. Ecco perché non c'era stata una quarta; aveva smesso di permettere a Merriweather di raggiungerla. Aveva smesso di scrivere, aveva smesso di telefonare, e aveva smesso di chiedere anche solo un briciolo di semplice decenza e gentilezza umana, più che disposta a lasciare che Merriweather marcisse il resto della sua vita in qualche mostruosità fuori mano, aggrappata a ideali del passato e a persone morte.

Livvy aveva preso la decisione consapevole di andare avanti con la sua vita, eppure quella caccia al tesoro la tirava indietro nel gorgo vorticoso del passato. Voleva uscirne. E se questo avesse significato rinunciare all'eredità, be', così fosse. Aveva chiuso con i Martinson. Davvero e completamente chiuso con la famiglia. Non aveva bisogno di loro.

«Livvy? A cosa stai pensando?» Sean le sfiorò la guancia con il dorso delle dita.

Si morsicò il labbro.

Già, i suoi occhi si strinsero proprio su quello.

«Sto pensando che non voglio più cercare. L'unica cosa che posso controllare in questa situazione è come *io* reagisco. Merriweather è morta e deve restarlo. Non mi ha voluta qui durante l'infanzia, non c'è motivo per me di restare adesso. Questa era casa sua; non è mai stata la mia.»

«Non è vero. Siamo troppo vicini.»

«Invece sì, Sean. Ho finito. Merriweather potrebbe credere di aver vinto, ma ho vinto io. Mi sono ripresa la mia vita. *Io* prendo le mie decisioni. E decido che non voglio più farlo.»

Sean avrebbe dovuto esserne felice. Avrebbe *dovuto* sentirsi al settimo cielo. Avrebbe potuto ottenere la casa senza sabotararla e lei sarebbe stata d'accordo. O, se non proprio d'accordo, non avrebbe potuto arrabbiarsi con lui se fosse stata lei a decidere di andarsene.

Ma lei non lo *voleva*. Ecco il punto. Non avrebbe lottato così tanto per non ottenere la casa. Non poteva lasciarla mollare ora.

«Livvy, sei stanca. È per questo che lo dici. Ma non puoi arrenderti. Non puoi lasciarle vincere.»

Che stai facendo, Manley? Stai buttando tutto al vento. È lì, a portata di mano!

Anche lui si stava riprendendo la sua vita. Voleva la tenuta, ma non così. Un giorno lei avrebbe rimpianto di aver dato a Merriweather questo potere su di sé e lui non poteva permetterglielo.

La sollevò tra le braccia. Lei strillò e gli avvolse le braccia al collo. «Che cosa stai facendo?»

«Ti porto a letto. Le cose ti sembreranno migliori al mattino, quando avrai riposato.»

Arrivò al secondo piano prima che lei dicesse qualcosa. E quando parlò, Sean fu contento che avesse aspettato.

«Non voglio dormire, Sean. Voglio te.»

Fu anche contento che la sua stanza non fosse troppo lontana lungo il corridoio. E che avesse un letto king size. E che avesse comprato i preservativi.

«Livvy, sei stanca.»

«Non dirmi tu che cosa sono, Sean Manley. Sono proprio *stufa* di sentirmi dire dagli altri che cosa sono e che cosa non sono. *Io* so che cosa sono. *Io* so che cosa voglio. E voglio te. Per caso dentro di te ci sono sentimenti reciproci su cui ti andrebbe di passare ai fatti? Perché, se è così, questa è la tua occasione.»

Dio, era incredibile. Scalciò leggermente con le gambe perché lui la posasse, poi si scosse la chioma lungo la schiena e sollevò il mento, lo sguardo che lo trapassava con la forza del desiderio. Poi ruotò sui tacchi ed entrò nella sua stanza, un pacchetto formoso e sensuale di donna volitiva e assertiva, lasciando cadere i vestiti a ogni passo.

Sean corse nella sua stanza, afferrò la scatola dei preservativi e le corse dietro.

Bisogna amare una donna che sa ciò che vuole.

E sì, gli piaceva.

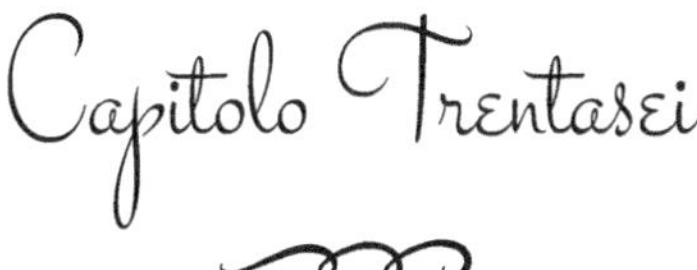

Capitolo Trentasei

La mattina seguente Sean chiamò a raccolta le truppe e la squadra dei Manley piombò alla Casa Martinson pronta e ben disposta ad aiutare. Sulla sua famiglia poteva sempre contare.

«Ehi, Livvy,» disse Liam quando arrivò. «Sempre dell'idea per un'altra sonora batosta, ehm, partita a racquetball? Cassidy e io ti daremo la possibilità di riconquistare la dignità, ma se fossi in te non ci spererei troppo.»

«Quando sarà tutto finito, ci sto. Preparati a perdere, e alla grande. Vero, Sean?»

«Eh, sì. Certo.» Sempre che a quel punto si parlassero ancora, ecco.

Arrivò anche Mac. «Forza, Jared. O aiuti o no, ma non puoi tirare fuori la storia che sei invalido quando ti fa comodo.» Mac girò attorno alle stampelle di Jared con una mancanza di pazienza che non le somigliava.

Quella di Bryan, invece, era perfettamente normale per lui. Diamine, con i tre figli che si era portato dietro, era addirittura eroica.

«Che ci fanno i piccoli qui, Bry?» chiese Sean, dandosi un pugno a saluto con i gemelli. La più piccola, una bambina, si limitò a fissarlo con grandi occhi castani, stringendo una bambola quasi grande quanto lei.

«Non chiedere,» brontolò Bry. «Tommy! Niente battaglie con le spade laser in questa casa. Romperai qualcosa. Merda.» Si mise a correre dietro ai gemelli.

Maggie, la sorellina, scosse la testa e sospirò un sospiro più grande di lei. «Non imparerà mai. I maschi non rinunceranno mai alle spade laser.»

Sean tossì per coprire una risata. Bry aveva decisamente l'incarico peggiore di tutti.

Livvy era abituata a lavorare con un gruppo di persone, ma con gente che si conosceva bene come questi, la giornata diventò... interessante. Tante risate, tante prese in giro, ma anche tanto lavoro. Scorsero velocemente le stanze al piano di sotto, coprendo ogni centimetro che lei e Sean avevano già fatto e pure di più.

Dopo pranzo salirono al piano di sopra, convergendo per decisione comune nel corridoio dei ritratti.

«Dev'essere qui,» disse Liam. «*Generazioni di Martinson* deve riferirsi a questo. Sono tutti qui.»

Fratelli, sorella e amici staccarono ogni quadro e ne esaminarono le cornici in cerca di indizi, mentre i bambini correvano su e giù per il corridoio, giocando a nascondino e sfiancando i poveri cani.

Un'ora dopo pranzo Maggie raggiunse il limite, si piantò nel mezzo del corridoio con sé stessa, la sua bambola e Davy, si mise il pollice in bocca e lasciò che la battaglia da Stormtrooper infuriasse tutt'intorno.

Livvy si sedette accanto a lei. «Non ho mai avuto fratelli. Com'è?»

Maggie la guardò sbattendo le palpebre, succhiando furiosamente il pollice, il visino tutto accartocciato, adorabile da morire. «Rumoroso.»

Livvy rise. «Questo l'ho capito.»

In effetti lo *sentiva*. Il tonfo e il guaito che accompagnarono un «*en garde*» dalla camera sulla destra non promettevano nulla di buono.

Si alzò e le tese la mano. «Ti va di venire con me a vedere che cosa stanno combinando i tuoi fratelli?»

«Li punirai?»

«No, tesoro. Non lo farei.»

«Dovresti. Così dice Kelsey.»

«Chi è Kelsey?»

«Mia sorella. Dice che i maschi sono staccionate.»

«Staccionate?»

«Pesti,» disse Bryan mentre riappendeva Parente Martinson numero Cinquantasei al muro.

Lady Heather Martinson Capshaw dei Capshaw di Baltimora. Un matrimonio vantaggioso, visto che Livvy ricordava di aver sentito quel nome. Forti nell'export.

«E ha ragione; *sono* delle pesti. La loro mamma aveva bisogno di una pausa e io me li sono presi per la giornata. Come faccia quella donna, giorno dopo giorno, non lo capirò mai.»

«Perché li ama.» Le *vere* madri facevano il necessario per tenere unite le loro famiglie. Le *vere* madri non abbandonavano i figli.

Ma le vere madri volevano anche il meglio per i loro figli e forse Sean aveva ragione; forse sua madre *aveva* pensato che la cosa migliore per lei fosse avere alle spalle i milioni dei Martinson.

Livvy alzò le spalle. Non l'avrebbe mai saputo. Era troppo tardi per chiederlo ai diretti interessati. Era andata così e non c'era nulla che potesse fare per cambiarlo.

Non il passato, ma il futuro?

«Ehi, fratellone.» Bryan bilanciò un'altra cornice tra le mani. «Vuoi dare un'occhiata alla parte alta di questa cornice? Sembra un po'—»

«Lenta?» Sean scavalcò Petra e afferrò la cornice prima che cadesse, e i due la maneggiarono come se l'avessero fatto mille volte.

Forse era così. Erano cresciuti insieme, si conoscevano in un modo in cui nessun altro avrebbe potuto.

Guardò Mac e Liam. Mac porgeva a Liam un pezzo di filo per rinfilare il quadro che lui aveva controllato, senza bisogno di parole tra loro.

Erano venuti quando Sean aveva chiesto, senza fare storie, e si erano messi al lavoro come se per loro fosse importante quanto per lei.

Erano una famiglia.

Prese la mano di Maggie. «Vieni, tesoro. Andiamo a vedere che cosa combinano i tuoi fratelli.»

Sean guardò Livvy e la bambina allontanarsi lungo il corridoio, il *desiderio* che lo inchiodava sul posto. Sarebbe stata una madre splendida. Nonostante la mancanza di un modello in quel campo, Livvy sapeva che cosa contava in un genitore. Da bambina praticamente abbandonata dai suoi, si sarebbe assicurata che nulla di simile accadesse mai ai *suoi* figli.

Sean sapeva in prima persona quanto sicurezza e stabilità fossero importanti per i bambini.

Voleva dei figli con Livvy. Voleva vedere il suo viso nei loro, ritrovarne i gesti mentre crescevano, guardarla mentre si prendeva cura di loro e li amava come dovrebbero fare i genitori. Era stato fortunato ad avere la Nonna; Livvy non aveva avuto nessuno. Non davvero. Che Merriweather le avesse lasciato la tenuta era stato troppo poco e troppo tardi, perché alla fine il denaro non era che un mezzo per fornire una casa ai bambini; i genitori davano il focolare.

«Hai un'espressione buffa,» disse Liam.

«Quella è la sua espressione normale,» disse Bryan. «È sempre buffa.»

«Ah. Ah.» Sean alzò gli occhi al cielo. «Forza. Torniamo al lavoro. Siamo quasi a metà.»

Mac gemette. «A metà? Vuoi dire che ci sono altri ritratti? Di quante generazioni stiamo parlando?»

Sean indicò il corridoio successivo. «Ai Martinson piaceva mettere in mostra ogni membro della famiglia.»

Jared le diede un leggero colpetto sul braccio. «Su col morale, bellezza. Ce n'è ancora un bel po'.»

Il fidanzato di Mac, o qualunque cosa fosse, non aveva scherzato. Avevano deciso di tornare ad affrontare la biblioteca quando i ritratti non avevano dato nulla, con la possibilità che lei e Sean avessero mancato qualcosa. In quella stanza c'erano abbastanza cose da cercare che Livvy non provò neppure a farli desistere.

Ancora non riusciva a credere che fossero venuti ad aiutarla.

Sean fece da factotum mentre gli altri cercavano tra i libri, portando loro cena e bevande e tenendo occupati i bambini. Aveva portato giù dal fienile alcuni animali nel salone. Livvy aveva inarcato un sopracciglio (ancora entrambi!) quando lo aveva proposto.

«I bambini sono più importanti di qualunque stanza,» aveva detto. «Almeno lì sappiamo quali sono i potenziali problemi. L'ho già pulita; la pulirò di nuovo.»

Aveva perfino cucinato la cena. Se tutto il resto non aveva già blindato i suoi sentimenti per lui, quello, e la sua famiglia, lo avevano fatto.

Ne voleva una. Proprio come loro. Con bambini che correvano dappertutto, i compagni e le compagne intorno, e la sicurezza di sapere che qualcuno le avrebbe sempre coperto le spalle.

Il pensiero le serrò la gola. Per così tanto tempo aveva pensato che non avrebbe mai avuto una vita normale, con dei figli e una casa piena di suoceri, ma ora, vedendo questo, lo voleva. Voleva far parte di una famiglia grande, chiassosa, caotica.

Magari proprio di quella.

C'era così tanto amore tra loro che avrebbe potuto sentirsi esclusa, se glielo avessero permesso. Ma non lo avevano fatto. L'avevano inclusa in ogni conversazione, spiegandole i riferimenti che non capiva. Avevano incluso i bambini nelle loro discussioni. Perfino Bryan era attentissimo con i piccoli, tagliando loro il pollo («I coltelli sono armi,» aveva detto) e aiutando Maggie a "dar da mangiare" alla sua bambola.

Quella domesticità valeva più di qualunque villa, e quando non avevano trovato l'indizio entro l'ora della nanna dei bambini, a Livvy stava bene così. Quello che le avevano mostrato oggi, quello che le avevano dato, valeva più del denaro.

«Lo troveremo domani,» disse Sean mentre salutavano tutti dal pianerottolo d'ingresso.

Lei si lasciò andare contro di lui quando le posò le mani sulle spalle. «Ci *proveremo*, comunque.»

«Lo troveremo, Livvy. Ce la faremo.»

Si voltò tra le sue braccia. «Va bene anche se non succede. L'eredità mi renderebbe la vita più facile, ma non ha mai fatto parte del mio piano. Non è il fine di tutto per me; era un bel *e se*. Ma se non succede, non succede. Ho comunque una vita a cui tornare.»

Una vita che sperava comprendesse anche lui. Non lo disse, però. C'erano ancora troppe variabili e non avevano bisogno di scandagliare il loro futuro quando le prossime ventiquattro ore erano così cruciali.

Erano però le otto successive che lei voleva vivere intensamente.

Lo condusse di sopra.

Capitolo Trentasette

Il grande giorno arrivò.

Sean si destò al profumo dello shampoo alla lavanda di Livvy e al suo respiro che gli svolazzava sul petto. Non era un brutto modo di svegliarsi. E nemmeno di addormentarsi. Avevano fatto l'amore ben oltre mezzanotte e lui non ne aveva mai abbastanza di lei. Se oggi non fosse stata la scadenza...

«Forza, Livvy. È ora di alzarsi.»

«Mmmm. Non voglio.»

Era assolutamente adorabile al mattino. Per tutto il giorno era sempre in moto, con un fuoco e una passione che lui adorava, ma amava anche questo momento. Il lato morbido, coccoloso, più tenero di Livvy.

Ammettilo, Manley. La ami.

Quello sì che era un modo di svegliarsi.

«Forza, tesoro. Non ci è rimasto molto tempo.»

«Lo so, lo so.» Si scostò da lui e Sean volle tirarla a sé di nuovo.

L'indomani lo avrebbe fatto. Quando tutto fosse finito.

«Vado alla società storica,» disse, trascinando con sé il lenzuolo mentre si alzava. «Magari sanno qualcosa. Vieni?»

Sean afferrò un cuscino e se lo piazzò sul basso ventre. Sì, in realtà sì, ma non alla società storica. «Non ha senso che lo facciamo in due se basta uno.

Ho un paio di cose da sbrigare qui e vedere se mi viene in mente altro. Vai tu e ci vediamo qui.»

«Prima di andare nell'ufficio del signor Scanlon ad ammettere la sconfitta, intendi?»

«Ehi, non è finita finché qualcuno non inizia a cantare. E per tua fortuna io non reggo una nota.»

L'accompagnò fino all'auto, la afferrò quando inciampò in quel maledetto mattone, poi le fece un cenno di saluto mentre partiva.

Prima cosa da fare: avrebbe sistemato quel mattone e il resto del vialetto che era stato danneggiato nella frenesia di caccia al pavone.

Si rivelò la migliore frenesia di caccia al pavone nella storia della caccia al pavone di Martinson.

Aveva trovato l'indizio.

Capitolo Trentotto

Sean fissò l'indizio. Lì, sepolto sotto quel mattone messo di traverso, c'era il biglietto per il resto della sua vita.

E la fine del piano di Livvy per la sua.

Figlio di puttana.

Accartocciò il foglio, desiderando che fosse così facile liberarsene. *Devo io o non devo?*

Doveva dirglielo? Doveva realizzare il *suo* sogno o il *proprio*?

Sean si passò una mano tra i capelli e si guardò intorno. Non c'era alcuna garanzia che avesse abbastanza denaro per comprare il posto. Sì, lo sperava—fino all'ultima offerta che aveva ricevuto al telefono, aveva abbastanza per pareggiarla, ma c'era ancora la variabile Scanlon. Quali offerte stava gestendo l'avvocato?

Ma questo indizio... Questa era la garanzia. Se lo teneva per sé, il posto era suo all'importo iniziale. Avrebbe potuto ricomprare il cottage e costruire quella suite per la luna di miele sull'isolotto del lago. Era questo. Il suo sogno. Il suo modo di farsi un nome. Di avere la possibilità di raggiungere lo stesso livello di successo dei suoi fratelli. Di essere un leader nel suo settore.

Oppure rinunciare a tutto perché Livvy potesse sfornare le sue torte nella casa ancestrale della sua famiglia e le sue pecore brucare il suo campo da golf.

Non si sarebbe mai perdonato.

Si appoggiò alla pala, il mento sul petto. Lì stava la sua risposta. Perché, alla fine, si riduceva a ciò che pensava di se stesso, non a ciò che gli altri pensavano di lui. Doveva convivere con se stesso. Guardarsi allo specchio ogni giorno.

Non avrebbe potuto, se avesse ferito Livvy.

Corse in camera, avviò il laptop e lo smartphone e seguì tutte le procedure necessarie per farsi leggere l'indizio.

Questo è l'ultimo, Olivia. Non deve capire altro né trovare altro. Le basterà presentarlo al signor Scanlon entro l'ora e la data indicate, ed egli avrà le risposte a tutte le sue domande. La congratulo. Ora, davvero, è diventata una dei Martinson, una famiglia degna e illustre.

~Merriweather Knightsbridge Martinson

Eccolo. Livvy aveva vinto. La casa sarebbe stata sua.

Sean sorrise. Probabilmente avrebbe dovuto piangere, ma gli piaceva che la casa sarebbe andata a Livvy. Gli piaceva che Merriweather non l'avesse sconfitta in questo. Gli piaceva che avesse vinto.

Spianò l'indizio. Tutto ciò che Livvy doveva fare era presentarlo all'avvocato entro—guardò l'orologio sul laptop. Merda. Ventidue minuti. E Livvy non era ancora tornata.

Lui avrebbe dovuto portarlo di persona.

Per fortuna, i cani erano ancora legati sul patio, così poteva lasciarli lì. Afferrò le chiavi e il telefono, corse al suo pick-up, poi sgommò fuori dal vialetto. L'avrebbe chiamata una volta consegnato l'indizio, perché doveva concentrarsi a guidare per le trenta miglia fino allo studio dell'avvocato, altrimenti non sarebbe importato ciò che aveva deciso: se quell'indizio non fosse arrivato in tempo, Livvy sarebbe rimasta fregata.

Livvy imboccò il vialetto con quindici minuti alla scadenza. Anche se *avesse* trovato l'indizio, non sarebbe mai arrivata in tempo all'ufficio dell'avvocato. Era finita. Aveva perso. Merriweather aveva avuto ragione.

La commiserazione minacciava di travolgerla mentre scendeva dalla sua vecchia Baja sgangherata, finché non sentì Davy ululare. Corse giù per il sentiero verso la casa, oltrepassando la zona che Sean stava sistemando, poi sul patio. Perché i cani erano lì fuori da soli e dov'era Sean? E perché Davy era appeso alla recinzione per il gesso?

Guardò oltre la siepe. Quel pavone stupido e senza coda non aveva imparato la lezione, se ne stava lì a pavoneggiarsi come se avesse ancora tutto il suo splendore.

I pavoni proprio non le piacevano.

Tirò giù Davy dalla recinzione e si sedette con lui sull'ardesia calda. Gli altri si radunarono intorno, i loro nasi umidi e i caldi, soffici sbuffi le lenirono la delusione per aver perso l'eredità.

Stupido, davvero. Era solo una casa. Se la giornata con la famiglia di Sean le aveva insegnato qualcosa, era che contavano le *persone*. Contavano i rapporti, non le case o il denaro. Ai rapporti non si poteva dare un prezzo.

E quello con Sean non aveva prezzo. Se da questa caccia al tesoro non fosse venuto fuori nient'altro, c'era lui. Lui era il tesoro più grande di tutti, e lei non avrebbe lasciato passare un altro minuto senza dirglielo. Merriweather non le avrebbe più rovinato la gioia. Livvy le aveva già dato fin troppo potere. Anche questo era finito.

Accorciò il guinzaglio di Davy così che non potesse raggiungere la recinzione e lo mise accanto a Micki con un severo, «State fermi», a entrambi, poi andò in cerca di Sean.

Quello che trovò, invece, fu peggio che perdere l'eredità.

Capitolo Trentanove

Sean inchiodò nel parcheggio dello studio legale. Mancavano due minuti.

Saltò l'ascensore—non poteva aspettare che arrivasse—e prese le scale di sicurezza a tre gradini alla volta. Grazie a Dio lo studio era solo al terzo piano.

Irruppe oltre la porta, facendo sobbalzare la receptionist. «Il signor Scanlon? Qual è il suo ufficio?»

«Mi dispiace, signore...»

«Ho l'ultimo indizio! Dov'è il suo ufficio?»

Per fortuna la donna capì di cosa stava parlando. «Terza porta a destra.»

Sean non la ringraziò nemmeno. L'avrebbe fatto all'uscita.

Piombò nell'ufficio di Scanlon. «Ecco! In tempo!» Sbatté l'indizio sulla scrivania, la mano aperta sopra. «L'indizio di Livvy,» disse, cercando di riprendere fiato. «Ce l'ho fatta.»

Scanlon alzò un sopracciglio dietro gli occhiali a montatura metallica e controllò l'orologio. Poi sfilò l'indizio da sotto la mano di Sean.

Sean fece un passo indietro mentre Scanlon si prendeva tutto il suo bel tempo per leggere quella maledetta cosa.

«Sì, questo è l'ultimo.» L'avvocato lo posò sulla scrivania. «Ma temo che debba essere Olivia a consegnarlo. La signora Martinson è stata molto chiara a riguardo.»

«No. Impossibile. Non può fregare Livvy della sua eredità in questo modo. Non è riuscita a venire. Le si è rotta l'auto.»

«Allora perché non è venuta con lei?»

«Le si è rotta mentre tornava a casa a *prendere* l'indizio per portarglielo. Era in preda al panico. Avrebbe dovuto sentirla al telefono.» Stava improvvisando, ma era un talento che gli era tornato utile nelle trattative e questa era l'affare più importante della sua vita. Della vita di Livvy. Forse della loro insieme.

«Sì, avrei dovuto.» Scanlon tirò fuori un fascicolo dal cassetto superiore della scrivania e si aggiustò gli occhiali mentre leggeva il foglio all'interno. «Hmmm, pare che la signora Martinson *non* l'abbia specificato fino a quel punto nelle sue istruzioni, sebbene quella fosse la sua intenzione.»

«Se non è scritto, Livvy potrà farle causa. Vuole davvero un contenzioso del genere sulle spalle? È lei ad aver trovato l'indizio e se non fosse per la sua vecchia *carretta* che si è rotta—e che non può permettersi di aggiustare finché non avrà la sua eredità—sarebbe qui al mio posto.» Sean incrociò le dita dietro la schiena, pregando che il naso non gli crescesse. Ultimamente stava mentendo un sacco, e lo disturbava la naturalezza con cui gli veniva. Ma *questa* era una buona causa. La causa *giusta*. Livvy meritava la sua eredità e lui non se ne sarebbe andato finché non l'avesse ottenuta.

«Se soltanto lei lo confermasse...»

«Verrà. La porterò io, ma volevamo che l'indizio arrivasse prima.»

Il signor Scanlon lo fissò al di sopra degli occhiali. «Sono sorpreso che *lei* l'abbia portato. Molto sorpreso.»

«Livvy merita la sua eredità.» Merda, l'uomo *sapeva* chi fosse. E cosa avesse cercato di ottenere. «Perché non gliel'ha detto?»

«Non spettava a me. Finché e a meno che non erediti, io lavoro per l'eredità. Ho delle istruzioni.» Toccò il fascicolo, poi lo richiuse sul sottomano. «Dovrò parlare con la signorina Carolla il prima possibile.»

«Glielo dirà lei?» Sean non voleva aver rinunciato alla tenuta solo per perdere lei. Non che fosse quello il motivo per cui l'avesse fatto, perché consegnare l'indizio era la cosa giusta, ma se Scanlon gliel'avesse detto, lei avrebbe messo in dubbio tutto ciò che c'era stato tra loro.

Sean non voleva che lo facesse, perché quello che c'era tra loro era reale. A prescindere dalla questione della tenuta, aveva inteso ogni parola detta a lei, e anche di più. E aveva bisogno di dirle altro. Doveva dirle come si sentiva. Cosa voleva.

«Non vedo motivo di dirglielo, dato che non ci sarà alcuna impugnazione del testamento, è corretto?»

Quest'uomo sapeva comunicare molto con un'occhiata sopra le lenti. Sean si sentì come nell'ufficio del preside. «Corretto.»

«Benissimo.» Scanlon fece scivolare il fascicolo nel cassetto superiore. «Non vedo l'ora di parlare con la signorina Carolla.»

Congedato senza tanti complimenti, Sean tornò al suo pick-up. Ormai non dipendeva più da lui. Aveva fatto ciò che doveva; ora era il momento di affrontarne le conseguenze.

Livvy fissò lo schermo del computer nella stanza di Sean.

Aveva un computer.

Ancora più importante, aveva l'indizio.

Aveva anche dei piani per la tenuta. *La sua* tenuta.

Passò il dito sul touchpad per scorrere in basso. Progetti. Preventivi. Numeri. Simboli del dollaro. Proiezioni.

Una lettera di sua nonna.

Se il computer e i prospetti contabili non le avessero già tolto la terra sotto i piedi, quella lettera avrebbe potuto farlo da sola. Comunque fosse, Livvy dovette sedersi.

Sprofondò sul materasso nella sua stanza, cercando di *non* ricordare l'ultima volta che era stata lì. Ciò che avevano fatto lì. Insieme. Su quel letto.

Dove ora il suo tradimento la sbeffeggiava.

Scorse i numeri. Moquette nuova, personale, biancheria, pulizie, uno chef, un maestro di golf, squadra di manutenzione, concierge...

C'erano piani per un campo da golf. Una piscina a sfioro con una dependance adibita anche a sala da pranzo all'aperto.

Aveva in programma di trasformare quel posto in un albergo.

Guardò la colonna delle spese. Progettazione architettonica, ingegneristica, permessi, terreni... L'importo in quella colonna era impressionante. Importi già spesi.

Che diavolo era tutto questo? Da dove aveva tirato fuori quei numeri

Sean? *Perché* aveva tirato fuori quei numeri? Come era passato dal ristrutturare case a... a questo?

Aprì una finestra di ricerca e digitò il suo nome e *hotel*.

Quello che apparve era impressionante quanto i numeri.

Sean possedeva bed and breakfast. Piuttosto numerosi.

Stava progettando di aggiungere quella casa al suo elenco di proprietà. E Merriweather, stando alla sua lettera, praticamente gliela *stava regalando* a un prezzo ben al di sotto del valore di mercato. Nella lettera era persino *specificato* che fosse sotto il valore di mercato. Che diamine?

Livvy tornò al foglio delle proiezioni e fece due conti rapidi. Aveva bisogno di quel prezzo. In base ai ricavi stimati, il suo ROI sarebbe stato sensibilmente inferiore se avesse pagato più della cifra promessa da Merriweather per la tenuta.

Aveva lavorato lì per tutto il tempo—e ci era andato a letto per tutto il tempo—aspettandosi che lei fosse d'accordo? E quando aveva in programma di dirglielo, prima o dopo che lei avesse ereditato—

Oh, Dio, stava per vomitare.

Livvy sentì la stanza girare e si aggrappò alla pediera per rimanere in piedi. Era stata tutta una farsa? Le aveva mentito per tutto il tempo e lei, povera sciocca patetica e sola com'era, era caduta dritta nei suoi piani?

E l'indizio... Se lui aveva l'indizio significava... significava che l'aveva tenuto nascosto a lei. Era per quello che non era riuscita a trovarlo? Era *lui* quello che l'aveva mandata a cercare un ago in un pagliaio invece di Merriweather? Aveva incolpato la persona sbagliata per tutto questo tempo?

Livvy tornò sull'indizio.

Ti faccio i miei complimenti. Ora sei diventata una dei Martinson—una famiglia fine e illustre.

~Merriweather Knightsbridge Martinson

Congratularla? Sul serio? Quella donna pensava che *questa* fosse una gran conquista? E i soldi che avrebbe fruttato? *Quella* era la vera conquista, non qualche cavallerato feudale antiquato e superato che nel ventunesimo secolo non significava nulla.

Soprattutto quando il suo cavaliere dall'armatura verde menta fiammante l'aveva tradita.

Lui voleva la tenuta.

Avrebbe dovuto provare una certa soddisfazione per il fatto che anche Merriweather lo avesse tradito, ma in quel momento tutto ciò che riusciva a sentire era dolore.

L'aveva usata. Questo era peggio che essere ignorata e non riconosciuta dalla sua famiglia. Aveva preso i suoi sentimenti, la sua generosità, la sua *fiducia* e li aveva sfruttati per il proprio tornaconto.

Aveva l'indizio.

Non riusciva a toglierselo dalla testa. Gliel'aveva tenuto nascosto. Si era assicurato che lei non vincesse. Che non potesse reclamare la sua eredità.

Se non fosse già stata seduta, quella consapevolezza le avrebbe fatto cedere le gambe. Chi *era* lui? Non era il tipo che lei credeva di conoscere. Quello a cui piaceva, che ci teneva a lei e stava bene in sua compagnia. L'aveva usata per i propri fini.

Pare che dopotutto fosse come sua madre.

Livvy scacciò quel pensiero deprimente. No. Non era come sua madre. Non avrebbe supplicato e implorato quell'uomo di volerla. Non sarebbe rimasta ad aspettare che «si ravvedesse». E non sarebbe nemmeno rimasta lì ad aspettare che la sbattesse fuori.

Oh, Dio, lei stava pensando a come tenerlo con sé per sempre, e lui aveva voluto liberarsi di lei fin dall'inizio.

Ecco perché aveva fatto quel casino per il tappeto e i mobili. Ecco perché l'aveva seguita in ogni caccia all'indizio. Lei aveva creduto che fosse così d'aiuto, così generoso con il suo tempo. Che ci tenesse a lei al punto da desiderare che riuscisse nell'impresa, quando, per tutto il tempo, lei stava facendo il lavoro sporco per lui. L'aveva condotto dritto al modo per assicurarsi il suo fallimento.

Per una volta fu grata per le sedie senza uno scopo nel corridoio; non andò lontano quando le gambe le si fecero molli. Si sedette e lasciò cadere il mento sul palmo.

Era lì in quel momento? Nell'ufficio del signor Scanlon, a starnazzare su come l'avesse battuta? Stava firmando l'assegno proprio in quell'istante per comprarsi il posto sotto il suo naso mentre lei se ne stava lì, impotente a cambiare il corso degli eventi? Sarebbe finita in strada prima che calasse il buio?

Che cosa avrebbe fatto con gli animali? I cani probabilmente sarebbe riuscita a metterli in macchina. Non ne sarebbero stati felici, ma poteva farceli entrare tutti, se necessario. Ma quelli nella stalla... Le sarebbe servito almeno un giorno per noleggiare un furgone. Di certo Sean non li avrebbe buttati fuori, vero? Si era affezionato a loro; quello non poteva fingere. Gli animali l'avrebbero capito. Lo avevano tutti accettato, accorrendo quando li chiamava, salutandolo quando entrava nella stalla. Persino Rhett gli aveva permesso di avvicinarsi a Scarlett. Gli animali scovano un impostore a un chilometro di distanza. Perché non era successo stavolta?

Perché non era successo a *lei*? Era così a corto di affetto da essersi buttata sulla prima occasione capitata? *Era* bisognosa come sua madre?

Questo la rimise in piedi. No. Lei *non* era sua madre. Né suo padre *né* sua nonna. Era Livvy Carolla. Una persona a sé. E aveva in mano il proprio futuro. Non il destino, non Merriweather e di certo *non* Sean.

«*Figlio di puttana!*» disse Orwell quando lei irruppe nella sua stanza. Per una volta, non le diede fastidio il suo linguaggio da scaricatore. Sì, Sean era un figlio di puttana ed era più che appropriato che fosse stato lui a insegnare quella parola a Orwell.

Gettò il copri-gabbia su Orwell. Pur essendo d'accordo che Sean fosse un figlio di puttana, non aveva bisogno che Orwell glielo ripetesse come un disco rotto.

Buttò i vestiti in una sacca, raccolse i prodotti da toeletta in un'altra e scrisse al figlio di puttana un biglietto dicendogli *esattamente* ciò che pensava di lui e che sarebbe tornata a prendere il resto dei suoi animali l'indomani. Dieci minuti e aveva cancellato la sua esistenza da quella stanza.

Era troppo triste da contemplare. E poi non aveva tempo per le contemplazioni. Doveva andarsene di qui subito, così da non doverlo affrontare quando fosse tornato. Tronfio.

Capitolo Quaranta

Il telefono di Livvy squillò per la sesta volta nel giro di pochi minuti. Non ebbe bisogno di guardare per sapere che era Sean. Poteva continuare a chiamare quanto voleva; lei non avrebbe risposto.

Squillò di nuovo. Georgia iniziò a lamentarsi.

Oh Dio, no. Livvy afferrò il telefono. Preferiva parlare con Sean piuttosto che far scatenare il resto dei cani.

«Senti, Sean, non voglio—»

«Sono il signor Scanlon, signorina Carolla.»

«Oh. Mi dispiace. Io—»

«Mi chiedevo quando sarebbe venuta. Ci sono questioni di cui dobbiamo parlare.»

«Senta, signor Scanlon, so tutto di quello che ha fatto Sean. Cos'altro c'è da dire?»

«La disposizione dell'eredità.»

Le venne quasi da ridere alla «disposizione» dell'eredità, ma la *sua* disposizione d'animo non era dell'umore giusto per trovare divertente tutto questo. «Devo proprio occuparmene adesso?»

«Temo di sì. Ci sono determinate linee guida da rispettare e questa è una di quelle.»

Sua nonna doveva *davvero* gongolare dall'aldilà: era stata smentita eppure aveva ancora Livvy che ballava al suo ritmo.

«Resterò qui ancora per mezz'ora, poi devo incontrare mia moglie—ehm, un'altra cliente e non sarò disponibile.»

Accidenti. Rinunciava a del tempo con la moglie per lei e non ce n'era abbastanza per tornare a casa e sistemare lì i cani—per non parlare del rischio di imbattersi in Sean.

Dite pure che era una romanticona senza speranza, ma non avrebbe fatto aspettare il signor Scanlon o sua moglie per colpa sua o del bastardo. I cani sarebbero dovuti rimanere in macchina. «Arriverò tra pochi minuti.»

Sean continuò a premere «redial» sul telefono, cercando di beccare Livvy, ma le chiamate finivano dritte in segreteria. Dopo averle lasciato il terzo messaggio, si arrese. Doveva non avere il telefono con sé.

Sperò con tutto l'inferno che non fosse crollata sul letto a piangere perché aveva perso tutto. Doveva dirle che non era così. Doveva dirle che aveva vinto.

Ora toccava dirlo ai suoi fratelli, che loro avevano perso.

Be', erano stati preparati. Entrambi avevano provato a dissuaderlo, mettendolo in guardia dal rinunciare alla sua vita per una donna. Liam si era scottato così e Bry aveva imparato la lezione. Sean era l'unico romantico rimasto del gruppo, ma la cosa non gli aveva offuscato la vista. Livvy era una persona splendida. Un essere umano buono. Una donna straordinaria. E sarebbe stata una moglie e una madre incredibili. Sua moglie e madre dei *suoi* figli. La voleva per sempre e avrebbe fatto di tutto per averla. Lei e la sua folle carovana e i suoi otto cani e il pappagallo che sfornava parolacce e storpiava i testi delle canzoni.

La sua macchina non era nel vialetto quando arrivò. Forse era andata dallo studio dell'avvocato?

Chiamò lì, ma la chiamata finì nella segreteria fuori orario.

Allora dov'era?

Si diresse verso la porta della cucina. Dov'erano i cani?

Provò di nuovo a chiamarla, ma *di nuovo* trovò la segreteria.

«Livvy?» chiamò, entrando.

Niente.

«Ringo?» Pensò che il cagnone sarebbe balzato sulla soglia appena avesse sentito la sua voce e Sean non doveva preoccuparsi di ciò che gli artigli dell'-husky avrebbero fatto al pavimento. Ora era un problema di Livvy.

«John?»

Nulla.

«Davy?»

Doppio niente.

«C'è nessuno in casa?» Dove poteva essere andata Livvy con i cani? E con che cosa? Il suo catorcio non era abbastanza grande nemmeno per Ringo, figurarsi per altri sette.

Non li trovò in nessuna stanza al piano di sotto, così salì al piano di sopra. Li avrebbe rimessi di nuovo in bagno? Si era irritata parecchio quando lo aveva fatto lui.

Sean sorrise al ricordo. Era stata così indignata, con le mani sui fianchi e i capelli selvaggi sulle spalle. Aveva dovuto concentrarsi per partecipare alla conversazione, perché tutto ciò che aveva voluto fare era tirarla a sé e baciarla fino a farle perdere la testa.

Il che, pensò mentre si dirigeva verso la sua stanza, era proprio quello che avrebbe fatto appena l'avesse trovata.

La prima cosa che notò fu che Orwell non c'era più. Gli attraversò la mente un «meglio così», ma poi si accorse che il suo armadio era vuoto. E che c'era un biglietto sul letto.

Non era un indizio.

Sean lo prese. Era un gran pasticcio di svolazzi. Ovviamente Livvy doveva avere una scrittura svolazzante; si abbinava alle dita dei piedi rosa.

Peccato non capisse una parola, e il suo programma al computer non se la cavava bene con le grafie svolazzanti. Però doveva provarci.

Attraversò il corridoio fino alla sua stanza per scannerizzarlo nel portatile e—

Il suo portatile era fuori.

Era aperto.

Era acceso.

Toccò il touchpad e lo schermo riprese vita.

Santo cielo. La lettera di Merriweather.

Crollò sul materasso. Livvy non poteva aver visto questo.

Guardò attraverso il corridoio verso la sua stanza vuota, pregando che non significasse ciò che cominciava a sospettare.

Cliccò su un altro documento aperto.

L'indizio.

Era aperto anche un foglio di calcolo, e Sean non aveva davvero bisogno di cliccarci per sapere cos'era, ma lo fece comunque nella vana speranza che il suo mondo non gli stesse crollando addosso.

Le proiezioni. *E* c'era anche una finestra di ricerca aperta.

Ci cliccò sopra.

Lei sapeva. O almeno, credeva di sapere.

Figlio di puttana. Ecco, lui aveva fatto la cosa giusta e gli era esplosa in faccia. Non avrebbe dovuto farlo. Avrebbe dovuto tenere l'indizio per sé e restare qui e—

No. No, non avrebbe dovuto. Aveva fatto ciò che era giusto e poteva guardarsi allo specchio sapendo di averlo fatto. Che Livvy lo guardasse mai più o no, lui aveva fatto la cosa giusta.

Prese il telefono e la chiamò un'ultima volta. Ancora segreteria. Stavolta le lasciò un messaggio.

«Livvy, non è quello che pensi. Lasciami spiegare. Per favore.»

Si fermò, perché cos'altro avrebbe potuto dire? O lei lo voleva o no.

Ma poi disse l'unica cosa che doveva dirle. L'unica cosa che si sarebbe rimproverato per il resto della vita se non l'avesse detta.

«Livvy... ti amo. Non ha niente a che fare con la casa. Niente a che vedere con ciò che pensavo di volere quando ho iniziato a lavorare qui, ma ha tutto a che vedere con te. Mi hai fatto capire che cosa è davvero importante in questo mondo e spero che mi darai la possibilità di dirtelo di persona. Ti amo, Livvy. Che tu viva alla fattoria o nella tenuta, o in un minuscolo appartamento con gli animali che dormono sui mobili, per me non cambia. Dovunque sei tu è casa, ed è lì che voglio essere. Per favore, dammi una possibilità. Dacci una possibilità.»

Chiuse la chiamata prima di mettersi a supplicare, anche se, se quello fosse stato il prezzo per farla ascoltare, l'avrebbe pagato. Non poteva perdere anche lei. Perché, in fin dei conti, lei era l'unica cosa che contava.

Capitolo Quarantuno

«Posso essere il primo a porgerLe i miei migliori auguri.» Il signor Scanlon le tese la mano, completamente imperturbabile di fronte agli otto cani che lei aveva dovuto portare con sé. Georgia aveva cominciato a guaire quando Livvy aveva parcheggiato l'auto e gli altri le erano andati dietro. Non aveva voluto ritrovare gli interni ridotti a brandelli al ritorno, così li aveva portati con sé. Per fortuna, si comportarono al meglio.

A differenza di un certo figlio di buona donna che conosceva.

«Non vorrà dire condoglianze?» Scosse i guinzagli per stringergli la mano. Non sapeva perché si prendesse la briga, ma non era colpa sua se lei aveva fallito. Che cosa avrebbe dovuto dire il pover'uomo quando le comunicava che aveva appena perso più di qualche milione di dollari?

«Be', suppongo che si possa vederla così, ma era il sincero desiderio di Sua nonna che Lei finisse per amare quel posto. O, quantomeno, che provasse abbastanza rispetto per la storia della famiglia da mantenerlo in famiglia. Ma, in caso contrario, posso dirLe che sto gestendo diverse offerte, qualora desiderasse vendere.» Le porse un foglio. «Qui ci sono le cifre più alte, e oso dire che si potrebbe salire. Lei, signorina, è sistemata a vita, se vorrà vendere.»

Stava parlando inglese, ma a lei non tornava. Vendere cosa?

Prese il foglio e si sedette su una sedia di fronte alla sua scrivania.

I cani si sistemarono ai suoi piedi.

Accidenti. Quelle erano cifre grosse. Un sacco di zeri.

«Mi dispiace, ma non capisco.»

«La tenuta dei Martinson è un bene immobiliare molto ambito. Come ho detto, quelle sono cifre preliminari. Una volta effettivamente messa in vendita, mi aspetto che aumentino.»

Scosse la testa. «Mi dispiace, signor Scanlon, ma cosa c'entra questo con me?» Aveva ricevuto l'ordine di rigirarle il coltello nella piaga?

Il signor Scanlon sorrise. Non sembrava un sorriso sadico, spavaldo, ma del resto, aveva creduto che Sean fosse limpido come l'acqua, quindi cosa ne sapeva più della natura umana?

«Capisco che sia molto da assorbire, ma il mio studio, e io personalmente, siamo pronti a gestire la vendita della tenuta per Suo conto.»

«Per conto mio? Ma io non la possiedo.»

«Una mera formalità.» Tolse una risma rilegata in blu da un fascicolo sopra la scrivania. «Potrà volere che un Suo legale di fiducia riveda questi documenti, ma li troverà in ordine. Sua nonna se n'è assicurata.»

Livvy prese i documenti, scorrendoli nel tentativo di dare un senso a—

Atto le saltò agli occhi.

E c'era il suo nome.

E l'indirizzo della tenuta.

Lei *proprio* non capiva cosa stesse succedendo.

«Signor Scanlon, non ho l'indizio.»

«Sì, capisco.»

Avrebbe voluto capirlo davvero. «Ma mi sta dicendo che non mi serve? Che la tenuta è sempre stata mia? Mia nonna mi ha mandata a caccia di un ago nel pagliaio per niente?»

I cani si mossero quando il tono della sua voce s'alzò. John fissò l'avvocato con un ringhio sommesso.

«Oh, no, mia cara. La caccia al tesoro era molto reale. Se non avesse consegnato l'indizio in tempo, avevo istruzioni su come disporre della tenuta.»

«A Sean.»

«Be', eh,...» Ora il *signor* Scanlon parve *scosso*. «Uh, sì. Il signor Manley sarebbe stato l'acquirente ufficiale.»

«Allora perché non lo è? Io non ho consegnato l'indizio.»

«Ma lui l'ha fatto al posto Suo.» Alzò un altro foglio. «Mi ha sorpreso, dato quanto fosse impaziente di entrare in possesso, ma l'ha consegnato, eccome. Mi ha raccontato del guasto della Sua auto, inoltre. La tenuta è Sua.»

Non sapeva da cosa cominciare. La menzogna sfacciata sulla sua auto, o il fatto che Sean le avesse messo in mano la tenuta, chiavi in mano, rinunciando a tutti quei soldi.

E lei gli aveva scritto quella lettera...

Oh, Dio.

«Signorina Carolla, si sente bene? Vuole un bicchiere d'acqua?»

Meglio vino. Una brocca. Oddio, che cosa aveva fatto?

«Devo andare.» Balzò in piedi—e si ritrovò impigliata nei guinzagli quando cercò di andarsene. I cani non condividevano il suo senso d'urgenza.

«Ma signorina Carolla—Olivia. Posso chiamarLa così? Può certamente prendersi il tempo di far esaminare l'atto dai Suoi avvocati, ma devo consegnarLe questo.» Tirò fuori un'ennesima lettera. Quest'uomo era come Babbo Natale che distribuisce regali la mattina di Natale.

«È di Sua nonna.»

O forse era carbone.

Livvy si risedette. Era tutto troppo. Il tradimento-di-Sean-che-non-lo-era, la lettera-sua-che-non-sarebbe-dovuta-essere, e ora il trionfo di Merriweather.

«Adesso non riesco davvero a leggerla.»

«Capisco che sia sopraffatta. Ma Sua nonna riteneva che questo potesse aiutare. Lo credo anch'io.» Le porse la busta. «Per favore. La legga.»

Livvy prese la busta e lo spillettere che il signor Scanlon le offrì e lo infilò sotto la linguetta. Estrasse un foglio di pergamena.

Ovviamente era pergamena. Niente di così banale come carta da fotocopie o carta da lettere profumata, per Merriweather Martinson.

«La lascio leggere.» Il signor Scanlon si alzò e fece un passo, poi esitò. «Se posso, Olivia?»

Livvy lo guardò attraverso una foschia di... qualcosa. Confusione? Irrealtà? «Sì?»

«Rivedo molto di Sua nonna in Lei. Credo lo facesse anche lei. Ed è un bene.» Toccò una volta, piano, il sottomano di cuoio, si schiarì la gola, poi uscì dalla porta, la serratura scattò piano.

Segniamone un'altra alla Lavagna dell'Irrealtà. Era come sua nonna? Non in questa vita.

Si risistemò sulla sedia e spiegò la pergamena, la grafia tremula che si aspettava sostituita da una mano forte e decisa.

Olivia,

Mi sbagliavo. Queste non sono parole che io abbia mai detto prima nella mia vita, ma qui, alla fine di essa, scopro di doverlo fare. Sì, mi sbagliavo.

Avrei dovuto abbracciarti per il fatto di essere mia nipote, illegittima o no. Non eri tu la colpevole delle circostanze della tua nascita; questo lo lascio a mio figlio e alle sue predilezioni. Ma tu, tu eri innocente, e nella mia rabbia e delusione, l'ho dimenticato.

Quando la vita volge al termine, si ha l'opportunità di riflettere su molte cose. Non rimpiangerò mai la vigilanza con cui ho protetto il nome Martinson. È un nome che ha attraversato i secoli con ammirazione e condanna. Ero determinata che, sotto il mio mandato, l'ammirazione continuasse. Ma così facendo, ho fallito con te.

Non voglio né posso addurre scuse. Un figlio, come ben so, è sempre una benedizione. Essendo riuscita a metterne al mondo uno soltanto, questo principio è in cima ai miei pensieri. Volevo che Lawrence, tuo padre infedele, diventasse l'uomo che suo padre sarebbe stato se il Tempo gli avesse dato la possibilità. Ma pare che Lawrence fosse uno di quei Martinson che avrebbero portato condanna sul nostro nome. E così ti ho nascosta. Ti ho ignorata. Non volevo la macchia sulla famiglia.

Ora vedo che quella macchia ce l'ho messa io. Se solo ti avessi abbracciata, accolta in famiglia, obbligato tuo padre ad assumersi le sue responsabilità, questa macchia autoinflitta sul nome di famiglia—e sulla mia coscienza—non sarebbe mai esistita. E tu avresti avuto la famiglia che meriti.

Ho provato a farlo con quella visita, ma... be', non ci sono scuse. Sono una donna testarda e lo sono sempre stata.

Davvero, Olivia, sei una persona forte e determinata, non diversa da me. Mentre io ho avuto privilegi per tutta la vita, tu no. E di questo posso rimproverare solo me stessa.

Desidero rimediare e spero che tu non permetta al tuo orgoglio—e so che è feroce, perché lo condivido—di intralciarti. Sei una Martinson. Sei forte, deter-

minata, fiera e leale quanto tuo nonno, il mio amato Henry. Se solo mi fossi concessa di vedere tutto questo in te prima di alimentare il baratro nel nostro rapporto, le cose sarebbero state diverse.

È evidente che non posso compensare ciò che è stato, ma il mio desiderio è che tu venga ad abbracciare questa famiglia, con tutti i nostri difetti, e che ti faccia carico dell'eredità che ti spetta di diritto e a buon titolo.

Gli indizi probabilmente ti avranno frustrata e fatta arrabbiare; so che lo avrebbero fatto con me. Ma volevo che vedessi da dove provieni, chi sei, prima di gettare tutto alle ortiche. Speravo che il tuo feroce senso della giustizia e il tuo combattere per i più deboli ti avrebbero fatto arrivare fino in fondo. Che avresti voluto la possibilità di abbracciare la tua eredità e usarla per ciò in cui credi, non di venderti a qualche gigante societario in cerca di profitto sulle spalle dei più privilegiati. È per questo che ho accettato l'offerta del signor Manley: mi piaceva ciò che aveva in mente per la tenuta. Ma speravo che tu avresti voluto reclamarla.

Il fatto che tu stia leggendo questo è la prova che avevo ragione su di te.

Ho seguito i tuoi progressi negli anni, Olivia. Nel bene e nel male, avevo bisogno di vedere cosa ne avresti fatto di te. Il tuo stile di vita da comune sembrava giustificare la mia distanza, almeno a me stessa. Che tu fossi esattamente come i tuoi genitori. Avevo nutrito grandi speranze che Lawrence avrebbe deciso di sposare una donna di buon carattere e lignaggio, con un figlio che portasse avanti il nostro nome. Mi stavo illudendo.

Tu non sei come tuo padre. Se tu abbia o meno qualcosa di tua madre in te, malauguratamente, non lo sapremo mai. Ma credo di no, Olivia, perché nessuno dei tuoi genitori aveva la forza interiore che tu hai dimostrato nel costruirti la vita alle tue condizioni.

Ho assaggiato le tue torte e i tuoi pani. Le tue capacità di pasticciera superano le mie, motivo per cui ho sempre avuto uno chef. Ma anche con il tuo talento, sono la fiducia in te stessa e l'assoluta determinazione quando le probabilità sono contro di te a mostrare la tua vera tempra. Sei una sopravvissuta, Olivia, perché continui a lottare per ciò che vuoi. Mi chiedo cosa ne sarebbe stato di te se avessi alimentato quello spirito combattivo invece di ostacolarlo.

Intendevo contattarti prima, ma conoscendo il tuo orgoglio, sapevo che solo alla mia morte saresti tornata in questa casa. E così ho preparato per te questo gioco. Mi ha dato grande piacere concentrarmi sul restituirti ciò che ti ho tolto. Mi ha anche dato grande rimorso per ciò che avremmo potuto avere.

Ho capito di non essere perfetta, che è un bel riconoscimento per la vecchia battagliera. Sì, conoscevo il soprannome che mi avevi affibbiato e segretamente me ne compiacevo, perché era l'immagine che volevo offrire al mondo. La donna fiera e forte al timone della nave dei Martinson.

Per me è un onore poterti consegnare quel titolo. Sono fiera di ciò che sei, Olivia, e spero che un giorno significhi qualcosa per te. Sono fiera di te perché hai messo da parte il passato e il tuo orgoglio per prendere il controllo della tua eredità nonostante il tuo odio per me. Sono fiera che tu sia rimasta così salda nelle tue convinzioni da continuare a tentare nuove imprese. Sono fiera di consegnarti secoli di patrimonio dei Martinson e affidarti la continuazione di quel nome.

Sono fiera di poterti chiamare mia nipote e vorrei aver trovato questa verità decenni fa.

Ma, alla fine, ho scoperto che l'unica cosa che avrei voluto dirti tutti quegli anni fa è più forte della mia volontà di proteggere questa famiglia. Ciò che avrei voluto dirti di persona, e andrò alla morte senza averlo fatto—il mio più grande rimpianto—è,

Ti amo, Olivia.

Tua nonna,
Merriweather Knightsbridge Martinson

Livvy fissò l'ultima frase finché le parole non le si confusero per via delle macchie delle lacrime. Sua nonna la rispettava. A quanto pareva, la amava persino.

Livvy si strinse la lettera al petto e si piegò in avanti, mentre le lacrime che aveva trattenuto così a lungo le scuotevano il corpo. Tutti quegli anni sprecati. Tutta quella solitudine. Tutte le feste passate da sola e i posti vuoti in platea alle recite scolastiche. Tutte le estati trascorse a essere dirottata da casa di un'amica a casa di un'altra amica, senza avere mai un posto da chiamare suo. Tutto il risentimento e il dolore e le domande...

Ci sarebbe voluto un po' perché la rabbia passasse. E il male. Sua nonna l'aveva giudicata male e così facendo le aveva causato un dolore che non aveva mai meritato.

Oddio—lei aveva fatto la stessa cosa a Sean.

Si alzò, asciugandosi gli occhi e districando i guinzagli. Doveva andare da lui. Doveva dirgli... Cosa? Che lo perdonava? Certo. Che aveva capito? Sì. Aveva capito.

Che non poteva vivere senza di lui?

Sì. Anche quello.

Che lo amava?

Più di tutto, era questo che doveva dirgli.

Il signor Scanlon e persino Merriweather stessa potevano pensare che ci fosse molto di sua nonna in lei, ma la grande differenza tra loro era che Livvy sapeva quando ammettere di avere torto e chiedere perdono.

«Andiamo, ragazzi.» Tirò i guinzagli. «Torniamo a casa.»

Capitolo Quarantadue

Sean bestemmiò mentre cercava di digitare la seconda riga della lettera di Livvy sul portatile. Diavolo, gli mancava il tablet con la funzione di lettura vocale. Così ci avrebbe messo una vita.

Era una *E* o una *A*? Non riusciva a capirlo e stava impazzendo. Avrebbe dovuto chiamare Mac per farsi aiutare, e sarebbe stata una rogna. E lo sarebbe stata anche per lei quando avesse scoperto che stava per andarsene, ma l'assenza di Livvy e il biglietto non promettevano nulla di buono. Non avrebbe voluto vederlo quando avesse rivendicato l'eredità e lui non poteva biasimarla.

Mac, invece, sì. Lo avrebbe biasimato, eccome. E lui non poteva farci un bel niente perché era colpevole come da imputazione.

Lottò con il resto della parola, poi si arrese. La stampa era già abbastanza difficile da leggere, la corsiva svolazzante per lui era quasi impossibile. Se la sarebbe cavata meglio con i geroglifici. Almeno quelli erano immagini.

Chiuse il portatile. Probabilmente avrebbe dovuto andarsene, darle tempo di elaborare l'eredità, quello che lui aveva fatto e quello che aveva detto nel suo messaggio, ma voleva vederla. Voleva la possibilità di dirle tutto di persona. Di lottare per lei. Se qualcosa al mondo valeva la pena di essere combattuta, quella era Livvy.

Guardò fuori dalla finestra. La stalla. Gli animali probabilmente si chiedevano dov'era la cena. E perché le loro stalle erano luride. Poteva occuparsene per ammazzare il tempo. Dio solo sapeva quanto si meritasse di spalare altra merda.

Con sua sorpresa, gli animali erano tranquilli quando entrò. Probabilmente sentivano quello che provava. O forse perché non aveva con sé Davy, il combinaguai. Gli mancava quel tipetto.

A ben pensarci, gli mancavano tutti. Gli sarebbero mancati anche questi qui, se Livvy avesse chiuso la faccenda.

«Sai, Rhett, non avrei mai pensato di dirlo, ma sono geloso di te, amico. La tua signora è lì con te, giorno dopo giorno, al tuo fianco, ad amarti.»

Rhett dovette capire, perché si avvicinò alle spalle di Scarlett e la spinse con il muso.

Sean scosse la testa. L'alpaca ora stava solo facendo lo spaccone.

Ma stavolta fu Scarlett a girarsi contro di lui. Si voltò di scatto e sputò a Rhett. Lo colpì in pieno viso. Il colosso parve così sorpreso che sarebbe stato comico, se Sean non avesse saputo esattamente come ci si sentisse.

E se lo meritavano entrambi.

«La prossima volta prova con un po' di tenerezza, amico. Falle capire che ci tieni. Offrile la precedenza sulla medica.»

«Oppure consegna l'indizio che le dà l'eredità e manda in bancarotta la tua azienda.»

Sean si voltò di scatto. «Livvy.» Con un'altra delle sue gonne, un'altra delle sue canottiere verde smorto e quegli stivaletti tozzi, e non era mai stata più bella. «Posso spiegare...»

«Sì, ti conviene.» Camminò verso di lui, il sole al tramonto incendiandole i capelli. «Il signor Scanlon mi ha detto quello che hai fatto. Voglio sapere perché.»

Si fermò davanti a lui, il mento sollevato. «Perché mi hai aiutata, Sean?»

Lottò contro l'impulso di spostarle dietro l'orecchio quella ciocca ribelle. Non aveva più il diritto di farlo. «Hai ascoltato la segreteria?»

«La mia che?»

«Ti ho lasciato un messaggio.»

Scosse la testa. «Scusa, ma con il turbine delle ultime due ore non ci ho nemmeno pensato. Perché? Che cosa hai detto?»

Lei non sapeva come si sentiva. «Perché sei qui, Livvy?»

Alzò le sopracciglia. «Tu più di chiunque altro dovresti sapere che è perché questo posto è mio.»

«Intendo, perché sei *qui*? Nella stalla. Adesso. A cercare me.»

La sua lingua sfiorò le labbra. «Voglio una spiegazione.»

«Non vuoi cacciarmi dalla proprietà?»

«Dipende dalla tua spiegazione.»

Non aveva detto *no*. C'era ancora speranza.

Sean inspirò a fondo. Era il momento di scoprire le carte. Sperava Dio santo di non avere la stessa brutta sorpresa che aveva avuto quando aveva giocato con Mac. Allora credeva di avere la mano vincente.

Adesso ne aveva bisogno più che mai.

Le prese le mani tra le sue. Era promettente che lei non si fosse ritratta.

Fece un passo più vicino.

Lei non si mosse indietro. Un altro segno promettente.

«So che hai visto il mio portatile, quindi sai dell'accettazione della tua nonna alla mia offerta. Sai che avevo progettato di trasformare la tenuta in un resort.»

Lei annuì.

Sean deglutì. «L'avevo pianificato molto prima di sapere di te. Ho messo in moto gli ingranaggi dopo l'incontro con tua nonna. Le piaceva l'idea che la tenuta restasse in queste condizioni. Che non venisse usata come una comunità alloggio o trasformata in palazzi con il terreno venduto per il residenziale. La maggior parte delle offerte arrivate allo studio di Scanlon andavano in quella direzione. Questa è una posizione di prim'ordine. Un grande appezzamento che non richiederà tanti investimenti quanto altri della zona per costruirci. Quello che intendevo fare con la proprietà era in linea con la visione di Merriweather sull'importanza della tenuta. Così andai avanti con i miei piani. In fondo, la sua unica erede era una nipote con cui non aveva mai avuto nulla a che fare. Non avevo previsto il cambio del testamento.»

Allora lei gli regalò un sorriso. Piccolo, ma c'era.

«Non eri l'unico.»

Lui annuì. «Così, quando a Mac servì qualcuno che prendesse in mano le cose qui, pensai che fosse perfetto. La tenuta sarebbe stata mia nel giro di qualche settimana; avevo la possibilità di portarmi avanti con le ristrutturazioni. Era un buon piano. Finché non sei arrivata tu.»

Lei si morse il labbro.

Dio l'aiuti.

«Ero combattuto, Livvy. Tu meriti questo posto. Ma avevo investito troppo. Troppo da perdere. Non sono solo i miei soldi; i miei fratelli sono dentro l'affare e ho speso molto per i preliminari.»

«Lo so. Ho visto le proiezioni. Architetto, ingegneri... Ci hai messo davvero tutto.»

«Doveva essere il mio debutto nel settore dei resort di lusso. La proprietà di per sé sarebbe stata un richiamo, più i servizi che avremmo offerto. La posizione è perfetta, a distanza di guida da alcune delle città più grandi del paese e con il perfetto equilibrio tra rurale e urbano per accontentare tutti i gusti. Era un fuoricampo.»

«Finché non sono arrivata io.»

«Sì.»

«Allora perché gli hai consegnato l'ultimo indizio?»

Le lasciò le mani e si passò le proprie tra i capelli. «Perché non potevo farti questo. Non potevo rubarti il sogno, il futuro. Se non avessimo trovato l'indizio, sarebbe stato un conto, ma l'ho trovato e, be', non spettava a me. Lei lo aveva lasciato a te. È tuo.»

«Nessuno aveva mai rinunciato a un colpo da milioni di dollari per me.»

«Tu vali molto più di semplici milioni, Livvy, e non lasciare mai che qualcuno ti dica il contrario. Tua nonna fu sciocca a non averlo capito dal momento in cui posò gli occhi su di te.» Deglutì, impegnandosi del tutto. «Perché io invece l'ho capito.»

I suoi occhi color ambra guizzarono. «Tu... l'hai capito?»

Annuì. «Già.» La sua voce era roca, strozzata da un'emozione che lo terrorizzava e che al tempo stesso bramava di mostrarle. Nulla aveva mai contato più di quel momento.

«Ti amo, Livvy. So che non hai motivo di crederci, ma è così. E ti voglio. Nella mia vita. Per sempre. E se vuoi che firmi qualcosa in cui rinuncio a qualsiasi diritto sulla tenuta, lo farò. Non voglio mai che tu pensi che voglia stare con te per mettere le mani su questo posto.» Sorrise allora. «L'unica cosa su cui voglio mettere le mani sei tu.»

Lei si leccò le labbra, senza ricambiare il sorriso.

Ma poi cercò le sue mani e gliele posò sui fianchi. Lo guardò da sotto le ciglia. «Ora che mi hai tra le mani, che cosa intendi farne?»

Sean rimase lì per un battito—o cinque—per assorbire il momento. Per capire che stava succedendo davvero. Che lei, beh, se non lo aveva perdonato, era disposta a provarci.

«Sean? Ti sto aspettando.» Quegli occhi d'ambra scintillavano.

Si inginocchiò su un ginocchio. Totalmente non previsto e completamente impreparato. Niente anello, nessuna idea di cosa avrebbe detto, ma sembrava la cosa giusta. «Voglio chiederti di sposarmi. Di stare nella mia vita per sempre. Di svegliarti con me ogni mattina in un enorme letto king size circondati da cani, di aiutarmi a ripulire la cacca degli alpaca, a catturare pappagalli fuggiaschi e barboncini danzanti, e di fare bambini così da trasformare questo mausoleo in una casa.»

Quando finì, lei stava piangendo, ma quelle lacrime poteva affrontarle.

«Mi dispiace, Livvy. Per non averti detto la verità. Ma devi saperlo, devi *credere* che non ti ho usata. Ogni volta che eravamo insieme, ogni tocco, ogni sguardo, ogni bacio... Erano tutti veri. Tutti su di noi. La tenuta non c'entrava.»

«Lo so.»

«Ho cercato per tutto il tempo di capire come diavolo potessi farla quadrare per entrambi, ma, alla fine, non ci sono riuscito. Perché non potevo prenderti ciò che era tuo.»

«Lo so.»

«Qualunque cosa fosse successa tra noi, non potevo negarti il tuo diritto di nascita.»

«Lo so.»

«Io—lo sai? Mi credi?»

Alla fine sorrise e, oh, cosa fece all'interno della stalla. Fu come se il sole fosse sorto e gli animali avessero cantato e i cieli avessero riversato felicità—

Stava tornando a fare poesia.

«Ti amo, Livvy. Nel tuo casale della cooperativa col tetto che perde o qui, non importa. Amo *te*. E la tua arca di Noè.»

Lei gli tirò i capelli. «Bene, perché anche loro ti amano. E...» Si leccò le labbra. «Anch'io.»

«Grazie, Gesù.» La travolse in un bacio che gli diede modo di riversarci solo una piccola parte di ciò che provava. Il resto avrebbe richiesto anni. Almeno cinquanta o sessanta.

Quando finalmente si staccarono, lei gli strattonò i capelli, stavolta un po' più forte di un semplice tiro. «Sai, continuo a cercare di farti ricordare che mi chiamo Livvy. L-i-v-v-y C-a-r-o-l-l-a.»

Lui ricambiò il tiro—trascinandola a sé per un altro bacio. «No, non è così,» disse quando riemersero per prendere fiato una seconda volta. «È L-i-v-v-y M-a-n-l-e-y.»

«Be', *lo sarà*.»

«Dannatamente giusto. Appena trovo un giudice di pace. Spero che tu non voglia un grande matrimonio.»

«Chi inviterei? Tu sei tutta la famiglia che ho.»

Le baciò il naso. «No, non è vero. Hai tutti loro.» Accennò con la testa alla fauna alle sue spalle.

«Non possono venire al matrimonio, sciocco.»

«Allora portiamo il matrimonio da loro. Che ne dici di sposarci proprio qui. Con la tua famiglia a guardare?»

Gli gettò le braccia al collo. «Dico che sei il più pazzo bastardo che abbia mai conosciuto.»

Si scostò. «*Bastardo*?»

«Consideralo un termine affettuoso. D'altronde, con Orwell in giro, lo sentirai per molto, molto tempo.»

«Allora è meglio che tu ti abitui a sentire *Gesù*.»

«Non mi dispiacerà. Perché ogni volta che mi baci, è divino.»

Serata tra uomini... più Three

Diciotto mesi dopo

«Vedo.»

«Guardate e piangete, ragazzi.» Cooper Wexford spiegò i suoi tre assi sul tavolo da poker in quello che un tempo era il salone principale in stile Luigi XV della tenuta dei Martinson, ma che ormai era la sala giochi dell'Hideaway Hills Bed & Breakfast. «Andrà meglio la prossima volta.» Fece scorrere le fiches verso di sé.

«Aspetta.» Kerry posò la sua margarita e riprese in mano le carte. Le buttò sul tavolo. «Full.»

«Figlio di puttana!»

«Figliodiputtana!»

«Orwell, zitto.» Livvy picchiettò le sbarre della sua gabbia mentre passava con la sua salsa biologica di casa e le patatine fatte in casa. «Scusate, ragazzi», disse, posando gli stuzzichini sul bordo del tavolo. «Continuate pure.»

«Grazie, Livvy», disse Cooper, servendosi una porzione generosa. «Mangiate, ragazzi. Offro io.»

Livvy alzò gli occhi al cielo. Quella salsa era un must della casa e non costava nulla in più agli ospiti. E Cooper, il loro giardiniere, lo sapeva.

«Ne prendi un po', tesoro?» Sean le cinse la parte bassa della schiena con un braccio.

«Non posso. A loro non va a genio.» Si strofinò il ventre.

«Ancora un paio di settimane, poi potrai.»

«Fra un paio di settimane starò allattando e il cibo piccante non lo vorrò proprio.»

«Andiamo!» disse Bryan. «Niente discorsi sul... be', su quello, di mia cognata. È serata di gioco. Uffa.»

«Mi ritiro», disse Drake Fletcher, lanciando sul tavolo le sue due coppie. Lo scrittore era un habitué ogni sei mesi, quando si chiudeva qui per la settimana della consegna del libro, per una maratona di scrittura fino a finirlo.

Livvy non l'aveva mai visto nella sala giochi, quindi poteva solo immaginare che avesse finito in anticipo. Peccato fosse uscito solo per perdere.

Riconobbe quell'espressione sul volto di suo marito. Sean poteva anche avere un'ottima faccia da poker per gli altri, ma lei lo conosceva. Conosceva intimamente quel viso e tutti i suoi umori. Anche la maggior parte dei suoi pensieri, dato che lavoravano insieme ogni giorno e dormivano insieme ogni notte.

Si accarezzò il ventre, testimonianza del successo di *quella* impresa. Ancora tre settimane e i gemelli sarebbero arrivati.

«Che hai, Bry?» Sean tamburellò i bordi delle sue carte sul panno.

Bryan alzò gli occhi al cielo. «Più che abbastanza per battere voi imbecilli.» Mise giù quattro due.

«Ti rendi conto che stasera è il terzo sabato del mese.»

«Ah, merda.» Cooper si appoggiò allo schienale e si passò una mano sulla bocca.

Kerry andò di traverso con la margarita. «Sher mi ammazzerà.»

Bryan diventò solo verde. Di una certa *sfumatura menta* di verde.

«Che? Che succede?» Drake guardò attorno al tavolo.

Sean non riuscì a smettere di sorridere. «Il terzo sabato di ogni terzo mese è la Maid Night.»

«*Made* night?»

«Come m-a-i-d», disse Cooper prima di tracannare la birra.

«Chi perde deve fare il servizio da cameriera qui per una settimana», disse Kerry.

Sean si limitò a ghignare mentre calava la sua scala. «Sembra che stavolta tocchi a te, Drake. Farò prendere le misure a mia sorella per una divisa. Benvenuto alla Manley Maids.»

Fine

* * *

Grazie per aver letto! Mi aiuterebbe molto se potessi lasciare una recensione
dove hai acquistato questo libro, così altri lettori potranno scoprirlo più
facilmente. E se vuoi leggere altre mie storie, gira la pagina!

QUELLO CHE UNA DONNA
HA BISOGNO
JUDI FENNELL

Serata tra ragazzi... più uno

Perse.

Bryan Manley fissò le carte sul tavolo davanti a sé.

Scala di colore. Fante come carta più alta.

Aveva battuto il suo full. Aveva battuto il poker di regine di Liam e la scala di colore al nove di Sean.

Perse.

Dalla sua *sorella*.

Quella che non aveva mai giocato a poker.

E non aveva solo battuto lui, ma tutti e *tre*. Mary-Alice Catherine Manley aveva battuto i Manley sul loro stesso terreno.

E ora loro avrebbero dovuto giocare al suo.

Bryan si schiarì la gola, con il disgusto che gli bruciava in fondo. Lui, protagonista, bersaglio dei paparazzi, spezzacuori di starlette e *Next Biggest Thing* di *People magazine*, stava per diventare il domestico di qualcuno.

«Io credo, cari fratelli, che vi si debbano prendere le misure per le uniformi delle Manley Maids,» disse Mac come se non fosse la campana a morto della sua immagine.

«Non metterò un grembiule.» Le parole gli uscirono di bocca prima ancora che ci avesse pensato, ma non fecero che confermare che il suo istinto era impeccabile. Ogni regista con cui avesse mai lavorato l'aveva detto, e Bryan in quel momento ne fu maledettamente felice.

Un grembiule. Cristo. I tabloid ci sarebbero andati a nozze. Il suo agente? Non proprio.

Curiosamente, nessuno dei fratelli tentò di far cambiare idea a Mac su questa ridicola penitenza. Avevano scommesso e avevano perso, onestamente.

Ma, Gesù. Un domestico.

«Quando vuoi che cominciamo, Mac?» Liam fu il primo a riprendersi—ammesso che così si potesse dire.

«Quando potete. Ho l'attività.»

Se Bryan non avesse conosciuto Mac così bene, avrebbe giurato che stava cercando di non ridere. Ma non era da Mac; aveva sempre idolatrato tutti e tre. Li chiamava i suoi cavalieri dall'armatura scintillante. O, a volte, con le spalliere da football. Ma mai questo. Mai... un *grembiule*.

Avrebbe giurato che fosse uno scherzo, ma Mac aveva puntato l'unica cosa che potesse avvicinarsi a ciò che lui e i suoi fratelli avevano messo sul piatto: quattro settimane di servizio di pulizie se avesse perso, quattro settimane di servitù per contratto se avesse vinto. Non avrebbe messo a rischio la sua attività per uno scherzo.

«Ho tempo adesso. Comincerò lunedì mattina.» Sean impilò le fiches. Meticolosamente, che era l'unico indizio delle emozioni di Sean. Era furibondo. Con se stesso, probabilmente. Avevano agito contro il loro istinto, tutti quanti, e le avevano permesso di giocare quando non poteva permettersi la posta in gioco.

Il fatto che a pagare fossero loro era irrilevante. Avevano protetto Mac, la loro sorellina, praticamente per tutta la vita, da quando i genitori erano morti e la Nonna li aveva presi con sé. Avrebbero dovuto attenersi alla loro regola Niente Ragazze per quella partita, ma lei ci teneva così tanto e loro erano sempre stati dei mollaccioni con lei, che l'avevano lasciata entrare.

E ora sarebbe diventata la loro capo.

Un domestico. Dio.

L'unico lato positivo era che pareva che le lezioni di pulizie della Nonna stessero per tornare utili. La nonna aveva avuto le mani piene con quattro bambini piccoli e loro tre, in particolare, erano stati piuttosto turbolenti e disordinati.

Non avrebbe mai pensato che sarebbe stato grato per quelle lezioni.

Diamine, aveva perfino Monica, la sua domestica dell'azienda di Mac, a tenere in ordine il suo appartamento proprio per non dover rispolverare quelle lezioni.

«Ehi, posso fare casa mia?» Prendere due piccioni con una fava, per così dire, anche se quelli della PETA probabilmente avrebbero avuto qualcosa da ridire.

Mac aggrottò la fronte. «Faresti perdere il lavoro a Monica pur di svicolare dalla scommessa? Davvero?»

Detta così...

«Non sto cercando di svicolare da niente.» Era l'ultima cosa che gli servisse che i tabloid cogliessero. «Puoi contare anche su di me per lunedì. Ho un po' di tempo tra un progetto e l'altro e stavo cercando qualcosa da fare, comunque.» Aveva sperato che c'entrassero una certa attrice, una spiaggia e un paio di Heineken, ma ormai non sarebbe successo. Almeno sarebbe stato fuori dai riflettori per un po'; magari sarebbe riuscito a cavarsela senza che nessuno lo venisse a sapere.

Sì, come no, e la Nonna avrebbe anche mollato il suo posto nuovo per la villa che lui desiderava comprarle.

Royally Sunk

Con l'acqua alla gola

Reel è un tritone senza coda, ed Erica è terrorizzata dall'oceano. Solo una cosa potrebbe convincerla a entrare in acqua: una pistola. E solo una cosa potrebbe farcela restare: il sexy tritone che le salva la vita, solo per poi rischiare la propria.

Profondo blu selvaggio

Valerie è una principessa sirena bloccata nel cuore del paese. Rod è il principe che parte per salvarla. Ma riusciranno a sventare il complotto di un usurpatore e a tornare nell'oceano prima che la sua coda, e la sua pretesa al trono, svaniscano per sempre?

La pesca perfetta

Logan è fuggito dal circo; tutto ciò che vuole è una vita normale. La donna nuda che compare sulla sua barca è tutto fuorché normale. Soprattutto quando Angel si rivela essere una sirena... con un'arrabbiata creatura marina alle calcagna.

Amore tra gli scogli

La principessa Mariana non finge, è un'artista per davvero, e sta per dimostrarlo con la statua che sta scolpendo su un'isola deserta. Il problema è che Jace si sta nascondendo proprio lì, quindi l'unica cosa che libererà Mariana dalla sua prigione dorata è la stessa che farà uccidere Jace. L'amore è già abbastanza complicato, ma quando le previsioni del tempo annunciano uno tsunami, l'amore è davvero sugli scogli.

Smuovere le acque

Leggete dell'Incidente che ha reso Erica terrorizzata dall'oceano, del motivo per cui Valerie, la principessa perduta, fu ritrovata, e di come Michael, il giovane figlio di Logan, trovò una sirena. Le storie dietro le storie.

Bottled Magic

Sogno un genio

La fortuna di Matt è finalmente cambiata quando la genio Eden fugge dalla sua bottiglia e gli finisce letteralmente in grembo. E giura di non tornarci mai più. Sfortunatamente per entrambi, il tizio che ce l'aveva rinchiusa la rivuole indietro e non si fermerà davanti a nulla per riaverla.

Il genio ha sempre ragione

Samantha eredita la tenuta di suo padre, con tanto di genio che deve servire un ultimo padrone prima che la sua schiavitù abbia fine. Sam è più che disposta a liberare Kal, finché il suo avido ex non decide che se non può avere Sam, non l'avrà nessuno.

Il mio adorabile genio

Zane ha ereditato la villa di famiglia, di cui non vede l'ora di sbarazzarsi per mettere a tacere le voci sulla folle storia della sua famiglia. Peccato che la genio, causa di quelle voci, sia stata liberata per scatenare ancora il caos. Solo che questa volta, è con il suo cuore che sta giocando.

Ogni tuo desiderio è un suo ordine

Scoprite come Kal finì imprigionato nella sua lanterna e perché deve servire 1001 padroni. È la storia dietro la storia...

<u>Once-Upon-A-Time Romance</u>

La bella e il migliore

Di giorno Jolie è una chef a domicilio, di notte una scrittrice di romanzi rosa. Così, quando ottiene un ingaggio per il sexy e solitario artista Todd, ha l'eroe perfetto per il suo libro. Finché Todd non lo scopre e la caccia dalla sua cucina, dalla sua casa, e dal suo cuore.

Se la scarpetta calza

C'era una volta, tanto tempo fa, in una terra lontana, una ragazza di nome Cenerentola. Questa non è la sua storia. Questa è la storia di Lucinda Isabella Casteleoni, che, come la sua omonima, ha una matrigna cattiva, due sorellastre pacchiane e innumerevoli ore di duro lavoro che la aspettano (senza entusiasmo). Ma a differenza di quella principessa delle fiabe, il Principe Azzurro di Bella non si vede da nessuna parte. Finché un vecchietto dagli occhi verdi scintillanti non apre un negozio di scarpe in fondo alla strada. E allora la magia ha inizio...

Attraverso il vetro piombato

Un viaggio accidentale nell'Inghilterra medievale costringe Kate, dirigente pubblicitaria, a cercare freneticamente un modo per tornare a casa... Ma potrà portare con sé il sexy cavaliere dall'armatura scintillante di cui si è innamorata?

<u>Beefcake, Inc.</u>

Figo e Frittella

Lara vuole che i suoi cupcake abbiano successo. All'esotico spogliarellista Gage non dispiacerebbe assaggiarli, ma i suoi turni di lavoro per pagare le spese mediche del nipote non gli lasciano il tempo di farlo. Finché, a una festa, muscoli e cupcake non si incontrano e, *oh*, che delizia!

Figo e Fraintendere

Quando Bryan scambia Jenna per una prostituta e lei si rende conto che lui è il padre di suo figlio adottivo, gli equivoci e le incomprensioni iniziano a moltiplicarsi. Ma tra loro sta crescendo anche qualcos'altro. A volte, una svolta sbagliata può rivelarsi quella giusta...

Figo e La Fiamma

Tanner vuole che la sua ex moglie esca per sempre dalla sua vita, ma quando la nonna di lei ha un ictus e lui deve fingere di essere ancora innamorato di Juliet, può rischiare di riprovarci con l'unica donna che non ha mai smesso di amarlo?

Figo e Fiocco di Neve

Gina ha una cotta per Darien da sempre, fino al giorno in cui lui l'ha umiliata a scuola. Quindici anni dopo, lui la lascia indifferente. Darien, spogliarellista esotico, è tornato in città per sistemare alcune cose. Una è il casino che ha combinato con Gina anni prima... e *magari* riaccendere la fiamma che un tempo ardeva tra loro. Ma l'unico modo per sciogliere il ghiaccio attorno al cuore di Gina è alzare la temperatura, sia sul lavoro... che fuori.

<u>Manley Maids – Italiano</u>

Cosa succede quando tre fratelli irresistibilmente sexy perdono una scommessa a poker contro la loro intraprendente sorella? Vengono assunti per la sua impresa di pulizie. Ora, i Manley Maids sono al vostro servizio. Soddisfazione garantita.

Quello che una donna vuole

Sean, proprietario di un resort, progetta di acquistare una tenuta storica per farsi un nome e guadagnare milioni, così vi si trasferisce con il pretesto di ripulire il posto per aggirare l'unica condizione dell'eredità. Ma l'erede Olivia e il suo serraglio gli entrano sotto la pelle, e scopre che la scommessa a poker che l'ha messo in questo guaio non è l'unica a cambiare le carte in tavola.

Quello che una donna ha bisogno

La star del cinema Bryan vuole fama e fortuna, non una replica della sua infanzia "normale" e squattrinata. Dopo il clamore mediatico che ha circondato la morte del marito, Beth ha bisogno di una vita normale per sé e per i suoi figli, e la star del cinema che ha perso una scommessa e deve pulirle casa, con i paparazzi al seguito, non fa al caso suo. Ma mentre il flirt si trasforma in seduzione, Bryan deve convincere Beth di essere più uomo che domestico. O attore. Perché sta interpretando il ruolo del protagonista in una Cenerentola al contrario, e potrebbe essere il ruolo di una vita.

Quello che una donna merita

Liam non ha pazienza per le donne che spendono i soldi di un uomo senza pensare minimamente a un vero lavoro. Ma per onorare la scommessa, Liam non solo deve tollerare la socialite Cassidy, ma dovrà anche ripulire dopo di lei quando suo padre le taglierà i fondi. Senza soldi e senza una casa da pulire per Liam, Cassidy non ha altra scelta che accettare un'offerta di lavoro: come nuova domestica di Liam. Ma quando tra loro scoccherà la scintilla, sarà vero amore o solo un'altra relazione complicata?

Che donna

MaryAlice Catherine è pronta a pulire la casa dell'amica di sua nonna, solo per scoprire che il presuntuoso nipote della donna, per cui aveva una cotta da ragazzina (e lui l'aveva sempre saputo), vive lì, e lei è mortificata. Jared la ricorda diversamente; Mac era sempre stata una tipetta autoritaria, ma non le permetterà di dettare legge adesso. Ma con due di loro che vivono nella stessa casa, non si sa chi avrà la meglio.

Quello che un figo vuole

Beckett è pronto a pagare il debito per la sua scommessa a poker persa. Solo che non si era reso conto che avrebbe dovuto farlo con il suo cuore. Jennifer è quella che gli è sfuggita e ora è proprio lì, davanti a lui. A casa sua. Che lui è lì per pulire. Jennifer non può credere che il cattivo ragazzo del liceo per cui aveva una cotta pazzesca sia in casa sua, ma se c'è una cosa che il suo ex marito le ha insegnato, è che non può fare affidamento sui cattivi ragazzi. Finché Beckett non mette tutte le sue carte in tavola e si rivela essere qualcuno su cui, dopotutto, Jennifer può scommettere.

Ecco Judi!

L'autrice pluripremiata e bestseller Judi Fennell ama ridere e ama l'amore, quindi non sorprende che ci sia un po' di entrambi in ogni libro che scrive. Date un'occhiata alle sue fiabe con un tocco originale per assaggiare le sue commedie romantiche e paranormali leggere e ironiche. Dai tritoni al largo della costa del Jersey Shore, ai geni con tappeti magici, agli spogliarellisti à la Magic Mike, e ai domestici virili il cui motto è *Soddisfazione Garantita*, c'è sempre una risata e un amore da vivere.

E, nel suo abbondante (?) tempo libero, aiuta gli autori con tutti gli aspetti della scrittura e dell'autopubblicazione con la sua azienda di formattazione, design di copertine e promozioni, servizi editoriali, consulenza e audiolibri, www.formatting4U.com.

Judi vive nella periferia di Philadelphia con un serraglio di amici a quattro zampe, e il giorno in cui queste creature inizieranno A) a cantare, B) a cucire vestiti o C) a pulire la casa sarà il giorno in cui si ritirerà dalla scrittura...!

www.ingramcontent.com/pod-product-compliance
Lightning Source LLC
Chambersburg PA
CBHW071208210726
48293CB00002B/344